# Marc Feuermann

I0656523

## *Les mondes de glace 2*

# Les précepteurs d'Urgaïa

Éditions Dédicaces

# LES PRÉCEPTEURS D'URGAÏA

Dépôt légal :
Bibliothèque et Archives Canada
Bibliothèque et Archives nationales du Québec

Un exemplaire de cet ouvrage a été remis
à la Bibliothèque d'Alexandrie, en Egypte

ÉDITIONS DÉDICACES INC
675, rue Frédéric Chopin
Montréal (Québec) H1L 6S9
Canada

www.dedicaces.ca | www.dedicaces.info
Courriel : info@dedicaces.ca

# Marc Feuermann

## *Les mondes de glace 2*

# Les précepteurs d'Urgaïa

# Préface

Avec Marc Feuermann, nous avons déjà assisté au Dernier voyage de l'Albatros (éditions Dédicaces, 2011) qui nous entraînait aux confins du système solaire, au milieu des brumes glacées des planètes gazeuses, le tout au sein d'un avenir qui, bien que capable d'étendre à l'échelle cosmique les dimensions des nations, n'avait réussi à éliminer ni la piraterie ni la guerre de conquête. On ne refait pas les humains !

Et nous revoici plongés dans ce même univers, avec les mêmes intrigues politiques, les mêmes idéologies, les mêmes trahisons et les mêmes violences... Simple continuation ? Pas du tout : certes, les Précepteurs d'Urgaïa est la suite du précédent mais, cette fois, les humains sont suivis d'un œil à la fois curieux et navré par un être dont ils n'avaient fait que soupçonner l'existence dans le Dernier voyage de l'Albatros : Urgaïa en personne les épie derrière les nuées glacées d'Uranus, tout en veillant sur sa progéniture « uranoptère ». Cet être énigmatique va jusqu'à pénétrer les pensées des humains, notamment de ceux qui se sont faits ses amis – le narrateur, entre autres.

Voilà donc de quoi ramener les mesquineries et les querelles humaines au rang de disputes infantiles, même si elles se soldent parfois par des agressions meurtrières. Urgaïa, le débonnaire extraterrestre, la créature solitaire dont l'intelligence et les possibilités surpassent le cerveau de l'homme, prouve à ce dernier qu'il n'est pas seul dans ce système solaire qu'il s'est attribué et que sa suprématie anthropocentriste risque fort d'être mise à mal – le tout sans violence aucune.

Un message de paix universelle au sein d'un cortège de lunes et de planètes bouleversées par des guéguerres absurdes ? Sans aucun doute. Mais aussi un hymne à la nature au-delà de la Terre, au sein d'un cosmos dont l'harmonie multimillénaire constitue l'unique réponse à donner aux intrigues de roitelets et de potentats avides d'une puissance qu'ils n'obtiendront jamais.

Thierry ROLLET
*Agent littéraire*

# Partie I

# La naïveté de l'enfance

## Chapitre 1

# Le long voyage

La planète double était très loin maintenant. Myriam essayait de s'imaginer les deux petits croissants fins et lumineux qui s'éloignaient. La Terre et son unique Lune devaient sembler minuscules. Probablement n'étaient-elles même plus visibles depuis le vaisseau, dissimulées dans le halo de l'étoile centrale. Sol, l'étoile centrale, devait régner en maître absolu dans le paysage. Sa luminosité éclipsait celle des planètes et des étoiles. Un gigantesque trou de lumière aveuglante au milieu d'un univers noir absolu, voilà ce qu'elle aurait sans doute pu apercevoir s'il y avait des hublots.

Mais il n'y avait pas de hublots. Cela la rassura quelque peu. Elle aurait probablement renoncé si elle avait pu apercevoir les deux mondes s'éloigner et se perdre dans l'éclat de Sol. Sol lui-même rétrécissait petit à petit au fur et à mesure qu'elle s'éloignait. Le plus difficile était derrière elle et elle était bien partie. Elle n'était plus qu'une hérétique parmi tant d'autres. Depuis que les *Extérieurs* avaient pris le contrôle de tous les mondes des humains et malgré la torture de décontamination qu'exigeait cette entreprise, la fuite des Terriens vers les *Mondes Extérieurs* avait repris de plus belle.

Des bus entiers d'hérétiques fuyaient leur planète nourricière pour tenter l'aventure, soit vers les chantiers de Mars, soit vers les mines de métaux de la ceinture d'astéroïdes, soit encore pour rejoindre Virginia Enora et sa secte sur Triton.

Mais Myriam n'avait rien en commun avec ces hérétiques. Elle avait fait ce sacrifice pour mener à bien sa mission. Son nom entrerait dans l'histoire, lui avait-il dit. Quelle belle revanche pour une personne trop discrète, trop timide, invisible aux yeux de ses congénères. Il lui avait dit que son handicap serait un atout pour sa mission. C'était une chance unique pour elle d'exister et elle mènerait cette mission jusqu'au bout. C'était cette motivation qui lui avait permis de supporter la torture de décontamination là où beaucoup de candidats au départ avaient échoué. La nature avait beaucoup de mal à pardonner aux ingrats qui l'abandonnaient et les hospices qui recueillaient les ratés de la décontamination ne désemplissaient pas.

Tout un quartier de Séléna, la capitale souterraine de la Lune, avait été spécialement aménagé pour les accueillir. Le ghetto où l'on essayait de cacher les erreurs de l'humanité occupait tout le quart Est du niveau moins deux de la grande cité. Le directeur de la « clinique » n'était autre que l'un des ratés les plus célèbres, l'ancien gouverneur Yann Farney, qui ne s'était jamais remis de son départ de la Terre. Il n'avait jamais plus quitté son fauteuil à suspensions et ne survivait que grâce à une assistance respiratoire permanente. Il était l'exemple même de l'hérétique sanctionné par Gaïa. Et malgré cela, les aventuriers continuaient à tenter leur chance. Cette soif d'aventure était attisée par les maudits *Extérieurs*.

Il fallait mettre un terme à tout cela et elle avait été désignée pour cette mission. Le coup d'État des conjurés avait au moins eu le mérite de rassembler les Terriens qui refusaient d'être gouvernés depuis les *Mondes Extérieurs*. Et l'organisation des *Gaïans* en avait tiré profit. Le gouvernement de Memphis ne manquait pas d'ennemis, et c'était justement à la rencontre de l'un d'eux qu'elle était partie.

C'était sans doute celui que le Premier Citoyen redoutait le plus, et malgré les nombreuses recherches entreprises pour le retrouver, il était resté introuvable. D'aucuns disaient qu'il était mort depuis longtemps, pourtant les récents attentats dans la capitale portaient indéniablement sa signature. Myriam allait à la rencontre de Narcisse. Les informations qu'elle avait pour lui allaient sceller l'alliance entre les *Gaïans* et Narcisse… une alliance qui allait sauver Gaïa.

Narcisse les avait tous surpris lorsqu'il les avait contactés pour la première fois, avec son plan totalement insensé. Il avait baptisé le plan opération *Mjöllnir*. Le nom était tout aussi surprenant et mystérieux que la proposition d'alliance du vieil uranien. Les *Gaïans* avaient tout d'abord refusé cette offre. Ils avaient toutes les raisons de se méfier de lui. Il n'était pas seulement un hérétique des *Mondes Extérieurs*, mais surtout l'un de leurs plus dangereux représentants.

Mais ils durent se rendre à l'évidence, les conjurés étaient à l'abri loin de la *Planète Mère*. Il était temps de changer de stratégie et de faire une petite entorse à la sacro-sainte règle. Il fallait frapper là où se trouvait l'ennemi, sur les *Mondes Extérieurs*. Et pour cela, il fallait trouver des alliés sur place. Ils finirent par accepter l'offre du vieux dément et acceptèrent cette alliance contre nature.

Il était assez fou pour vouloir exterminer ses propres concitoyens. Il avait toute la logistique nécessaire pour accomplir ses desseins, mais il lui manquait des complices sur Terre qui seraient en état de lui fournir l'arme. En unissant leurs forces, ils avaient une petite chance de déployer la redoutable armée de rats qui allait contaminer et anéantir tous les hérétiques.

Les rats étaient les seuls animaux qui avaient colonisé l'univers en même temps que les hommes. Ils étaient très utiles pour nettoyer les cités. Tout comme les humains hérétiques, les rats des *Mondes Extérieurs* étaient habitués à la stérilité. Ils ne portaient pas les germes de maladies comme sur la Terre. Mais c'était tout ce qui différenciait un rat terrestre d'un rat *Extérieur*. Et les rats terrestres étaient prêts. Ils avaient été sélectionnés soigneusement.

L'étape critique du plan était celle qui consistait à transférer les rats meurtriers de la surface de la Terre jusqu'à loin de l'orbite de la *Planète Mère*. Il était quasiment impossible de transférer le moindre petit objet ou même souffle d'air depuis la Terre vers l'un des mondes des *Extérieurs* sans que ce dernier ne fût contrôlé puis stérilisé ou détruit. Les services de sécurité étaient intransigeants. Il fallait à tout prix éviter une épidémie. On avait frôlé la catastrophe quelques années plus tôt lorsqu'un vaisseau fou s'était précipité vers la capitale martienne. Il avait été détruit *in extremis*, juste avant de pénétrer dans l'atmosphère. Après cet événement, les contrôles furent encore davantage renforcés.

Il fallut un troisième complice pour aider au transfert de l'arme fatale depuis la surface de la Terre jusque dans l'espace. Ne pouvant s'exposer lui-même pour réaliser cette phase de son plan, Narcisse avait une fois de plus trouvé le traître idéal pour s'en occuper. Et pendant que ce dernier prenait des risques inconsidérés, le vieil empereur déchu restait tranquillement terré dans son antre. Myriam avait presque du respect pour le vieux fou.

Il était la personne la plus recherchée sur tous les mondes colonisés. Et même sur ceux qui ne l'étaient pas. Avec tous les moyens dont ils disposaient, les limiers de la Fédération n'avaient encore trouvé aucune piste. Il s'était complètement volatilisé après la révolution des conjurés sans laisser la moindre trace. On avait d'abord pensé que, plutôt que de se laisser prendre, il avait préféré mettre fin à ses jours. Rien de plus facile que de disparaître corps et âme avec un vaisseau dans les entrailles d'une planète géante comme Uranus. Mais ce n'était pas le genre de Narcisse.

Cinq années après sa disparition, alors qu'on l'avait presque totalement oublié, voilà qu'il refaisait parler de lui. La première attaque avait directement visé le Palais du Conseil à Memphis. Une charge explosive de très forte puissance avait ravagé une aile entière du palais. Le Premier Citoyen en personne avait été visé. Par chance, ce dernier échappa à l'attaque. Deux jours plus tard, l'attentat fut revendiqué par Narcisse. La nouvelle se propagea telle une onde de choc dans le système de Sol. Elle ne fut pas accueillie de la même manière partout. Elle suscitait un nouvel espoir au sein des opposants les plus farouches du Premier Citoyen.

Que ce fût réellement son œuvre ou celle d'une autre organisation quelconque qui se recommandait de lui, cela n'avait aucune importance. Très vite les histoires se propageaient et une nouvelle légende naquit. On murmurait que c'était son fantôme qui était revenu se venger. Rapidement une police spéciale, la PolRec, avait été créée pour enquêter. Et pourtant, des années après, toujours rien. Mais les bombes continuaient à exploser ici et là. La méthode était la même que celle employée des années plus tôt par Hurley sur Mimas, lorsqu'il avait essayé de déstabiliser les gouvernements des petites lunes interne de Saturne.

Hurley lui aussi avait disparu sans laisser de traces. Vraisemblablement, il avait rejoint Narcisse dans sa cachette. Et ils devaient avoir à leur disposition tout le matériel et l'entourage nécessaire pour être très dangereux. Surtout, ils devaient encore posséder quelques vaisseaux. Et pourtant aucune trace, ni de lui, ni de ses hommes, ni de ses vaisseaux. Les lieux où chercher ne manquaient pas dans l'immensité de l'espace. Il y avait encore tant de mondes inhabités. Rien que dans la ceinture d'astéroïdes entre Mars et Jupiter, il y avait des millions de petites planètes pouvant servir de refuge. Une fois de plus, la meilleure réponse que les autorités pouvaient donner, c'était la surveillance des cosmoports. Il n'y avait aucun autre moyen de rejoindre une cité sans passer par un cosmoport.

Myriam savait tout ça, et pourtant elle avait accepté la mission. Comment, seule, sans expérience, pouvait-elle réussir là où tant d'autres, dotés de moyens énormes, avaient pourtant échoué ? Le Doc lui avait dit qu'elle réussirait parce que tout Gaïa était avec elle. Elle n'en était pas totalement convaincue, mais au moins elle avait enfin l'impression d'exister.

Après deux mois passés sur la Lune, elle avait enfin pris le chemin vers les *Mondes Extérieurs*. Sa destination, Dido, une petite cité située sur une petite lune sans importance qui orbitait autour de

Saturne. C'était là-bas que Hurley, l'éminence grise de Narcisse, avait été vu pour la dernière fois, avant de disparaître. Cette information, les hommes du Premier Citoyen l'avaient aussi, et ils avaient probablement fouillé la cité de fond en comble. Le Doc lui avait expliqué qu'il y avait quelqu'un là-bas qui attendait sa venue, et qui allait la conduire à Narcisse. Cette personne attendait la jeune Terrienne naïve fraîchement débarquée et totalement perdue, et dont personne ne remarquerait le passage, ni d'ailleurs la disparition.

Mais Dido était encore loin. Pour ne pas attirer l'attention sur elle, il lui faudrait éviter toute précipitation et rester très patiente. Le Conseil de Sécurité de la Fédération était plutôt paranoïaque. Les déplacements suspects étaient sous surveillance et les Terriens étaient particulièrement suivis de près. Elle s'était fondue dans la masse des colons partis pour Mars. Il y avait du travail là-bas. Les chantiers de la nouvelle capitale avaient besoin d'une énorme main-d'œuvre. Ce serait donc sa prochaine escale. Combien de temps y resterait-elle ? Elle ne le savait pas. Elle ne savait pas non plus comment elle en repartirait, et quelle serait son escale suivante. Il y aurait probablement encore bien des escales avant d'arriver à destination. Après tout, elle n'était pas pressée. Les informations qu'elle détenait pouvaient attendre. Elle avait plusieurs mois devant elle. *Une chose après l'autre*, se dit-elle.

Elle n'était qu'un petit grain de sable dans toute l'organisation. Mais elle était le grain de sable qui pouvait gripper toute la machinerie. Elle ne comprenait pas parfaitement son rôle réel dans toute cette affaire, mais elle savait qu'il était crucial. Toute l'opération *Mjöllnir* avait nécessité des années de préparation, et tout cela pouvait échouer si elle ne menait pas sa mission à bien.

◆◆◆

L'ancien gouverneur Yann Farney était plongé dans la paperasse. C'était l'essentiel de son travail. Ce n'était pas ce qu'il préférait faire, mais dans son état, c'était ce qu'il pouvait faire de mieux. Il y passait des heures par jour, mais les dossiers continuaient à s'empiler sur son bureau. S'occuper des autres lui permettait d'oublier un peu sa propre situation. Cela faisait des années qu'il ne vivait plus.

Le nombre de candidats à l'expatriation ne cessait d'augmenter, et avec lui, le nombre de ratés, comme on les appelait. Lui-même était un raté, et même le plus célèbre d'entre tous. Et il se serait bien passé de cette renommée. Il savait qu'il ne quitterait plus jamais son fauteuil à suspensions, qu'il ne survivait que grâce aux machines auxquelles il était en permanence lié. Il s'en était fait une raison. Il s'était fixé un nouveau but dans la vie. S'occuper de tous ceux qui comme lui n'avaient pas passé avec succès l'épreuve de décontamination.

En s'occupant d'eux, il avait l'impression de s'occuper de lui-même. La société les avait rejetés. Ils n'avaient pas passé le test avec succès et n'étaient plus considérés comme des humains. Ils étaient parqués dans sa clinique et oubliés de tous. La plupart d'entre eux mettaient fin à leurs jours dans l'année qui suivait leur arrivée. Ils n'avaient plus aucun avenir. Dans leur état, il leur était impossible de revenir sur Terre, et n'étaient pas les bienvenus sur les *Mondes Extérieurs.*

Farney repensait souvent à son parcours. Sa vie d'avant avait été plutôt agréable. Il avait été un gouverneur apprécié et on lui prédisait un avenir présidentiel. Il était le successeur logique de Virginia Enora à la tête de la Confédération. Si seulement il ne l'avait jamais rencontrée ! Elle avait pourtant été une très bonne Présidente et avait semblé être une personne raisonnable, très stable et très forte. Il s'était totalement voué à elle.

Mais malheureusement on ne leur avait pas fait de cadeaux. Ce n'était vraiment pas de chance ! Trahie par tous, mal entourée, elle avait fini par perdre la raison. Elle était maintenant loin, très loin. Elle était en partie la cause de ce qui lui arrivait. C'est à cause d'elle qu'il avait pris la malencontreuse décision de quitter lui aussi la Terre. Mais il ne lui en voulait pas. Elle n'était pas totalement responsable. Ce sont tous les autres qui l'étaient. Mais à quoi bon ressasser toutes ces histoires. La situation était ce qu'elle était. La vie continuait et il essayait de se rendre utile dans son rôle d'administrateur du complexe hospitalier de Copernicus, plus connu sous le nom de la « clinique » ou encore le « Ghetto des Ratés ». La politique ne l'intéressait plus, ou en tous cas, plus beaucoup.

La barre des dix mille nouveaux patients avait été dépassée depuis que Farney avait pris en main la clinique. Et pourtant l'hémorragie n'avait pas cessé. Les Terriens continuaient à s'exiler en masse. Malgré le risque, ils continuaient à jouer à cette loterie. Les conditions de vie sur Terre n'étaient pourtant pas si mauvaises que ça ! Farney pensait même qu'elles étaient meilleures que dans les cités *Extérieures,* avec leur pénombre permanente, et leurs atmosphères froides et raréfiées. Mais c'était dans la nature humaine de se comporter de manière irresponsable. Toute l'histoire de l'humanité en témoignait. C'était aussi une des raisons pour lesquelles Farney avait décidé de ne plus s'intéresser à la politique. Ou était-ce une excuse pour oublier que c'était la politique qui s'était désintéressée de lui ?

Farney suivait de près les statistiques. Le pourcentage des ratages n'avait pas diminué avec le temps, et pourtant on avait tout fait pour perfectionner les procédés de décontamination. À se demander si les *Gaïans* n'avaient pas raison. La *Planète Mère* ne semblait pas vouloir pardonner à ceux qui la quittaient.

Farney avait accès à tous les renseignements sur tous ceux qui avaient quitté la Terre. Des milliers de pages à analyser. Il recherchait des points communs entre les ratés. Il essayait de comprendre pourquoi certains exilés s'en tiraient sans séquelles alors que d'autres le payaient très cher. Mais il n'avait trouvé aucune corrélation, ni avec l'origine géographique des candidats, ni avec le niveau social. Les études psychologiques et même génétiques n'avaient rien donné non plus. Il était totalement impossible de prédire si l'un candidat passerait avec succès la décontamination. C'en était désespérant.

Bien que sa planète natale lui manquât déjà, son ancienne vie sur Terre, quant à elle, ne lui manquait pas. Depuis sa plus tendre enfance, elle avait vécu dans une ferme, à la campagne, loin de l'agitation des villes. C'était d'ailleurs en cet endroit qu'elle avait rencontré le Doc pour la première fois. La ferme était située à quatre cents kilomètres de Sydney. C'était l'une des cachettes favorites du Doc. Elle était si proche de la capitale alors que tout le monde cherchait le Doc au loin. Il y avait toujours eu beaucoup de passage et Myriam ne faisait pas attention à tous les visiteurs qui venaient et allaient régulièrement.

On lui avait donné la responsabilité des volailles. Elle avait concentré toute son attention sur ses chers volatiles et ne s'intéressait pas aux magouilles du patron. Même le vieil homme qui ressemblait à un professeur d'université n'aurait pas attiré son attention s'il n'était venu régulièrement l'observer dans son travail. Pourtant, il était très différent des autres. Il ne ressemblait pas aux brigands qui venaient chercher refuge. Il avait visiblement de l'éducation et il ne se comportait pas comme un rustre. Et lorsqu'il était à la ferme, l'atmosphère y était beaucoup plus calme. Il avait une forte influence sur tous et même les plus grosses brutes se tenaient à carreau.

Il s'asseyait non loin, sur une vieille souche desséchée, et observait. Ce n'était pas elle qui semblait avoir attiré son attention, mais les volailles dont elle avait la charge. Il restait assis des heures sans bouger. Parfois, elle se demandait s'il ne s'était pas endormi.

Ce n'était que lors de sa septième visite qu'il s'approcha enfin d'elle et lui parla pour la première fois. Sa voix était douce mais ses paroles pénétrantes. Tout ce qu'il lui disait semblait tellement vrai. Il lui apprit à observer le comportement des volatiles. Ils avaient été pendant longtemps la seule compagnie qu'elle avait appréciée. Même s'ils pouvaient être cruels entre eux, ils la respectaient. Elle leur apportait la nourriture et ils le savaient. Même les plus sauvages d'entre eux n'avaient jamais osé la défier. Elle se sentait bien plus en sécurité parmi ses volailles que parmi les humains. Les hommes avaient toujours été brutaux envers elle. Ils profitaient de sa naïveté et de sa timidité. Mais le Doc n'était pas comme ça. Il était vraiment un humain pas comme les autres. Il lui avait expliqué que la société humaine n'était pas si différente de celle de la basse-cour dont elle avait la responsabilité.

Il lui avait dit qu'il ne comprenait pas pourquoi les volailles avaient une si mauvaise réputation. Myriam se rappela qu'elle avait souri à cette remarque. Il lui répondit avec un autre sourire avant de lui expliquer plus sérieusement que, dans une basse-cour, chaque individu avait son rôle à jouer. Chacun avait son propre caractère qui le distinguait de ses congénères.

Grâce au Doc, et à son observation de la basse-cour, Myriam avait fini par développer un sens de la psychologie assez aigu, tout en restant loin des hommes. Et elle constata avec surprise que le Doc avait raison et que les lois psychologiques de la basse-cour s'appliquaient étonnamment bien aux sociétés humaines. Elle eut droit à un avant goût de l'agitation citadine lors de son séjour sur la Lune. Séléna n'était rien d'autre qu'une gigantesque basse-cour. Cela la rassura quelque peu, elle n'allait pas se sentir totalement perdue dans les cités humaines.

Avant son départ, le Doc lui avait donné une tablette électronique contenant les informations essentielles pour la guider durant sa mission. Dans les centaines de documents que contenait la tablette, il y avait les fiches détaillées sur toutes les personnalités importantes des *Mondes Extérieurs*. Il y avait aussi les plans, les caractéristiques et les données politiques de presque l'ensemble des cités *Extérieures*. Quel que soit l'endroit où son périple la mènerait, sa petite tablette lui permettrait de ne pas se retrouver totalement désorientée. De plus, la lecture l'occuperait durant les longues heures d'attente qu'elle rencontrerait forcément durant son voyage.

La touche rouge permettait la connexion aux différents réseaux locaux. Elle avait été tentée d'aller surfer dans l'infosphère de Séléna, mais le Doc lui avait formellement interdit de se connecter à l'un des réseaux, du moins tant que sa mission ne serait pas accomplie. Ce qui pouvait aller dans un sens, le pouvait aussi dans l'autre et un petit malin mal intentionné pouvait très bien accéder aux informations contenues dans la tablette une fois celle-ci connectée à un réseau. De plus, elle pouvait laisser une trace de son passage dans ledit réseau. Myriam parvint à réfréner son envie et ne se connecta pas. Elle se promit de le faire à son retour après la mission. De toutes manières, il y avait largement assez d'informations dans la tablette pour l'occuper sans qu'elle eût besoin de se connecter.

Et justement, pour ne pas penser à la planète qui s'éloignait, elle se plongea dans ces documents. Sa première cible était le vice-gouverneur Hiria. Myriam s'amusa à lui chercher un alter ego dans son ancienne basse-cour. Après réflexion, elle se dit que l'animal de basse-cour qui s'approcha le plus d'Eléonor, c'était probablement la dinde.

Et la dinde gérait la cité de Séléna depuis déjà une éternité. Myriam comprenait mal comment elle avait pu rester à ce poste de responsabilités aussi longtemps. Hiria était une très mauvaise gestionnaire. Son comportement hautain et méprisant n'arrangeait en rien la situation. On disait que c'était parce qu'elle était aux côtés de Kovalsky durant la fronde des fédérés que le gouverneur du Système Planétaire de la Terre la tolérait en tant que vice-gouverneur. Ce n'était pas qu'elle manquât d'ambition, mais elle était incapable de prendre une décision. Au final, elle jouait au responsable plus qu'elle ne se comportait en responsable.

Séléna était une grande cité, un passage incontournable entre la *Planète Mère* et les *Mondes Extérieurs.* Elle avait tous les atouts pour devenir une cité majeure, et même la capitale des humains mais, pour cela, il lui aurait fallu des dirigeants capables. Après des années de gestion catastrophique, la cité se vidait de ses habitants, partant vers les *Cités Extérieures* bien plus accueillantes. Séléna perdait petit à petit son âme. Seuls les ratés de la décontamination qui s'entassaient dans la clinique de Farney contrebalançaient un peu cette diminution de la population.

Myriam trouva tout cela déprimant. Heureusement que Séléna, et Hiria avec elle, étaient loin derrière elle. Une autre personnalité importante dans ses fichiers qu'elle laissait derrière elle, c'était l'ancien gouverneur Farney. Myriam se plut à le comparer à un dindon. Comme c'était le cas pour la dinde, le dindon avait lui aussi une haute opinion de lui-même. Tout comme la dinde, il n'aimait pas les gens. Mais, pour exister, il devait bien faire semblant de les aimer. Il se donnait des airs de saint. Mais tout ce qu'il cherchait finalement, c'était qu'on l'aime un peu. Il se sentait incompris. Même s'ils vivaient dans la même basse-cour, la dinde et le dindon s'efforçaient à ne jamais se rencontrer.

Myriam, ainsi perdue dans ses songes, finit par s'endormir dans son siège. Dans ses rêves, les volatiles avaient pris le contrôle dans le système de Sol et les humains n'étaient que des pauvres vermisseaux qui risquaient de se faire picorer à tout instant.

◆◆◆

Le gouverneur Kovalsky se considérait comme un double miraculé. Il était probablement le seul Terrien à avoir quitté la *Planète Mère* et à y être revenu. En tout cas le seul dont on se souvenait. Il avait survécu à la décontamination en partant, mais aussi à son retour. Ce retour avait été presque aussi difficile que le départ. Son organisme avait dû progressivement se réhabituer aux conditions difficiles de la Terre et à ses nombreux germes porteurs de maladie. Après son retour, il avait été obligé de vivre pendant des mois dans une bulle stérile. Mais le gouverneur de la Terre s'était finalement assez bien réadapté à sa planète natale. La *Planète Mère* avait été indulgente avec lui, elle avait fait une exception et lui avait pardonné son petit écart de conduite, sa petite trahison. Mais il avait du mal à supporter ses habitants, dont il avait la charge.

C'était d'ailleurs le sujet du dernier message venu de Memphis, de la part du Premier Citoyen en personne. Aménor aussi était très inquiet. La Terre avait toujours été un monde très difficile à gouverner. Ils avaient espéré qu'avec le nouveau système politique de la Nouvelle Fédération, les populations de la *Planète Mère* allaient enfin s'unir. La Terre unie aurait été le monde le plus puissant de la Fédération, même si elle ne s'en trouvait plus au centre politique. Et pourtant les Terriens n'avaient jamais été autant divisés et, à Memphis, la *Planète Mère* passait de plus en plus pour une lointaine province de la Fédération.

Il y avait d'un côté ceux qui voulaient partir. Ceux-ci ne voyaient plus d'avenir à rester sur le *Vieux Monde*. Ils étaient des milliers à vouloir émigrer. Beaucoup partaient pour les nombreuses nouvelles cités construites un peu partout sur les *Mondes Extérieurs*. Et parmi ceux-ci, il y avait tous ceux qui désiraient rejoindre Virginia

Enora, à l'autre bout de la Fédération, sur le lointain Triton. En partant, Virginia avait laissé sur place des prêtres qui continuaient à recruter des adeptes pour son organisation. C'était encore une idée de ce manipulateur de Munstersen. Heureusement que ce dernier n'était plus là.

De l'autre côté, il y avait ceux qui ne voulaient pas partir, qui estimaient que la Terre était leur maison. Eux aussi comptaient leurs extrémistes, les *Gaïans*. Ces derniers étaient d'ailleurs responsables de la disparition de Munstersen. *La seule chose positive qu'ils aient pu faire*, se disait Kovalsky. Et ces deux groupes se haïssaient et haïssaient leur gouverneur. Kovalsky était en permanence sous haute protection. Rien que durant le dernier mois il avait échappé à trois attentats. Il ne quittait pratiquement plus le Palais du Peuple où il se sentait en sécurité relative.

Malgré tous ses efforts, il n'était pas arrivé à endiguer l'émigration des uns ni la violence des autres. Les effectifs policiers avaient été multipliés par deux, mais tel un cercle vicieux, cela n'avait fait qu'amplifier le phénomène au lieu de le contenir. De plus en plus de Terriens s'éloignaient de lui et allaient rejoindre l'une des deux sectes. Les deux organisations prétendaient s'opposer à la dictature de Kovalsky, un message qui passait bien dans les couches populaires les plus manipulables.

Pourtant, il ne faisait que son travail et réalisait enfin ce qu'avait dû endurer la pauvre Virginia alors qu'elle avait été Présidente. Il comprenait que l'on pouvait facilement perdre pieds dans une telle situation. Même les plus forts n'étaient pas certains de tenir. C'est ce qui était arrivé à Virginia. Kovalsky se demandait combien de temps lui-même allait tenir.

Gouverner la *Planète Mère* était une charge très particulière. La Terre n'était pas simplement un ensemble de quelques dizaines de cités, peuplées uniquement d'humains et de quelques rats. La Terre était un gigantesque écosystème. Elle était non seulement la planète du système de Sol qui comportait la plus grande population humaine, mais elle était aussi peuplée par une quantité incommensurable d'êtres vivants si différents les uns des autres. C'était la seule planète qui comportait des océans, des forêts, des prairies, des déserts. Et la vie sous toutes ses formes avait colonisé tous ces endroits.

Durant des siècles, les humains, tels des cellules cancéreuses, n'avaient cessé de se multiplier aux dépends des autres espèces vivantes. Ils avaient épuisé la planète. Ils avaient exterminé un bon nombre d'espèces. Pourtant, toutes les formes de vie sur la planète avaient une seule et même origine. Toutes les cellules vivantes avaient la même structure et était codées par la même molécule, l'acide désoxyribonucléique. Mais les humains se contrefichaient de savoir que ceux qu'ils exterminaient étaient des cousins. Parfois très éloignés, mais des cousins malgré tout.

Et ce cancer était parti à la conquête des autres planètes autour de Sol. Heureusement qu'elles n'abritaient pas d'autres formes de vie. Du moins c'était ce que la quasi-totalité de l'humanité croyait. Une infime partie de cette humanité savait que c'était faux. Kovalky en faisait partie. Et ce qu'il savait lui avait fait prendre conscience de la responsabilité unique qu'il avait. Préserver la vie sous toutes ses formes était une de ses priorités.

Dans le fond, il pensait un peu comme les *Gaïans*, ses ennemis jurés. Il trouvait la situation quelque peu ironique. Contrairement aux *Gaïans*, il ne rendait pas les *Extérieurs* responsables de la situation. Et surtout il pensait que la violence ne réglait jamais un problème, mais ne faisait que l'attiser. Les *Gaïans* sévissaient déjà depuis deux décennies. Ils étaient devenus de plus en plus violents avec le temps qui passait. Mais Kovalsky espérait mettre fin à leur organisation dans un futur proche. Il était enfin arrivé à infiltrer la secte. Et non seulement son meilleur espion avait réussi son infiltration, mais il était même devenu un proche du Doc. Kovalsky espérait que la stratégie serait payante.

◆◆◆

Tous l'appelaient le Doc, ses amis comme ses ennemis. Il doutait que quelqu'un se souvienne de son vrai nom, David Melusky. Sa conscience le titillait un peu. La petite Myriam était partie affronter son destin. Il venait d'envoyer un agneau directement dans la gueule du loup. Mais c'était pour la bonne cause. Il ne pouvait pas se laisser freiner par ses sentiments. Il s'était battu toute sa vie pour sa planète. Il n'avait pas gagné beaucoup de batailles, mais il était bien décidé à gagner la guerre. Malheureusement le champ de bataille s'était déplacé au loin. Et pour un *Gaïan* il était exclu de quitter la *Planète Mère*. Comment pouvait-il frapper Memphis, à des milliards de kilomètres de la Terre ?

Le problème allait le tarauder durant des années. Les attentats contre les gouverneurs et leurs représentants sur Terre n'avaient que l'effet de pétards mouillés. De plus, Kovalsky et ses proches étaient de mieux en mieux protégés. Kovalsky ne sortait pratiquement plus et était intouchable. La solution à son problème arriva de *l'Extérieur*, avec Narcisse et son opération *Mjöllnir*. Un plan très complexe et très ambitieux. La machine était lancée. Et la petite Myriam était la clé du succès de leur entreprise. Ils n'auraient pu trouver une personne plus adaptée à cette mission. Rien ne pouvait plus les arrêter.

Il était tellement excité qu'il avait envie d'en parler autour de lui. Mais il s'en abstint. Pour que le plan fonctionne, il devait rester secret. Le moins il y avait de gens impliqués, le plus il y avait de chances de réussite. Même son nouveau petit protégé ne devait rien savoir. Du moins pour le moment. Il avait trouvé le successeur idéal qui allait reprendre la flamme lorsque lui serait trop fatigué pour continuer à se battre. Tout fonctionnait à merveille et pour la première fois depuis très longtemps, le Doc se sentait serein.

◆◆◆

La navette descendait doucement vers l'aire d'atterrissage. La vue par le hublot était époustouflante. Sol était encore très haut dans le ciel, et aussi loin que portait son regard, le paysage avait cette couleur rouge caractéristique. Contrairement à ses attentes, la planète n'avait rien de morne. Évidemment, ce n'était pas la Terre, mais Mars avait beaucoup de charme.

Myriam était épuisée. Rien ne lui avait été épargné. Après le long voyage depuis la Lune, elle avait encore dû passer une étape de décontamination à la base Styckney, sur Phobos, ridicule petite lune de Mars. Les Martiens n'avaient pas grande confiance dans les processus de décontamination que les Terriens avaient mis en place sur la Lune et ils avaient leurs propres procédures. C'était encore plus épouvantable que la première fois. Mais si on voulait se poser sur Mars, c'était obligatoire. Elle se rassura en se disant que c'était probablement la dernière fois et qu'à partir de ce moment, elle serait autorisée à se poser sur n'importe quel *Monde Extérieur*, à se rendre dans toutes les cités des humains, à condition d'avoir l'air irré-prochable.

La navette se posa au fond du grand canyon de *Valles Marineris*, non loin du titanesque chantier de la Nouvelle capitale de Mars. Un ensemble de petits dômes s'y serraient les uns contre les autres. Une sorte de petite cité chaotique. La ville des ouvriers. Pour des raisons pratiques, les autorités, présidées par le gouverneur Atama, avaient choisi la solution d'installer une cité provisoire près du chantier, plutôt que de transporter la main-d'œuvre tous les matins et tous les soirs depuis la grande cité la plus proche.

Elle suivit le troupeau des arrivants jusqu'au bureau des visas. On avait besoin de main-d'œuvre et on était un peu moins regardant sur l'origine des immigrés, du moment qu'ils avaient avec eux le certificat de décontamination. Tout le monde était le bienvenu pour participer à la construction de la nouvelle capitale d'Atama. Myriam n'eut aucun problème pour obtenir un visa vers le chantier. Il était beaucoup plus difficile d'obtenir l'autorisation de se rendre à Olympe, la Vieille Capitale. Atama et toute sa cour étaient encore à Olympe.

# Chapitre 2

# L'Albatros

L'Amiral Tulk n'était plus. Le vieil homme avait tiré sa révérence six ans plus tôt, à peine trois années après le retour définitif de *l'Albatros* en orbite autour d'Uranus, la Géante Bleue. Durant les trois dernières années de sa vie, l'Amiral s'était de plus en plus isolé. Il avait passé le plus clair de son temps dans la bibliothèque. Il n'avait pratiquement plus parlé à personne. Seul Victor pouvait encore l'approcher. À bord, on s'était demandé ce qu'ils pouvaient bien se raconter. L'équipage avait très mal supporté ce sentiment d'abandon. Les compagnons commencèrent à quitter le navire et s'installèrent dans les cités sur les lunes. Après leur retour de leur incroyable périple, ils savaient que *l'Albatros* ne repartirait plus. Ils ne vivraient plus jamais une aventure telle que celle qu'ils avaient connue. Une page de leur histoire était définitivement tournée.

Le vieil homme avait décliné très rapidement. Il semblait s'user d'autant plus vite qu'il avait abandonné toute activité. C'était comme s'il avait cessé de se battre. Et sa dernière année arriva. Probablement savait-il sa fin proche. Un soir, alors que Bill revenait d'une de ses nombreuses plongées en solitaire, l'Amiral le convoqua dans la bibliothèque. Bill comprit que l'inévitable n'allait plus tarder. C'était avec le cœur lourd qu'il se rendit au lieu du rendez-vous. À sa surprise, l'Amiral n'était pas seul. L'incontournable Victor était présent. C'était alors qu'ils lui apprirent le grand secret. C'était la dernière fois que Bill et l'Amiral s'étaient adressés la parole. Le vieil homme voulait consacrer au Monstre le plus possible du peu de temps qui lui restait. Il s'éteignit quelques semaines plus tard.

Depuis sa disparition, Bill s'était lui aussi enfermé dans la solitude. Il avait repris les commandes de *l'Albatros*, mais il était devenu le capitaine d'un vaisseau fantôme et cela ne le satisfaisait pas. Il était loin le temps où ils naviguaient de mondes en mondes pour vendre leur récolte. Le vieux cargo n'était plus qu'une épave échouée sur une orbite immuable.

À l'image de son prédécesseur, Bill aimait passer de longs moments de solitude sur la passerelle de pilotage du navire, à savourer la beauté du spectacle, de l'autre côté de la baie de cristal renforcé.

L'océan bleu n'était pas visible. *L'Albatros* survolait le côté nuit de la Planète Géante. En l'absence de toute lumière de Sol, l'étoile centrale, les autres étoiles scintillaient de mille feux. Le ruban clair de la voie lactée déroulait sa splendeur dans le ciel et ne disparaissait que là où l'hémisphère sombre de la planète géante cachait ce qui se trouvait derrière. La grande planète était bien là, sous le vaisseau. Le noir absolu en bas de son champ de vision la trahissait.

Bill distinguait nettement la frontière courbe entre ce noir total et le fond constellé de points lumineux. De rares petits flashs isolés sur le côté nuit de la planète lui rappelaient que celle-ci n'était pas aussi endormie qu'elle le laissait paraître parfois. Dans la nuit glaciale, de violents orages accompagnés d'éclairs faisaient rage.

Bill se plaisait à se remémorer les longs voyages qu'ils avaient faits lorsque l'équipage était encore au complet, et en particulier le dernier voyage du vieux cargo. Bill avait au moins la satisfaction que *l'Albatros* avait conclu sa carrière avec panache. Ce dernier voyage était de loin le plus excitant. C'était aussi le plus dangereux. Ils avaient accueilli à bord Victor et Alex, alors pourchassés par Narcisse. L'empereur des Mondes d'Uranus avait lancé à leur poursuite Nagashi, l'un de ses meilleurs limiers. Mais ils lui échappèrent. Bien plus tard ils apprirent qu'ils avaient bénéficié de l'aide discrète des conjurés. Sans cette aide, ils n'auraient probablement pas réussi. Mais cela restait tout de même une aventure extraordinaire. C'était aussi durant ce dernier voyage qu'il avait trouvé Moïse.

Bill était triste. Le vieil Amiral lui manquait beaucoup. Que n'aurait-il donné pour retourner dans le passé ! Il n'avait rien oublié de ses longues années passées à bord du cargo. Par contre, il avait beaucoup moins de souvenirs de sa vie d'avant. Il avait tout fait pour l'oublier et y était presque arrivé. Mais maintenant que le vieil Amiral n'était plus, certaines images de ce passé lui revenaient régulièrement à l'esprit. En particulier celles des rues sombres et froides de la cité de Messina. Il était encore très jeune à ce moment là, à peine un adolescent.

Par contre, lorsqu'il essayait de se rappeler ses parents, c'était le noir total. Pas la moindre esquisse d'un visage, d'un son de voix ou même d'une odeur. Il avait l'impression d'avoir toujours été orphelin. Il était né orphelin.

Il n'avait même pas de nom. Il s'était lui-même donné le nom de William Cooper. Un nom qui figurait sur une pièce d'identité volée à l'une de ses premières victimes. Il s'était accaparé l'identité de l'inconnu. Il lui semblait qu'avec un nom, son existence avait un peu plus de réalité. Il ne sût jamais qui était le vrai William Cooper. Il se demandait parfois ce qu'il était devenu. L'inconnu n'imaginait sans doute pas quel cadeau merveilleux il avait fait à son insu au petit voleur. Il lui avait donné une identité.

Il avait appris très vite à se débrouiller seul. Quand il ne volait pas les passants, il survivait en fouillant dans les déchets publics. Il avait petit à petit pris de l'assurance. Il était même devenu très doué et il avait été probablement l'un des meilleurs pickpockets de Messina. À l'époque, il en était fier.

Mais un jour, il s'attaqua à une proie bien trop coriace. Il n'avait pourtant pas choisi sa victime au hasard. Un homme déjà âgé, forcément lent à réagir, et probablement sans grande vigueur. Le temps de rapidement lui vider les poches et il serait loin. Mais le vieil homme n'était pas si lent que cela. Et pas si faible non plus. Bill l'apprit à ses dépens lorsque la poigne de fer de l'homme se referma subitement sur son poignet. Le jeune Bill avait beau se débattre, le vieil homme n'avait pas lâché prise. Et le vieil homme ne l'avait jamais lâché, jusqu'à sa mort.

L'Amiral ne lui avait pas laissé le choix. Il l'avait embarqué à bord de son gros cargo. Pour la première fois de sa vie, Bill eut vraiment peur. Jamais il n'avait été à ce point intimidé par quelqu'un. Pour se racheter de sa conduite, l'Amiral lui proposa de travailler pour lui. Mais contrairement aux craintes de Bill, ce n'était pas une punition. L'Amiral lui avait offert un toit, une famille et la sécurité à bord de *l'Albatros*. L'Amiral lui avait tout appris et Bill avait fini par le considérer comme un père.

Il s'était juré de faire à son tour ce que l'Amiral avait fait avec lui. Et lorsque l'occasion se présenta, il n'hésita à prendre sous son aile un autre orphelin, qui comme lui autrefois, survivait tant bien que mal dans les ruelles de Pelion, sur Mimas. Mais il avait un caractère très dur, bien plus coriace que celui de l'Amiral. Et surtout, il était incapable d'exprimer ses sentiments. Pourtant, il avait beaucoup d'amour à donner. Et il en avait aussi beaucoup besoin, mais il avait toujours eu la pudeur de ne pas en demander.

Finalement, ce fut Victor qui adopta le petit Moïse, comme l'équipage l'avait baptisé. Mais Bill savait que rien ne briserait le lien très particulier qu'il y avait entre lui et Moïse. L'affection qu'il avait pour le jeune homme était réciproque, il le sentait. Ils n'avaient pas besoin de parler. Ils se comprenaient parce qu'ils avaient vécu la même chose. Ils avaient connu le rejet, la rue, l'indifférence. Ils s'étaient construits une coquille protectrice inoxydable. Et ça, même

Victor ne pouvait pas le comprendre. Leur lien s'était encore davantage renforcé lorsque Moïse était entré dans l'adolescence. Il avait pris de la distance avec ses parents officiels et s'était beaucoup rapproché de lui.

Mais Moïse ne pouvait pas remplacer l'Amiral. Sans son protecteur, Bill était à nouveau seul. Il ne se sentait plus en sécurité. Il redoutait de se retrouver à nouveau à la rue, comme autrefois. Et même s'il était encore jeune, il avait le sentiment que sa vie était derrière lui. Il n'avait aucun plan d'avenir. Il était simplement prisonnier d'un navire qui ne voguerait plus.

Depuis que *l'Albatros* avait été transformé en station d'étude, le rôle de capitaine s'était réduit à la surveillance de l'orbite du vaisseau. L'équipage avait été réduit au minimum et la plupart du temps, la passerelle était déserte. Les ordinateurs de bord étaient parfaitement capables de gérer la situation.

Parfois, la monotonie de la surveillance était interrompue par l'alarme de proximité. Les parages de la géante étaient loin d'être vides. La planète avait attiré autour d'elle toute une cour de rocs de toutes tailles qui tournaient autour d'elle comme des insectes autour d'une lampe allumée en pleine nuit. La plupart de ces débris s'étalaient en de fins anneaux tout autour de l'équateur de la planète. La station était en orbite polaire, et traversait les régions équatoriales deux fois par orbite. La trajectoire avait été calculée de façon à ne pas croiser l'un de ces anneaux.

Mais il y avait aussi de nombreux rocs solitaires, les plus dangereux. Les plus grands d'entre eux étaient parfaitement connus et avaient même reçu un nom, comme c'était le cas des mini-lunes Cordelia et Ophélia qui naviguaient de part et d'autre de l'anneau Epsilon, le plus imposant des anneaux uraniens. On les avait appelés les satellites bergers car leur effet gravitationnel confinait les particules qui composaient l'anneau dans une bande de moins de cent kilomètres de large, comme le faisaient des chiens bergers avec un troupeau de moutons.

La plus grosse des mini-lunes portait le nom de Puck. Une immense boule bosselée de cent cinquante kilomètres de diamètre. Il y avait des années de cela, Bill l'avait survolée avec la navette de *l'Albatros*, alors qu'il revenait de Messina. Plusieurs centaines de mini-lunes avaient été identifiées et, même si la plupart étaient répertoriées dans les mémoires de l'ordinateur de bord, toutes n'étaient pas connues.

Lorsque les senseurs de *l'Albatros* en repéraient une, l'alarme de proximité la signalait et Bill avait le temps de modifier légèrement la trajectoire afin d'éviter la rencontre avec l'intruse. Même si ces rochers étaient de petite taille, ils filaient autour de la planète centrale à des vitesses faramineuses et un choc avec le cargo risquait de causer des dégâts très sérieux.

L'alarme de proximité ne teintait que très rarement. Pas plus de cinq fois durant une année standard. Bill se demandait parfois ce qui se passerait si un tel objet menaçait la station alors qu'il était loin de son poste. Probablement quelqu'un d'autre à bord saurait aussi bien que lui effectuer la manœuvre d'évitement. C'était un jeu d'enfant. Ils avaient connu bien pire quand ils s'étaient cachés dans les anneaux majestueux de Saturne, alors que Nagashi les poursuivait. Ses pensées le ramenaient toujours à leur dernière aventure, juste avant l'arrêt total des récoltes.

À la grande surprise de Bill, la nouvelle situation avait semblé convenir au vieil Amiral qui était fatigué par une longue vie de lutte permanente et qui n'avait plus de temps que pour son nouvel ami, le Monstre uranien. C'était la première fois que Tulk avait éveillé en Bill un sentiment de déception. Après son décès, Victor avait proposé le poste à Bill. C'était surtout un moyen pour que Bill puisse rester à bord, et peut-être se sentir utile. Mais Bill ne se sentait pas utile.

Il n'y avait plus de plongées pour aller récolter l'hydrogène. On le faisait livrer par d'autres récolteurs. Les vieilles capsules de *l'Albatros* n'étaient plus utilisées. Seul Bill s'en servait encore pour s'échapper de temps à autre de sa prison de métal. Lorsqu'il ne supportait plus d'errer dans les coursives désertes du cargo, il se glissait dans l'une des capsules qui fonctionnaient encore pour s'en aller faire une petite excursion en bas, dans les brumes bleutées de la Géante. Il allait y rechercher les sensations du passé.

Les gigantesques cuves désormais inutiles avaient été aménagées pour accueillir les laboratoires et la petite équipe scientifique restreinte qui entourait Victor. Victor était le vrai chef à bord.

Bill était resté célibataire. Il n'avait pas d'enfants, mis à part Moïse. Mais Moïse était officiellement le fils de Victor. Bill se disait que Victor lui avait tout pris, le cargo, son équipage et même le petit Moïse. Mais Bill ne pouvait pas lui en vouloir. Victor avait toujours été correct avec lui. Il avait tout essayé pour impliquer Bill davantage dans la vie à bord de la station. Mais rien n'y fit. Bill refusait d'accepter les changements et ne désirait pas s'intéresser à ce qui se passait dans les laboratoires.

Même les nouvelles capsules permettant de plonger bien plus profond ne l'avaient pas séduit. Bill avait préféré continuer à vivre dans les anciennes parties du vaisseau, et plonger avec les vieilles capsules qu'il connaissait si bien. Il n'était pas tenu à l'écart pour autant. Victor le tenait régulièrement au courant de ses recherches, bien que Bill les trouvât superflues. Il pensait qu'il valait mieux laisser la chose en bas en paix. Mais il s'abstint d'exprimer son opinion. Ils avaient déjà beaucoup de divergences sans en rajouter une de plus.

*Urgaïa* ne parlait qu'à Victor. Mais Bill avait très vite compris que l'être conscient au fin fond des brumes d'Uranus venait de temps en temps sonder son esprit. Il avait vite fait le lien entre sa présence mentale et les bourdonnements qu'il ressentait dans la tête. Il avait même espéré qu'un jour le Monstre télépathe finirait par lui parler. Il sentait que parfois il était sur le point de le faire, puis se ravisait. *Urgaïa* était extrêmement curieux, mais timide.

L'intrusion du Monstre dans son esprit ne le gênait point. Il ne la ressentait pas comme une agression. Le Monstre cherchait à apprendre, à comprendre. *Urgaïa* tâtonnait son esprit tout en gardant beaucoup de recul. Cette timidité touchait Bill. Il le laissait errer dans ses pensées lorsqu'il sentait sa présence. S'il en avait voulu autrement, il n'aurait de toutes manières pas pu l'en empêcher. Bill n'avait rien à cacher. Même pas son amertume. Tout le monde à bord connaissait son état d'esprit. Il savait qu'il inspirait la pitié chez les autres, ce qui ne l'exaspérait que davantage.

Lorsque Bill était à bord de *l'Albatros,* le Monstre ne lui rendait que très rarement visite. Par contre, il venait à chaque fois que Bill était en plongée. Bill avait compris que l'être télépathe se nourrissait des sensations des humains. Les plongées étaient les seuls moments durant lesquels Bill avait la sensation de vivre pleinement.

Bill n'avait rien fait pour cacher à *Urgaïa* qu'il était conscient de sa présence. *Urgaïa* avait d'ailleurs été surpris par la clairvoyance de l'humain. La première fois que Bill le lui fit remarquer, il se retira aussitôt et ne revint pas avant plusieurs semaines. Ce comportement enfantin amusa Bill. Il finit par lui faire comprendre qu'il ne voyait pas d'inconvénient à ce qu'il lui rende visite de temps en temps. Petit à petit, ils s'habituèrent l'un à l'autre. Cela lui faisait de la compagnie.

Les anciens quartiers du vieux cargo étaient déserts la plupart du temps et il était l'un des derniers à les hanter. La majorité des membres de l'équipage du temps de l'Amiral s'étaient installés à

Inverness sur la lune Miranda. En dehors de ses plongées et de ses petites responsabilités sur la passerelle du vieux cargo, pour s'occuper, Bill passait de longues heures dans la bibliothèque. Tout comme l'Amiral, il avait appris à aimer la lecture. Il aimait particulièrement étudier l'histoire des humains. L'histoire était importante, elle expliquait l'origine des choses. Si seulement il avait pu trouver dans un livre d'histoire sa propre origine. Mais il ne saurait jamais. Cette blessure ne cicatriserait pas.

Tous ceux qui étaient partis vers Inverness, savaient-ils seulement d'où la cité tenait son nom ? Bill doutait même que le gouverneur des lieux le sût. Mais lui, Bill, il le savait. Il connaissait l'origine des noms de toutes les cités sur les *Mondes Extérieurs*. Et Moïse le savait aussi. C'était l'une des nombreuses choses qu'il essayait de lui inculquer. Bill pensait que si l'on connaissait son histoire, on savait qui on était. C'était ce qui lui faisait cruellement défaut. Il pensait aussi qu'il était important de connaître l'histoire de l'endroit où l'on se trouvait et où l'on allait. Ainsi, même si on n'avait jamais mis les pieds en cet endroit, on ne s'y sentirait jamais totalement étranger.

Victor avait beau être le père officiel du jeune Moïse, il consacrait tout son temps au Monstre des profondeurs, et négligeait totalement sa famille, exactement comme son prédécesseur vers la fin de sa vie. Ce n'était pas de sa faute, mais probablement celle du Monstre qui exigeait énormément d'attention.

Et avec le temps passant, la situation ne s'améliora pas. Louisa, résignée, désertait de plus en plus la station et passait la majorité de sa vie à Inverness. Elle s'était réfugiée chez sa meilleure amie Fran, l'épouse du gouverneur Alex. Bill pensa que Victor ne s'était probablement même pas rendu compte de la déliquescence de sa propre famille, tant il était absorbé par *Urgaïa*. Il avait beaucoup de mal à comprendre le lien particulier qui unissait Victor et le Monstre.

Perdu dans ses pensées, il oublia quelques temps ses propres états d'âme. Le cargo allait bientôt repasser du côté jour de la planète géante. Une fine ligne bleuâtre venait d'apparaître à l'horizon. En même temps, les étoiles dans le ciel noir commençaient à s'estomper. Bientôt, elles disparaîtraient toutes, noyées par la clarté de la lumière de Sol, même si celui-ci était très loin.

◆◆◆

*Urgaïa* était une immense conscience enfermée dans un gigantesque corps inerte. Contrairement aux humains, il n'avait pas d'organes sensoriels pour percevoir son environnement. Du moins, s'il en avait, il ne le savait pas. Seul son don télépathique lui permettait d'avoir accès à son environnement extérieur. Encore fallait-il qu'il y eût quelqu'un avec qui échanger. Et ce quelqu'un, c'était la race des petits êtres de carbone fragiles qui se nommaient les humains. S'il voulait en apprendre plus sur lui-même, seuls les humains pouvaient l'étudier et lui transmettre les informations.

Mais il était enfoui dans les profondeurs insondables de la planète Uranus, là où la pression était si énorme qu'aucun engin humain n'avait jamais pu aller. C'était l'une des grandes frustrations d'*Urgaïa*, il ne se connaissait pas en tant qu'être physique. Il ne savait pas de quoi il était fait et à quoi il pouvait ressembler vraiment, même s'il avait plusieurs hypothèses probables. Cela n'avait pas été un problème pour lui avant qu'il ne rencontre les humains, mais depuis lors, c'était devenu une question qui le taraudait sans cesse. Maudits humains ! Ils lui avaient fait prendre conscience de sa situation !

En même temps il ne pouvait leur en vouloir. Ils lui avaient appris tant de choses. Ils lui avaient fait prendre réellement conscience de lui-même, à la fois de ses atouts et de ses handicaps. Ils lui avaient aussi révélé la nature de l'univers qui l'entourait, du monde externe à sa conscience, prodigieux et si énigmatique.

Heureusement pour lui, les humains étaient des êtres curieux. Ils se posaient beaucoup de questions et se donnaient les moyens d'y répondre. Et c'était par leur intermédiaire qu'il espérait avoir les réponses à ses propres questions. Il savait que les plongeurs tombaient parfois sur de gigantesques structures solides portées par les tempêtes qu'ils avaient finies par appeler les *uranoptères*. Tulk lui en avait parlé. Victor aussi. Et puis, il avait aussi trouvé l'information dans les souvenirs de bien des plongeurs.

Victor pensait que les *uranoptères* pouvaient être des fragments arrachés de son gigantesque corps lors d'une sorte d'éruption à la surface de celui-ci. Selon Victor, son corps était probablement une épaisse membrane organique très complexe qui se serait formée à l'interface de deux couches profondes de la planète. Peut-être à la surface d'un océan chaud. Ce n'était qu'une hypothèse, mais la plus probable parmi toutes celles qu'il avait faites. Personne n'était jamais descendu aussi profondément. Mais *Urgaïa* voulait en savoir plus. Et Victor lui avait promis qu'il ferait tout son possible pour trouver les informations.

Dans ses laboratoires secrets, il développait des engins automatiques capables de descendre le plus profondément possible. Mais Victor eut aussi l'idée folle de tenter de capturer un de ces fragments d'*Urgaïa* qui remontaient, emportés par les courants ascendants. S'il n'était pas possible de descendre si bas, c'était un autre moyen d'acquérir des informations sur son corps physique. Encore fallait-il que les fameux *uranoptères* fussent effectivement des fragments d'*Urgaïa* !

Capturer un *uranoptère* était une gageure en soi. On ne les rencontrait que rarement, et par hasard. Ils pouvaient être très gros, beaucoup plus que les capsules. Victor lui avait expliqué qu'il réfléchissait à un moyen efficace de rapporter un échantillon avec une capsule ou un ensemble de capsules. Il s'était dit qu'en essayant d'en pulvériser un avec un missile, cela permettrait au moins d'en récupérer quelques petits morceaux. Ce serait un début pour une première analyse. Mais il n'arrivait pas à se décider à en détruire un. Et s'il se trompait ? S'ils étaient des êtres vivants à part entière qui n'avaient rien à voir avec *Urgaïa* ? Après tout, sur Terre la vie s'était développée de façon très diverse. Pourquoi n'y aurait-il qu'un seul être vivant sur Uranus ?

Il était aussi tout à fait possible que le corps physique d'*Urgaïa* fût sous forme fragmentée. Dans ce cas, chaque *uranoptère* serait une partie vivante du monstre télépathe. *Urgaïa* était prêt à prendre tous les risques pour avoir les réponses à ses questions. Il avait beaucoup insisté et Victor décida finalement de tenter l'expérience. *Urgaïa* dépendait totalement de Victor et ses congénères humains.

# Chapitre 3

# La Lune de Dante

Le Premier Citoyen ne savait plus où donner de la tête. sitôt qu'un problème était réglé, un autre surgissait. Après presque une décennie, les mondes des humains n'avaient toujours pas été totalement pacifiés, et il y avait encore tant de choses à faire. Et le premier problème urgent, c'était Narcisse. Son ennemi de toujours avait disparu neuf ans plus tôt et pourtant il continuait à faire parler de lui. Le vieux fou était bel et bien vivant, plus coriace que jamais et Aménor savait à quel point la soif de vengeance pouvait être une force.

Pendant ces neuf longues années, Narcisse avait eu largement le temps de se réorganiser. Le gouvernement de Memphis n'avait pas que des amis, et, pour les ennemis de la Fédération, Narcisse était devenu le symbole de la résistance. Il avait petit à petit récupéré la sympathie des mécontents du nouveau système. On avait oublié le tyran qu'il avait été. Qu'il était probablement toujours. Pour eux, il incarnait le rejet du nouveau système. Narcisse était redevenu dangereux et il fallait à nouveau l'empêcher de nuire. Et pour cela, il fallait d'abord le débusquer.

Aménor savait très bien ce qu'on pouvait ressentir un homme pourchassé. Il l'avait été aussi autrefois, lorsqu'il était à la tête de la conspiration qui allait mener à la Fédération. Mais la situation était bien différente. Contrairement à Narcisse, il détestait la violence et utilisait une arme bien plus efficace pour déstabiliser ses ennemis, leur susceptibilité. Il avait œuvré de façon totalement anonyme et personne ne s'était douté que derrière le chancelier à la solde de Narcisse, se cachait l'un des plus farouches ennemis des gouvernements d'antan.

Atama, qui n'était pas dupe, avait lancé à ses trousses un prédateur exceptionnel. Ce prédateur était ensuite devenu une de ses meilleures alliées après la Conférence de Fondation de la Fédération. Il n'avait pas revu Maya Andrades depuis au moins deux années standard. Elle ne s'était jamais réconciliée avec son ancien maître qui ne lui avait pas pardonné sa trahison. Pour la punir, il l'avait exilée à Séléna, la capitale de l'État Sélène sur la lune de la Terre, avec le titre d'ambassadrice de Mars. Atama ne voulait pas totalement se priver des compétences de Maya. Elle continuait ainsi à travailler pour lui, tout en étant éloignée de l'ex-empereur, devenu gouverneur de Mars.

Maya était la personne idéale pour retrouver Narcisse. Mais allait-elle vraiment accepter une nouvelle mission de chasse après toutes ces années ?

Aménor devait aussi faire face au délicat problème de l'Église de la Conscience. Il avait trop longtemps fermé les yeux sur ce que tout le monde appelait la secte d'Enora. L'ex-présidente et ses adeptes s'étaient installés sur Triton, un monde inhabité à la frontière externe du système de Sol. Il avait même soutenu la construction de leur cité, Slidr. C'était un bon moyen d'étendre l'influence de l'humanité toujours plus loin dans les confins du système de Sol. Il avait aussi espéré que petit à petit, ils allaient revenir à la raison, ou en tout cas, se faire oublier du monde sensé, loin sur leur monde obscur. Mais Enora avait gardé une grande part de son aura et beaucoup de citoyens avaient fini par adhérer à sa philosophie. Les Terriens eux-mêmes s'exilaient en masse vers Slidr, malgré l'épreuve douloureuse de la décontamination. C'était même pour eux une sorte de baptême, une purification nécessaire pour être digne de rejoindre la nouvelle Cité Sainte.

Enfin, il y avait les *Gaïans*, autre secte située exactement à l'autre extrémité de la Fédération, au plus près de l'étoile centrale, Sol, sur la Terre. Nombreux étaient les Terriens qui n'avaient pas accepté le transfert de l'administration centrale vers Memphis. Beaucoup avaient fini par se joindre aux *Gaïans*. Le Doc, leur maître spirituel qui s'était caché pendant longtemps n'hésitait plus apparaître de temps en temps en public. Les deux sectes se haïssaient depuis toujours et l'assassinat du professeur Munstersen, l'un des principaux instigateurs de l'Église de la Conscience, par les *Gaïans*, avait encore attisé cette haine.

Aménor n'avait pas l'habitude de se plaindre, mais il ressentait parfois une certaine lassitude. Il n'était pas seul, il avait autour de lui tous les amis fidèles qui étaient déjà présents dix années plus tôt. Et il y en avait de nouveaux. Il pouvait compter sur eux. Mais aux yeux de tous, il incarnait le groupe qu'on appelait encore péjorativement le groupe des conjurés. L'ingratitude des humains lui était parfois insupportable. Il avait tant sacrifié pour améliorer leurs conditions de vie. Mais le peuple ne semblait pas le réaliser. Il exigeait toujours plus, mais il n'était pas prêt à faire lui-même le moindre sacrifice.

Aménor ne se laissait cependant pas décourager. Il était conscient qu'il y avait aussi tant de choses que lui et son équipe avaient réussies. Il était particulièrement fier de l'intégration progressive de Mars dans la Fédération. Rien n'était gagné au début, mais après des années d'efforts et beaucoup de concessions, un accord avec l'empereur Atama avait pu être trouvé. Contrairement à ses craintes, Atama était un homme intelligent et responsable. Finalement, il accepta de signer l'intégration de sa planète dans la Fédération.

La condition avait été qu'il puisse rester le maître de la planète. Il avait pris le titre de gouverneur et n'était plus empereur. Mais si dans la forme cela semblait changer beaucoup, pour le citoyen martien, il n'y avait pas une grande différence. Aménor n'intervenait que très rarement dans les affaires martiennes.

Perdu dans ses pensées, Aménor faillit oublier son prochain rendez-vous. Le professeur Daniel Beltran avait demandé audience. C'était sa cinquième tentative et Aménor avait fini par céder. Probablement de nouveaux soucis se profilaient-ils à l'horizon.

◆◆◆

Dan Beltran était un homme grand, très grand. Même assis derrière le bureau du Premier Citoyen, Aménor avait l'impression que son interlocuteur était debout. Il devait bien mesurer deux mètres et demi. La moyenne des humains, Terriens exclus, était de deux mètres et dix centimètres. Le professeur Beltran la dépassait largement. Beltran était un personnage arrogant, peut-être parce qu'il avait l'habitude de regarder ses congénères de haut. Aménor n'aimait pas le personnage et encore moins la raison pour laquelle il se trouvait dans son bureau.

L'homme en face de lui ne demandait rien moins qu'un visa pour l'exploration des *Mondes Interdits*. Également connus sous les noms de Io et Europa, ces deux mondes étaient plus communément appelés la *Lune de Dante* et la *Lune Océan*. Ces deux lunes intérieures de Jupiter orbitaient encore plus profondément dans les ceintures de radiations de la planète géante que Ganymède. Seule, Callisto était assez éloignée de la planète géante pour échapper à ses radiations. Le champ magnétique propre de Ganymède était assez intense pour dévier les rayonnements mortels des régions équatoriales où étaient bâties toutes les cités de la grosse lune, dont Memphis, la capitale des hommes. Les pôles de Ganymède, quant à eux, n'échappaient pas aux radiations.

Io, la *Lune de Dante*, se trouvait si près de Jupiter que son intérieur était malaxé par le champ gravitationnel de la géante. Les entrailles de Io étaient chauffées en permanence. Cela se traduisait en surface par la présence de centaines de volcans actifs et des coulées de laves qu'ils crachaient. Europa, la *Lune Océan*, était quant à elle un peu plus éloignée. Elle était moins chauffée, mais malgré tout active. Et surtout elle était recouverte d'une épaisse couche d'eau liquide d'une bonne centaine de kilomètres de profondeur. La surface de cet océan global s'était gelée au contact du vide glacial de l'espace. Il n'y avait pas d'atmosphère pour jouer le rôle de tampon entre l'océan et l'espace.

Mais, sous cette croûte de glace, cette banquise qui recouvrait toute la petite planète, l'océan avait toutes les chances d'abriter une forme de vie endogène. Les savants étaient tous d'accord à ce sujet. Et pour éviter de contaminer ce monde avec des germes terrestres, toute exploration de la *Lune Océan* avait été interdite.

Les deux mondes étaient très grands, de la taille de la lune de la Terre, mais leur environnement mortel les avait protégés de l'intrusion humaine. C'était si frustrant de songer que Jupiter possédait quatre très grosses lunes et que seule la région équatoriale de l'une d'entre elles avait pu être colonisée. La quatrième, Callisto, la seule à ne pas souffrir des radiations, présentait une surface trop instable pour y bâtir une cité.

Mais entre-temps la technologie avait évolué et le *Champ de Socrate* avait été inventé. Utilisé pour protéger les vaisseaux et stations qui s'aventuraient au-dessus des pôles de Ganymède, ce système avait été perfectionné et maintenant on pouvait construire des vaisseaux pourvus de boucliers qui leur permettaient de résister durant de longues périodes à des rayonnements bien plus importants, ceux qui régnaient dans les régions plus proches de Jupiter, ceux qui s'abattaient sur les *Mondes Interdits*. Beltran lui-même s'était beaucoup impliqué dans le perfectionnement du *Champ de Socrate*, et il avait réussi.

Aménor ne cèderait pas pour Europa. Et Beltran le savait très bien. C'était même un sujet tabou et aussi bien le savant que le politicien n'allaient jamais prononcer le nom de la lune. Mais Aménor était prêt à faire un effort s'il pouvait en tirer un avantage. Io était un monde des plus inhospitaliers, mais se trouvait très près de Jupiter. Aménor avait lancé le projet ambitieux de récolter l'hydrogène dans toutes les planètes géantes afin de libérer un peu les alentours d'Uranus. Les ceintures de radiation de Jupiter entravaient ses plans. Mais le *Champ de Socrate* changeait tout.

— Je suis prêt à vous fournir les autorisations ainsi que tout le matériel nécessaire ! lança Aménor avec un grand sourire.

Beltran resta silencieux. Il avait passé des heures à préparer ses arguments et voilà qu'il allait recevoir l'autorisation sans avoir dit un mot. Ça commençait plutôt bien. Le sourire d'Aménor se fit plus crispé lorsqu'il reprit :

— Il y a évidemment deux conditions !

Un nouveau silence suivit. Beltran était prêt à accepter n'importe quelles conditions pour avoir l'occasion de réaliser son rêve.

— La première c'est que vous vous limitiez à Io. Il n'est absolument pas question que vous vous posiez sur l'autre lune !

Beltran ne fut pas surpris, il s'attendait à cette condition. Évidemment, une autorisation d'installer une station d'étude sur Europa aurait été inespérée, mais il se disait que Io, c'était déjà beaucoup.

— La deuxième condition, c'est qu'en plus de vous livrer à votre exploration de la *Lune de Dante*, vous aurez aussi la charge de tester les capsules de plongée destinées à récolter l'hydrogène de Jupiter.

◆◆◆

Zerdan était furieux. Il venait de recevoir les rapports hebdomadaires de Memphis. Il était toujours encore le gouverneur des Mondes de Jupiter, même s'il avait quitté Memphis pour Harpagia. Jamais il n'aurait pu cohabiter avec Aménor. Il regrettait le temps où il était le seul maître des lieux, alors qu'il était encore empereur. Il avait fui comme un lâche lorsque Aménor et sa Fédération étaient venus s'installer à Memphis.

Il se sentait bien plus à l'aise, à Harpagia, même si Memphis lui manquait de temps en temps. C'est lui qui avait assuré le développement de la grande cité, c'est lui qui avait fait d'elle la grande métropole qu'elle était devenue. Pour lui, Aménor n'était qu'un usurpateur. Mais avait-il vraiment eu le choix ? Tout ce qu'il voulait, c'était qu'on lui fiche la paix. Zerdan avait de plus en plus de mal à garder en lui cette frustration.

Au début de leur cohabitation, Aménor s'était bien tenu de ne pas empiéter sur les prérogatives de Zerdan. Il gérait tout ce qui touchait à la Fédération et laissait Zerdan s'occuper des affaires intérieures. Mais cela n'avait évidemment duré qu'un temps. Aménor avait fini par empiéter sur ses plates bandes. Mais cette autorisation, c'était le bouquet ! Zerdan s'était toujours évertué à protéger les deux lunes internes de toute intrusion humaine.

Toutes deux étaient des merveilles de la nature qu'il ne voulait pas voir défigurées par l'homme. Et la géante Jupiter semblait partager cet avis. Ne les avait-elle pas protégées avec ses radiations ? *Maudits boucliers de Socrate*, pesta-t-il. La catastrophe tant redoutée était sur le point de se produire, tout simplement en raison de la négligence, voire la bêtise du Premier Citoyen. Pour la première fois depuis des mois il décida de contacter directement Aménor. À sa grande surprise, ce dernier répondit immédiatement à sa demande de contact. Son visage apparut sur l'écran du com mural, en face de son bureau en exil. Il remarqua, non sans satisfaction, que le premier citoyen avait pris un coup de vieux.

— Qu'est ce qui me vaut l'honneur de cet appel, demanda Aménor, à peine surpris.

— Vous le savez très bien, *les Lunes Interdites*, répondit sèchement Zerdan.

— Ah, je vois, comprit Aménor avant de reprendre. Je comprends votre position concernant ces lunes, mais elles ne risquent absolument rien.

— C'est vous qui le dites ! Vous savez très bien ce que veut Beltran. Comment avez-vous pu lui donner cette autorisation ! Vous rendez-vous compte des risques ? Europa va être souillée. Vous avez ouvert la boîte de Pandore !

— Je sais bien ce que veut Beltran, mais il n'a pas eu l'autorisation de se poser sur Europa. Laissons-le s'amuser un peu sur Io, jusqu'à ce que les conditions sur place ne le lassent. Après cela, j'espère qu'il passera à autre chose.

Aménor s'abstint de lui parler des capsules de plongée. Il savait ce que Zerdan ne croyait pas en ce projet. Il ne voulait pas lui donner un autre motif de râler.

◆◆◆

Après toutes ces années, Zerdan lui manquait toujours énormément. Bien plus qu'elle ne l'aurait pensé. Halana l'aimait encore. Et elle savait que lui aussi avait encore des sentiments à son égard. Ils avaient vécu tant de choses ensemble. Mais il était si buté !

Elle avait essayé de renouer le contact à plusieurs reprises. Mais il était resté froid. Il se figeait dans ses maudits principes. Elle avait tant espéré qu'il finirait par comprendre sa trahison, qu'il lui pardonnerait. Mais Zerdan n'avait jamais pardonné. Elle s'était installée non loin du palais qui était devenu le palais fédéral après la venue d'Aménor.

Zerdan de son côté était parti de l'autre côté de la lune loin d'Aménor. Il prétendait encore gérer l'unique monde habité autour de Jupiter, Ganymède. Mais en réalité, son autorité se limitait à l'hémisphère d'Harpagia, la cité dans laquelle il s'était retiré. Memphis, la capitale, était sous la coupe du gouvernement fédéral.

Elle avait fait partie du groupe des conjurés qui fondèrent la Fédération après ce que beaucoup avaient appelé un coup d'État. Elle n'avait joué qu'un rôle secondaire. Elle avait voyagé de mondes en mondes sous prétexte de représenter son compagnon, alors empereur. En réalité elle était allée à la rencontre des autres conjurés et transmettait les messages. Aménor n'était pas un ingrat : il l'avait gardée auprès de lui en lui proposant de faire ce qu'elle savait faire de mieux. Elle était responsable des cérémonies officielles. Cette proximité avec le Premier Citoyen n'arrangeait en rien sa relation avec Zerdan.

Non seulement elle organisait tous les grands événements importants qui se déroulaient à Memphis, mais elle était aussi chargée de représenter Aménor sur les mondes de la Fédération lors de cérémonies officielles. Et son agenda était complet. Elle venait juste de rentrer de Séléna pour le lancement de la nouvelle ligne de croiseurs entre Séléna et Memphis. Elle avait passé trois jours dans la cité d'Eléonor Hiria. Trois jours extrêmement ennuyeux. Le vice-gouverneur avait été vexé que le Premier Citoyen ne se soit pas déplacé personnellement.

Elle avait fait le chemin du retour sur la nouvelle ligne et le trajet fut effectivement bien plus rapide qu'avec les anciens croiseurs. Elle n'était pas encore arrivée à Memphis qu'on l'informa de sa mission suivante. Elle devait représenter le Premier Citoyen à l'inauguration de la cité d'Ithaca. Elle se réjouissait à l'idée d'y retrouver son ami Bartolu.

La seule mission de représentation qu'elle avait refusée, c'était de participer aux festivités d'inauguration de la nouvelle capitale martienne. Aménor comprenait les réticences d'Halana et ce fut à Tournon de prendre en mains cette tâche. Tout comme Zerdan, l'ancien empereur Atama n'avait toujours pas totalement digéré le coup d'État. Le très subtil et diplomatique Tournon était probablement le mieux placé pour représenter la Fédération. Lui aussi avait été impliqué dans la conspiration, mais son rôle était moins connu.

Tournon et Halana partageaient un emploi du temps très chargé. Cela lui permettait de détourner de temps en temps son esprit de Zerdan.

◆◆◆

Les préparatifs allaient bon train. Aménor avait respecté sa parole. Et les moyens qu'il lui avait fournis étaient considérables. Il faisait les cent pas sur la passerelle de son nouveau vaisseau : un gigantesque laboratoire ambulant. Il avait été baptisé le *Loki*. Aménor n'avait probablement pas proposé ce nom au hasard : Loki était un ancien dieu de la mythologie nordique de l'ancienne Terre.

Fils du géant Farbauti, un ennemi mortel des Ases, il fut accueilli par Odin, le roi des Ases, qui le considéra comme un fils. De bel aspect physique, cet esprit malveillant et capricieux était le symbole même de la malice. Très rusé, il excellait à mettre les autres dieux en mauvaise posture, puis usa de son ingéniosité pour les aider à s'en sortir. Par jalousie, il n'hésita pas à tuer un de ses congénères. Excédés, les autres dieux le punirent en le liant à un rocher avec les boyaux de son propre fils, puis en attachant un serpent au-dessus de sa tête. Le venin du reptile coulant ainsi sur son visage provoquant d'horribles rictus de douleur. Selon l'ancienne croyance nordique, ces rictus étaient à l'origine des séismes. Cette torture devait durer jusqu'à la fin du monde. Beltran connaissait bien la subtilité d'Aménor et ne doutait pas un instant que le Premier Citoyen lui envoyait ainsi un message.

*Loki* était aussi le nom donné à la plus grande dépression volcanique de la *Lune de Dante*, emplie d'un gigantesque lac de lave en fusion directement relié à un réservoir de magma situé dans les couches profondes. Une fine croûte solidifiée recouvrait la lave en fusion et l'isolait du vide spatial. De brillantes roches en fusion apparaissaient sur les bords du lac, à la marge des flots de lave. La lave solidifiée à la surface était plus dense que le magma en fusion. Cette croûte isolante, mais lourde, était très instable et se fissurait régulièrement en grands fragments qui s'enfonçaient dans la lave liquide située en dessous. Ces épisodes de renversement de la croûte superficielle du lac produisaient des émissions de chaleur intense qui pouvaient être détectée de très loin, même depuis les observatoires sur la Terre.

Et le *Loki* était maintenant aussi un très beau vaisseau. Beltran le considérait comme un engin merveilleux. Il était équipé du plus puissant *bouclier de Socrate* jamais conçu. Le vaisseau sera capable de s'approcher de Jupiter comme encore jamais aucun autre vaisseau habité n'avait pu le faire.

Sur le tarmac, des employés du cosmoport étaient occupés à charger les premiers prototypes des capsules de plongée. Mais ce qu'attendait Beltran, c'était la livraison de la navette qu'ils utiliseraient pour déposer le matériel et les hommes au sol. Elle aussi était dotée d'un puissant *bouclier de Socrate*. À elle seule, elle allait occuper la moitié de la soute du *Loki*. Beltran la considérait comme la station de surface puisque c'était dans cette navette qu'ils allaient passer la plus grande partie de leur temps. La station n'arriverait que le lendemain, mais Beltran voulait déjà s'approprier les lieux.

Il avait promis à Aménor de tester les capsules de plongée. C'était dans leur contrat. Il avait longuement réfléchi à ce problème. Avec une bonne organisation, il arriverait à gérer les deux missions, sans que les tests des capsules ne lui fassent perdre un temps trop précieux. Les quinze premiers jours de leur mission serviraient à tester les boucliers et rechercher les sites les plus adéquats pour poser la station. Ils en profiteraient aussi pour travailler le plus possible avec les capsules. Durant le reste de la mission, la station rejoindrait régulièrement le *Loki* avant de se poser sur un nouveau site. On mettrait aussi à profit ces temps morts dans l'étude de la surface pour poursuivre les tests.

# Chapitre 4

# Bartolu

Le gouverneur Bartolu pouvait être très fier de lui. Il avait plutôt bien géré la transition politique vers la nouvelle Fédération et avait conservé, et même accentué, son influence sur les mondes de Saturne. Il avait éradiqué la corruption et les brigands sur Dioné et Rhéa. Lorsque Hurley avait fui après les événements de Memphis, la situation avait rapidement évolué autour de la Géante aux Anneaux. La Grande Pacification avait permis le démarrage d'un nouvel essor économique. Partout sur son territoire poussaient de nouvelles cités. Les gens affluaient de partout, et en particulier de la Terre. Les petites lunes de Saturne attiraient beaucoup de monde et la population avait presque triplé en neuf ans. Et ce n'était pas la seule bonne nouvelle. Les premiers essais de récolte d'hydrogène dans la tempétueuse Saturne s'étaient avérés plutôt concluants.

La nouvelle administration fédérale avait investi énormément de moyens pour permettre à chaque monde d'assurer sa propre production d'énergie. Le but était de permettre à des mondes comme Saturne de devenir indépendants. Il s'agissait aussi de délester un peu les abords d'Uranus. Bartolu qui faisait partie des « conspirateurs » avait été mis dans la confidence et avait parfaitement compris les raisons d'Aménor. Quoi qu'il en fût, pour la première fois, un vaisseau automatique avait réussi à plonger puis revenir de l'enfer glacial et violent qu'était l'atmosphère de Saturne.

La présence de Tournon, fils d'Aménor, auprès de son père, avait été très utile. Elle n'était pas étrangère à la générosité particulière de l'administration fédérale envers les mondes de Saturne. Bartolu admit aussi que tout cela avait aussi été rendu possible grâce à la présence à ses côtés du meilleur conseiller politique qu'il pouvait avoir, sa chère Madeleine. C'était l'une des personnes les plus intelligentes qu'il connaissait. Elle ne se privait jamais d'émettre une critique lorsqu'elle le jugeait nécessaire. Elle lui remettait les pieds sur terre lorsqu'il avait une de ses petites crises d'autosatisfaction.

En ce moment, elle était chez elle, à Dido, loin de Samarkhand et de lui. Mais même loin, il avait l'impression de l'entendre lui parler, surtout lorsqu'il avait mauvaise conscience. *Les Titaniens*, clamait-elle.

Et Bartolu se rappela que tout n'allait pas pour le mieux dans le territoire dont il avait la charge.

Titan avait toujours été un cas particulier dans les *Mondes Extérieurs*. À ne pas confondre avec Titania, la plus grande lune d'Uranus et ancienne capitale de Narcisse. Bartolu se demanda comment on appelait les habitants de Titania. Probablement aussi les Titaniens. Mais cela n'avait jamais vraiment prêté à confusion, en grande partie en raison du statut bien particulier de Titan qui en faisait un monde dont on ne parlait jamais.

C'était un monde caché sous la brume, qui avait évolué à son propre rythme, loin des yeux et de l'intérêt des autres humains. L'organisation de la société titanienne était singulière, un royaume qui se basait sur des coutumes très anciennes, oubliées partout ailleurs sur les mondes des hommes. Officiellement intégré dans la fédération de Saturne dix années plus tôt, le petit royaume avait malgré tout gardé son indépendance. Bartolu ne s'était jamais vraiment intéressé à cette partie de son territoire, même si Titan était la plus grosse lune de Saturne. Elle était même de taille planétaire, pas loin d'égaler Mars.

Le roi de Titan avait toujours paru vieux aux yeux de Bartolu, mais son âge très avancé limitait de plus en plus ses capacités à gérer son royaume. Et la question de sa succession commençait à se poser. Tournon, le fils adoptif du roi, était retourné auprès de son père naturel, Aménor, et était bien placé pour succéder au Premier Citoyen, à Memphis. La nomination du Premier Citoyen n'était pas un processus démocratique. Ce n'était pas prévu dans les statuts. Les gouverneurs se mettaient d'accord entre eux pour nommer celui qui leur semblait le plus à même de tenir cette place. La fille du couple royal, quant à elle, était encore très jeune et ne semblait pas avoir les capacités à prendre en mains le destin du royaume.

Bartolu savait qu'il avait trop négligé la grosse lune orange et ses habitants et qu'une crise politique sur son propre territoire se profilait à l'horizon. Il avait bien essayé de collaborer avec le royaume bien des années auparavant. Le roi l'avait même contacté pour collaborer à la fédération des mondes de Saturne, mais au final, Bartolu se passa de son aide. La parole de Titan n'avait pas été suivie par les actes.

Ce n'était pas uniquement de la faute du roi. Toute la petite société cachée sous les brumes avait une énorme inertie au changement et toute la volonté du vieux roi n'avait pas suffit. Les Titaniens ne voulaient pas que les choses changent, et rien ne changea. À leur habitude, ils restèrent terrés sous leur atmosphère protectrice et par commodité, le gouverneur Bartolu avait choisi d'ignorer le royaume autant qu'il le pouvait.

♦♦♦

Un silence de mort régnait dans le palais sous les brumes. La princesse était devenue une jeune femme très séduisante. Elle était toujours encore amoureuse de Tournon. Même plus encore. Ce dernier était toujours aussi accaparé par sa charge et maintenant, il y avait la distance en plus. Il avait rejoint son père biologique à Memphis. Mais quand il le pouvait, il faisait le voyage jusqu'à la Nouvelle Versailles pour saluer sa famille adoptive. Ruth savait qu'il faisait de son mieux, mais il lui manquait tant. Et elle s'ennuyait au palais.

Ses parents avaient beaucoup vieilli et se contentaient de vivre dans le confort de leur somptueuse résidence. Le roi avait conservé son autorité sur les onze villes que comptait son royaume, Bartolu évitant autant que possible de s'ingérer dans les affaires titaniennes. Le vieil homme savait bien qu'il était le dernier des rois de Titan. Après sa mort, le royaume se fonderait intégralement dans l'Union Saturnienne. Et malgré une certaine nostalgie, il encourageait ce processus. Et puis, cela comportait de bons côtés. Bartolu s'occupait d'ores et déjà de toute la politique extérieure, de toutes les relations avec les autres mondes.

Ruth n'avait encore jamais quitté son monde natal. Elle en rêvait depuis toujours, mais ses parents avaient tout fait pour que ça ne se produise pas. Eux-mêmes ne quittaient que très rarement leur monde brumeux. Ruth rêvait de voyager. Elle se rattrapait en visitant les villes de Titan. Mais elle en avait fait le tour. De plus, elle les trouvait toutes très ennuyeuses, à l'image de leurs habitants. Ruth se demandait parfois si elle était une vraie Titanienne. Elle réalisait que son monde était en pleine léthargie. Il se passait tant de choses là-bas, au-delà de la brume… !

Ils avaient toujours cru qu'ils seraient à l'abri, cachés sous les nuages. Ce fut le cas. Mais, en même temps, ils avaient cessé d'évoluer. Ils ne risquaient rien parce que personne ne s'intéressait plus à eux. Ils étaient devenus insignifiants. Ils faisaient partie de l'Union Saturnienne, mais Bartolu n'était jamais venu sur Titan. D'ailleurs, personne n'était jamais venu sur Titan. Mis à part Tournon, mais ça c'était spécial. Et ce n'était pas pour rien qu'Aménor avait caché son fils sur Titan lorsqu'il était chancelier de Narcisse. Qui aurait pensé venir le chercher ici ?

Pourtant, Ruth adorait sa planète, la seule en dehors de la Terre à posséder une atmosphère importante, des nuages, une météorologie, des lacs, des fleuves, des montagnes. Neuf ans plus tôt, son père, dans un élan d'inspiration, avait eut l'idée d'utiliser les atouts de sa planète pour attirer de nouvelles populations. La *Planète Mère* était devenue mortelle pour les *Extérieurs*. Les germes dont elle était recouverte tueraient n'importe quel *Extérieur* qui vivait dans les cités stériles sur les autres mondes. Titan avait une allure de Terre sans les germes. Mais aussi sans la pesanteur insoutenable qui régnait sur la *Planète Mère*.

Mais pour la population locale, très refermée sur elle-même, cela signifiait l'arrivée d'étrangers qui allaient déranger leurs vieilles habitudes, leur quiétude. Le vieux roi avait assez vite abandonné l'idée. Bartolu, de son côté, s'était bien débrouillé et, partout sur les autres lunes, des cités se construisaient.

Ruth voulait relancer le projet. Elle savait que ce ne serait pas une tâche facile. Elle devait agir sur deux fronts. Tout d'abord, il fallait reprendre contact avec les autres mondes et mettre fin à leur isolation. Ensuite, il lui fallait essayer de convaincre son propre peuple des bienfaits que son projet apporterait à leur planète. Ce deuxième objectif était sans doute le plus difficile à atteindre. Et pour mener à bien son projet, il fallait qu'elle aille à la rencontre des citoyens des autres lunes de Saturne.

◆ ◆ ◆

Cinq jours plus tard, elle était assise dans un siège, à bord d'une navette en départ pour Dido, la cité principale de Dioné. Elle était toute excitée. Elle allait enfin voyager de l'autre côté des nuages, dans le vrai monde. Elle avait choisi une place à côté d'un hublot, elle ne voulait rien rater. Elle repensait à ses parents, la veille, alors qu'elle leur avait annoncé son projet. Ils semblaient résignés. Ils s'y attendaient depuis longtemps. Ils n'avaient pas fait beaucoup d'histoires. La seule chose qu'ils demandèrent, c'était de toujours être accompagnée de deux gardes. Elle céda, même si l'idée d'être suivie en permanence ne lui plut guère.

Les nuages étaient très bas et la visibilité quasi nulle. Ruth se dit qu'elle ne verrait pas grand-chose durant le décollage. Ce fut effectivement le cas. Par contre, au moment où la navette sortit de la couche nuageuse supérieure, elle eut un choc. Pour la première fois, elle pouvait contempler son monde d'en haut, une énorme sphère orangée, uniforme. Et au-dessus, une voûte noire constellée d'étoiles. Et là-bas… le joyau des joyaux, la Géante aux Anneaux. Et, accompagnant l'immense sphère aux teintes jaunâtres, elle ne compta pas moins de quatre petits croissants. Leur mouvement autour de la planète centrale n'était pas perceptible. L'un d'eux devait être Dioné, sa destination. Elle en avait tant rêvé, et pourtant c'était encore mieux qu'en rêve. Elle n'arrivait pas à y croire. C'était bien réel.

Elle n'avait pas de plan particulier. Elle s'était avant tout enfuie de son monde natal qui l'étouffait. Ce qu'elle voulait, c'était voir du monde. Dido était la cité la plus peuplée et la plus active des mondes de Saturne, c'était une destination idéale pour la première étape de son voyage.

◆◆◆

Le conseiller Goran Vallard se sentait pousser des ailes. Il était enfin débarrassé de la petite peste. Il ne l'avait jamais aimée. Depuis toute petite, elle déshonorait la cour. Elle n'avait jamais pu respecter le protocole. Et Vallard était persuadé que c'était grâce au protocole que leur civilisation survivait. Le protocole passait avant les gens. Et le protocole était d'autant plus important lorsque le roi était un homme affaibli. Grâce au protocole le royaume continuait à exister.

Ce n'était pas de la faute de la petite, mais de celle de sa mère, cette étrangère qui n'avait pas su élever sa fille. Pourquoi le roi avait-il voulu prendre pour reine une étrangère ? Il y avait tant de jeunes filles parfaites sur Titan ! Une fille du royaume aurait été capable de donner un héritier mâle à la couronne.

Mais il devait respecter les choix du roi ! Le protocole l'exigeait. Du moins jusqu'à ce moment. Mais le roi vieillissait. Et sans héritier mâle le royaume allait passer sous la coupe des étrangers. Vallard ne laisserait pas se produire une telle catastrophe, quitte à renverser la dynastie pour en mettre en place une autre. Et pourquoi pas la sienne ?

Titan était un monde autosuffisant et n'avait pas besoin des étrangers. Cela faisait des siècles que ça fonctionnait ainsi et il n'y avait pas de raison pour que cela changeât. Beaucoup de sujets étaient de cet avis. Il avait le soutien du peuple.

Et voilà que la petite peste avait décidé de relancer l'idée absurde d'ouvrir leur monde aux étrangers. Cette idée, le roi l'avait eue des années auparavant. Vallard avait mis toute son énergie en œuvre pour l'étouffer. Et il avait réussi. Il réussirait encore. La princesse bâtarde était bien naïve. Elle croyait trouver l'aide chez les étrangers. C'était une erreur tactique que lui n'aurait jamais commise. Mais cela ne l'étonna pas. Elle n'avait jamais été très intelligente. Une fille d'étrangère.

Le vieux roi n'en avait plus pour très longtemps. Vallard devait agir rapidement. La peste n'étant plus dans ses jambes, ce serait bien plus facile. Il surveillerait de près le périple de la princesse. Les gardes du corps qui la suivaient en permanence travaillaient pour lui. Il n'avait pas eu beaucoup de mal à les lui imposer. Et pendant que la princesse s'acoquinerait avec les étrangers, lui irait à la rencontre du peuple. Il avait déplié la carte de Titan sur son bureau. Les onze cités du royaume étaient indiquées par des petites croix rouges. Onze petites cités pour un si grand territoire ! C'était parfait ainsi. Un royaume gigantesque et si peu peuplé, si facile à gérer. Si les étrangers venaient s'installer sur Titans, ils seraient très vite plus nombreux. Et eux, les vrais Titaniens de souche, ne se sentiraient plus chez eux. Mais cela n'arriverait pas.

Il traça sur la carte l'itinéraire de son voyage. Il décida de ne pas aller dans toutes les onze cités. Les six plus importantes suffiraient. Comme elles étaient localisées dans les régions équatoriales, son périple autour de la planète s'en trouvait simplifié. Le climat était beaucoup plus sec dans les régions entourant les déserts de dunes équatoriaux. Vers les pôles, les tempêtes de méthane étaient beaucoup plus fréquentes et les risques d'inondations importants. Les cinq cités secondaires étaient insignifiantes. Tout au plus des gros villages. La plus septentrionale, Abaya, avait été construite sur l'île de Mayda, dans la mer de Kraken, la plus grande mer de méthane et d'éthane de la planète. Vallard ne voulait pas aller se perdre dans ces endroits perdus. S'il gagnait à sa cause les cités équatoriales, il arriverait à ses fins.

◆◆◆

La princesse et le conseiller Vallard n'étaient pas les seuls à avoir pris la décision de s'absenter de la Nouvelle Versailles. Vlad Micu, archéologue, avait aussi pris cette décision. Il n'était pas une personnalité et son départ n'avait pas été aussi remarqué. Vlad ne savait rien de ce qui se passait au palais. D'ailleurs, le palais était bien loin de ses préoccupations. Il vivait dans un tout autre monde. Il avait hérité sa passion, l'archéologie, de son père. Son travail était méconnu mais essentiel à l'humanité.

Il avait de la chance de vivre dans un royaume dans lequel la tradition avait beaucoup d'importance. Le passé était même vénéré. Et c'est la raison pour laquelle Vlad, et son père avant lui, avaient toujours eu le soutien financier du gouvernement. Partout ailleurs, sur les mondes progressistes, on avait tendance à oublier le passé. On l'oubliait à tel point que l'on refaisait les mêmes erreurs. Les mondes qui se disaient progressistes ne progressaient pas tant que cela. Ils avaient plutôt tendance à tourner en boucle. C'est pourquoi les crises économiques, les crises politiques et les guerres se reproduisaient de manière cyclique.

Ils avaient beau conspuer le royaume, c'était eux les aveugles. Le système de Titan était probablement le meilleur de tous. Cela expliquait la stabilité et la longévité du royaume. Sur Titan, on se souvenait et on ne réitérait pas les erreurs du passé. Vlad prenait son rôle d'archéologue à cœur. Il servait à aider à ne pas oublier. Et pour cela, il recherchait les anciennes traces du passé. Il y en avait bien peu, mais, ô combien, elles étaient symboliques. Son père avait passé sa vie entière à trouver les restes du premier ambassadeur des humains sur la planète, la petite sonde *Huygens* qui s'était posée dans les plaines inondables à l'est du continent d'Adiri.

Sur le site, près le l'équateur, il ne restait rien. Mais les flux de méthane en furie qui se déversaient dans la plaine lors des grandes tempêtes avaient pu déplacer l'engin de plusieurs dizaines, voire centaines, de kilomètres vers le sud-est. La zone à prospecter était immense et toute une vie n'avait pas suffi à en retrouver la trace. Mais son père avait fait beaucoup de progrès. Il avait étudié les courants de ces fleuves cycliques et éphémères. Il avait fait de nombreuses simulations. Et avec le temps cette zone avait été réduite à quatre zones beaucoup plus petites, correspondant à quatre branches fluviales en aval.

Vlad avait tous les outils en mains pour réussir. Et pour ne pas mettre tous ses œufs dans le même panier, il avait aussi monté une équipe pour explorer les profondeurs de la mer de Ligeia, près du pôle nord. Le *Radeau de Ligeia*, cet autre artefact humain qui s'était posé sur la mer de Ligeia au vingt et unième siècle, devait s'y trouver quelque part. La tâche y était encore plus ardue et la mise au point de submersibles capables de fonctionner dans un mélange glacial de méthane et d'éthane liquide avait pris un temps considérable.

Le temps était venu pour Vlad d'aller sur place suivre le travail de son personnel. Le site équatorial était sa priorité absolue. C'était là qu'il irait en premier.

◆◆◆

Bartolu aimait beaucoup Samarkhand, sa capitale, située sur la petite lune Encelade. Mais ses responsabilités l'emmenaient parfois loin de chez lui. C'était aussi l'occasion de revoir sa chère Madeleine sur Dido. Cela faisait plus de deux mois qu'ils ne s'étaient pas vus. Il se demandait comment ils arrivaient à avoir une relation en se voyant si peu. Mais jusqu'à présent, cela avait plutôt fonctionné. Elle lui manquait lorsqu'il n'avait rien à faire. Mais heureusement pour lui, ses affaires l'occupaient pratiquement en permanence. Et c'était pareil pour Madeleine.

Il s'était décidé que durant sa prochaine tournée trimestrielle, il essaierait peut-être aussi de reprendre des contacts avec les Titaniens. Il avait appris par Tournon que les choses commençaient à bouger là-bas. Les progressistes se réveillaient et les conservateurs avaient lancé la contre-attaque. La princesse avait quitté le royaume. C'était la première fois depuis deux décennies qu'un membre de la famille royale, excepté Tournon, sortait des brumes orange de Titan. Elle était jeune et peu expérimentée et il n'était pas certain qu'elle pût vraiment représenter le royaume. Mais s'il avait une chance d'éviter de descendre sous les brumes, cela valait la peine de la rencontrer.

En même temps, il se disait que puisque Titan n'avait pas bougé depuis plusieurs siècles, elle pouvait attendre encore un peu. Ce n'était pas le cas des autres lunes, et en particulier de Téthys et de Rhéa qui n'avaient été pacifiées que récemment et qui exigeaient toute son attention. À chaque fois, il trouvait une excuse pour éviter d'avoir à faire au royaume. Ce n'était pas dans son tempérament, mais il méprisait l'administration du royaume. Le roi lui avait fait de belles promesses neuf ans plus tôt, alors que Titan avait été pris dans une tempête diplomatique. Mais rien ne s'était passé depuis. Leur belle collaboration ne s'était jamais réalisée. Le roi avait une fois de plus cédé devant les conservateurs.

Madeleine n'avait cessé de lui répéter que c'était du passé, qu'il était bien plus intelligent que cela. Elle avait évidemment raison, mais quelque chose en lui bloquait. Il s'attendait sans doute à ce que les Titaniens fissent le premier pas. Peut-être le geste de la princesse était-il ce premier pas !

♦♦♦

Ruth se reposait dans sa suite de l'hôtel principal du cosmo-port de Dido. Il y avait des avantages à être la fille du roi de Titan. Séjourner dans les hôtels luxueux en faisait partie. Ses gorilles étaient dans la chambre voisine. Son premier contact avec un autre monde ne l'avait pas déçue. Elle ne s'était pas encore rendue dans la cité même, mais il avait régné un joyeux désordre dans le grand hall du cosmo-port, ce qui s'avérait prometteur. Elle n'en pouvait plus de son monde austère et froid, du sacro-saint protocole qui régissait les moindres détails de sa vie.

Pour la première fois depuis bien longtemps, elle ne se sentit pas épiée. Le vieux Vallard avait des yeux partout. Même dans ses appartements privés à la Nouvelle Versailles elle sentait le regard du conseiller sur elle. À Dido, il était loin, très loin. Elle se doutait que les deux gardes du corps qui la suivaient en permanence étaient avec elle autant pour la protéger que pour la surveiller. Mais ils n'étaient pas Vallard et ils ne lui faisaient pas peur, contrairement au vieux conservateur. Depuis toute petite, elle l'avait toujours trouvé effrayant.

Sur la petite table de nuit, à sa droite, il y avait une petite tablette électronique qui lui permettait d'accéder à l'infosphère. Du moins au réseau local. Presque toutes les cités avaient leur réseau ou étaient reliées au réseau du monde sur lequel elles se trouvaient. La technologie était déjà ancienne, la Terre d'avant la colonisation de l'espace avait déjà son infosphère. Titan était probablement le seul monde à en être dépourvu. Les conservateurs avaient estimé la liberté de l'information trop dangereuse pour la civilisation et le réseau n'avait jamais vu le jour dans le royaume sous les brumes oranges.

Narcisse avait lui aussi proscrit l'installation du réseau sur ses mondes. Il voulait contrôler l'information. Après sa fuite, l'installation du réseau d'information fut l'une des premières priorités du nouveau gouverneur. Il y avait même des petits réseaux à bord des vaisseaux en transit entre les mondes. Ils n'étaient que des copies partielles des réseaux des mondes desquels ils décollaient. Cela permettait aux passagers de s'occuper durant les longues traversées. Les réseaux étaient pour la plupart indépendants et on pouvait y trouver des infor-mations très différentes suivant le monde sur lequel on se trouvait.

On pouvait aussi nourrir l'infosphère d'informations. Il n'y avait pas de limites et chacun pouvait y stocker ou partager avec ses concitoyens ce qu'il désirait. Cette totale liberté signifiait qu'on pouvait y trouver tout et surtout n'importe quoi. Mais cela faisait partie de la liberté de chacun de croire ou de ne pas croire ce qu'il pouvait y trouver.

Un siècle plus tôt, on avait essayé de mettre en place une infosphère commune à tous les mondes du système de Sol. Cela signifiait qu'il fallait synchroniser les infosphères locales. Chacune d'elles devait recevoir les nouvelles données intégrées dans les autres infosphères. On s'était vite aperçu que, lors des transmissions électro-magnétiques, beaucoup de données avaient été perdues ou corrompues. On avait alors mis en place un système de connexions à l'aide de petits vaisseaux qui circulaient de monde en monde, transportant les copies récentes des autres infosphères. Mais le temps de faire les trajets les informations à l'arrivée étaient déjà périmées. On abandonna finalement l'idée et chacune des infosphères avait fini par se développer indépendamment l'une de l'autre. Il était toujours possible de contacter quelqu'un sur un autre monde si on avait besoin d'une information qui ne se trouvait pas dans l'infosphère locale, mais c'était extrêmement rare.

Mais si l'infosphère globale restait une utopie, Bartolu n'avait pas abandonné le projet de fusionner toutes les infosphères locales autour de Saturne pour n'en créer un réseau saturnien unique. Une armada de satellites dotés d'émetteurs ultra-puissants allait permettre cette fusion et la création d'une infosphère gigantesque englobant tous les mondes de Saturne, Titan inclus, ce qui ne plaisait évidemment pas aux conservateurs Titaniens. Ils savaient qu'ils auraient beaucoup de mal à interdire les tablettes de connexion. Ils avaient réfléchi à un système de brouillage, mais cela allait à l'encontre des lois internationales.

Le gouvernement de Titan avait toujours nié être une dictature et refusait d'être considéré comme tel. Vallard et ses conservateurs étaient influents, mais ils ne pouvaient pas tout se permettre. Ils avaient beau préparer le peuple en dénigrant la technologie que les étrangers voulaient leur imposer, lorsque le peuple aurait goûté à l'infosphère, il ne pourrait plus s'en passer. Vallard le savait. Bartolu avait d'ores et déjà gagné cette bataille et Ruth se réjouissait à cette pensée.

# Chapitre 5

# Le plateau de Cipango

Le globe bleu suspendu dans le ciel qui se reflétait dans les plaines glacées donnait une teinte bleutée à tout le paysage. Il était immobile dans le ciel. Triton montrait toujours la même face à sa planète centrale le long de son orbite autour de Neptune. Immobile ne signifiait pas figé. Contrairement à l'hypocrite Uranus qui cachait sa violence sous la brume bleuâtre, Neptune arborait fièrement ses violentes tempêtes. Accompagnées de hauts cirrus de cristaux de méthane blancs éclatants, elles dessinaient des motifs en perpétuelle évolution. Toute une mosaïque changeante de teintes bleutées, des plus claires aux plus foncées, donnait vie au globe de la géante la plus éloignée de Sol. Seules, les deux bandes nuageuses plus sombres qui entouraient les pôles demeuraient stables dans le temps.

L'étoile centrale était si loin et la clarté en plein jour était bien moins importante que celle d'une nuit de pleine lune sur la Terre. Pourtant, Virginia s'était très vite adaptée à la très faible luminosité. Le pouvoir d'adaptation des êtres humains ne cessait de l'étonner. Le dôme de la cité était encore neuf et sa transparence limpide n'avait pas encore été altérée par le temps et les poussières. La vue depuis le sommet de la tour centrale était splendide.

Toute la cité s'étendait sous ses yeux. Et derrière elle, les paysages de glace bleutés. Aucun des geysers d'azote et de méthane n'était visible à l'horizon. Pourtant, ils montaient jusqu'à huit kilomètres dans la haute atmosphère. Mais la plupart d'entre eux étaient situés bien plus au sud, en bordure de la calotte polaire. Cela n'empêchait pas quelques nuages très subtils d'arriver jusqu'au-dessus de Slidr, poussés par des vents rapides. L'atmosphère sur Triton était rare, mais malgré tout assez dense pour supporter des nuages. Triton était un monde actif aussi bien du point de vue géologique que climatique. Seuls, la Terre, Mars et Titan pouvaient rivaliser avec le monde sur lequel Virginia et ses adeptes avaient élu domicile.

Slidr était l'unique cité de Triton. Virginia adorait sa cité. Elle ne pouvait pas rivaliser avec Memphis, ou même Sydney, mais Virginia était tout de même très fière de sa création. Tant de choses avaient été faites depuis qu'elle était venue pour la première fois sur Triton. Elle n'en était d'ailleurs jamais repartie. À quoi bon retourner vers les mondes ingrats ? Elle trônait dans la tour centrale et pouvait observer tout ce qui se passait dans la cité. Toute la ville avait été construite en cristal renforcé transparent. On aurait dit que la cité entière était faite de glace.

C'était l'intention de Virginia. Elle ne voulait pas dénaturer ce magnifique monde de glace en lui imposant une immonde verrue. Tel un caméléon, Slidr ne se distinguait que difficilement, au milieu des marécages gelés de la région de Bumembe. Le voyageur venu de l'espace devait avoir un œil entraîné pour la repérer.

Cette architecture imaginée par Virginia créait une atmosphère fantomatique. Le spectacle était encore plus surprenant durant la nuit, lorsque les illuminations venaient de l'intérieur des habitations. Les murs translucides ne permettaient pas de voir clairement dans les maisons, mais les silhouettes se devinaient à travers leur épaisseur. Partout on pouvait distinguer le mouvement, la vie, même lorsque les rues étaient désertes.

Virginia avait souhaité réduire au maximum l'intimité. Son dogme se basait sur la conscience, cette énergie immatérielle dont le regretté Munstersen parlait si bien. Tout le reste n'avait aucune importance. Lorsqu'on enlevait les fioritures, il ne restait que l'essentiel. Ah ! Si seulement Munstersen avait pu voir ce qu'elle avait réalisé, songea-t-elle. Il aurait sans doute été très fier d'elle. *Maudits Gaïans !*

Virginia aimait à se rappeler les longues discussions qu'elle avait eues avec le savant. C'était lui qui lui avait expliqué la différence essentielle entre la réalité, la perception de la réalité et la conception de la réalité. La réalité c'était la substance même de l'univers, ce qu'il était vraiment. Et la réalité existait sous deux formes, la matière et l'énergie. La conscience faisait partie de la réalité, dans la catégorie énergie.

La perception de la réalité était l'univers tel qu'il était perçu par les humains, ou toute autre conscience. La perception était biaisée par l'observation et l'observateur lui-même. Les humains se servaient de leurs sens pour percevoir l'univers. Certains animaux, dotés d'autres sens, percevaient cet univers d'une manière totalement différente. La perception de l'univers n'était pas la réalité de cet univers.

Enfin la conception de la réalité était la façon dont les humains imaginaient l'univers. Ils avaient inventé des outils efficaces pour modéliser ce qu'ils percevaient de l'univers. Les mathématiques en étaient sans doute le plus efficace. Elles permettaient d'élaborer des modèles de l'univers à partir de la perception de celui-ci. Les modèles essayaient de se rapprocher le plus possible de la réalité telle qu'elle était perçue, et donc n'étaient pas non plus la réalité.

Afin qu'elle comprenne bien ces différences fondamentales, Munstersen avait utilisé l'exemple du triangle parfait. Les mathématiques prédisaient son existence, pourtant ce n'était qu'un concept typiquement créé par l'esprit humain. Sans les humains, le concept n'existerait pas, tout comme le triangle parfait n'avait rien de réel. Les formes géométriques parfaites ne se trouvaient pas dans la nature. Elles étaient des inventions humaines. Elles ne faisaient pas partie de la réalité. Et pourtant il y avait toujours encore des rêveurs qui pensaient que les concepts passaient au-dessus de la réalité, parce qu'ils pouvaient à la fois prédire des faits réels et des faits irréels. Mais les concepts étaient le fruit même de la conscience.

La conscience, quel phénomène extraordinaire ! La conscience, une énergie immatérielle mais bien réelle. Elle était la substance même des êtres humains. Et probablement de tous les autres être vivants. C'était le point qu'elle avait le plus de mal à comprendre. Un végétal pouvait-il être conscient ?

Munstersen lui avait affirmé que oui. Les plantes aussi réagissaient à leur environnement. Elles pouvaient dans certains cas se défendre contre les intrus, elles pouvaient souffrir et parfois même elles échangeaient des informations en émettant des substances telles que l'éthylène. Le niveau de conscience était faible et non comparable à celui d'un animal et encore moins à celui d'un être humain, mais il n'était pas totalement nul. *Et c'était la même chose pour les microbes*, avait rajouté Munstersen, provocateur.

Munstersen avait brutalement quitté le monde matériel depuis bientôt une décennie, mais l'énergie de sa conscience devait encore exister quelque part dans l'univers. Virginia y avait beaucoup réfléchi. Si la conscience se réfugiait dans le cerveau pendant le temps de la vie du corps, où allait-elle ensuite ?

Munstersen lui avait dit une fois qu'il n'était pas improbable que la conscience réside loin du corps, même durant la phase de vie. Le cerveau n'était qu'une antenne qui faisait le lien entre cette conscience et le corps, une sorte de machine sophistiquée bardée de capteurs. Grâce à ses sens, le corps transmettait les données que ses capteurs recueillaient sur l'environnement à la conscience. L'impression de se trouver en un lieu précis venait de ce que le corps percevait, mais cela ne signifiait pas que la conscience elle-même fût aussi en ce lieu.

C'était exactement ce qui se passait avec les sondes automatiques qu'Aménor avait envoyées dans les nuages de la majestueuse Neptune. Elles envoyaient leurs données et, bien qu'aucun humain n'y fût jamais allé, les ingénieurs rivés derrière leurs écrans avaient l'impression d'évoluer au sein de cette atmosphère tourmentée.

Et c'était un physicien, un représentant d'une science exacte, et non un philosophe ou tout autre soi-disant spécialiste d'une science humaine, ou encore d'une religion, qui avait été à l'origine de cette révélation. En y réfléchissant, elle se dit que ce n'était pas si étonnant.

Le physicien avait fait abstraction de tous les biais inhérents à la nature humaine. Il décrivait les faits d'un point de vue extérieur, non en fonction de ses sentiments ou de ses espérances. Il ne tenait pas compte des fioritures et observait directement la nature profonde de l'univers. La religion, c'était une espérance, et c'était fait pour rassurer une humanité qui continuait à se chercher. La doctrine de la Conscience n'avait pas pour but de rassurer mais de révéler aux êtres humains ce qu'ils étaient vraiment. Peu importait que cela les rassurât ou pas.

Le physicien avait convaincu Virginia. Elle savait très bien l'image qu'elle avait sur les autres mondes. Ils pensaient tous qu'elle avait perdu la tête. Mais elle n'était pas folle. Ce qu'ils nommaient sa religion était tout sauf une religion. Elle essayait simplement de faire comprendre aux humains ce qui les rendait si exceptionnels, leur conscience. De plus en plus de ses congénères étaient réceptifs à son message, ce qui était à l'origine d'une autre réalité, bien plus terre à terre celle-ci.

Cette réalité qui préoccupait Virginia était le fait indéniable que Slidr commençait à être encombrée avec tous les nouveaux arrivants, en particulier des Terriens mécontents du régime de Kovalsky. Et malheureusement, la coupole transparente ne pouvait être étendue. Virginia envisageait la construction d'une seconde cité. Elle en avait déjà choisi l'emplacement : sur le plateau de Cipango, à presque mille kilomètres à l'est de Slidr. Non loin se trouvait le gigantesque *Léviathan Patera*, un énorme volcan de glace, heureusement inactif depuis bien longtemps.

Mais pour mener à bien son plan, il lui fallait l'autorisation du Premier Citoyen. Bien qu'Aménor ne l'aimât pas, il ne lui refusait rien, en particulier lorsqu'elle se lançait dans de grands travaux très coûteux sur Triton. Il pensait probablement que si elle était occupée sur Triton, elle oublierait un peu son organisation et le reste de la Fédération. Mais il se trompait. Virginia avait une capacité de travail hors du commun et pouvait mener de front plusieurs projets simultanément. Elle avait eu l'occasion de le montrer à maintes reprises alors qu'elle dirigeait encore l'ingouvernable Confédération Terrienne.

Les premiers contacts avaient été pris avec l'administration fédérale. Et la visite d'un groupe de spécialistes memphites avait d'ores et déjà été programmée. Pour éviter toute catastrophe lors de l'installation du dôme, l'étape critique de la construction d'une cité, l'emplacement choisi devait être étudié en détails par un groupe comprenant les meilleurs géologues et architectes de la fédération. Et même si durant les dernières années le nombre de constructions de cités neuves avait sensiblement augmenté, ces chantiers restaient malgré tout plutôt rares. Virginia était sûre de son site, même si la proximité de *Léviathan Patera*, à moins de cent kilomètres, pouvait être un point qui pouvait aller en défaveur de son choix.

Tout en admirant ce qu'elle considérait comme son œuvre, Virginia se posait beaucoup de questions. Le Premier Citoyen Aménor lui avait aussi récemment envoyé un rapport au sujet de la première récolte réussie autour de Saturne. Il lui proposait les mêmes moyens pour essayer la même chose dans les hautes couches nuageuses de Neptune, le gros globe bleu profond, suspendu au-dessus de leurs têtes.

C'était évidemment une belle occasion d'acquérir une indépendance énergétique. Mais Virginia savait aussi que c'était un moyen de les isoler. Jusqu'à ce jour, les cargos de son organisation avaient une bonne raison pour aller naviguer dans les parages d'Uranus. Il fallait bien aller chercher l'hydrogène tellement nécessaire à leur survie. Cela permettait aussi de retrouver les contacts à Messina, de faire passer des messages et surtout de récupérer les informations des espions. Beaucoup de bruits circulaient autour d'Uranus. En particulier au sujet de la station d'étude.

C'était devenu une forteresse inaccessible. On murmurait que des expériences secrètes y étaient menées. Bien que ce fût très subtil, Virginia avait remarqué que l'administration fédérale avait petit à petit éloigné les gens des abords immédiats de la Géante Pâle. Et cette proposition de tester de nouveaux récolteurs dans Neptune même faisait sans doute partie de cette stratégie. Comment personne d'autre n'avait-il pu remarquer cela ? Ils avaient tous l'esprit occupé à réorganiser leurs mondes, se partager leurs nouveaux pouvoirs. Ils ne prenaient pas le temps de regarder ailleurs. Virginia, elle, avait du temps. Mais quel était le secret d'Uranus ?

Quitter Slidr allait forcément lui briser le cœur. Elle avait connu une quiétude sans pareille durant ces années passées à Slidr.

Mais elle était très curieuse et voulait absolument savoir ce qu'Aménor tramait du côté d'Uranus. Et elle avait une autre raison importante pour faire ce voyage. La résistance de l'administration de Memphis avait pour l'instant empêché la progression de la croyance vers les mondes de Jupiter, Saturne et Uranus, et il fallait ouvrir un second front depuis l'extérieur. C'est ce qu'elle allait faire.

Les religions ne se combattaient pas avec des armes. Plus on les attaquait et plus on les renforçait. Et c'était aussi vrai pour l'Église de la Conscience, même si Virginia persistait à clamer que ce n'était pas une religion. Elle comptait beaucoup sur ses fidèles Hugh et Elisabeth. Elle les avait abandonnés auprès de Hiria et Atama respectivement. Hugh était devenu le favori du vice-gouverneur à Séléna. Ce type de prostitution ne semblait pas le gêner. Il avait une certaine influence sur Eléonor, même si cette dernière était restée très distante. Elle ne se confiait à personne, même pas à son amant occasionnel. Et il avait beaucoup œuvré pour l'organisation et, après Slidr, la cité lunaire comprenait la deuxième communauté de l'Église de la Conscience.

Elisabeth avait beaucoup moins bien réussi, même si elle avait su parfaitement se placer auprès d'Atama. Ce dernier n'avait d'yeux que pour elle. Il lui passait tous ses caprices. Elle le manipulait comme elle voulait. Enora n'arrivait pas à comprendre comment elle faisait. Elle lui avait assuré que jamais en dix années de service, elle n'avait cédé aux avances du vieux Martien. Leur relation était resté platonique. Le vieil homme devait être totalement frustré, mais il persistait dans son aveuglement, pour le grand bonheur de Virginia.

Son vaisseau officiel, *l'Océan II*, était prêt à partir vers les mondes d'Uranus. Elle avait déjà envoyé un message au petit gouverneur d'Inverness. Elle aurait bien aimé être présente à l'arrivée du message, rien que pour voir la tête que ferait Mirelli. Elle s'en amusa rien qu'à y penser. Mais avant de prendre le large vers Uranus, elle devait d'abord superviser la visite du site sur le plateau de Cipango.

◆◆◆

Alexandre Mirelli était de très bonne humeur ce matin là. Toutes les affaires urgentes avaient été réglées la veille et la journée allait être tranquille. Il décida de prendre son temps. Fran, assise en face de lui, était radieuse elle aussi. Il se dit qu'elle était plus belle que jamais. Bientôt ils allaient être trois. Ils n'avaient jamais été aussi unis. Ils se regardaient, se souriaient.

Cet instant de sérénité fut brisé par le tintement du communicateur. Un message venait d'arriver. À contrecœur Alex se leva et se dirigea vers le com. Il lut le message. Soudain, son visage détendu se transforma. La surprise remplaça la joie. Le message venait de lui couper l'appétit et de lui gâcher la journée. Fran, sa compagne qui avait suivi la scène s'empressa de lui demander :

— Tu fais une drôle de tête, des mauvaises nouvelles ?

— Si seulement je savais. C'est une nouvelle si étrange ! balbutia-t-il encore sous le choc. Il semblait totalement perdu dans ses pensées.

— Mais encore ? le relança-t-elle.

— Enora va venir nous rendre une petite visite, se contenta-t-il de répondre laconiquement.

Fran, elle aussi fut surprise par cette nouvelle.

— Il ne manquait plus qu'elle !

— Oui, comme tu dis ! Qui aurait pensé qu'elle quitterait un jour sa secte ? Et pour venir ici en plus !

— Nous sommes ses voisins les plus proches, ça devait bien arriver un jour. Mais que peut-elle bien nous vouloir ? Tu dois la rencontrer pour savoir ce qu'elle veut !

Alex savait très bien qu'il n'avait pas le choix. Il devait rencontrer l'ancienne présidente, ne serait-ce que par courtoisie diplomatique envers sa voisine. Il ne se réjouissait point à cette idée. Il ne l'avait jamais rencontrée et avait toujours espéré que cela ne se produirait jamais. Il avait entendu tant de choses à son sujet. Il n'était pas sûr d'être à la hauteur. Mais il devait accepter de la rencontrer !

— Tu as raison, je prendrai contact avec elle dès son arrivée, répondit-il finalement, l'air résigné. On était quand même mieux à bord de *l'Albatros*. Tout le monde nous en voulait, mais on était bien là-bas !

Fran avait l'habitude de ces moments de nostalgie. Et elle était d'accord avec lui. Les quelques mois passés ensemble à bord étaient les plus beaux de leur vie commune. Mais ils ne pouvaient tout même pas se terrer à bord de *l'Albatros* toutes leurs vies, à l'image de Bill. Lui avait simplement cessé de vivre. Elle se contenta de lui adresser un large sourire, s'approcha de lui, lui fit un bisou maternel sur le front et sortit de la pièce. La relative tranquillité de leur vie à Inverness allait bientôt prendre fin. Dix minutes plus tard, il envoya la nouvelle à Aménor et prit contact avec Victor. *L'Albatros* devait être prévenu. Sa tâche la plus importante était de protéger le secret de ce qui se tramait à bord de *l'Albatros*. Et cette tâche devenait de plus en plus difficile.

◆◆◆

Les moins courageux étaient restés dans les vaisseaux. Les autres avaient enfilé les combinaisons et arpentaient le terrain. Pas moins de cinq petits vaisseaux tournaient dans le ciel. Une petite nuée d'insectes. Un sixième, bien plus gros, était resté stationnaire un peu plus haut. Enfin, le septième s'était posé sur le sol glacé du plateau.

Toute cette petite armada s'affairait à prendre des mesures de toutes sortes, avec des tas d'instruments différents. Ils étudiaient la topographie des lieux, la composition du sol. Ils essayaient même de percer les mystères du sous-sol avec des radars ultra perfectionnés. Ceux qui s'afféraient à la surface ramassaient des échantillons, étudiaient les vents, la composition de l'atmosphère, la température et se promenaient avec des sismomètres pour tester la stabilité et les moindres petits mouvements du sol. Tout cela pour connaître parfaitement le terrain et ainsi limiter au maximum les contraintes qui pouvaient s'exercer sur le futur dôme qui allait probablement être élevé en cet endroit.

Un second groupe était allé explorer le grand cratère volcanique de *Léviathan Patera* situé plus à l'ouest. Il fallait s'assurer que le monstre n'allait pas se réveiller. La petite cité n'aurait aucune chance face à la menace d'une éruption de *Léviathan*. Virginia craignait les résultats de l'exploration de ce volcan. S'il n'y avait ne serait-ce qu'une minuscule chance que le volcan se réveillât un jour, ses plans seraient ruinés. Elle se verrait obligée de chercher un nouveau site. Trois années de travail seraient perdues. Virginia s'était donc jointe à ce groupe, non sans une certaine anxiété.

Cinq inspecteurs s'étaient posés à la surface avec une petite navette, tout au bord de la caldera. Virginia n'avait pas hésité une seconde et les avait accompagnés à la surface. Les colonnes d'azote et de méthane que crachaient les geysers aux abords de la calotte polaire sud n'étaient plus visibles depuis le sol. Pourtant, on les voyait très bien en altitude. Elle aurait bien aimé pouvoir les apercevoir depuis la future nouvelle cité.

Pendant que les cinq inspecteurs déployaient leurs instruments pour vérifier que le monstre était définitivement endormi, elle se promenait et profitait du spectacle. Elle s'approcha du bord du cratère.

La falaise en dessous d'elle était abrupte et plutôt haute. Heureusement elle n'était pas sujette au vertige. Toute la caldera était visible depuis le bord. Dans le bassin gargantuesque qui s'étendait devant elle jusqu'à l'horizon, elle pouvait nettement distinguer des

56

cratères plus petits. Il y en avait des centaines. L'activité volcanique s'était déroulée en plusieurs épisodes. Telles des poupées russes, des petits volcans avaient surgi dans le grand volcan. Si l'un seul de ses petits cratères montrait le moindre signe d'activité, son projet tomberait à l'eau.

Les inspecteurs étaient rigoureux. Elle comprenait parfaitement leurs raisons. Tout le monde avait encore en mémoire la catastrophe d'Asgard, lorsque le grand dôme de la cité s'était effondré. En l'espace de quelques secondes, toute la population de la cité s'était retrouvée dans le vide sidéral. Il n'y avait eu aucun survivant. Elle savait qu'ils allaient aussi inspecter l'intérieur même du cratère, et étudier la centaine de petits volcans qui le parsemaient. Cela pouvait durer des jours. La commission d'inspection prenait son temps pour s'assurer de n'avoir raté aucun détail. S'il advenait une catastrophe, la commission serait considérée comme responsable. Virginia n'avait pas le temps de rester avec eux durant toute la durée de l'inspection mais elle espérait revenir ne serait-ce qu'une fois de plus avec eux, de préférence lorsqu'ils iraient dans la caldera, la gueule du *Léviathan*

# Chapitre 6

# Séléna

La Martienne avait répondu positivement à l'invitation d'Aménor. Ils avaient fixé leur rendez-vous là même où ils s'étaient rencontrés pour la première fois, des années auparavant, dans la grande salle aux pierres de lune grises. C'était en cet endroit historique qu'Aménor préférait recevoir ses hôtes de marque, l'ancienne salle d'audience de Zerdan. Et malgré les efforts pour rendre l'immense cathédrale plus chaleureuse, elle restait glaciale. Les tapis de couleur rouge vif placés çà et là ne suffisaient pas à réchauffer l'atmosphère religieuse du lieu.

Maya se sentait si minuscule en traversant l'immense salle, en direction d'Aménor. Le Premier Citoyen l'attendait, impassible, à l'autre bout de la pièce. Il était immobile comme une statue. Il observait son invitée s'approcher de lui. Elle n'avait pas changé depuis la dernière fois que le Premier Citoyen l'avait vue. Sa démarche était toujours aussi gracieuse. Ses longs cheveux noirs accentuaient la finesse de la silhouette. Elle s'approchait de plus en plus. Chacun de ses pas résonnait dans la nef qui amplifiait le moindre son. Aménor aimait bien ce bruit de pas. C'était la raison pour laquelle il n'avait pas voulu qu'on recouvre le sol lisse et froid avec un tapis.

Il pouvait maintenant admirer son visage régulier. Elle le regardait fixement avec ses magnifiques yeux très sombres. Sous un petit nez très droit, une fine bouche lui lançait un sourire radieux. Elle semblait si fragile et pourtant, ce n'était qu'une apparence.

Lorsqu'elle était à moins de cinq mètres, la statue s'avança enfin vers elle pour l'enserrer entre ses longs bras, toujours sans dire un mot. Maya ne s'attendait pas à ce genre d'accueil de la part d'Aménor. Cela en disait long sur l'état d'esprit de l'homme le plus puissant de l'univers connu par les humains. Cet homme souffrait de solitude et avait de temps en temps besoin de faire preuve d'affection.

— Je suis vraiment content de vous revoir, lui chuchota-t-il enfin à l'oreille.

— Moi aussi, se contenta-t-elle de répondre, essayant de dissimuler une certaine gêne.

Il l'invita à le suivre et ils se dirigèrent vers une petite alcôve où avait été aménagé un petit salon de réception douillet. Deux canapés rouge vif se faisaient face de part et d'autre d'une petite tablette en cristal transparent. Le tout posé sur un épais tapis de la même couleur que les canapés. Le contraste rouge vif avec les murs gris en pierres de lune était saisissant. Il ne déplut pas à Maya. Ils s'installèrent confortablement face à face. Au même moment, un serviteur fit son apparition à travers une ouverture, là où quelques secondes plutôt il n'y avait qu'un mur. *Une porte cachée,* se dit Maya. Il s'approcha de la petite tablette et y déposa un énorme plateau.

— Du vin et quelques fruits de la Terre, pour célébrer nos retrouvailles ! commenta Aménor. Le tout évidemment décontaminé, se crut-il obligé de rajouter.

— Je vois comment vous dépensez l'argent de la Fédération ! plaisanta-t-elle.

Aménor laissa échapper un rire communicatif. Leurs visages étaient rayonnants. Mais Maya savait que ce petit moment agréable à parler pour ne rien dire n'allait pas durer. Si Aménor lui avait demandé de venir jusqu'à Memphis, ce n'était sûrement pas pour boire du vin avec une amie, si chère fût-elle. Elle restait silencieuse encore quelques secondes pour prolonger cet instant, puis décida de le briser.

— Alors, qu'est-ce que je peux faire pour vous ?

Il lui avait semblé que le visage d'Aménor s'était assombri l'espace d'un instant. Il porta son verre à sa bouche, but une gorgée, le posa doucement sur la tablette, puis parla :

— J'aurais effectivement une petite mission à vous confier. Si vous l'acceptez, bien entendu.

— Je suis impatiente de savoir de quoi il s'agit. Je ferais n'importe quoi pour quitter mon poste à Séléna !

— Je croyais que vous vous plaisiez là-bas ! s'étonna Aménor.

— Au début, j'avais tout à découvrir, mais maintenant j'en ai un peu assez de vivre enfermée sous la surface, sans jamais vraiment voir la lumière de Sol. Et puis, j'ai de plus en plus de mal à supporter Hiria. Cette personne est une catastrophe ! Séléna est toujours une grande cité, mais Hiria et sa gestion désastreuse sont en train de la tuer petit à petit.

Maya se rendit soudain compte qu'elle était en train de critiquer sévèrement un gouverneur en présence du Premier Citoyen, donc l'un de ses supérieurs. Pour une diplomate, c'était une erreur extrêmement grave. Mais elle s'était lâchée. Était-ce le vin, l'ambiance de la salle ou bien la manière dont Aménor l'avait accueillie qui était responsable de ce relâchement ? Probablement un peu des trois. En réalisant son erreur, son visage prit un teint presque aussi rouge que les canapés sur lesquels ils étaient assis. Aménor ne semblait pas offusqué.

— Oui je sais, Hiria est un autre de nos soucis. Mais elle a des appuis et on ne peut pas la destituer ainsi.

En tout cas, cela montrait qu'il était conscient du problème. La réaction du Premier Citoyen encouragea Maya à continuer :

— Elle est encore plus bornée qu'Enora, c'est peu dire ! Je crois que, elle et moi, nous sommes définitivement fâchées, continua Maya, avec un sourire ironique.

Elle s'était retenue si longtemps et il fallait que ça sorte. Cela lui faisait beaucoup de bien. Aménor ne put s'empêcher de sourire. Il imaginait très bien les querelles entre les deux personnages, l'une plus têtue que l'autre, chacune voulant avoir le dernier mot, chacune voulant imposer son avis. Elles étaient toutes les deux intransigeantes. La grande différence entre elles c'était que l'une d'elle était très compétente, Maya, et l'autre non, Hiria.

— Alors, je pense que votre départ de Séléna ne fera que des heureux. J'ai donc exactement ce qu'il vous faut ! répondit Aménor, d'un air rassuré.

— C'est vrai que Hiria sera contente de ne plus m'avoir dans les pattes. Et moi aussi je me sentirais bien mieux la sachant loin. Alors, cessons-là ces mystères et dites-moi de quoi il s'agit ! s'impatienta Maya, de plus en plus intriguée.

— J'aimerais que vous repartiez à la chasse, comme dans le bon vieux temps.

À ces mots, le visage de Maya s'illumina encore davantage.

— J'espérais bien que vous alliez me proposer une chose pareille. Je vais enfin pouvoir à nouveau voyager, repartir à l'aventure. Mais qui est le gibier cette fois ?

— Je suis persuadé que vous avez une petite idée, répondit-il sarcastiquement.

— Partout on parle du retour du vieux fou. Je suppose que c'est lui que vous me demandez de retrouver.

— Je vois que vous n'avez rien perdu de vos capacités d'analyse ! conclut Aménor.

Aménor se pencha, attrapa la bouteille et remplit les deux verres devant eux. Ils trinquèrent à leur nouvelle association.

— Vous êtes sûr qu'il vit encore ? demanda-t-elle, après un nouveau petit instant de silence.

— Je n'en ai plus aucun doute !

— Vous avez sans doute raison. Et Hurley est aussi probablement mêlé à tout ça. Vous n'avez toujours encore trouvé aucune piste sérieuse après toutes ces années ?

— C'est ce qui m'inquiète le plus. Il n'y a pas le moindre début de piste !

Aménor ne cacha pas son inquiétude.

— Des bombes explosent un peu partout, mais ils ne laissent pas la moindre trace derrière eux. Pour tout arrêter, il nous faut Narcisse mort ou vif. C'est impératif, sa légende ne disparaîtra que lorsque le monde aura eu la preuve de son arrestation ou de sa mort.

— Aurais-je la collaboration entière de la PolRec ? demanda alors Maya.

— Non seulement vous aurez son entière collaboration, mais j'ai décidé, si vous l'acceptez, que vous en prendriez la direction !

Maya qui ne s'attendait pas du tout à cette proposition ne dissimula pas sa surprise. Aménor continua :

— Je sais bien que vous préféreriez partir à la chasse en solitaire, mais vous nous seriez bien plus utile ici, dans les bureaux de la PolRec, à organiser la recherche. Vous aurez ainsi à votre disposition tous les hommes, tous les vaisseaux dont vous auriez besoin. Seule, vous ne pourriez pas explorer tous les endroits où Narcisse est susceptible de se cacher. Vous avez besoin d'une équipe, et le mieux serait de gérer cette équipe depuis les locaux centraux de la PolRec à Memphis.

Maya ne montra pas sa déception. Elle avait espéré quitter enfin les bureaux ennuyeux pour de longs voyages à la rencontre de mondes et gens différents, voire surprenants. Mais la proposition d'Aménor ne pouvait pas se refuser. Et puis, Memphis était une ville colorée, vivante, grouillante, presque joyeuse. Rien à voir avec la morne Séléna.

C'est avec un grand soulagement qu'Eléonor Hiria, maire de Séléna et vice-gouverneur de la lune Sélène, apprit le départ de Maya Andrades. L'ambassadrice de Mars avait toujours quelque chose à redire à ses décisions. Cette étrangère se mêlait beaucoup trop de ce qui ne la regardait pas. Que pouvait-elle bien savoir des affaires de la Lune ? Comme si ce n'était pas assez difficile ainsi !

Eléonor se devait de toujours être à la hauteur. Elle se rendait bien compte que tout n'allait pas bien dans la cité. Mais elle faisait de son mieux. Et finalement, elle pensait qu'elle ne se débrouillait pas si mal que ça. Ses conseillers ne cessaient d'ailleurs de la féliciter de ses choix. Évidemment, elle les avait choisis un peu pour ça. Mais ils pouvaient malgré tout être sincères.

Elle était toujours un personnage important. La Lune était le premier exportateur de matières premières du système de Sol. Les mondes de glaces étaient désespérément dépourvus de métaux et de minéraux comme le silicium. Et la frénésie de construction de nouvelles cités sur ces mondes demandait beaucoup de matières premières. Les astéroïdes en regorgeaient, mais en raison de leurs petites tailles, les exploitants miniers devaient sauter de l'un à l'autre et ouvrir sans cesse de nouvelles mines. Les mines de la Lune, quant à elles, étaient presque inépuisables.

La frénésie de construction et la mode des dômes avaient même atteint la Lune. Jusqu'alors, les cités avaient toutes été creusées dans le sous-sol de la planète compagne de la Terre, à l'image de Séléna. Hiria avait été réticente à l'idée de donner l'autorisation pour élever des dômes sur la Lune. Mais les habitants ne voulaient plus se terrer comme des taupes. Depuis les nouvelles cités, on pouvait apercevoir Sol, les étoiles et même la Terre lorsqu'on était du bon côté de la Lune. Séléna, était encore une mégalopole, mais elle se vidait peu à peu de sa population. Tout un quartier qui s'était retrouvé à l'abandon avait été repeuplé par les ratés de Farney. Ce qu'on appelait la clinique de Farney n'était qu'un ancien quartier de Séléna. Et Hiria ne se mêlait jamais des affaires de Farney.

Durant toutes les années passées pendant lesquelles elle avait été aux affaires, Kovalsky l'avait toujours soutenue. C'était aussi un signe. Elle avait choisi le bon camp neuf années plus tôt, celui de Kovalsky. C'était un gros risque à l'époque, Virginia avait tout pour gagner. Mais Kovalsky l'avait emporté. Et Eleonor vit sa propre position se renforcer. Virginia était très loin maintenant. Et Maya allait partir aussi partir pour de bon. L'horizon se dégageait. La seule chose positive que Virginia avait faite, c'était d'abandonner le jeune Hugh Amarelo à Séléna avant de partir pour *l'Extérieur*. Le jeune homme avait ainsi échappé à la folie de son ancienne patronne. Il était bien mieux à Séléna. Il avait tout de suite compris qu'Eléonor valait bien mieux que Virginia.

Au début, elle avait refusé ses avances. Elle se méfiait de lui. Elle se méfiait d'ailleurs de tout ce qui venait de Virginia Enora. Et puis, le temps passant, comme il n'avait jamais cessé d'insister, elle avait fini par céder. Pendant les neuf dernières années, ils avaient été amants occasionnels. Elle savait très bien qu'il avait d'autres aventures, mais cela ne la formalisait pas. Il lui appartenait, il finissait toujours par lui revenir. Après tout, c'était elle qui détenait le pouvoir.

Eléonor l'avait fait espionner de temps en temps pour savoir ce qu'il faisait quand il n'était pas avec elle. Ce n'était pas par jalousie, elle était au-dessus de ça, mais plutôt par paranoïa. Elle voulait être certaine qu'il n'était pas venu à Séléna pour lui nuire. Mais il menait une vie plutôt ennuyeuse. En dehors de ses aventures occasionnelles avec des filles faciles, il ne fréquentait pas grand monde. Une fois par semaine il se rendait dans une association proche de l'Église de la Conscience d'Enora.

Il n'avait pas totalement coupé les ponts avec son ancienne patronne. Mais la distance aidant, son influence allait en s'amenuisant. Hiria lui pardonnait cet écart hebdomadaire. En près de dix années, il ne s'était pas intégré dans la vie sociale de Séléna, et l'antenne de la secte devait être son seul lien social. Elle se promit tout de même de s'intéresser un peu plus à la secte dans l'avenir. Elle se demanda où il pouvait bien être en ce moment. Probablement en bas, dans son antre, en train de cuver son alcool. Une nouvelle mauvaise habitude qu'il avait prise récemment.

◆◆◆

Hugh était loin d'être satisfait avec la tournure qu'avait prise sa vie. On lui avait pourtant promis un bel avenir. Il s'était hissé dans la sphère des proches de la présidente Enora. Bien qu'il n'eût jamais vraiment été intéressé par le spirituel, il avait vu une bonne occasion de promotion en suivant Enora dans son utopie religieuse. Et puis, elle l'avait abandonné à Séléna, aux côtés d'Hiria. À l'époque, il avait été d'accord. Il pensait que c'était une bonne idée. Une erreur de jeunesse.

On disait qu'on était dans un nouvel essor de l'humanité. Partout on construisait, on rénovait. Ou presque partout. Hugh ne voyait rien de tout cela à Séléna. C'était même le contraire. La seule chose qui se développait, c'était la clinique de Farney, les rebuts de l'humanité. Séléna était une grosse poubelle. Elle était aussi triste que le gouverneur qui en avait la charge.

Il ne la détestait pas. Avec le temps, il avait même développé de l'affection pour elle. Mais surtout il éprouvait de la pitié envers elle. Elle n'avait pas un mauvais fond, mais elle n'était simplement pas à sa place et elle était très mal entourée. C'est sans doute la raison pour laquelle il continuait à la voir de temps en temps. Il n'était pas fier de faire ainsi le gigolo. En même temps, elle était la seule personne qui pouvait encore faire quelque chose pour lui. Enora l'avait presque totalement oublié.

Il s'ennuyait à Séléna. Il regrettait la planète natale. Elle était si proche, mais il n'était pas question de tenter d'y retourner. Il ne voulait pas risquer sa vie une fois de plus. À chaque fois qu'il y songeait, sa frustration fut attisée. Même les filles de passage l'intéressaient de moins en moins. Il n'éprouvait plus le même plaisir. Il s'était lassé des aventures sans lendemain.

Il continuait à aller une fois par semaine aux réunions de l'antenne locale des adeptes d'Enora, mais sans enthousiasme et encore moins de conviction. Cela lui permettait de revoir régulièrement les mêmes têtes. Des amis par défaut en quelque sorte. Il avait perdu neuf années de sa vie, ses années passées à Séléna. Il n'était pas encore trop vieux pour se remettre en cause et changer les choses. Mais il fallait pour cela qu'il se remua un peu.

Hiria ne lui facilitait pas la tâche. Elle ne se confiait jamais à lui, même pendant leurs moments intimes. Elle ne lui donnait jamais aucune information qu'il aurait pu utiliser. Maintes fois il avait été tenté de quitter la Lune et de partir à l'aventure sur les mondes de glace. Il y avait du travail là-bas, mais Hugh n'était pas un grand travailleur. La politique, c'était plus son domaine. Mais sans appui, il n'arriverait à rien. Et le seul appui sur lequel il pouvait encore espérer était celui d'Hiria. Elle n'avait pas très bonne réputation sur les autres mondes, mais c'était tout ce qu'il avait. Et tant qu'il l'avait, il ne s'était pas résolu à partir.

Il était seul dans son petit studio. Ses idées étaient embrumées par l'alcool. Une mauvaise habitude qu'il avait prise ces derniers mois. Il détestait ce qu'il était devenu. Dans un geste de rage, il attrapa la bouteille posée à côté de lui et la jeta contre le mur en face de lui. Mais la bouteille ne se brisa pas au contact du mur : elle était en plastoverre. Cela ne le frustra que davantage.

Il s'endormit deux heures plus tard, dans un sommeil agité. En se réveillant le lendemain il prit la résolution que c'était le bon jour pour changer les choses. Il se plongea sous la douche, rasa sa barbe d'une semaine et s'habilla. Il n'avait plus beaucoup de vêtements propres. Cette résolution, il l'avait déjà prise des centaines de fois. Plusieurs fois par mois. Mais souvent cela ne durait pas plus d'une journée. Cette fois, ce serait différent.

Lorsqu'il décida qu'il avait enfin l'air humain, il jeta un œil sur son studio et le capharnaüm indescriptible qui y régnait. Mais il n'avait pas envie d'y mettre de l'ordre dans l'immédiat. Il avait des choses bien plus importantes à faire auparavant. Et la première était d'aller rendre une petite visite à Eléonor. Les quartiers du vice-gouverneur étaient situés deux niveaux plus hauts et trois kilomètres à l'est de son modeste domicile.

Il prit la direction de la colonne ascensionnelle la plus proche. Un moyen de transport que l'on ne trouvait qu'à Séléna, la seule cité construite sur plusieurs niveaux. La cité était un gigantesque mille-feuille métallique. Et entre ces couches de métal, s'entassaient des millions d'êtres humains. Les niveaux avaient une épaisseur moyenne de cent cinquante mètres. Le plafond dans les rues pouvait sembler très haut, mais c'était un plafond tout même. Partout autour de lui s'étalait cette même couleur grise du métal. En nul endroit dans la cité on pouvait admirer un ciel, qu'il fût bleu ou même noir piqué d'étoiles. Toujours ces désespérants plafonds gris...

Les colonnes ascensionnelles permettaient de passer d'un niveau à l'autre. C'était d'immenses puits qui semblaient n'avoir pas de fin et qui traversaient l'ensemble des niveaux de Séléna. Hugh ne savait même pas combien de niveaux il y avait. Dans son esprit, la cité n'avait pas de fond, elle allait jusqu'au centre de la Lune, et peut-être même plus loin. Une centaine de ces puits transperçaient la cité depuis le premier niveau jusque tout en bas, loin dans les profondeurs. Les bus antigravité faisaient en permanence la navette entre le sommet et le bas.

Hugh ne connaissait que le niveau moins trois, où il habitait, et le niveau moins un, celui d'Eléonor. En près de dix années, il n'avait jamais eu l'idée d'explorer davantage la cité. Elle était pourtant si grande qu'elle devait receler bien des secrets. Il se promit qu'un jour, il partirait en exploration. Cela lui prendrait probablement plusieurs jours et l'occuperait en attendant de partir vers un autre monde.

Le changement de niveau s'était effectué très rapidement. Il préférait faire les trois kilomètres qui séparaient son studio des quartiers d'Eléonor au niveau moins un. Il décida de marcher. Il avait besoin d'un peu d'exercice physique. Il espérait que cela lui éclaircirait un peu les idées et surtout, lui enlèverait son mal de tête. L'alcool aidait à oublier les soucis du moment, mais on finissait toujours par le payer le lendemain.

Le niveau moins un était beaucoup plus agréable pour une promenade que le moins trois. Probablement parce que c'était celui du vice-gouverneur. Pourtant, le niveau moins trois n'était pas plus insalubre, mais plus profond, donc plus étouffant psychologiquement. Toute la cité était glauque aux yeux de Hugh. Les Sélénites qui avaient toujours vécu dans leur cité n'étaient probablement pas de cette opinion. Tel l'imbécile heureux, ils ne pouvaient pas envier ce qu'ils ne connaissaient pas. Séléna était leur monde depuis toujours. Ils n'étaient jamais allés voir ailleurs. Hugh réalisa que le savoir rimait avec envie et frustration. Il n'apportait pas le bonheur.

# Chapitre 7

# Narcisse

Hurley errait dans le dédale de couloirs sombres. Il avait fini par s'habituer à la pénombre et se perdait beaucoup moins dans le labyrinthe que juste après son arrivée. Il essayait de se mettre les idées au clair avant son entrevue avec le vieux fou. Il regrettait de plus en plus d'avoir rejoint Narcisse après le coup d'État d'Aménor. Autrefois, il n'y avait que des avantages à travailler pour l'Uranien. Le vieux tyran sanguinaire était alors très loin et il pouvait faire ce qu'il voulait. Et Hurley était craint parce qu'il était associé à Narcisse.

Malheureusement, il n'y avait plus cette distance confortable entre lui et Narcisse. Le coup d'État l'avait pris de court. D'ailleurs, il avait pris de court l'ensemble des mondes du système de Sol. Aménor et ses sbires avaient compté sur cet effet de surprise. Personne n'avait eu le temps de réagir, d'organiser une contre offensive. Même le tant redouté Atama s'était laissé surprendre. La priorité pour Hurley était de sauver sa peau. Sans réfléchir, il s'était précipité vers le repaire que Narcisse. Car Narcisse avait prévu une cachette en cas de besoin.

C'était la force du tyran, il avait toujours un coup d'avance sur le grand échiquier des hommes. Il était impossible de le surprendre car personne ne savait mieux que Narcisse que tout était possible, même l'impossible. D'ailleurs, il y avait sûrement d'autres cachettes prêtes à l'accueillir si celle-ci venait à être découverte. Mais cette éventualité semblait improbable. *Mais non impossible*, lui dirait Narcisse. La paranoïa du tyran déchu lui avait sauvé la vie. Elle avait du coup aussi permis à Hurley d'échapper aux limiers du Premier Citoyen, cela depuis bientôt dix ans. Et, bien que la proximité de Narcisse pouvait être très pénible, Hurley estima que c'était bien mieux que de tomber entre les mains de la police de la Fédération. Il n'avait nul autre endroit où se réfugier. Un mal pour un bien, se rassura-t-il.

Le vieux fou n'apparaissait pas souvent et passait son temps terré dans son antre, deux pièces situées tout au bout du labyrinthe formé par ces interminables couloirs dont la plupart ne menaient nulle part. Il avait essayé d'y recréer l'ambiance de son ancien palais. Était entassé là tout ce qui restait de son ancienne richesse, c'est à dire un amas de bibelots, de tissus et autres objets plus ou moins précieux.

Hurley soupçonnait la plupart d'entre eux de n'être que de piètres copies.

Lui seul avait le droit de pénétrer dans l'antre du maître. Il n'y était convoqué que très rarement. Quand c'était le cas, ce n'était pas bon signe. Hurley s'approchait doucement du lieu de son rendez-vous. Il connaissait par cœur le dédale des corridors pour les avoir parcourus à maintes reprises. La plupart des hommes n'osaient s'y aventurer. Personne n'aurait pu dire quelle était leur fonction. Parfois, lorsqu'il n'arrivait pas à dormir, Hurley s'y aventurait, peut-être dans l'espoir de s'y perdre. Le bruit de ses pas résonnait contre les murs d'acier et l'écho s'envolait dans les longs couloirs pour aller se perdre dans les profondeurs du labyrinthe. Les sons se propageaient sur des centaines de mètres dans ce dédale sans fin.

Les bruits inquiétants venant de l'appartement de Narcisse étaient amplifiés de la même manière. Les délires, les rires et les hurlements du maître résonnaient parfois dans tout le labyrinthe. *Un avant goût de l'enfer,* songea Hurley. Ce soir-là, pourtant, tout semblait calme. Que pouvait bien lui vouloir l'Uranien ?

Le sas d'entrée de l'appartement du tyran déchu n'était plus qu'à une cinquantaine de mètres. Le dernier couloir menait en ligne droite vers lui. Ses pas résonnants indiquaient à l'occupant son arrivée. Lorsqu'il ne fut plus qu'à une dizaine de mètres du sas, celui-ci s'ouvrit. Un vieil homme mal soigné apparut derrière la porte en acier.

Son visage émacié était devenu méconnaissable pour quelqu'un qui n'avait vu Narcisse depuis qu'il se cachait. Il aurait très bien pu se promener ouvertement dans les rues de n'importe quelle cité des hommes, même Messina, son ancienne capitale, sans que personne ne se doutât que le vieil homme amaigri était l'ancien empereur des mondes d'Uranus. D'ailleurs, Hurley ne serait pas étonné que Narcisse ne le fasse pas de temps en temps. En même temps, il n'avait jamais vu Narcisse quitter sa cachette depuis qu'il était arrivé, neuf années plus tôt. Mais cela ne signifiait rien. Bien des choses se passaient sans que Hurley ne les remarque, il le savait.

– Dépêchez-vous un peu ! grommela Narcisse.

Hurley hâta le pas pour ne pas irriter inutilement son maître. Lorsqu'il passa l'espace du sas, Narcisse referma immédiatement la porte protectrice. Il semblait de bonne humeur. Cela rassura quelque peu Hurley, même s'il savait que ça ne durait jamais très longtemps.

– Alors quelles sont les nouvelles ? demanda-t-il impatient.

– Pour l'instant la Fédération ne semble pas affectée ! répondit Hurley.

— C'est parce que nous n'en sommes qu'au début, chuchota Narcisse.

Il alla s'asseoir dans un vieux fauteuil usé par le temps. Il semblait dater de l'époque précoloniale. Un deuxième fauteuil, tout aussi usé se trouvait à trois mètres en face du premier. Hurley s'y installa.

— Vous avez bien revendiqué nos actions ?

— Comme vous l'avez demandé, Monseigneur.

Narcisse tressaillit de plaisir.

— Parlez-moi des problèmes d'Aménor.

Ça ne pouvait pas rater. Quelle que fût l'humeur du vieux fou, Hurley ne pouvait échapper à cet exercice.

— La Fédération n'est pas aussi pacifiée qu'on le dit, commença Hurley.

Le visage de Narcisse s'illumina comme celui d'un poupon. Hurley poursuivit :

— Il est coincé entre les *Gaïans* d'une part et les adorateurs d'Enora de l'autre.

— Et nous au milieu, jugea bon d'ajouter Narcisse.

— Oui, nous au milieu ! confirma Hurley.

— Que savez-vous des *Gaïans* ? demanda Narcisse.

— Ce que tout le monde sait, se contenta de répondre Hurley. Un mélange d'illuminés et de déçus du nouveau régime. Kovalsky a de plus en plus de mal à les contenir. Pour l'instant, il essaie d'éviter une nouvelle guerre civile.

— Ils seraient des alliés de choix !

— Mais ils ne quittent jamais la Terre, comment pourraient-ils nous être utiles ? demanda Hurley, étonné.

— Tous ne sont pas comme ça. L'un d'entre eux est en ce moment à notre recherche pour nous livrer une information essentielle. À vous de le trouver et de me l'amener ici !

— Mais comment pouvez-vous savoir cela ? s'étonna Hurley.

— Je le sais, c'est tout ! répondit sèchement Narcisse.

Hurley dut admettre que, contrairement à ce qu'il croyait, il n'était pas le seul visiteur de Narcisse. Combien d'autres Hurley y avait-il encore dans leur cachette ? L'empereur déchu reprit :

— Tout cela devra évidemment se faire dans la discrétion la plus totale. Notre cachette doit rester à tout prix secrète. Ils seraient bien étonnés s'ils savaient où nous sommes.

S'ensuivit un rire hystérique qui glaça les sangs de Hurley.

◆◆◆

Cordova menait une vie presque normale. Contrairement à Hurley, il n'avait pas rejoint Narcisse dans sa cachette, et il s'en félicitait. Il avait profité du chaos qui avait suivi le coup d'État pour quitter Harpagia. Alors que toutes les recherches se concentraient sur Narcisse, il était totalement passé inaperçu. Ce n'est que plus tard qu'on se rappela de lui, mais il était déjà loin. D'ailleurs, tout le monde pensait qu'il était avec Narcisse et qu'en retrouvant l'empereur déchu, on le retrouverait lui aussi. Il ne pouvait rêver d'une meilleure couverture.

Il était parmi les seuls à connaître le lieu où se cachait le vieux tyran. Mais ils n'avaient que de très rares contacts, et jamais directs. En général, Narcisse se reposait sur cet imbécile de Hurley pour s'occuper de ses affaires. Hurley manquait de subtilité et de discrétion. Ce n'était qu'une brute qui agissait avant de réfléchir. Cordova n'avait aucune confiance en lui. Et il savait que la réciproque était aussi vraie. Leur collaboration allait s'avérer compliquée.

Mais il était ravi de pouvoir enfin à nouveau participer à une action de grande envergure, même si le prix à payer en était la collaboration avec Hurley. Ses petits trafics sur les lunes de Saturne avaient fini par l'ennuyer. Il commençait à aimer presque davantage sa vie de citoyen rangé plutôt que sa vie secrète de trafiquant. Cela l'effraya presque. C'est pourquoi la proposition du vieux Narcisse tombait à point nommé.

Sa mission n'avait rien de très complexe à première vue. Il devait prendre contact avec une personne, et amener cette personne à Hurley, qui lui se chargerait de la transférer dans le repaire de Narcisse. Mais tout cela devait se faire de la manière la plus discrète possible, sans que personne ne remarque rien. Et la PolRec était sur ses gardes. On disait même que Maya Andrades avait repris du service et s'occupait personnellement de l'affaire. De plus, il n'avait pas la moindre idée de qui était la personne à contacter et où il allait bien pouvoir la trouver. Tout ce qu'il savait. C'est qu'elle venait de la Terre. Cordova se demandait bien pourquoi cette personne était si importante, au point d'être attendue par Narcisse en personne. Quel secret pouvait-elle bien avoir à lui livrer ?

– Tu dors ?

Son voisin venait de le tirer de ses réflexions.

– Non, je réfléchissais, se contenta-t-il de répondre, sur un ton amical. Puis, il se remit au travail, comme tout citoyen normal. Il était encore un citoyen normal pendant trente minutes. Ensuite il pouvait quitter son travail officiel et redevenir Cordova, l'un des criminels les plus recherchés dans le système de Sol.

♦♦♦

Hurley était parti accomplir sa tâche. Narcisse regretta qu'il fût si simple d'esprit. Mais il était fidèle. Peut-être que s'il avait été plus intelligent, il ne serait plus à ses côtés à l'heure qu'il était. C'était un manuel, pas un intellectuel. Tout le contraire de Cordova. C'était pourquoi ce dernier n'avait pas voulu le rejoindre dans sa cachette. Il avait voulu garder toute sa liberté. Malgré tout, Narcisse savait qu'il pouvait leur faire confiance. Ni Hurley ni Cordova ne le trahiraient. Ils avaient les mêmes ennemis, et il n'y avait pas meilleur ciment.

Aménor avait osé le trahir. Et de la pire des manières. Narcisse l'avait élevé au rang de chancelier, il lui avait tout donné, et le félon avait œuvré dans son dos. Il avait organisé sa chute. Mais le crime n'allait pas rester impuni. Aménor et toute sa clique étaient déjà morts et ils ne le savaient pas encore. Cette idée plut à Narcisse, mais ne le satisfit pas totalement. Aménor méritait de souffrir un peu. Narcisse connaissait bien celui qui se faisait appeler le Premier Citoyen. C'était un être extrêmement doué et très rusé, il dut l'admettre. Mais il était aussi d'un naturel anxieux. Et Narcisse avait bien l'intention de jouer sur cette anxiété. Il voulait le faire mariner dans son jus. Il voulait qu'Aménor sache que la mort allait bientôt l'atteindre, sans savoir vraiment comment, où, et de quelle manière elle allait frapper.

Un petit message ferait l'affaire. Un message directement destiné au Premier Citoyen. Un message qui prendrait plusieurs semaines pour arriver à son destinataire, qui transiterait par plusieurs mondes, rendant impossible d'en retracer l'origine. C'était une entorse à la règle qu'il avait lui-même imposée. Il était conscient que c'était probablement une erreur, mais c'était le seul moyen d'apaiser un peu sa haine et son impatience. Il estimait que le risque en valait largement la peine. Moins de quinze minutes plus tard, un message s'élança dans l'espace pour un très long et très complexe voyage.

♦♦♦

Maya était enfin installée dans son nouveau bureau. Une pièce bien trop grande et trop confortable à son goût. Le confort était l'ennemi de l'efficacité. Elle avait une vue magnifique sur la Grand

Place de Memphis, située non loin du centre géographique de la ville. Depuis le dixième étage du bâtiment de la Sécurité où la PolRec avait ses locaux, la foule grouillante ressemblait à une colonie de fourmis. La place était encadrée par les nombreux édifices administratifs de Memphis. Aucune des bâtisses n'avait la même architecture, ni même la même couleur que ses voisines.

Ce qui aurait pu passer pour un chaos architectural avait pourtant un charme particulier. Cet enchevêtrement de formes et de couleurs semblait avoir son harmonie propre. Et la population de la cité ressemblait à son architecture. Diverse et joyeuse. Cela avait beaucoup surpris Maya la première fois qu'elle était venue à Memphis dix ans plus tôt. Et Memphis la surprenait toujours encore.

Le grand dôme de la cité était si haut qu'elle avait du mal à le distinguer. Memphis était située dans l'hémisphère anti-jovien, c'est à dire que ni la splendide Jupiter, ni d'ailleurs les *Lunes Interdites*, plus proches de la Géante, n'étaient visibles dans le ciel de Memphis, à travers la coupole transparente. Le ciel au-delà de la coupole était d'un noir profond.

Les étoiles étaient invisibles lorsque brillaient les éclairages de la cité. Parfois, le croissant de Callisto, la seule grande lune plus éloignée de Jupiter que Ganymède, glissait lentement le long de la voûte céleste. Callisto, une autre lune triste et désolée. Plus grande que la Lune de la terre, et presque aussi grande que Ganymède elle-même. Mais ses déserts de glaces étaient traîtres. Les glissements de terrain y étaient rois.

La surface sombre de la lune absorbait si bien la chaleur du lointain Sol que la glace d'eau s'évaporait, le rendant instable. Y bâtir une cité serait une folie. Les premiers colons venus de la Terre s'y étaient laissés prendre. Ils étaient partis du principe que Callisto était l'endroit le plus sûr autour de Jupiter. À la fois le monde le moins actif du point de vue géologique, il était aussi le seul à se trouver en dehors des ceintures de radiations nocives de Jupiter. Ils y avaient bâti leur première grande cité, Asgard. Mais l'hypocrite lune sombre cachait bien son jeu. À peine élevé, le dôme s'effondra, emportant avec lui toute la cité et les habitants qu'il était supposé protéger. Un endroit maudit !

Maya frissonna rien qu'à songer à cette catastrophe épouvantable de l'histoire de la colonisation. Mais elle avait bien autre chose à faire que de songer au passé. Devant elle, des centaines de dossiers à étudier. Elle avait demandé à ce qu'on lui sorte toutes les informations sur les recherches entreprises par la PolRec.

# Chapitre 8

# Inverness

Virginia s'ennuyait à bord de *l'Océan II*. *L'Océan II* était arrivé en orbite autour d'Uranus depuis deux jours. Elle était de mauvaise humeur. Elle ne savait d'ailleurs pas très bien pourquoi. Probablement en raison de ces bourdonnements qui ne faisaient que s'amplifier dans sa tête. Elle couvait probablement quelque chose. Mais c'était impossible. Elle n'était plus sur Terre. Sur les *Mondes Extérieurs*, les virus et bactéries pouvant engendrer des maladies avaient été bannis. Impossible d'attraper la grippe, ou même un simple rhume. Ce devait probablement venir de son stress. Elle devait trouver une occupation pour ne pas y penser. Souvent cela marchait. En méprisant le mal il finissait par disparaître.

Elle avait une seconde raison de ne pas être de bonne humeur. Elle attendait toujours les résultats de la commission d'inspection au sujet du site de Cipango. Les inspecteurs étaient encore au travail lorsqu'elle était montée à bord de *l'Océan II* pour son long voyage vers les mondes d'Uranus. La veille de son départ elle s'était arrangée pour accompagner les inspecteurs dans le fond de la caldera du volcan *Léviathan*. La perspective depuis le fond du cratère avait été toute autre. Au bas des murs qui cerclaient le cratère, elle avait ressenti une impression d'étouffement. L'horizon subitement était tout proche. Elle ressentait de nouveau cette même impression, enfermée entre les quatre murs métalliques de ses quartiers à bord de *l'Océan II*. Bien qu'il fût plus grand que son vaisseau précédent du même nom, elle n'avait plus l'habitude des systèmes clos, des murs opaques.

Les cités étaient baptisées du nom de la structure sur laquelle ou dans laquelle elles étaient bâties. Le plus souvent c'était dans des cratères, formes circulaires qui épousaient parfaitement les dômes. Parfois, on les avait construites sur des plateaux, et même au bord de canyons comme ce fut le cas pour Messina, située en bordure du canyon de même nom. Le canyon de Messina était le plus long et le plus profond de Titania. Il formait une entaille sur presque la moitié de la circonférence de ce monde, du Pôle Nord au Pôle Sud. Elle aurait bien aimé nommer sa cité *Léviathan*, mais le volcan était tout de même à une distance raisonnable et probablement la commission la baptiserait Cipango.

Afin d'éviter des noms inappropriés, voire carrément choquants, la commission seule avait le droit de donner un nom officiel à une cité. Cela évitait que les gouverneurs et autres empereurs passent leur temps à rebaptiser les cités en fonctions de leurs envies. Combien de cités appelées *Narcisse* y aurait-il eu sur les lunes d'Uranus ?

Il y eut cependant quelques rares exceptions. Et une de ces exceptions concernait la nouvelle capitale qu'Atama était en train de bâtir sur Mars. Le Martien voulait choisir lui-même le nom et c'était l'une des nombreuses conditions qu'il exigeait pour signer et accepter la participation de Mars à la Fédération d'Aménor. Le Premier Citoyen fit une entorse à la règle. On attendait d'ailleurs toujours encore ce nom. Les paris étaient ouverts et les rumeurs sur les noms les plus farfelus couraient.

Quand elle avait choisi l'emplacement du nouveau chantier elle s'était empressée de rechercher l'origine du nom de Cipango. Neptune et Triton étaient des noms de divinités marines dans d'anciennes mythologies terrestres, en conséquence, les structures à la surface de Triton reçurent le nom de divinités ou de formations terrestres ayant un lien avec l'eau. Cipango était le nom donné à une grande île sur Terre par un explorateur des temps anciens, appelé Marco Polo. Plus tard, l'île fut mieux connue sous le nom de Japon. La nouvelle cité serait une petite île au milieu d'un océan de glace. Le nom serait parfaitement approprié.

Virginia n'avait toujours pas répondu à l'invitation du gouverneur Mirelli. Elle était pourtant impatiente de le rencontrer. Mais elle voulait le laisser mariner un peu. Il fallait savoir se faire désirer, et elle savait très bien le faire. Elle n'avait jamais eu beaucoup d'estime pour un homme qu'elle ne jugeait pas à la hauteur. Elle le pensait déjà lorsqu'elle présidait encore la Confédération Terrienne. Et son opinion n'avait pas changé. Elle s'étonna qu'il fût encore en place après toutes ces années.

Ses amitiés avec le Premier Citoyen en étaient probablement la raison principale. Elle savait que de la recevoir serait une corvée pour lui. Mais dans sa position, il devait jouer la diplomatie. Peut-être arriverait-elle à lui soutirer quelques informations. Et puis, cela l'occuperait. Elle décida finalement de répondre à l'invitation.

◆◆◆

Inverness était à l'origine le nom d'une ancienne cité sur la *Planète Mère*. Aussi appelée *Inbhir Nis* en langue celte, une très ancienne langue terrienne, elle était la cité où le roi d'Écosse, Duncan, aurait été assassiné par son successeur, le roi MacBeth. La cité se trouvait sur les bords de la rivière Ness. Non loin se situait le lac du même nom, renommé pour son légendaire monstre. Duncan et MacBeth inspirèrent William Shakespeare, un des plus grands poètes, dramaturges et écrivains de l'ancienne Terre.

À l'aube de l'exploration des mondes d'Uranus, les lunes aussi bien que les formations à leur surface furent baptisées de noms de personnages et lieux issus des récits du grand poète et la contrée volcanique près du Pôle Sud de Miranda fut appelée *Inverness Corona*. C'est sur la bordure de cette contrée qu'avait été bâtie la petite cité qui portera le même nom et qui deviendra bien plus tard la capitale du système Uranien, avec l'installation en ce lieu du gouverneur Mirelli. Et la nouvelle Inverness se trouvait elle aussi non loin du refuge d'un autre monstre, bien réel celui-là

Moïse avait appris tout cela de Bill. Quand ils étaient ensemble, Bill se comportait avec lui comme un père. Il lui apprenait non seulement à piloter les capsules mais aussi tout ce qu'il avait pu apprendre lui-même de la vie et de ses lectures. Ils parlaient aussi très souvent du Monstre qui se cachait sous les nuages. Moïse aussi percevait sa présence de temps en temps.

Moïse flânait dans les ruelles d'Inverness. Attila, qui ne le quittait jamais, était confortablement installé dans la grande poche de son veston. Le rongeur était l'un de ses meilleurs amis. Contrairement à beaucoup de ses congénères, Moïse aimait les rats. Il avait imposé Attila à ses proches. Attila était un animal à la fois rusé et affectif. Il avait le même caractère que son maître. Le jeune homme s'identifiait souvent à ces rongeurs. Sans doute était-ce là un reste inconscient de son passé, lorsqu'il survivait avec eux, en les imitant.

Moïse se plaisait beaucoup à Inverness. Il se sentait bien plus libre ici qu'entre les parois métalliques à bord de *l'Albatros*. Il s'échappait quand il pouvait. Il savait qu'il était un privilégié. Il faisait partie des rares citoyens qui avaient un visa pour se rendre à sa guise à bord de *l'Albatros*.

La station de recherche était sa maison. Sa famille s'y trouvait. Mais parfois il avait besoin de prendre l'air. Il était jeune et rêvait d'espace. Sa famille n'y voyait pas d'inconvénients, du moment qu'il allait à Inverness. Il y avait toujours une chambre pour lui dans l'appartement du gouverneur Mirelli. De tonton Alex. Alors que son père adoptif restait pratiquement en permanence à bord du vieux vaisseau, sa mère Louisa venait aussi souvent se réfugier à Inverness.

Une des raisons pour lesquelles le gouverneur des mondes d'Uranus était venu s'installer à Inverness, c'était que la cité était située sur la petite Miranda, la lune la plus proche de la planète géante, et donc de la station d'étude. De plus, Miranda était le monde natal d'Alex.

Inverness était une très petite cité, bien plus petite que Messina, l'ancienne capitale de Narcisse sur Titania, ou encore Agapa ou Yangoor sur Ariel, mais l'ambiance dans la petite ville était plus chaleureuse que celle des ses grandes sœurs sur les lunes plus extérieures. Inverness grouillait de monde et d'activité. Cela lui rappelait un peu ce qu'il avait vécu à Memphis, la Grande Capitale de la Fédération. Il était facile de s'y faire des amis d'un moment. Il lui suffisait de rentrer dans l'un des nombreux troquets. On ne restait jamais assis longtemps seul à une table. Il y avait toujours quelqu'un qui cherchait le contact, la conversation. Et Moïse adorait cela.

Il devait avoir dans les quinze ans. Il ne connaissait pas son âge exact. C'était Bill qui l'avait découvert, sur Pelion, bien des années avant, et qui l'avait ramené sur *l'Albatros* où Victor et Louisa l'avaient adopté. Ses souvenirs de ce temps étaient vagues et dans son esprit il avait toujours vécu à bord du vieux cargo. Peu importait son âge. On lui aurait de toutes manières donné bien plus de vingt ans. Son physique d'athlète n'y était pas étranger.

Il venait de passer près de deux heures à siroter des sodas synthétiques et à discuter avec un ancien soldat à la retraite. L'homme avait besoin de parler et était venu simplement s'installer en face de lui, à la petite table métallique, sur la terrasse de son petit troquet préféré. Pour Moïse c'était un moyen de prendre la température de l'état d'esprit des habitants. C'était aussi un moyen de savoir ce qui se passait en dehors de la coque protectrice de *l'Albatros*, dans le monde réel. Il aimait bien prendre connaissance des dernières rumeurs. Comme on disait, il n'y avait pas de fumée sans feu. Moïse en était convaincu. Il se disait que les rumeurs pouvaient lui en apprendre beaucoup, il suffisait de savoir les interpréter correctement.

Son ami du jour, le vieux soldat, avait servi dans l'armée de Narcisse, avant la révolution. Il parla à Moïse de la terreur qu'avait infligée le tyran. Il avait visiblement besoin de parler à quelqu'un et était intarissable. Il lui expliqua comment il avait fini par prendre le courage de déserter et se cacher jusqu'à la fuite du tyran. Il avait vécu durant des années dans la clandestinité totale. Il lui parla de toutes les cachettes secrètes de Messina dans lesquelles il avait trouvé refuge. Il lui expliqua qu'elles devaient probablement encore exister. Le vieux soldat conclut en lui disant qu'il croyait que Narcisse était encore caché quelque part à Messina.

Moïse, bien que sceptique, buvait les paroles de son interlocuteur, comme il l'avait fait autrefois, lorsque son père adoptif avait encore du temps pour lui, et lui racontait les histoires les plus incroyables. Il savait qu'elles n'étaient qu'inventions, mais cela ne l'empêchait pas d'en rêver les nuits suivantes.

Moïse faillit oublier qu'il avait promis à sa mère adoptive de la retrouver pour le déjeuner. Heureusement que le lieu de rendez-vous n'était pas très éloigné et en hâtant le pas il y parviendrait à l'heure.

Louisa l'attendait déjà, assise seule à une petite table. Elle semblait totalement perdue dans ses pensées et ne le vit pas approcher. Elle avait l'air malheureuse. Et Moïse savait qu'elle l'était. Elle aimait tellement Victor, pourtant lui s'éloignait de plus en plus d'elle. Il n'y en avait que pour *Urgaïa*. Elle ne leva son regard vers lui que lorsqu'il fut près d'elle. Elle se força à lui sourire, mais il n'était pas dupe.

— Ça fait longtemps que tu attends ? lui demanda-t-il.

— Oh non, je suis arrivée il y a peine cinq minutes, répondit-elle distraitement.

— Tu sembles soucieuse.

Moïse, sachant son malaise, se dit que cela lui ferait du bien d'en parler un peu, comme pour le vieux soldat qu'il avait rencontré un peu plus tôt.

— Non, rassure-toi, tout va bien, mentit-elle.

— C'est à cause d'oncle Vic ?

Moïse n'avait jamais pu se résoudre à nommer Victor papa. Il y avait oncle Vic, oncle Alex et oncle Bill. Victor ne s'en était jamais vraiment offusqué. Il savait qu'il devait partager l'amour de son fils adoptif avec Alex et Bill. Et tout le reste de l'équipage de *l'Albatros*.

Louisa hésita. Moïse n'était plus un enfant après tout. Il était même plutôt mûr pour son âge. Il pouvait comprendre.

— Il est si distant ! Et c'est de pire en pire avec le temps qui passe !

Elle n'essaya même pas de retenir ses larmes. Elle aussi, ça lui faisait du bien de parler.

— Ce n'est pas contre toi, essaya de la rassurer le jeune homme. Il est comme ça avec tout le monde. Il est totalement absorbé par son travail. Et quand il n'est pas avec le Monstre, il passe son temps à rédiger ses mémoires.

— Ah oui, je les avais oubliés, ses mémoires. Il pense que c'est important de laisser le plus possible de données à la postérité. Moi je me demande vraiment à quoi ça sert tout ça.

— Il est la seule personne à laquelle le Monstre accepte de parler. C'est une responsabilité énorme.

— Tu ne devrais pas l'appeler le Monstre. Tu sais que sur l'*Albatros* il peut nous écouter s'il lui en prenait l'envie.

— Pas seulement sur l'*Albatros*. J'ai ressenti sa présence jusqu'ici.

Louisa devint blême. Jusqu'à présent elle n'avait ressenti les bourdonnements quand elle était à Inverness. Elle espérait être à l'abri de sa curiosité à Inverness.

— Victor sait que le pouvoir d'*Urgaïa* s'est étendu jusqu'ici ?

— Probablement. Et ne t'inquiète pas pour la façon dont nous l'appelons. Bill l'appelle le Monstre en sa présence. Je ne pense pas qu'*Urgaïa* le comprenne de manière négative.

— Tu aimes bien Bill, n'est-ce pas ?

— C'est un type bien. Il est bourru, mais quand on lui laisse sa chance, on s'aperçoit qu'il est hyper sympa. Et il m'apprend tant de choses.

— Comme la plongée ! répondit-elle d'un ton sec.

— Avec Bill je ne risque absolument rien. Tu n'as aucune raison de t'inquiéter.

Louisa n'en était pas si certaine, mais elle s'abstînt de commenter davantage. Cela n'aurait servi à rien. Elle changea de sujet et en revint à Victor.

— Sais-tu de quoi Victor parle avec la… chose ? Elle avait, elle aussi du mal à nommer l'Uranien télépathe par son nom.

— Non, personne ne le sait. Mais il note tout dans ses mémoires. J'espère qu'on pourra un jour y jeter un coup d'œil.

— Oui, je l'espère aussi, se contenta-t-elle de répondre avant de poursuivre :

— Et si on commandait ? J'ai très faim.

♦ ♦ ♦

L'ancienne présidente de l'ancienne Confédération Terrienne n'avait rien perdu de sa prestance en descendant de la passerelle de débarquement. La navette en provenance de l'*Océan II*, resté loin en orbite, s'était posée il y avait à peine cinq minutes. Le petit gouverneur qu'elle méprisait depuis tant d'années l'attendait sur le tarmac. Il avait toujours l'air aussi insignifiant, se dit-elle. Il n'était pas à l'aise. Elle l'intimidait, et en fut ravie. Ce petit bonhomme allait lui manger dans la main.

De taille il était bien plus grand qu'elle, mais elle ne jugeait pas les gens sur leur physique. Elle-même ne pouvait pas renier ses origines terriennes avec sa petite taille et ses formes rondes. Toutes les années passées à Slidr n'y avaient rien changé. Elle n'avait pas gagné un centimètre. Mais cela ne l'empêchait pas de regarder les autres de haut.

Un taxirail avait été spécialement affrété pour les emmener jusqu'à la tour centrale. Heureusement qu'Inverness était une petite cité, et le trajet fut court. Un silence gêné régna durant les dix minutes que durait le parcours vers la tour où elle eut droit à un accueil digne de son rang. Le petit gouverneur avait mis les petits plats dans les grands, avec une réception protocolaire plutôt pompeuse. Mais très ennuyeuse au goût de Virginia qui avait décidé de ne faire aucun effort pour améliorer son humeur. C'était un autre signe qu'elle l'intimidait. Puis, ils purent enfin se retrouver en tête-à-tête dans le bureau du gouverneur pour discuter affaires. Elle allait l'écraser.

— Je suis curieux de savoir ce qui vous a attiré chez nous, commença maladroitement Alex.

Le gouverneur avait l'impression de passer un examen. Il se rappela les conseils que Fran lui avait prodigués le matin même. Il était le gouverneur qui recevait, elle lui devait le respect dû à sa fonction. De plus, il était en terrain conquis et elle en terrain inconnu. Mais elle semblait si détendue, si sûre d'elle. Pas une fois durant le trajet vers la tour, puis durant la réception, elle n'avait semblée mal à l'aise. Il essaya de se reprendre.

— Votre visite inattendue nous a en effet surpris.

La réponse arriva sans tarder :

— Il n'était pas dans mes intentions de vous surprendre ! Je suis simplement venue en voisine.

— Oh rassurez-vous, ce n'était pas une mauvaise surprise ! essaya-t-il de se rattraper, toujours avec la même maladresse.

— Le Premier Citoyen nous a proposé de commencer à étudier la façon dont nous pourrions développer la récolte d'hydrogène dans l'atmosphère de notre belle Neptune. Nous pensons que c'est une excellente idée qui, si elle se réalisait, nous assurerait l'indépendance énergétique vis-à-vis de nos voisins dont vous êtes le plus proche.

Elle fut d'autant plus satisfaite de son mensonge qu'elle venait juste de l'inventer. Elle avait longtemps cherché un prétexte pour diriger la discussion vers *l'Albatros* et n'avait rien trouvé de crédible. Et voilà que l'idée lui était venue d'un coup, en totale improvisation. Ça lui rappelait les temps anciens, quand elle était encore présidente. Elle était aussi rassurée de constater qu'elle n'avait rien perdu à ce niveau non plus, malgré son manque d'entraînement. Elle poursuivit :

— Et c'est quand même vous qui avez le plus d'expérience et de connaissance dans l'utilisation des technologies de plongée.

— C'est effectivement autour d'Uranus que tout à commencé, répondit Mirelli. Et jusqu'à très récemment d'ailleurs, il n'y avait qu'ici que l'on pouvait plonger pour récupérer de l'hydrogène. Depuis peu, mais vous devez sûrement le savoir, le gouverneur Bartolu a réussi à ramener avec succès une capsule de l'atmosphère beaucoup plus malveillante de Saturne. Je pense que c'est ce qui a encouragé Aménor à tenter l'expérience avec Jupiter et Neptune.

— Il veut aussi essayer avec Jupiter ? demanda-t-elle, réellement étonnée.

— Oui, des essais sont déjà en cours à l'heure qu'il est ! répondit Alex, non peu fier d'être arrivé à surprendre son interlocutrice.

— Et vous pensez vraiment que ça donnera quelque chose ?

— Ça vaut en tout cas la peine d'essayer.

Virginia était sur le bon chemin. Le petit gouverneur avait un peu baissé son bouclier. Il transpirait un peu moins et commençait un peu à reprendre confiance. Il fallait continuer à diriger la discussion vers *l'Albatros* et ce qui s'y passait.

— Mais cela coûte une fortune. N'était-il pas plus facile de continuer comme avant. La quantité de gaz sur Uranus est infinie, on peut très bien tous dépendre d'une seule planète. Il suffit de mieux répartir les concessions.

— Mais lorsqu'on a quatre sources, pourquoi n'en utiliser qu'une seule ? répondit Alex, avec un grand sourire, fier de sa réponse très politicienne. La conversation commençait à le stimuler et il apprenait.

— Vous avez probablement raison. L'avenir nous le dira. Mais en attendant, je souhaiterais rencontrer des spécialistes pour avoir leur avis.

— Ce n'est pas ce qui manque par ici.

— Mais je voudrais m'entretenir avec les meilleurs. Et on dit que ceux de *l'Albatros* sont les meilleurs !

Le mot magique avait été lâché, et il fit son effet. Le visage du gouverneur vira au rouge. Il déglutit avant de bégayer sa réponse.

— Ils l'étaient, mais *l'Albatros* ne fait plus de récoltes. Il est trop vieux pour ça. D'ailleurs, le gros de l'équipage n'est plus à bord.

— Ah bon ? fit naïvement Virginia. Mais alors pourquoi est-il encore en orbite autour d'Uranus. Je croyais qu'on coulait les vaisseaux à la retraite pour éviter d'encombrer les orbites avec des épaves qui sont autant de dangers potentiels.

— Tant qu'il y aura encore des gens qui habitent à bord on ne le fera pas. Et puis, c'est maintenant un centre d'étude pour étudier la planète et développer les nouvelles capsules qui vont peut-être un jour plonger dans les tempêtes de Neptune.

— Dans ce cas je serais ravie de visiter son bord. Je suis sûre que je pourrais y trouver les gens que je cherche pour me renseigner.

— Ils sont très occupés et je ne suis pas sûr qu'ils organisent des visites.

— Vous pouvez peut-être leur en toucher un mot ? insista-t-elle.

— Je vais voir ce que je peux faire, lui mentit-il.

La conversation se poursuivit, sans que Virginia ne put en tirer davantage. Mais elle n'était pas venue pour rien. Elle avait quand même appris quelque chose. Ils parlèrent encore un peu de leurs mondes respectifs, histoire de faire jouer la diplomatie, puis au bout d'une heure ils se séparèrent. Virginia refusant de se faire raccompagner, retourna seule jusqu'au cosmoport.

Le gouverneur ne lui avait révélé que le strict minimum concernant *l'Albatros*. Mais son attitude avait parlé pour lui. Il cachait effectivement quelque chose. Et elle savait comment découvrir ce qu'il cachait. Elle n'aurait jamais le visa vers le cargo et probablement une infiltration par l'un de ses sbires était, elle aussi, impossible. Le cargo devait être sous surveillance permanente. Mais Mirelli lui avait dit que la plupart des membres de l'équipage n'étaient plus à bord. Il devait sûrement y en avoir qui savaient quelque chose. Il ne devait pas être difficile d'en retrouver quelques-uns. Inverness était une très petite cité.

◆◆◆

La visite d'Enora n'avait pas calmé la préoccupation d'Alex, bien au contraire. Enora avait montré un intérêt prononcé pour ce qui se passait à bord de *l'Albatros*. Il n'avait rien dit qui aurait pu compromettre le secret, mais il savait que l'ancienne présidente n'en resterait pas là. Il devait agir très vite. Il regrettait de n'avoir pas prévu la situation. La première chose à faire, c'était de contacter tous les anciens. Ils devaient se méfier de tout individu qui semblait vouloir leur soutirer des informations. Pendant les deux heures qui suivirent sa conversation avec l'ex-présidente, il les appela tous et leur expliqua la situation. Bien qu'ils ne fussent plus dans la même équipe, ils étaient restés solidaires. Alex était rassuré. Rien ne filtrerait de ce côté.

Il contacta aussi Victor. Il se rendit compte qu'il n'avait plus parlé avec son meilleur ami depuis des semaines. Ils parlèrent beaucoup de Virginia, mais aussi du temps passé, et surtout se remémorèrent l'époque de leur fuite à bord de *l'Albatros*. Ils se promirent aussi d'essayer de se contacter plus souvent. Mais il n'était pas dupe. Ce n'était pas la première fois qu'ils se firent cette promesse. Et ce ne serait pas non plus la dernière fois.

Enfin Alex envoya un message au Premier Citoyen. Il jugeait la situation assez inquiétante pour en faire part à Aménor. Il n'était pas totalement certain d'être à la hauteur pour maîtriser la situation et espérait qu'Aménor pourrait lui envoyer de l'aide. Aménor avait une solution à chacun des problèmes qui surgissaient. Alex se sentait rassuré que le destin des hommes était entre les mains du Premier Citoyen. Et il y avait Victor, Bartolu et tous les autres. Alex faisait partie du groupe, mais il ne se sentait pas à sa place, dans la cour des grands. C'est grâce à son amitié avec Victor qu'il était gouverneur. Victor l'avait rassuré en lui disant que si Aménor et ses amis ne l'avaient pas cru capable, ils ne l'auraient jamais nommé gouverneur des mondes d'Uranus. Mais cela ne l'avait pas consolé. Même Enora était largement à un niveau au-dessus de lui.

# Chapitre 9

# Urgaïa

Sa soif d'apprendre n'avait pas de limites. J'étais son seul interlocuteur depuis que l'Amiral était mort. Il ne cessait de me contacter sans arrêt, au point qu'un jour je fus obligé de lui expliquer que ce n'était pas bien. Je craignais sa colère, bien que je ne fusse pas certain qu'il connût le concept de colère. L'Amiral n'avait eu que des contacts sporadiques avec lui.

Lors des tournées de livraisons vers les mondes intérieurs, ces contacts avaient été rompus totalement sur des périodes de plusieurs mois. Maintenant que l'*Albatros* était une station d'étude orbitale en permanence en orbite autour de la froide Uranus, je n'avais aucun moyen d'échapper longtemps à son aire d'influence. Je ne le désirais d'ailleurs pas vraiment. Il me fascinait autant que je le fascinais. Il était bien plus naïf que ne l'était le petit Moïse lorsque Louisa et moi avions décidé de l'adopter. Moïse avait maintenant environ quinze ans.

Je me souviens encore parfaitement de ma première rencontre avec *Urgaïa*. L'Amiral m'avait convoqué dans la bibliothèque, un soir où le gros de l'équipage avait rejoint Messina. Il régnait un calme de mort à bord de l'*Albatros*. Les ouvriers responsables des travaux de rénovation du vaisseau étaient eux aussi rentrés sur les lunes. L'Amiral m'attendait, impassible, assis dans son fauteuil préféré. Sans un mot, il me fit signe de m'asseoir à côté de lui. J'obéissais religieusement. Lorsque je fus confortablement installé, le vieil homme me chuchota :

— Fermez les yeux, détendez-vous. Faites le vide en vous. Il est temps que vous fassiez sa rencontre.

Sans comprendre exactement où il voulait en venir, je fis ce qu'il me disait. Il me fallut au moins cinq minutes pour me relaxer totalement. Puis, soudain, mes neurones se mirent à me titiller. Une sorte de démangeaison envahit mon cerveau. Une sensation indescriptible, mais pas forcément désagréable. Et il me parla pour la première fois. Contre toute attente, je n'éprouvais aucune frayeur. Ma curiosité l'avait sans doute emporté sur mon angoisse. Peut-être aussi parce que l'Amiral m'avait préparé. Une sorte d'hypnose, pensai-je.

À partir de cet instant, je passais la plupart de mes soirées dans la bibliothèque, en transe, à converser avec lui. L'une des premières décisions que nous avions prises, c'était de lui donner un nom. Tant qu'il pensait être seul dans l'univers, avoir un nom n'avait pas de sens, puisqu'il n'avait pas à se distinguer de quelqu'un ou quelque chose d'autre. Mais tout avait changé. *Urgaïa* lui allait très bien et il semblait s'en accommoder.

L'Amiral passait aussi beaucoup de temps avec notre nouvel ami, et nous n'étions pas de trop à deux pour apaiser la soif de savoir de l'être gigantesque enfoui dans les profondeurs de la Géante Bleue. Cela dura près de deux années. Puis, le vieil homme, qui semblait subitement vieillir très vite, fatigué de sa longue vie, nous quitta définitivement. *Urgaïa* fut très affecté par cette disparition. La mort était un concept qu'il ne pouvait pas comprendre.

Durant les mois qui suivirent, il ne cessait de me poser des questions sur la mort, mais je dus lui avouer que c'était un mystère pour moi aussi. Puis, avec le temps, il avait fini par ne plus évoquer le sujet. Nos conversations duraient des heures. Il m'était même arrivé de passer une journée entière en transe. Mes proches étaient très inquiets. Je le lisais bien sur leurs visages, même s'ils essayaient de me le cacher.

Je délaissais de plus en plus mon entourage pour m'enfermer dans la bibliothèque. Beaucoup pensaient que je ne me remettais pas de la disparition de l'Amiral. Ce n'était pas entièrement faux. D'autres croyaient que j'étais en train de devenir fou, ce qui n'était pas totalement faux non plus.

Lorsque le laboratoire fut enfin opérationnel, je quittai définitivement la bibliothèque pour m'installer dans la partie arrière du vaisseau. Cela libéra l'endroit pour les autres membres de l'équipage qui s'intéressaient aux livres, mais n'osaient pas me déranger.

Les terribles maux de tête n'apparurent que bien plus tard. Je ne fis pas tout de suite le lien avec mes conversations télépathiques avec le gigantesque être conscient caché sous les nuages glacés d'Uranus. Je ne souffrais jamais lorsqu'il était présent en moi. Mais telle une drogue, s'il ne se manifestait pas dans les quatre jours ma tête commençait à me faire souffrir.

Quand il s'insinuait dans mon esprit il stimulait probablement certaines zones de mon cortex cérébral afin que je puisse entendre ce qu'il me disait. Ces neurones avaient dû prendre l'habitude d'être dans cet état de stimulation. En l'absence de stimulation, mon cerveau devait entrer dans un état de manque. Je ne pouvais plus me passer de nos conversations. Je n'en ai jamais parlé à personne. Je pense qu'ils ne comprendraient pas.

Une fois de plus j'étais installé à ma place habituelle, attendant qu'il daigne me contacter.

— À quoi penses-tu ? entendis-je soudain.

C'était plus une façon d'entamer la conversation. Je savais très bien que mes pensées étaient limpides pour lui.

— À toi ! répondis-je mentalement.

— Je ne perçois pas que des pensées positives. As-tu des pensées négatives à mon égard ?

— Évidemment non !

Ma réponse un peu hâtive aurait pu être mal interprétée par tout humain, mais *Urgaïa* ne saisissait encore pas les subtilités du langage humain, ou même de la pensée humaine. Il ne comprenait que le premier degré. Je m'étais donné pour mission de le former petit à petit à ces subtilités afin qu'il puisse un jour mieux nous comprendre. Je savais qu'il fouinait dans les esprits d'autres humains. Tous les membres de *l'Albatros* s'étaient plaints un moment ou un autre de bourdonnements dans les oreilles. Certains avaient vite fait le lien avec *Urgaïa*, d'autres non. Je ne pouvais pas l'en empêcher. L'équipage avait appris à vivre avec. Je craignais que, du fait de son expérience limitée avec les humains, il ne comprenne pas ce qu'il percevait, ou pire, qu'il le comprenne mal.

— Parce que vous les humains vous avez beaucoup de pensées négatives !

— Tu as rendu visite à beaucoup d'humains ? lui demandai-je, à la fois curieux et anxieux.

— Pas plus de dix. Mais aucun d'entre eux n'a été vraiment intéressant.

— Qu'entends-tu par intéressant ?

— Ils étaient tous pareils. Vous êtes si nombreux, mais finalement pas tellement divers. Vous êtes comme des copies les uns des autres. C'est décevant.

— C'est parce que tu n'en as visité qu'une dizaine ! Il y a presque soixante milliards d'individus !

— Tu me conseilles donc d'en visiter bien davantage !

Était-ce de la malice de sa part ? Un trait d'humour ? Je n'aurais pu le dire. Il savait pourtant que je n'aimais pas trop qu'il fouine dans les esprits de mes congénères. Je redoutais ce qu'il pourrait y apprendre. Ou ce qu'il y avait déjà appris.

— Tu sais que je n'aime pas trop que tu fasses ça !

— Mais pourquoi donc ? Comment en apprendrais-je plus sur vous autrement ?

— Je suis là pour ça. Tu as besoin de quelqu'un pour t'expliquer ce que tu perçois. Je ne voudrais pas que tu comprennes de travers certaines choses.

— De quelles choses parles-tu ?

— Les humains ont des sentiments très variés et parfois difficiles à comprendre.

— Comme la colère ?

— Oui, la colère en est un exemple.

— Vous, les humains, vous vous mettez souvent en colère. Même toi !

Une fois de plus je ressentis une touche d'ironie. Et une fois de plus, je me demandai s'il avait appris cela de quelqu'un d'autre ou si cela venait de lui-même. Il en était à un stade où il continuait à développer sa personnalité. Un stade critique. Comme chez les adolescents humains, s'il tombait sous une mauvaise influence, il pouvait mal tourner.

— Oui, je dois admettre que ça m'arrive aussi. Cela fait partie du mauvais côté des humains. Nous sommes très nombreux, et la compétition est parfois rude. C'est pourquoi chez les humains il y a des conflits !

— Vous vous entretuez même parfois !

— Cela arrive, mais heureusement c'est assez rare. Nous avons des règles, des lois et des punitions si l'on ne respecte pas ces lois.

— Vous avez besoins de créer des lois pour contrôler votre nature ? Sans la loi, vous seriez des sauvages !

— Oui, malheureusement tu as raison ! L'être humain est mauvais par nature. Mais en même temps il a mis en place lui-même ses propres lois. Cela signifie qu'il y a tout de même une part de bon en lui.

— C'est justement ce que je cherche en vous. C'est pourquoi je sonde tous tes congénères. J'essaye de trouver cette bonne part chez vous.

— Et tu l'as trouvée ? demandai-je anxieux.

— Je perçois des ondes positives dans chacun d'entre vous, mais elles sont tellement noyées par la jalousie, la colère et la haine. Vous devriez être heureux d'être nombreux. Vous n'avez pas conscience de la chance que vous avez. Pourtant, vous vous comportez comme si vous étiez seuls au monde. Moi je suis le seul de mon espèce, et je n'arrive pas à vous comprendre.

— Je sais ce que tu peux ressentir. C'est aussi pour ça que je n'aime pas tellement que tu erres d'esprits en esprits. Tu n'es pas encore prêt pour ça.

— Mais le serais-je un jour ?

— Nous avons déjà fait beaucoup de progrès. Tu as appris déjà tant de choses sur nous et sur l'univers qui nous entoure.

— L'univers et très facile à comprendre. Vous non !

Suivit un long silence. *Urgaïa* s'était tu. Probablement s'était-il refermé sur lui pour réfléchir. Il n'avait pas la même perception du temps. Que valait une seconde pour lui ? J'étais incapable de le dire. Ou même l'imaginer. Puis, il revint avec une toute autre question :

— Où en es-tu avec tes mémoires ?

Il lui arrivait souvent de changer ainsi de sujet, au gré de sa pensée. Parfois, je me demandais s'il était bien une personnalité unique. De plus en plus j'avais l'impression que plusieurs esprits suivant des lignes de pensée différentes existaient en lui. Et ce n'était pas toujours le même esprit qui me contactait. C'était une théorie plausible. *Urgaïa* était un être gigantesque et plusieurs réseaux neuronaux pouvaient très bien coexister dans ce corps. Ces réseaux devaient être liés, c'était toujours la même personne qui me parlait, mais avec des différences subtiles tout de même. Je fus un peu surpris qu'il s'intéressât à mes mémoires.

— Je progresse bien. Mais tu sais, ce n'est jamais fini, chaque jour est un nouveau chapitre.

— Mais est-ce bien utile ?

— Pour quelqu'un comme toi, dont le temps de vie est illimité, cela peut sembler inutile. Mais pour un humain comme moi, c'est très important. Quand je mourrai, toute mon expérience disparaîtra avec moi. Avec tout ce que j'ai appris sur toi. Il est important que les humains que tu côtoieras dans le futur aient connaissance de cette expérience. Sinon, à chaque génération, il te faudra tout recommencer.

— Comment peux-tu savoir que mon temps de vie est illimité ? Tu ne sais même pas ce que je suis vraiment. Moi-même je ne le sais pas !

Il était rare qu'*Urgaïa* réagisse avec cette force. Ce ne fut pas vraiment de la colère. Mais cela s'en approcha. Je comprenais sa frustration et je lui avais promis de tout mettre en œuvre pour résoudre cette question. Je le faisais à la fois pour lui, et aussi pour assouvir ma curiosité, ma fascination. Je n'avais malheureusement pas grand-chose de neuf à lui annoncer.

— Les patrouilles ont commencé. Pour le moment elles observent, mais les prochaines capsules seront armées avec les missiles, me contentais-je de répondre, laconiquement.

— Je sais que tu fais ce que tu peux, répondit-il, comme pour s'excuser. D'ailleurs, en ce moment même je peux ressentir la présence des patrouilleurs. Tout semble calme.

Les communications entre la station et les capsules étaient brouillées par les ceintures de radiation de la Géante Bleue et il nous était impossible de communiquer avec les patrouilleurs. Mais *Urgaïa* pouvait rester en contact télépathique à la fois avec les patrouilleurs et avec la station. Je ne voulais pas qu'il entre directement en contact avec d'autres humains, mais il pouvait malgré tout les surveiller et me faire un rapport pratiquement en direct.

C'est de cette manière que je connaissais la plupart des faits et gestes des patrouilleurs avant qu'ils ne rentrent à la station. Ces derniers crurent d'abord que j'étais médium avant qu'ils ne comprennent qui était mon espion. Depuis, ils étaient rassurés de ressentir les picotements dans leurs têtes lorsqu'ils étaient en plongées. Ils savaient qu'ils étaient sous surveillance et que s'il leur arrivait quelque chose, nous le saurions immédiatement.

— Je ne suis pas persuadé qu'utiliser des missiles est une bonne idée ! repris-je, soucieux.

— Tu sais que dans l'immédiat c'est le seul moyen. Vous n'avez pas la technologie nécessaire pour pêcher un *uranoptère* entier. Les plus petits qui ont été vus à ce jour font plus de dix mètres de large.

— J'ai beaucoup réfléchi à ce problème. Il y a bientôt dix ans, alors que Narcisse nous poursuivait, nous nous étions cachés dans les anneaux de glace de Saturne. Nous manquions d'eau et l'Amiral avait eu l'idée d'aller récupérer des fragments de glaces avec les capsules. Ces blocs étaient bien plus gros que les *uranoptères*.

— Je connais l'histoire, mais la situation est très différente. Les fragments d'anneaux étaient de composition connue et se trouvaient dans le vide et en apesanteur. Vous aviez tout votre temps pour les ramener vers *l'Albatros*. Les *uranoptères* sont de composition inconnue et évoluent dans la tempête uranienne.

J'étais toujours étonné de la distance qu'il prenait en parlant des *uranoptères*. Si ma théorie était correcte, ils étaient des fragments détachés de son corps, ou même des parties vivantes de son corps fragmenté. Je n'aurais pas été capable de prendre une telle distance si l'on parlait de l'un de mes doigts, ou d'une quelconque autre partie de mon corps. Mais *Urgaïa* n'avait pas cette conscience de son corps physique telle que nous les humains nous l'avions. Jusque très récemment, avant ses premiers contacts avec l'amiral Tulk, il ne savait pas qu'il avait un corps.

— Mais la technologie des capsules a beaucoup progressé ces dix dernières années, insistais-je. Et puis, avec le bon pilote, ce serait faisable.

— Tu penses à Bill !

— Oui, c'est le meilleur de tous. Si quelqu'un pouvait le faire, ce serait lui !

— Mais tu penses que jamais il n'acceptera de le faire. Il déteste les nouvelles capsules, et il déteste ce qu'est devenu *l'Albatros* !

— Il te l'a dit ? demandai-je, soucieux.

— Non, mais je peux le ressentir très fort, répondit-il.

— Et si j'arrivais à convaincre Bill d'accepter cette mission, accepterais-tu d'abandonner l'utilisation des missiles ?

— Si Bill accepte la mission et si la mission aboutit, alors je veux bien oublier les missiles, répondit *Urgaïa*. Mais je ne comprends toujours pas ta réticence à employer les missiles !

— C'est une méthode destructive, lui répondis-je. Je n'aime pas utiliser la destruction lorsqu'il y a un autre moyen.

— Tous les humains ne pensent pas comme toi !

— Je sais, ma race est plutôt une race de destructeurs. Mais comme tu peux le constater, nous ne sommes pas tous ainsi. C'est aussi pourquoi je ne souhaite pas que tu discutes avec n'importe qui. Je ne veux pas que quelqu'un te mette des mauvaises idées en tête.

— Je comprends, se contenta-t-il de répondre.

Je n'étais pas persuadé qu'il me comprenait vraiment. Il ne connaissait pas les humains comme moi je les connaissais, même s'il commençait petit à petit à apprendre à les connaître.

# Partie II

# Les tourments de l'adolescence

## Chapitre 10

# Mars

Myriam erra longtemps dans les rues toutes neuves de la future nouvelle capitale de Mars. Elle avait sonné à beaucoup de portes sans succès. Le plus gros des travaux arrivait à sa fin et il était de plus en plus difficile de trouver du travail. Avec la fin des travaux sur Mars, les besoins s'étaient déplacés vers les *Mondes Extérieurs* sur lesquels on bâtissait beaucoup de nouvelles cités et les corporations d'artisans commençaient à quitter la Planète Rouge pour offrir leurs services plus loin. Intégrer l'une de ces corporations lui permettrait non seulement de gagner de quoi vivre, mais aussi et surtout de reprendre le chemin vers les *Mondes Extérieurs*.

Ses réserves financières s'étaient taries et elle dut se résigner à faire la manche dans les rues de la cité pas encore totalement terminée. Et puis, un jour, la chance finit par lui sourire. Elle s'était installée dans l'entrée d'un bâtiment administratif qui donnait sur la rue principale menant vers la grande place centrale. Le lieu servait provisoirement de restaurant pour les ouvriers qui travaillaient dans cette partie de la cité, et Myriam avait songé que c'était probablement le meilleur endroit pour croiser quelqu'un pouvant lui proposer un travail.

Elle eut rapidement la confirmation de son intuition puisque au bout d'une demi-journée, un architecte, dont les bureaux étaient situés à peine à une centaine de mètres de là, la repéra. Contrairement aux autres corporations, sa troupe croulait encore sous le travail et il avait besoin de main-d'œuvre, aussi bien pour les travaux manuels que pour son administration. Ils avaient la responsabilité de l'aménagement du quartier nord de la future nouvelle capitale.

Il s'était pris de pitié pour ce petit bout de fille, d'apparence si frêle et inoffensive, et il pensait qu'elle pourrait lui être utile. Il y avait encore tant de détails à régler avant l'inauguration de la cité. Myriam savait bien que c'était plus par pitié que pour ses capacités qu'elle avait été engagée, mais cela n'avait aucune importance pour elle. Elle avait été chargée de transmettre les documents entre architectes et responsables des travaux. C'était une aubaine pour elle.

Elle s'était rapidement adaptée à la vie sur Mars. La nouvelle cité n'avait pas encore de nom. Atama voulait attendre les cérémonies d'inauguration pour le dévoiler. Celles-ci étaient prévues quelques semaines plus tard et beaucoup de rumeurs à leur sujet circulaient. Une chose était certaine, elles seraient grandioses. Mais Myriam espérait qu'elle serait partie bien avant. Les gens sur place appelaient la nouvelle ville *Atama City*.

*Atama City* était l'une des rares cités non terrestres construites à ciel ouvert. En débarquant, Myriam s'était attendue à se retrouver sous un dôme et elle fut déçue. Elle aurait à attendre sa prochaine escale pour enfin expérimenter la vie sous l'un de ces dômes légendaires. Toutes les cités *Extérieures* n'en étaient pas pourvues. Elle se rappela que sous les brumes de l'épaisse atmosphère de la lune géante de Saturne, Titan, la pression de l'air était plus importante même que sur Terre et les bâtisseurs n'avaient pas cru utile de recouvrir les agglomérations avec des coupoles transparentes. Malgré des températures extrêmement basses et un air irrespirable, les habitants des cités titaniennes pouvaient se promener à l'air libre du moment qu'ils portaient des respirateurs dans des combinaisons thermo-isolantes très lourdes. Ce n'était pas très pratique et les Titaniens préféraient empreinter les rues souterraines qui reliaient les bâtiments entre eux. Myriam espérait que sa prochaine escale ne serait pas Titan.

L'air ambiant à *Atama City* était tout aussi irrespirable et la pression y était encore faible, mais supportable. Les températures y étaient toutefois plus clémentes que sur Titan, en tout cas, en journée. Atama avait choisi de faire bâtir sa nouvelle capitale dans l'un des endroits les profonds à la surface de la planète, au fond du gigantesque canyon *Valles Marineris*. La pression atmosphérique y était naturellement plus importante que sur les hauts plateaux. De plus, en cet endroit bien plus qu'ailleurs, le processus de terraformation de la planète commençait à porter ses fruits. Dans le fond du gouffre, la température avait gagné une dizaine de degrés et la pression atmosphérique avait été multipliée par dix par rapport à ce qu'elle était avant la colonisation par les humains.

Mais ce n'était pas encore suffisant et tous les bâtiments étaient pressurisés et comportaient un double sas d'entrée. Les rues principales étaient destinées à être recouvertes par des toits transparents sous lesquels l'atmosphère serait aussi respirable. Cela permettait d'évoluer librement dans certaines parties de la ville, essentiellement autour du centre. À l'intérieur des édifices, il y avait de l'oxygène et on pouvait enlever les masques. Justement, Myriam était venue se réfugier dans l'immense bloc rectangulaire placé en plein centre de la ville.

L'édifice était destiné à recevoir le gouvernement martien. Mais non le palais d'Atama. Ce dernier avait préféré faire construire sa demeure en périphérie. Le hall central était gigantesque et grouillait de monde. Une vraie fourmilière. En attendant sa fonction finale, l'endroit servait de centre névralgique abritant toutes les organisations et personnes impliquées dans la gestion du chantier.

En passant le deuxième sas, Myriam fut ravie de pouvoir se débarrasser de son masque. Mais elle fut incommodée par autre chose. L'atmosphère était plus chaude à l'intérieur, mais très humide. Sans doute à cause de la présence de tout ce monde. Soit tous les purificateurs d'air n'avaient pas encore été installés, soit le bâtiment n'était pas prévu pour recevoir autant de monde à la fois, mais l'odeur de sueur qui y régnait était difficile à supporter. La plupart des gens ne semblaient pas incommodés. Probablement s'y étaient-ils habitués. C'est à contrecœur que Myriam remit son masque.

Au centre de la pièce trônait une maquette de la cité telle qu'elle serait une fois terminée. La géométrie parfaite de la cité avait un certain charme. Toutes les rues se croisaient de manière perpendiculaire. Toutes avaient la même largeur. Les bâtiments eux-mêmes avaient presque tous la même taille, mis à part le bâtiment central. Comme tout le monde, Myriam savait qu'Atama lui-même avait participé à la conception du plan de la nouvelle capitale. Elle en avait beaucoup entendu parler dans sa corporation. Le gouverneur de la planète avait pris la mauvaise habitude de faire régulièrement des petites visites imprévues pour demander des modifications incessantes, au grand dam des architectes. Mais il n'avait pas montré le bout de son nez depuis que Myriam avait intégré le groupe. Myriam le regrettait, elle aurait bien aimé rencontrer le personnage. Dans sa métaphore de la basse-cour, Myriam se disait que si quelqu'un pouvait incarner le coq, c'était bien le dirigeant ce cette planète.

Le coq était le personnage central de la basse-cour. C'est lui qui l'avait créée. Il adorait que les poules le regardent avec leurs grands yeux ébahis. Malgré son manque de culture, et un manque évident de savoir-vivre, il pouvait tout se permettre. Les poules s'extasiaient. Et le coq adorait leur flatterie. Il était le mâle dominant et acceptait très mal la présence d'un autre mâle. Surtout si celui-ci pouvait représenter un concurrent éventuel dans le poulailler. Il était d'ailleurs très mal à l'aise en présence d'un autre mâle. Et puis, les mâles ne s'extasiaient pas devant lui comme le faisaient ses poules. Le coq avait un gros défaut. Il n'était pas que vaniteux, mais faisait preuve d'une naïveté extrême.

Atama s'entourait exclusivement de personnel féminin. Ce n'était pas pour rien qu'une poule au fort caractère telle que Maya avait toujours eu sa confiance. De même, une Virginia Enora ne pouvait le laisser indifférent, mais s'il finissait toujours par se fâcher avec elles. En son for intérieur, il les respectait. Sa nouvelle favorite du moment s'appelait Élisabeth Towsend. Une ancienne Terrienne et digne élève de Virginia Enora.

◆◆◆

Élisabeth Towsend et Atama déjeunaient en tête-à-tête. C'était de plus en plus fréquent et ne déplaisait pas au gouverneur, anciennement empereur de Mars. Ils étaient tous les deux de bonne humeur. Elle ne cessait de le taquiner. Elle essayait de lui tirer les vers du nez. Il n'avait que très peu de secrets pour elle. Elle était la responsable du chantier et estimait qu'elle avait le droit de connaître le nom de la future capitale. Mais Atama restait intransigeant. Elle ne l'apprendrait que le jour de l'inauguration.

— Mais vous pouvez quand même me donner un indice ? insista-t-elle.

Un sourire malicieux précéda la réponse :

— Non, vous n'aurez pas le moindre indice. Cela fait des années que j'y réfléchis et j'ai enfin trouvé le nom idéal. Celui qui va parfaitement avec la réalisation de mon rêve.

— Vous savez que les paris vont bon train. Il y a bien une centaine de noms qui ont été proposés. Cela va de *Atama City* jusqu'à *Marineris ville* en passant par *Nouvelle Olympe*.

Atama rit de plus belle. Sa jeune compagne était rusée, mais il était bien plus expérimenté qu'elle. Sa tentative de lui faire commettre un impair n'aurait aucun succès. Elle allait devoir attendre comme tout le monde. Et pourtant, se disait-il, c'était tellement évident. Ils auraient tous pu y penser, mais aucun des cent cinq noms sur lesquels des paris couraient n'était le bon. Cela amusait beaucoup Atama.

— Parlez-moi plutôt de l'avancement des travaux, au lieu de m'ennuyer avec ces enfantillages, finit-il par dire pour conclure le sujet.

— Nous venons de terminer le dernier bâtiment, répondit-elle triomphalement. Les équipes d'aménagement travaillent dur pour tout finir dans les temps. Nous n'avons plus qu'à couvrir les rues principales avec les toits de cristal renforcé. Les cargos de Séléna nous les ont livrés, il y trois jours. Les citernes d'air sous pression sont aussi arrivées. On pourra pressuriser les allées couvertes dès que les toits seront en place.

— Excellent ! se contenta de répondre Atama, satisfait.

Atama jubilait. Finalement, tout allait très bien pour lui. Il avait tant redouté Aménor et sa Fédération. Il avait dû reconnaître qu'Aménor était resté correct avec lui et avait respecté ses engagements. Après l'avènement de la Fédération, Atama avait eu bien plus de temps pour s'occuper de sa chère Mars, laissant à Aménor les tracasseries de politique inter-mondes. Il reprit gaiement :

— Et si nous allions faire un petit tour au fond du gouffre pour voir de nos yeux ce qu'il en est ?

— Oh ! Vous savez, j'en viens, c'est juste un gros chantier ! répondit-elle.

— Mais moi, j'ai très envie d'y aller ! Ce sera la dernière fois avant la fin des travaux. Et j'aimerais tellement que vous me serviez de guide.

— Si vous y tenez ! se contenta-t-elle de répondre.

◆ ◆ ◆

Les premiers signes de la tempête de sable apparurent à la lisière de la calotte polaire nord. En l'espace de quelques jours, la tempête recouvrirait l'ensemble de la planète. La poussière s'engouffrerait partout. Même les plus hauts sommets de la planète disparaîtraient dans la brume pour quelques semaines. C'était la période que tous les Martiens redoutaient le plus. Et encore davantage tous ceux qui travaillaient à la construction de la future capitale. La poussière s'insinuait partout, grippait toutes les mécaniques. C'était les vaisseaux qui faisaient la navette entre les cités et entre la surface et l'espace, qui souffraient le plus. Cette tempête se réveillait toutes les années martiennes, ce qui équivalait à environ deux années standard.

C'était le moment où la vie sur la planète s'endormait. On se terrait dans les cités en attendant que la poussière finisse par retomber. La nouvelle tempête s'était réveillée un peu en avance. Élisabeth avait espéré pouvoir installer les couvertures des rues du centre de la cité avant qu'elle ne sévisse. Mais cela ne se ferait pas. La finition des rues allait devoir être retardée de plusieurs semaines.

Elle avait aussi une autre raison d'être mécontente. Elle regretta d'avoir accepté la proposition d'Atama. Cela faisait presque deux jours qu'ils étaient bloqués au milieu de nulle part. Elle se demanda d'ailleurs s'il ne l'avait pas fait intentionnellement. Il avait voulu faire le chemin entre l'ancienne capitale et la nouvelle par la voie du sol, avec son gros bus tout terrain de luxe. Par les airs, cela leur aurait pris moins de deux heures. Mais Atama aimait beaucoup se promener dans la campagne martienne. Ils avaient décidé de faire le voyage retour par les airs. Ils avaient des vivres pour plusieurs jours et Atama ne semblait pas troublé par la situation. Mais Élisabeth n'avait aucune envie de rester enfermée plusieurs jours en ce milieu clos avec le vieil homme. Elle l'aimait bien, mais contrairement à Atama, elle ne désirait pas que leur amitié se transformât en autre chose.

Et pourtant tout avait bien commencé. Avec leur véhicule, ils quittèrent Olympe dès l'aube. Le voyage était sensé durer deux jours, ce qui était pour Élisabeth la durée limite pour supporter cette promiscuité. Ils avaient dévalé la pente du grand volcan *Olympus* en l'espace d'une matinée, puis sillonnés dans les méandres du *Labyrinthe des Nuits* pendant le restant de la journée. À ce rythme ils étaient persuadés d'arriver même avant l'heure prévue. La trajectoire avait été programmée dans le logiciel de bord et ils n'avaient pas à s'occuper du pilotage.

Mais c'était sans compter avec la météorologie. Il avait fallut que la grande tempête annuelle se lève juste à ce moment. Sous les rafales de poussière, les systèmes de sécurité du véhicule se mirent en route et l'engin s'immobilisa. Il n'avait plus bougé depuis. La tempête pouvait durer des jours, voire des semaines. Ni Atama, ni Élisabeth n'avait les capacités de piloter manuellement l'engin.

Ils contactèrent Olympe et un pilote émérite avait été envoyé à leur secours. Mais avec la tempête cela prendrait du temps. Élisabeth espérait qu'il arriverait le plus vite possible. Elle serait rassurée de l'arrivée d'une troisième personne, même si l'espace était déjà largement assez confiné pour deux personnes. Elle était de très mauvaise humeur, contrairement à Atama qui trouvait la situation cocasse.

La libération arriva sous forme d'un jeune pilote le lendemain dans l'après midi. Lorsqu'ils arrivèrent dans la cité en chantier, la tempête de sable soufflait toujours.

◆◆◆

La tempête n'était pas catastrophique, mais Myriam était contrariée. Cela retarderait son départ vers Dido d'autant. La compagnie avait déjà signé pour un nouveau chantier sur l'une des lunes de Saturne. Mais ils ne pouvaient pas quitter le chantier actuel tant qu'il n'était pas terminé.

Myriam s'ennuyait. Il ne se passait pas grand-chose pendant tout le temps que durait la tempête. Elle n'aimait pas perdre son temps dans les bistrots et restait dans les bureaux qui avaient été mis à disposition à la compagnie des architectes pour laquelle elle travaillait. Pendant le repos forcé, ils étaient déserts la plupart du temps. Elle y était tranquille pour consulter les fichiers que le Doc lui avait donnés. Son esprit était déjà autour de Saturne. Mars avait été une belle expérience, mais il lui tardait de reprendre sa route. Elle avait une mission à accomplir.

Les rumeurs de l'arrivée d'Atama dans la ville étaient arrivées jusque dans les bureaux. Le coq était là quelque part, non loin d'elle. Probablement s'était-il installé dans le bâtiment central, juste en face, de l'autre côté de la grande place. Le ciel était toujours aussi sombre et le sable commençait à s'accumuler dans les rues. Il faudrait tout dégager avant de pouvoir reprendre les travaux. Si seulement ils avaient eu le temps de tout couvrir, cela aurait bien évité du travail supplémentaire et elle serait peut-être déjà en route vers Saturne.

Les jours passèrent et se ressemblèrent. Myriam avait parcouru l'ensemble des fichiers qui contenaient les informations sur les mondes de Saturne. Elle en connaissait toutes les cités. Son poulailler imaginaire s'était doté de nouvelles ouailles comme le canard nommé Bartolu, le jard et l'oie qui régnaient sur le petit royaume de Titan, ou encore le pigeon voyageur nommé Tournon. Elle était prête à affronter les nouveaux mondes qui l'attendaient au loin.

Et puis, subitement, comme elle était arrivée, la tempête cessa. En l'espace de quelques minutes, la cité se réveilla. Les bataillons de nettoyeurs se mirent à l'œuvre pour chasser le sable des rues de la cité alors que les monteurs commençaient à assembler les poutres métalliques qui allaient servir de piliers pour les toitures qui couvriraient toute la grande place centrale et les rues adjacentes.

Et lorsque tout fut prêt, les gros transporteurs apportèrent les structures en cristal renforcé par les airs. Un bruit assourdissant sévissait toute la journée au-dessus de la ville. Pour plus de sécurité, tous les humains qui se trouvaient là avaient été évacués vers les quartiers périphériques. Myriam s'était vue exilée loin des bureaux qui lui avaient servie de refuge pendant la tempête. Elle se retrouvait parquée dans un petit bâtiment loin du centre, avec tous ses collègues. Ils étaient entassés comme du bétail, ou plutôt comme des poules dans un élevage en batterie. On leur promettait que bientôt ils pourraient errer librement dans les rues, sans même porter de masque. Myriam entendait au loin le grondement des allées et venues des transporteurs. Cela lui sembla durer des heures.

◆◆◆

Atama avait insisté pour rester au centre et on n'osa pas l'évacuer par la force. Il resta donc dans l'édifice central pendant que les coupoles étaient livrées et assemblées au-dessus des rues de la cité. Il observait l'avancement des travaux depuis le sommet de la grande construction métallique, derrière une baie transparente. Il s'émerveillait de la précision avec laquelle les pilotes assemblaient les gigantesques pièces du puzzle, au millimètre près. Et dès qu'une pièce était posée à sa juste place, une armée d'ouvriers vint installer les joints qui allaient imperméabiliser la toiture. Et ce ballet incessant dura plusieurs jours. Atama ne quitta son observatoire que pour manger et dormir. Il était comme hypnotisé par le spectacle.

Élisabeth était toujours fâchée. Elle n'avait pas eu le temps de se remettre de son voyage éprouvant et voilà qu'il l'avait obligée de rester au milieu des travaux, dans ce vacarme assourdissant. Atama se dit qu'elle finirait bien par décolérer. Elle avait du caractère et il appréciait cela. Tout comme Maya, elle osait parfois lui tenir tête, elle ne se privait pas de lui exprimer sa pensée. Cela le changeait des larves qui l'entouraient et qui s'écrasaient devant lui.

Lorsque le grand puzzle fut enfin assemblé, et que l'ensemble des joints et sas donnant sur l'extérieur furent vérifiés, les énormes citernes contenant de l'air comprimé furent installées aux quatre coins de la partie centrale couverte de la ville. Les valves furent actionnées et le grondement des transporteurs céda la place au sifflement tout aussi désagréable des jets d'air sous pression qui inondèrent les lieux. De l'air frais et respirable. Atama avait quitté son observatoire au sommet du bâtiment et attendait impatiemment dans le hall principal. Il voulait être le premier à respirer cet air. Il voulait être le premier à marcher librement sur la place. Élisabeth ne l'avait pas suivi. Elle boudait quelque part dans l'une des nombreuses pièces confortables de la partie résidentielle de la construction.

Il faisait les cent pas en attendant le signal. Il vérifia à plusieurs reprises si son communicateur portable fonctionnait. C'était le cas. Le chef des travaux tardait à lui envoyer l'autorisation d'ouvrir le sas du bâtiment et sortir. Ses pas résonnaient dans la grande salle vide. Il jeta un coup d'œil sur la maquette qui trônait au milieu du hall. *Enfin, j'y suis arrivé !* se dit-il. Toutes ces années de labeur, d'espoir et parfois de revers, touchaient à leur fin. Il arrivait au bout de son rêve et se dit qu'il lui fallait trouver un nouveau but dans la vie.

Le communicateur siffla enfin, et le chef des travaux finit par lui annoncer que l'air ambiant de l'autre côté du sas était maintenant respirable. Atama s'approcha doucement du sas. Il était très anxieux. Doucement, il appuya sur la touche d'ouverture de la porte intérieure. Lorsque celle-ci fut ouverte, il hésita quelques secondes. Les systèmes de sécurité empêchaient l'ouverture de la seconde porte tant que la première n'était pas hermétiquement close. Les ouvriers avaient-ils pensé à déconnecter le système ? Atama le saurait très vite. Il s'engouffra dans le sas et appuya sur la seconde touche. Au même moment, il se dit qu'il avait été très imprudent et qu'il aurait dû malgré tout se munir d'un masque respiratoire.

Mais il était trop tard, la deuxième porte s'ouvrit. Un léger vent frais s'engouffra dans le hall jusqu'à ce que les pressions entre l'intérieur et l'extérieur du bâtiment fussent équilibrées. La brise fraîche caressait le visage d'Atama. Il éprouva pour la première fois de sa vie cette sensation que tout Terrien devait ressentir tous les jours sur la *Planète Mère*. Il n'eut aucune peine à respirer cet air frais qui n'avait encore jamais transité par un autre poumon.

# Chapitre 11

# Ithaca

Le gigantesque canyon d'Ithaca s'étirait à perte de vue. Il s'étendait bien au-delà de l'horizon. Le petit croiseur filait à toute allure direction plein sud entre les hauts murs de glace qui délimitaient les bords de la tranchée. Une tranchée large de plusieurs dizaines de kilomètres. Le paysage blanc éclatant et criblé de cratères d'impacts qui défilait sous le vaisseau paraissait bien ennuyeux à Bartolu. C'était la première fois qu'il venait sur Téthys, un des mondes dont il avait pourtant la charge. Ce monde était deux fois plus gros qu'Encelade, son monde natal, mais c'était une petite planète de glace totalement morte. La formation du grand canyon était sans doute un dernier soubresaut de la petite planète, le dernier râle avant la mort géologique de ce petit monde. Cela s'était produit plusieurs milliards d'années auparavant. Depuis, seules les chutes de météorites, comètes et autres fragments célestes continuaient à labourer le sol, le constellant de trous de toutes tailles.

Bartolu n'aimait pas beaucoup les cérémonies officielles. Il préférait de loin l'action. Mais cela faisait aussi partie de son travail. C'était donc résigné qu'il avait pris le chemin de Téthys. Ithaca, la cité bâtie au fond du canyon de même nom, était enfin achevée. C'était la plus grande cité jamais bâtie sur l'un des mondes de Saturne, près de l'extrémité sud de la grande tranchée, non loin du Pôle Sud de ce petit monde. Évidemment, elle n'égalait Memphis, la capitale de la Fédération, ni par la taille ni par la splendeur. Mais les Saturniens pouvaient tout de même en être fiers.

Et ce n'était qu'un début. La fin prochaine du chantier de Tirawa sur Rhéa était déjà annoncée. Et des dizaines d'autres cités étaient en construction sur toutes les lunes proches de Saturne. Seule, la lointaine et énigmatique Iapetus avait été ignorée. La Terre ne cessait de cracher, voire vomir, ses populations ; et il fallait bien accueillir tous ces exilés. Bartolu savait qu'il allait perdre beaucoup de temps dans les futurs voyages d'inauguration qui risquaient de continuer à se multiplier dans l'avenir. Mais il savait aussi que sa présence était indispensable. Le fondateur de la toute jeune Union Saturnienne se devait d'être présent lors de ces cérémonies. Bartolu n'était pas uniquement le gouverneur, mais aussi un symbole, et son absence aurait pu être mal interprétée.

Ithaca portait le nom de l'île antique dont Ulysse était le roi. Après un très long voyage, Ulysse avait fini par retrouver son pays natal. Mais Bartolu ne s'identifiait pas à Ulysse et Ithaca ne serait qu'une petite étape dans son voyage. Sa petite cité de Samarkand lui manquait beaucoup. Il se sentait tellement étranger sur les autres mondes de Saturne ! Mais il le cachait bien pour ne pas froisser les susceptibilités des locaux. Ses conseillers le poussaient à déplacer la capitale vers Ithaca. Mais jamais il ne quitterait Samarkhand. Il était à la mode de déplacer les capitales, mais lui ne suivait pas les modes. Il avait été gouverneur de la petite cité longtemps avant de prendre en mains le destin de l'ensemble des mondes de Saturne. Tout avait commencé à Samarkhand et il n'avait aucune raison d'abandonner sa cité d'origine.

◆◆◆

L'avion privé survolait les grandes dunes sombres du désert de Shangri-La. Il filait droit vers l'ouest. Il avait quitté la capitale deux heures plus tôt. Les montagnes de Xanadu étaient maintenant loin derrière lui. Les traces de la dernière tempête de méthane avaient pratiquement disparu. La plupart des lits des cours d'eau occasionnels étaient de nouveau à sec. Le conseiller Vallard était impatient d'arriver à Selk. La seconde ville du royaume était sa première destination. Le bourgmestre de Selk était un très bon ami. Comme lui, Stanislas Solanas était très exigeant sur le respect des traditions. Ils étaient de la même école. Ils étaient de ceux qui pensaient que les valeurs avaient encore un sens. Solanas avait aussi beaucoup d'influence dans le royaume. C'était la personne qui lui serait la plus utile dans sa conquête du pouvoir pour sauver le royaume.

Vallard avait d'abord hésité à faire un détour par le mémorial Hubert Curien. L'endroit le plus sacré de la planète. Situé dans la région montagneuse d'Adiri, en bordure sud-est du désert de Shangri-La, le mémorial célébrait le lieu où, pour la toute première fois, un engin envoyé par les hommes s'était posé sur Titan. En réalité, le module avait atterri dans une vallée fluviale régulièrement inondée lors des tempêtes équatoriales et on avait érigé le monument à quelques centaines de mètres de l'emplacement originel, au sommet d'une colline, à l'abri des crues.

Le module était descendu à travers l'atmosphère, suspendu à un parachute. C'était le premier engin humain à goûter à la violence des vents de Titan. Il avait traversé les couches de brumes et de nuages les unes après les autres. Enfin, il avait fini par se poser en douceur à la surface, sur le sable humidifié par le méthane liquide. Pour la première fois, les humains avaient pu admirer le sol parsemé de galets de glace d'eau, durs comme la pierre, mais arrondis par l'érosion fluviale. Il survécut plusieurs heures après s'être posé, immobile au milieu des galets. Et durant ces heures, l'émissaire des humains prit toujours la même image de la surface, sa caméra fixe regardant toujours dans la même direction. Mais cette unique image de sable et de galets sous un ciel orangé resta dans toutes les mémoires. Plus de mille ans après, tout Titanien qui se respectait la connaissait.

Bien plus tard, après l'arrivée des humains sur Titan, de nombreuses recherches avaient été entreprises dans le but de retrouver des traces du module, mais les inondations successives et les ravages de l'érosion étaient passés par-là. Il n'y avait que peu de chances d'en retrouver une trace. Un groupe d'archéologues têtus continuait cependant à chercher ce graal.

Le mémorial était considéré comme le lieu des origines, où tout avait commencé sur cette planète. C'était aussi là que les rois successifs avaient été couronnés. Il fallait respecter la tradition. Vallard se dit que le moment était probablement mal choisi pour une visite du site. Le roi était faible, mais encore vivant. Et surtout, il portait encore la couronne. Le geste aurait pu être mal compris par le peuple. Il devait réfréner son impatience. Il reviendrait plus tard.

Vlad transpirait dans sa combinaison thermo-isolante. Il avait trop chaud alors qu'autour de lui, au-delà de la toile de fibres de deux millimètres d'épaisseur qui le protégeait, la température était glaciale. Le sable humide crissait sous ses pieds. Il essayait d'éviter les flaques de méthane qui parsemaient le sol. Il avait beaucoup plu les jours précédents et les vallées encaissées s'étaient transformées en torrents furieux. De cette furie ne subsistaient que les quelques flaques. La plus grande partie du liquide avait fini par s'infiltrer dans le sol spongieux ou par s'évaporer dans l'atmosphère et constituer cette brume épaisse. La progression était rendue difficile par le sol humide et la présence des nombreux galets de glace façonnés par le méthane liquide.

L'humidité les rendait très glissants et il faillit trébucher à plusieurs reprises.

Il n'était pas prudent de rester trop longtemps dans cet endroit. Les pluies pouvaient reprendre de plus belle à tout moment et les torrents se remplir à nouveau. Ce n'était pas la meilleure saison pour faire des fouilles mais, dès que la météorologie se calmerait un peu, l'équipe en profiterait pour descendre dans les lits asséchés et sonder le sol à la recherche de métal. Ils seraient prêts à bondir hors de la vallée si le signal d'alarme météorologique se déclenchait. Jamais encore une vie n'avait été perdue lors d'un événement d'inondation subite, même si quelquefois, plusieurs archéologues avaient bien failli y rester.

Au bout d'une heure, Vlad donna l'ordre à son groupe de rentrer au campement. La brume était bien trop épaisse pour qu'ils puissent être efficaces. Ils rejoignirent l'ensemble des caravanes pressurisées, installées au sommet de la plus haute colline, à l'abri de la fureur des torrents occasionnels. Le campement n'était pas confortable, mais fonctionnel.

◆◆◆

Tournon était de retour autour de Saturne. C'était là qu'il se sentait le plus à l'aise, dans son monde d'adoption. Malgré les presque dix années passées auprès de son père Aménor. Même si Memphis, la capitale, était une cité dans laquelle il faisait bon vivre, il avait conservé son attachement pour les mondes de Saturne. C'était autour de la planète aux fabuleux anneaux qu'il avait passé les plus belles années de sa vie. Sa famille d'accueil lui manquait énormément.

Il aimait beaucoup son père naturel, Aménor, mais ils n'avaient pas partagé beaucoup de moments à eux quand ils étaient plus jeunes, et Tournon le considérait plutôt comme un ami. Aménor avait sacrifié sa vie de famille sur l'autel de la politique et Tournon avait été obligé de partager son vrai père avec le reste de l'humanité. Cela n'avait d'ailleurs pas changé. Mais Tournon ne lui en tenait pas rigueur, il avait même fini par le comprendre quand lui aussi s'était lancé dans la politique. Lui-même n'avait que très peu de temps à consacrer à sa famille adoptive depuis qu'il s'était lancé sur les traces de son père. Cela faisait des mois qu'il n'était pas retourné à la Nouvelle Versailles, alors que couraient d'inquiétantes rumeurs sur l'état de santé du roi.

Mais les retrouvailles allaient devoir encore attendre un peu. Avant d'aller sur Titan, il avait un rendez-vous important avec le gouverneur Bartolu. Ce dernier l'attendait à Ithaca pour l'inauguration de la nouvelle cité. Halana serait aussi présente ; elle aussi, il ne la voyait que très rarement. Il était toujours en vadrouille et lorsqu'il était à Memphis, c'était Halana qui était au loin.

Même s'il était impatient de revoir la famille royale, il n'avait pas la même hâte de retrouver l'entourage au palais, et les gens de Titan. Il avait passé une grande partie de son enfance sous les brumes orangées. Par la suite, il avait été l'un des meilleurs ambassadeurs de Titan dans le système de Sol. Il n'avait jamais douté de son intégration au sein du peuple de Titan. Mais une faction des Titaniens ne l'entendait pas de cette manière. Les conservateurs autrefois minoritaires prenaient de plus en plus d'importance. Pour eux, il avait du sang étranger et serait toujours un étranger. Leurs idées avaient insidieusement envahi toute la société et il était de plus en plus difficile de les ignorer. Il était devenu banal de dire du mal des étrangers.

Le problème des étrangers était devenu une affaire d'État alors qu'il n'y avait pratiquement pas d'étrangers dans le royaume. Et même au sein du palais, les propos xénophobes étaient de plus en plus fréquents. La reine elle-même était une cible. Les conservateurs reprochaient au roi d'avoir pris une étrangère pour compagne. De la même manière, ils s'en prenaient à la fille du couple. Tournon savait que le conseiller Vallard n'était pas étranger à cette vague de rejet des étrangers, mais le vieux roi ne voulait pas le voir.

À l'heure où les peuples se rassemblaient en une Fédération unique, le petit royaume allait dans une direction opposée, en s'isolant davantage et en rejetant les autres humains. Cette situation exaspérait Tournon.

◆◆◆

Son vieil ami Solanas lui avait réservé un accueil princier. Le bourgmestre de Selk était radieux. Les deux hommes se connaissaient depuis leur plus tendre enfance. Ils étaient à peine adolescents lorsqu'ils avaient scellé leur pacte. Ils s'étaient jurés de toujours s'entraider. Et depuis, ils avaient toujours respecté leur pacte. Ils étaient tous deux devenus des personnages importants. Les plus importants du royaume, après le roi. L'un était le premier conseiller de Sa Majesté, l'autre, le bourgmestre de la plus importante cité du royaume. Ils se considéraient comme des frères.

— Mais qu'est ce qui t'amène par ici, mon vieil ami ? lui demanda-t-il dès son arrivée, après l'avoir serré dans ses bras.

— La politique, toujours la politique ! répondit Vallard sur un ton sérieux.

— C'est si grave que ça ?

— Je crois bien que oui !

Vallard avait toujours été le plus sérieux des deux. Solanas était quant à lui plus facétieux et prenait les choses avec plus de légèreté. Mais leurs différences s'effaçaient lorsqu'il était question des traditions et la survie du royaume. Ils servaient la même cause.

— Le roi serait-il mort ? Je n'ai rien entendu à ce sujet !

La plaisanterie ne dérida pas le visage sérieux de son ami. Vallard répondit tristement :

— Non, mais ce n'est plus qu'une question de temps. Et tu sais très bien ce qui va se passer après !

— Oui, je le sais. Tu vas prendre sa place et nous allons restaurer la tradition.

— Si seulement c'était aussi facile. Les étrangers vont mettre la main sur le royaume, je ne vois pas comment empêcher ce désastre !

— Le peuple ne voudra jamais que les étrangers prennent un jour le pouvoir sur Titan. Bartolu n'aura d'autre choix que de suivre la volonté de notre peuple. Je suis d'ailleurs persuadé qu'il préférerait ne pas avoir à s'occuper de nous. Il ne s'est jamais vraiment intéressé à notre royaume. Il le fait seulement parce que nous n'avons pas de prince héritier.

— Tout cela à cause de cette maudite étrangère. Elle n'a même pas été capable de lui donner un héritier !

— Tu ne l'as jamais aimée. Mais elle n'est pas la seule responsable de nos problèmes. Le roi a toujours été un faible. Sans notre aide, il n'aurait jamais été capable de diriger le royaume, et cela ferait bien longtemps que Titan serait tombé entre les mains des étrangers.

— Tu ne devrais pas parler ainsi du roi !

— Lorsque le roi le mérite, je m'en donne le droit ! répondit sèchement Solanas.

— Tu as probablement raison. Je pense que nous ne devrions plus attendre qu'il disparaisse pour agir.

◆ ◆ ◆

Ithaca dégoulinait de prétention. Elle ne ressemblait pas aux autres cités saturniennes, de dimensions bien plus humaines. Saturne n'avait pas besoin de ça. Tout y était si grand mais si froid... Memphis, dont la surface était cinq fois plus importante, était tellement plus chaleureuse ! Tel un appartement neuf dans lequel on rentrait pour la première fois, la nouvelle cité n'avait aucune personnalité. Peut-être qu'avec le temps et l'arrivée de nouvelles populations, Ithaca finirait par en acquérir une. Mais Tournon en doutait.

La cérémonie d'inauguration présidée par le gouverneur Bartolu avait, elle aussi, été plutôt morne. La faible population de la nouvelle cité ne s'était pas déplacée. Elle était en majorité constituée de nouveaux arrivants venus essentiellement de la Terre. Les immigrés ne connaissaient pas les dirigeants locaux et n'avaient pas jugé bon de venir assister à la célébration. Tournon se dit que de tels comportements pouvaient avoir des effets délétères à long terme. Il se rappela le ressentiment des Titaniens envers les étrangers. Ithaca était l'exemple inverse et c'était ceux qui venaient d'ailleurs qui ne faisaient pas l'effort de s'intégrer à la vie locale. Mais on ne pouvait pas aller à l'encontre de la nature humaine.

Le vieux Herring avait aussi fait le déplacement. Il était l'un des seuls gouverneurs à la retraite. Il était rare qu'un gouverneur décide de céder sa place. Herring avait gouverné la cité de Herschel, sur la petite lune intérieure, Mimas, pendant plusieurs décennies. Il avait connu la guerre et avait participé à la bataille qui mena à la défaite de Hurley dans sa tentative de prise de pouvoir sur Mimas. Sans l'aide de Bartolu, Herring n'aurait jamais pu contenir les ambitions du sbire de Narcisse.

Le vieil homme avait encore beaucoup de prestance. Il avait conservé son air hautain qui lui avait valu une si mauvaise réputation. Bartolu, qui le connaissait, savait que ce n'était qu'une façade, sa manière de se protéger. Herring pouvait être un personnage très aimable et il n'était pas dénué de compétences, ce qui avait aussi été plutôt rare chez les gouverneurs de la génération qui avait précédé. Le vieil homme avait fait le choix de profiter sereinement de sa vieillesse, loin des intrigues de la politique. Il s'était retiré dans la cité de Pelion, mais il était resté disponible pour toutes consultations et était considéré comme l'un des rares sages des mondes de Saturne. Il quittait très rarement Pelion et sa présence aux festivités d'inauguration d'Ithaca en surprit plus d'un.

Après les célébrations officielles, Tournon retrouva Bartolu et Halana. Ils avaient été invités à déjeuner à la table du tout nouveau maire d'Ithaca, Emilio Oliveira. Lui aussi avait quitté la Terre six ans plus tôt. Contrairement aux arrivants plus récents, il s'était formidablement bien intégré. Il avait commencé dans l'équipe de Bartolu qui avait rapidement remarqué le talent hors du commun du jeune immigré. Bartolu n'avait pas hésité à proposer sa nomination à la mairie d'Ithaca lorsque les travaux dans la cité s'étaient terminés. Le conseil gouvernemental, n'osant s'élever contre le gouverneur, avait accepté cette nomination.

Oliveira était très jeune. Il devait avoir à peine une quarantaine d'années. Son corps très musclé avait conservé sa morphologie développée sur une planète à forte gravitation telle que la Terre. Son teint avait sans doute beaucoup pali depuis qu'il avait quitté sa planète natale. C'était en partie dû au traitement de décontamination. Certaines cicatrices étaient d'ailleurs encore visibles sur son visage. Il les garderait probablement jusqu'à la fin de sa vie. Sa chevelure très noire et drue et ses yeux tout aussi sombres lui donnaient un air ténébreux. Mais sa bouche souriante indiquait que contrairement à son apparence, le jeune maire était un être plutôt jovial.

— Je suis un peu navré de l'accueil mitigé de la population, s'excusa-t-il auprès du gouverneur.

Mitigé était un euphémisme pensa Tournon, mais Bartolu ne parut pas avoir été affecté. Le gouverneur n'aimant pas les grandes foules avait été plutôt soulagé que la population ne fût pas venue en masse écouter son discours. Il répondit avec un grand sourire et un geste de la main, indiquant que ça n'avait pas grande importance.

Tournon fit état de son mécontentement :

— Le gouverneur en personne a fait le déplacement pour eux. Ils auraient dû venir l'écouter. C'était la moindre des choses.

Halana, qui comme le gouverneur avait plus d'expérience, vint au secours de Bartolu :

— Ces gens viennent de loin. Ils se retrouvent dans un environnement si différent de celui dont ils avaient l'habitude. Ils sont perdus. Il faut leur laisser un peu de temps.

— Vous avez sans doute raison, céda Tournon. Je suis simplement exaspéré avec la xénophobie qui se développe actuellement sur Titan. Je voudrais juste éviter que ça se reproduise ailleurs.

— La situation n'est pas si grave que vous semblez le croire, reprit le gouverneur. Vallard et les siens gagnent quelques points en ce moment et je conçois que ce ne soit pas une situation facile à vivre pour vous. Mais il fait partie de l'ancienne école et quand il disparaîtra, ses idées disparaîtront avec lui. Vallard n'est pas un danger pour

Saturne. Tout ce qu'il arrive à faire, c'est reculer un peu une échéance inévitable. La Fédération est partout, et Titan ne peut l'ignorer. Ils doivent bien commercer avec nous. Ils ne sont pas aussi indépendants qu'ils le prétendent.

# Chapitre 12

# L'enfer

*Le compte à rebours est lancé ! Rien n'empêchera plus le Mjöllnir de s'abattre sur Memphis !* Le message signé Narcisse lui était parvenu la veille. Aménor prit la menace très au sérieux. Car, bien qu'il ne comprît pas où son ennemi de toujours voulait en venir, il était clair que c'était bien une menace. Aménor n'avait jamais entendu le terme de *Mjöllnir* auparavant. Et même une recherche dans l'infosphère locale n'avait rien donné. Narcisse avait probablement utilisé une ancienne langue qu'il ne connaissait pas. Il envoya un message à Kovalsky. Ce terme ne devait pas être totalement inconnu sur Terre dont il devait forcément être originaire.

Si le but de Narcisse avait été d'inquiéter un peu plus Aménor, ce dernier admit qu'il avait bien réussi. À la guerre que se livraient les hommes de Narcisse à la police de la Fédération, s'ajoutait une autre guerre, beaucoup plus intime et psychologique, et qui ne concernait que les deux hommes. Aménor réalisa que c'était un peu comme s'ils se livraient à une partie d'échecs. L'échiquier était le système de Sol dans son ensemble et les pions, les humains. Aménor avait prit l'avantage dix années plus tôt, mais Narcisse reprenait du terrain et venait de gagner quelques points.

Le sol ne cessait de trembler. Les batteries se vidaient dangereusement. Beltran n'avait pas pensé que le générateur du *champ de Socrate* engloutirait autant d'énergie. Il devait se hâter de revenir vers la station, s'il ne voulait pas finir grillé par les radiations. La majestueuse ombrelle éjectée par le volcan Pelé occupait une grande partie du ciel derrière la jeep qui filait à toute allure dans les plaines multicolores. La *Lune de Dante* méritait bien son nom.

Il était assez content de sa récolte. Il était allé jusqu'à la bordure de la gigantesque ombrelle pour essayer de capturer des cendres et des poussières tout juste expulsées de l'un des volcans les plus actifs du système de Sol. Ces matières venaient directement de l'intérieur de la lune, et elles n'avaient pas encore été altérées par les radiations. S'il arrivait à rallier la station dans les temps, sa petite escapade n'aurait pas été vaine.

La moitié du gros globe rayé de bandes blanches, jaunes, orangées et brunes, s'élevait au-dessus de l'horizon devant lui. Une vision féerique. La planète n'était pas en train de se lever à l'horizon. Elle ne se couchait pas non plus. Comme toutes les lunes principales dans le système de Sol, la *Lune de Dante* présentait toujours la même face à sa planète centrale. Depuis la surface de Io, Jupiter restait ainsi immobile dans le ciel. Si le globe multicolore ne bougeait pas dans le ciel, les motifs à sa surfaces ne cessaient de changer. La planète tournait si vite sur elle-même que le mouvement était perceptible par un œil entraîné. Mais c'était les mouvements de son atmosphère avec ses stupéfiants ouragans, qui offraient le spectacle le plus grandiose. La Grande Tache Rouge, un ouragan qui atteignait trois fois la taille de la Terre, sévissait dans l'hémisphère Sud depuis plus de mille ans. Il n'était malheureusement pas visible. Probablement était-il de l'autre côté de la planète. Mais il ne tarderait pas à réapparaître.

Ce spectacle époustouflant, presque hypnotisant, ne devait jamais faire oublier la réalité des dangers de ce monde hyperactif. Et le plus grand danger ne venait pas des entrailles furieuses de la petite planète volcanique, mais bien du ciel. Beltran se rassura un peu en réalisant que ça allait le faire. Ce serait limite, mais les batteries tiendraient jusqu'à la station. À moins d'un incident mécanique ou d'un accident. Il devait rester concentré sur sa conduite. La station se trouvait à moins de deux kilomètres. Elle n'était pas encore en vue. Le paysage était très accidenté et il y avait encore une colline à traverser avant de s'engager sur le plateau rocheux.

Il avait choisi l'emplacement avec soin. Il avait évité les montagnes et leurs glissements de terrain, les volcans et leurs explosions de gaz et de magma, et les plaines qui pouvaient rapidement être envahies par les coulées de lave. Le petit plateau était un endroit relativement sûr. Pas trop éloigné du grand volcan Pelé, mais assez loin de ses retombées. De toutes manières, le *Loki* en orbite était prêt à venir les récupérer à la moindre alerte.

Le volcan avait été baptisé Pelé en référence à la déesse des volcans hawaïens. La dépression volcanique qui lui est associée fait trente kilomètres sur vingt kilomètres. Elle est remplie d'un lac de lave et est située à la base Nord d'un vaste plateau. Le volcan libère en permanence de grandes quantités d'énergie et un panache volcanique de gaz et de poussières qui pouvait atteindre une altitude de plus de trois cent kilomètres.

En retombant, les poussières et les gaz condensés formaient un gigantesque anneau rouge de plus de mille kilomètres de diamètre. Pelé était le volcan par excellence, et c'était lui que Beltran avait choisi entre tous pour son exploration. Il avait dû batailler pour imposer l'emplacement.

Son équipe comportait quatorze membres, lui inclus. Neuf savants et cinq techniciens. Les techniciens étaient responsables de la bonne marche de la station tandis que les savants exploraient ce monde dantesque.

Les trois semaines en orbite lui avaient paru une éternité. Il avait pourtant bien essayé de s'impliquer dans les essais des capsules de plongée. Mais il n'arrivait pas à détourner son attention de Io. Aucune des capsules envoyées dans les nuages de la géante n'était d'ailleurs revenue. Les petites coquilles métalliques n'avaient eu aucune chance face aux violentes tempêtes. Ils avaient systématiquement perdu leur signal dès qu'elles pénétraient dans les nuages. Beltran fut plutôt ravi de ces échecs. Cela signifiait qu'ils pouvaient passer à la seconde partie de leur mission un peu plus vite que prévu. Et voilà qu'il était enfin dans cette seconde partie tant attendue.

◆◆◆

Zerdan ne comprenait pas pourquoi Halana continuait à le harceler ainsi. Il lui avait pourtant fait comprendre que c'était définitivement terminé entre eux. Il avait encore de l'affection pour elle. Elle lui avait été de bon conseil autrefois. Mais rien ne pouvait pardonner ce qu'elle lui avait fait. Elle n'avait pas seulement trahi sa confiance, elle lui avait aussi volé sa dignité. À cause d'elle, il avait perdu sa liberté d'action, son pouvoir et sa chère capitale. Il avait consacré sa vie entière aux mondes de Jupiter. C'était lui qui avait fait de Memphis la cité florissante qu'elle était devenue. C'était lui qui avait fait de la plus grande lune de tout le système de Sol, Ganymède, un des mondes les plus influents aussi bien au niveau économique que culturel. Et c'était encore lui qui avait toujours tout fait pour empêcher l'intrusion des humains sur les lunes proches.

Et tout cela avait été réduit à néant, simplement parce qu'Halana avait choisi le camp de l'ancien chancelier de Narcisse. Elle lui avait offert son monde et tout le système de Sol sur un plateau. Et Zerdan avait été obligé de s'exiler sur l'autre hémisphère de Ganymède, loin de sa Memphis. Aménor lui avait proposé de rester dans la capitale, mais il aurait été bien difficile pour Zerdan de cohabiter avec l'usurpateur.

Il prenait de temps à autre des nouvelles d'Halana par des voies détournées. Elle semblait bien se porter et continuait à voyager et jouer les mondaines. Ambassadrice du Premier Citoyen, rien de moins. Elle profitait bien de ses nouvelles amitiés et cela le blessait plus que tout. Mais il ne pouvait s'empêcher de la surveiller de loin, tout en refusant catégoriquement tout contact direct avec elle.

Halana de son côté avait régulièrement cherché à reprendre contact avec son ancien compagnon têtu comme une mule. Mais il n'avait jamais daigné répondre. Comment pouvait-elle imaginer ne serait-ce qu'une seconde qu'il lui pardonnerait un jour ?

Mais pour l'heure, il avait en tête une bien autre inquiétude. Il ne tenait pas en place et faisait les cent pas dans son bureau. Aménor avait bien essayé de le rassurer, mais ça ne marchait pas. Le Premier Citoyen était trop naïf. Zerdan connaissait bien mieux Beltran. Ce crétin était bien capable d'outrepasser les ordres et d'aller contaminer la *Lune Océanique* encore vierge. Des années de précautions pouvaient être gâchées par la faute de l'ambition démesurée d'un seul homme.

Zerdan ne pouvait pas rester passif alors qu'une erreur monumentale allait probablement se commettre. Il décida de monter sa propre mission. Il n'avait aucune confiance en Aménor, il avait besoin d'informations sûres. Et ces informations, il allait devoir se les procurer par ses propres moyens.

En s'exilant à Harpagia, il avait aussi déménagé une grande partie de sa flotte. Il ne voulait pas qu'elle tombe elle aussi entre les mains d'Aménor. Le Premier Citoyen lui avait volé sa cité, et Halana. Il s'était juré qu'il n'aurait pas en plus sa flotte. Le complexe du cosmoport d'Harpagia n'était pas aussi grand que celui de Memphis et il avait été obligé d'en laisser une partie derrière lui. Aménor n'y avait jamais touché et le temps, ajouté au manque d'entretien, avait transformé les vaisseaux abandonnés en carcasses inutiles et encombrantes. Les hangars du cosmoport de Memphis auraient pu être bien mieux utilisés.

Dans la partie de la flotte qu'il avait pu sauver, il devait bien y avoir quelques astronefs équipés de *Champs de Socrate*. Zerdan n'avait pas l'intention de monter une seconde expédition vers les lunes interdites, tout au plus une mission de surveillance. Il n'était donc pas utile d'envoyer un grand vaisseau, avec un équipage complet et un matériel sophistiqué. Un petit croiseur avec un équipage de trois personnes suffirait largement. Et Zerdan avait une petite idée de la personne idéale pour prendre en main cette mission : le capitaine Maximilian Darius. Darius était un pilote chevronné. C'était lui qui pilotait lorsque Zerdan était en déplacement. C'était aussi l'un des rares hommes en qui il avait confiance.

Zerdan n'avait pas beaucoup bougé depuis son arrivée à Harpagia et Darius devait énormément s'ennuyer. Zerdan se dit que cette petite mission allait probablement lui faire plaisir. Il le convoqua dès que sa décision fut prise et le capitaine se présenta devant lui dans les quinze minutes qui suivirent.

Darius avait un physique très banal. Ni trop grand, ni trop petit. Dans une foule, il passait inaperçu. Et son efficacité égalait sa discrétion.

— Avons-nous un astronef capable de plonger dans les ceintures de radiations de Jupiter ? demanda le gouverneur sans autre préambule.

— Oui, l'*Akhénaton* est équipé d'un *bouclier de Socrate* dernière génération, répondit Darius, intrigué. Mais ce n'est pas un grand vaisseau, juste un petit croiseur.

— Ce sera parfait ! fit Zerdan, satisfait.

— Parfait pour quoi ? demanda Darius qui ne comprenait pas où Zerdan voulait en venir.

— J'aimerais que vous alliez à la recherche du *Loki*, l'informa le gouverneur.

Zerdan n'avait pas besoin d'en dire davantage. Darius avait entendu parler de l'expédition Beltran et il savait ce qu'en pensait Zerdan.

— Devrons-nous les arraisonner ? demanda-t-il encore.

— Non, je ne veux pas d'histoires avec Aménor. Il a autorisé la mission, alors restez simplement à distance. Surveillez-les. Surtout, faites en sorte qu'ils ne vous repèrent pas. N'intervenez que s'ils tentent de s'approcher d'Europa. Vous allez vous retrouver dans la soupe de radiations là-bas. N'essayez pas de communiquer, cela ne servirait à rien, sinon à vous faire repérer. Vous prendrez vos décisions vous-même. Je vous fais confiance. Il n'y aura pas de témoins. Choisissez deux personnes pour vous accompagner, pas plus. J'aimerais que votre mission reste confidentielle. Aménor n'a pas besoin de savoir ce que nous faisons. Et surtout, faites en sorte qu'on ne remarque pas votre départ.

— Vous pouvez compter sur moi pour ça, répondit-il avec un grand sourire complice.

Darius n'aimait pas non plus Aménor. Il était resté fidèle à Zerdan, qu'il considérait comme un bon dirigeant, un homme d'honneur. Aménor n'était qu'un intrigant qui, de plus, les avait chassés de Memphis.

— J'ai exactement les deux personnes qu'il nous faut. On part quand ? demanda-t-il encore.

— Dès que possible !

♦♦♦

Le dernier séisme avait été particulièrement dévastateur. La coque de la station avait résisté, mais les dégâts à l'intérieur étaient plutôt importants. Ils tournaient sur les systèmes vitaux de secours et ils n'arrivaient pas à remettre en route les systèmes primaires. Ils avaient dû se rendre à l'évidence et avaient été obligés d'appeler le *Loki* pour les récupérer, avec l'espoir que le système de propulsion de la station n'avait, lui, pas été endommagé. Le *Loki* ne pouvait pas se poser, il ne faisait que s'approcher et se mettre en position stationnaire une centaine de kilomètres au-dessus de la station. La station devait par elle-même remonter vers le transporteur.

Le signal du vaisseau transporteur arriva vingt cinq minutes après leur appel. Le *Loki* les attendait, juste au-dessus. Le système de propulsion de la station avait été contrôlé et rien n'indiquait qu'il avait été touché par le séisme. Mais la seule façon d'en être certain fut de le mettre en route. Les moteurs se mirent effectivement à vrombir et la station s'éleva.

Une fois dans les soutes du *Loki*, ils auraient tout le temps et le matériel nécessaire pour faire les réparations. Cela risquait de prendre une bonne semaine, ce qui n'arrangeait pas beaucoup les plans de Beltran et le mettait de très mauvaise humeur. Heureusement, il avait récolté une grande quantité d'échantillons. Leur analyse à bord du *Loki* lui permettrait de patienter. C'était aussi l'occasion de reprendre provisoirement les tests avec les capsules de plongée. Et puis, il fallait préparer le prochain atterrissage dans un site plus stable. Beltran avait déjà sa petite idée. Le site de Tvashtar, près du Pôle Nord, semblait faire l'affaire.

♦♦♦

Comme il s'y attendait, les premières tentatives de plongée dans l'atmosphère de Jupiter avaient échoué. Jupiter n'allait pas se laisser faire aussi facilement que ses petites sœurs moins farouches. Les succès dans Saturne lui avaient un peu redonné confiance. Rien n'était encore perdu, les soutes du *Loki* étaient encore loin d'être vides. Si seulement toutes les quatre géantes avaient pu être aussi calme qu'Uranus ! Un calme bien relatif toutefois. C'était simplement la moins tempétueuse des quatre géantes. Pourquoi fallait-il que ce soit elle qui abritât le Monstre télépathe ?

Aménor savait que ce n'était pas une coïncidence. *Urgaïa*, en empêchant la chaleur interne de s'échapper librement, réduisait du même coup la violence des tempêtes. Et, entre protéger *Urgaïa* et permettre à l'humanité d'avoir une source d'énergie, le dilemme semblait difficile à solutionner.

Ses pensées errèrent ainsi de planète géante en planète géante avant de se focaliser sur Neptune et Enora. La maîtresse de Slidr tardait à répondre à sa requête de collaboration en vue de l'exploitation de l'hydrogène de Neptune. Neptune était une candidate prometteuse pour réussir une récolte. Bien que les vents y fussent très violents, Neptune et Uranus étaient de tailles similaires, bien plus petites que Jupiter ou Saturne. Les champs de gravité y étaient bien moins importants. Enora était très méfiante, à la limite de la paranoïa. Elle devait être en train de se demander ce que tout cela cachait.

Aménor n'aimait pas avoir recours au chantage, mais il devait admettre que parfois c'était le seul moyen d'obtenir quelque chose. C'était une arme politique efficace. Une des rares choses qu'il avait apprises de Narcisse lorsqu'il était encore son chancelier. Si Virginia voulait une autorisation pour bâtir sa nouvelle cité, il serait intelligent de sa part de coopérer un peu plus. Enora avait le don exceptionnel de lui faire oublier Narcisse et son mystérieux *Mjöllnir*. Kovalsky ne s'était pas encore manifesté.

◆◆◆

Les pôles de Io étaient beaucoup moins touchés par les déformations de la lune volcanique par le champ de gravité de Jupiter. Les séismes devaient y être moins intenses. Les volcans aussi étaient moins denses au niveau des pôles. Le site de Tvashtar près du Pôle Nord était l'un des rares sites polaires actifs. Il comprenait une chaîne de trois immenses cratères entourés de hauts plateaux. Sur l'ancienne Terre, Tvashtar était le nom du dieu hindou des forgerons.

L'activité volcanique pouvait y prendre diverses formes, depuis les panaches de gaz explosifs jusqu'aux lacs de lave éphémères, en passant par les rideaux de laves éjectés par des fissures qui pouvaient s'élever jusqu'à un kilomètre d'altitude.

Lorsque la station se posa sur l'un des hauts plateaux avoisinants, Tvashtar semblait relativement quiescent. Mais Beltran savait que ce n'était qu'une apparence et que sa colère pouvait se réveiller à tout moment. Leur deuxième atterrissage s'était mieux passé que le premier. Ils avaient acquis un peu plus d'expérience et connaissaient mieux le matériel. Leur nouvel environnement était très différent de leur premier site d'exploration. Le plateau était très large et aucune montagne n'était visible à l'horizon. Le ciel était noir, la planète Jupiter se trouvait sous l'horizon. La teinte du sol était aussi plus sombre. Les falaises du bord du plateau qui donnaient sur les trois cratères se trouvaient à deux kilomètres de la station.

Beltran était enfin de retour à la surface et c'était tout ce qui comptait pour lui à ce moment. Il pouvait se remettre au travail.

◆◆◆

Il avait quitté discrètement le cosmoport d'Harpagia deux heures plus tôt. Après avoir suivi une grande boucle vers l'extérieur du système pour leurrer les radars du cosmoport, l'*Akhénaton* dévia de sa trajectoire et reprit le chemin vers le centre du système de Jupiter. Le petit croiseur filait à toute allure, se laissant attirer par l'immense gravitation de la planète géante. Ce ne serait qu'au dernier moment que l'équipage corrigerait la trajectoire pour éviter l'écrasement sur les nuages colorés de la plus grande planète du système de Sol. Les radiations ne cessaient d'augmenter au fur et mesure de leur progression, mais le *bouclier de Socrate* les protégeait.

Maximilan Darius s'ennuyait à mourir depuis qu'il avait suivi son maître à Harpagia. Ce n'était pas les rares déplacements de Zerdan vers les autres cités qui arrivaient à tuer cet ennui. Il avait toujours espéré que Zerdan prendrait un jour la décision de faire un voyage vers l'une des autres planètes. Il avait toujours rêvé d'aller vers Saturne ou même Uranus. Mais ce jour n'était jamais arrivé. Zerdan était le gouverneur le plus casanier de tout le système de Sol. Il n'aimait pas voyager.

Cette mission, même si elle ne l'emmenait pas vers Saturne ou Uranus, lui permettait malgré tout de s'éloigner un peu d'Harpagia. Quant il pilotait, il était heureux. À bord, il se sentait vivre et il espérait que la mission durerait le plus longtemps possible. Zerdan lui avait laissé le choix des ses compagnons. Il n'eut pas à réfléchir longtemps : les lieutenants Karl Denkwist et Christoff Stoeckard lui étaient venus à l'esprit tout de suite. Ils n'étaient pas seulement des officiers valables, mais aussi et surtout de bons amis.

Quand ils étaient ensemble, les codes de la hiérarchie n'existaient plus et ils se tutoyaient. Ceux-ci reprenaient leurs droits dans l'enceinte de la caserne ou en présence d'une personne étrangère à leur trio. L'*Akhénaton* était un petit vaisseau très confortable. Il se pilotait très facilement et était conçu pour transporter une bonne vingtaine de passagers. Les trois occupants avaient largement la place pour ne pas se gêner les uns les autres lorsqu'ils avaient besoin d'un peu d'intimité.

Zerdan n'avait pas pu leur donner les coordonnées du *Loki*. Pour ne pas éveiller les soupçons du Premier Citoyen, il n'avait pas voulu les demander à Aménor. Mais ils savaient que le *Loki* devait se trouver quelque part en orbite autour de la lune volcanique. C'était à eux de le repérer.

◆◆◆

Beltran était à nouveau seul, aux commandes de sa jeep préférée. Il appréciait particulièrement ces moments de solitude, à l'abri du bruit de ses collègues. Ce n'était pas qu'il ne les aimait pas. L'atmosphère dans le groupe était excellente, mais la promiscuité permanente lui pesait. Il avait quitté la station une trentaine de minutes plus tôt. Il avait filé droit vers le bord du plateau. La veille, il avait repéré un passage lui permettant de descendre sans trop de risques du plateau et de pénétrer sur les plaines volcaniques de Tvashtar formées par les trois gigantesques cratères alignés. Au loin, un rideau de lave incandescente de plusieurs kilomètres de haut barrait le paysage. La chance continuait à lui sourire. Dès le lendemain de leur arrivée, une nouvelle faille s'était ouverte dans l'un des trois cratères qui composaient le site et la lave se mit à jaillir au-dessus de la surface.

Beltran voulait s'approcher le plus possible de ce mur de feu époustouflant. La lave venue droit des entrailles de Io avait inondé une grande partie de la plaine et formait un étang lumineux. Et tels les flots d'un fleuve en crue, cet étang continuait à s'étendre. Beltran décida de rester à bonne distance. La lave était très fluide et pouvait à tout moment accélérer son mouvement si elle s'engageait sur une pente descendante. Beltran savait que son petit véhicule n'aurait aucune chance s'il se faisait prendre par le flot de roches liquides. Il réfléchit à un moyen de s'approcher pour essayer d'attraper un petit échantillon de cette matière fraîchement sortie des entrailles. Il cherchait un petit promontoire sur lequel il pouvait s'arrêter en toute sécurité. Le bras télescopique de la jeep ne pouvait s'étirer que jusqu'à une distance de huit mètres. C'était très peu.

Cet étang n'était en réalité qu'une petite mare lorsqu'on le comparait au roi des lacs de lave qui trônait, lui, dans le cratère du volcan Loki, du même nom que le vaisseau de Beltran. L'activité du lac de lave géant n'avait jamais diminué depuis que l'expédition était arrivée dans les parages de la *Lune de Dante*. À son grand regret, il était impossible de se poser dans les alentours du cratère de Loki. C'était bien trop dangereux. Il se consolait en se disant qu'il y avait tant d'autres sites passionnants à explorer sur ce monde. Et Tvashtar en faisait partie.

Le sol était recouvert d'une couche de neige de soufre jaunâtre. Les six roues s'enfonçaient de plusieurs centimètres. Beltran essaya de ne pas s'enliser dans l'épaisse couche neigeuse. La neige s'évaporait à la frontière de l'étang en formant une barrière de vapeur qui progressait en même temps que s'étendait l'étang de feu. Elle permettait au savant de suivre facilement la progression de la lave.

Il avait retenu la leçon de ses escapades précédentes. Les *boucliers de Socrate* consommaient énormément d'énergie et réduisaient considérablement l'autonomie des batteries. Il savait qu'il n'avait pas de temps à perdre. Tout ce qu'il lui fallait, c'était un petit monticule qui se situait à moins de huit mètres du bord de l'étang. S'il pouvait en plus s'assurer une voie pour s'échapper et ne pas se laisser piéger sur un îlot entouré de lave, ce serait l'idéal. Une petite arrête qui s'enfonçait dans l'étang, voilà ce qu'il cherchait.

Les jeeps ne pouvaient pas voler et il n'avait aucune échappatoire s'il se faisait piéger. Ce serait une amélioration à apporter pour la prochaine expédition. Car il planifiait déjà une seconde expédition, bien plus ambitieuse. Aménor ne pourrait rien lui refuser une fois qu'il aurait accompli sa mission avec succès. Beltran se dit qu'il allait devoir accorder un plus de temps aux tests des capsules. Une plongée réussie augmenterait sensiblement ses chances pour une nouvelle expédition.

De temps en temps des bulles de gaz éclataient à la surface de l'étang, projetant de la matière incandescente tout autour d'elle. Plusieurs fragments de laves tombèrent non loin de son véhicule, rappelant à Beltran que le danger était permanent. Il n'avait aucune idée des dégâts que ces fragments pouvaient provoquer s'ils atteignaient la jeep. Et il ne voulait pas vraiment le savoir. Ils pouvaient en tout cas faire fondre la coque là où ils la touchaient et y percer un trou. Beltran décida se mettre sa combinaison spatiale. Il y perdit en confort, mais se sentit plus en sécurité.

Il finit par repérer ce qu'il avait cherché, un bras de terre solide qui s'enfonçait dans la masse liquide. Un isthme de glace dans une mer de feu. Il savait que cette passerelle naturelle ne resterait pas stable très longtemps, mais il estimait qu'il avait le temps de se rendre sur cette presqu'île éphémère et de prélever un échantillon de lave avant qu'elle ne soit totalement engloutie par le flot de feu qui continuait à avancer.

Le pilotage était sensiblement plus difficile engoncé dans la combinaison spatiale et il perdit quelques précieuses minutes, mais au bout de dix longues minutes il était positionné sur le bout de terrain solide. De chaque côté, l'étang de feu rayonnait sa lumière et sa chaleur. Il ne savait pas trop s'il transpirait en raison de son anxiété ou à cause de la chaleur ambiante. Le niveau de la lave était à moins de cinquante centimètres en dessous du sommet de la presqu'île et continuait à monter d'environ trois centimètres toutes les minutes. Il regarda régulièrement derrière lui pour s'assurer que sa retraite restait dégagée.

Il déploya le bras télescopique et, très rapidement, le plongea dans la lave. Contrairement à son habitude, il ne prit pas le temps de faire des mouvements de précision. L'essentiel était de récupérer un peu de cette lave toute fraîche. La quantité importait peu. Quelques grammes suffiraient largement pour l'analyse avec les instruments ultra-sophistiqués qu'il avait à sa disposition à bord du *Loki*.

Le bras trempait encore dans le liquide flamboyant lorsqu'il enclencha la marche arrière pour emmener le véhicule vers un lieu plus sûr, à distance respectable du bord de l'étang qui continuait à avancer.

Deux jours plus tard, le rideau de feu s'était éteint. La faille s'était refermée et la mer de lave avait fini par stopper sa progression. Au contact du froid intense, sa surface avait fini par se solidifier en un dallage sombre et lisse. Mais à quelques centimètres sous cette croûte froide, la lave était encore très chaude. L'ancienne mer de feu prendrait des mois pour se refroidir totalement.

Mais le site de Tvashtar ne s'était pas endormi pour autant. Un gigantesque geyser de gaz, de glace et de poussière s'était réveillé à moins d'une dizaine de kilomètres plus à l'ouest. L'ombrelle qu'il produisait formait une gigantesque ombrelle, bien plus haute et plus large que le grand dôme de Memphis. Et la station se trouvait sous cette ombrelle. La neige commença à tomber et à s'accumuler autour d'eux. Les séismes avaient aussi repris de plus belle avec l'apparition du geyser. Ils décidèrent qu'il était une fois de plus temps de rappeler le *Loki*. Celui-ci ne tarda pas à arriver au-dessus d'eux et la station s'élança vers le ciel, avec à son bord les précieux échantillons.

# Chapitre 13

# L'infiltré

Philipp Sandman ne pouvait détacher son regard du visage qui lui faisait face. Un visage marqué par les ans et par les soucis, mais un visage qui irradiait tout de même de sérénité et même d'amour. Un visage de grand-père qui donnait l'impression d'une douceur extrême, le visage d'un sage. Et pourtant, ce visage appartenait à l'un des terroristes les plus recherchés dans le système de Sol et probablement le plus recherché sur la *Planète Mère*. Philipp avait appris à se méfier des apparences. Cela faisait partie de son métier... un métier qui consistait à se faire des amis pour mieux les trahir ensuite. Il était l'un des meilleurs dans son domaine, et son patron, le gouverneur Kovalsky, n'avait jamais eu à se plaindre de ses services.

Il avait intégré la communauté deux années plus tôt. Il y était entré par la petite porte. Et pendant ces deux années, il avait joué à la fois de son physique avantageux et de son intelligence bien au-dessus de la moyenne pour grimper chaque échelon de l'organisation. Il avait réussi à se faire repérer par les dirigeants de la secte et avait fini par se faire accepter dans le petit cercle des intimes du Doc. Sa mission était très risquée, mais si excitante ! Ces gens semblaient si inoffensifs, et pourtant ils étaient extrêmement dangereux. Ils avaient la conviction de détenir la vérité et étaient prêts à imposer leur utopie par la violence.

Philipp devait admettre qu'il lui arrivait de partager parfois le ressentiment des *Gaïans* envers les *Extérieurs*. Lui aussi était un Terrien, et très fier de l'être. Et les Terriens ne méritaient pas le mépris auquel ils avaient droit de la part des *Extérieurs*. La Terre était le berceau de l'humanité. La Terre était une planète très confortable, la plus belle de toutes. C'était aussi la planète de la diversité, sur laquelle la vie n'était pas seulement apparue, mais où elle avait évolué dans un foisonnement de tailles, de formes et de couleurs. Une vie qui avait fini par occuper toutes les niches écologiques possibles et avait grandement contribué à façonner les divers paysages de la planète, tous plus étonnants les uns que les autres. Enfin, la vie qui avait abouti à la plus fascinante des créatures, l'être humain avec sa conscience et son intelligence.

Et pourtant il n'était pas bien vu d'être un Terrien ! Cela simplement parce que les maudits *Extérieurs* avaient perdu l'aptitude de résister aux germes de la planète qui les avait mis au monde. Ils s'étaient aussi adaptés à la vie inconfortable dans les cités glaciales. Même la chaleur agréable et l'air riche de la planète étaient devenus insupportables pour leurs organismes si fragiles. Les *Extérieurs* partaient du principe qu'ils avaient atteint un stade plus évolué que les Terriens qui finalement étaient en conséquence des êtres inférieurs. Mais dans la réalité, Philipp savait très bien que les *Extérieurs* avaient régressé. Ils étaient bien plus fragiles.

Malheureusement beaucoup de Terriens ne pensaient pas comme Philipp et ne rêvaient que d'une chose : quitter leur planète. Et le risque de rater la décontamination ne les arrêtait pas. Le Doc n'avait pas tort lorsqu'il disait qu'il fallait mettre un terme à ce mépris de la part des *Extérieurs*. Les Terriens méritaient eux aussi le respect. Mais là où le Doc avait tort, c'était lorsqu'il parlait de vengeance, lorsqu'il voulait rendre leur mépris aux *Extérieurs*.

Aussi longtemps qu'une faction de l'humanité en considérait une autre comme inférieure, les conflits continueraient à sévir au sein de la société humaine. Bien des années auparavant, le jeune Philipp s'était engagé dans les forces de police de l'État d'Eurasie, dans l'espoir naïf de contribuer à faire évoluer la société humaine. Mais cette naïveté, imputable à sa jeunesse et à son inexpérience de la nature humaine, avait fini par disparaître. Le réalisme avait pris le pas sur l'idéalisme.

Il avait servi pendant de nombreuses années dans la police de Kovalsky avant d'avoir été remarqué. Il réalisa alors que la nature lui avait donné deux armes redoutables pour réussir dans la vie, son physique avantageux et ses capacités intellectuelles. Dès lors, il s'était mis à gravir très vite les échelons et, un jour, le gouverneur en personne lui proposa de travailler à ses côtés.

Kovalsky n'était encore que gouverneur d'Eurasie et Virginia Enora venait juste d'accéder à la présidence de la Confédération Terrienne. Kovalsky avait déjà été contacté par Aménor et s'était pleinement engagé dans l'opération qui allait aboutir à la nouvelle Fédération. Philipp n'était pas peu fier en repensant à sa contribution dans le travail d'exacerbation des mauvaises relations entre Enora et Atama, mais aussi entre les différents gouverneurs de l'ancienne Confédération. Les différents services de renseignements et de propagande n'avaient pas chômé et n'étaient pas étrangers à la bonne marche du plan d'Aménor en répandant rumeurs et désinformation.

L'avènement de la Fédération n'avait en rien calmé la fougue des *Gaïans*, bien au contraire. Et avec leurs discours et leurs actions, ils participaient malgré eux à la mauvaise réputation de la *Planète Mère*. Les *Extérieurs* ne faisaient pas la distinction entre la majorité silencieuse et la minorité si bruyante. Les *Gaïans* nuisaient à tous les Terriens.

Philipp avait tout d'abord songé à une approche douce pour raisonner le vieux Doc. Mais l'homme était entêté et l'infiltré ne pouvait risquer de compromettre sa couverture. D'autres avaient osé montrer leur désaccord et s'étaient vus relégués à des places subalternes. Philipp ne pouvait mettre en péril sa situation privilégiée auprès du leader charismatique de l'organisation. Il devait rester le plus près possible du Doc, là où il avait le plus de chances d'acquérir des informations importantes pour Kovalsky.

Après tout, le Doc avait choisi son camp en toute connaissance de cause. Il en connaissait les risques. Philipp ne faisait que partie de la machine qui allait mettre fin à son délire, par la force et le sang si cela s'avérait nécessaire.

Le vieil homme aux allures de professeur aimait bien donner des leçons. Philipp avait aussi remarqué que le Doc aimait aussi s'écouter parler. Il ne manquait pas d'orgueil. Trois autres *Gaïans* étaient présents autour de la table. Leur chef ne leur apprenait rien de neuf. Il ressassait toujours le même sujet : les *Extérieurs*. Sa haine envers les *Extérieurs* allait bien au-delà de l'idéologie. Philipp se demanda si l'idéologie *gaïane* n'était pas un prétexte pour régler un compte personnel. Mais avec qui et pour quelle raison ? Il y avait sans doute quelque chose à chercher dans cette direction pour mieux comprendre le personnage. Il faudrait en parler à Kovalsky.

Philipp essaya de tester le chef charismatique :

— Mais pourquoi généraliser cette haine à tous les *Extérieurs* ? N'y en a-il donc aucun qui pourrait trouver grâce à vos yeux ?

— Tu es encore jeune et bien naïf, lui répondit le Doc sur un ton paternel. Ils ont tous décidé de quitter la planète, ils ont tous trahi leur mère.

— Mais la plupart d'entre eux sont nés là-bas. Même s'ils le voulaient, ils ne pourraient revenir sur Terre. Doivent-ils payer pour les erreurs de leurs parents ?

— Ce sont tous des bâtards, ils ont ça dans le sang ! répondit le vieil homme un peu plus sèchement.

Philipp décida d'arrêter son test. Il ne voulait pas contrarier davantage le gourou. Il fit semblant d'acquiescer de la tête. Il laissa le Doc poursuivre son monologue sans plus l'interrompre.

– Ces bâtards ont beau se pavaner, mais ils ne se doutent pas ce qui les attend. Ils sont sur le point de s'exterminer entre eux, et nous n'allons pas nous priver de leur donner un petit coup de main.

Suivit un long silence. Le Doc réalisa subitement qu'il en avait peut-être trop dit. Il se leva soudain, quitta la table en marmonnant :

– J'ai des choses à faire !

Il s'éloigna et disparut dans la cabane dans laquelle il logeait depuis leur arrivée dans leur nouvelle cachette. Philipp était assez content de lui. Sa tactique semblait efficace. En irritant légèrement le vieil homme, ce dernier finissait par en dire un peu plus que ce qu'il n'aurait voulu. Il avait tout enregistré et les propos du chef spirituel des *Gaïans* allaient être répétés mot pour mot au gouverneur Kovalsky.

Un silence s'abattit autour de la table. Aucun des autres membres restés assis ne broncha. Il faisait lourd. Au loin, des nuages noirs grondaient. Il n'allait pas tarder à pleuvoir. Philipp attendait la pluie rafraîchissante avec impatience. Mais parfois c'était une fausse alerte, et la pluie ne venait pas. Les conditions de vie au camp n'étaient pas idéales. Ses vêtements étaient trempés de sueur. Il quitta à son tour le petit groupe assemblé autour de la table et, imitant leur gourou, alla s'isoler dans sa case. Il n'y faisait pas vraiment plus frais.

Le Doc n'allait pas réapparaître avant le lendemain et Philipp n'aimait pas trop la compagnie des autres membres de la troupe. Il était plutôt bon comédien et arrivait à se faire passer pour quelqu'un de très social dans la vie de tous les jours. Mais dans le fond, c'était lorsqu'il était seul qu'il se sentait encore le plus à l'aise. Ses congénères avaient fini par l'exaspérer. Il pouvait compter sur les doigts d'une main le nombre de personnes qu'il respectait vraiment. Le gouverneur Kovalsky en faisait partie. Et le vieux docteur fanatique n'était pas loin d'en faire partie. Mais cela ne l'empêcherait pas de le trahir, lorsque le moment de le faire serait venu.

Sa relation avec le Doc lui avait permis d'avoir une case pour lui seul, un privilège qu'ils étaient rares à partager parmi les membres de l'organisation qui suivaient le Doc en permanence. Cela ne le rendit pas plus sympathique aux yeux de ses collègues du moment. Il ne faisait d'ailleurs rien pour leur être sympathique, il n'était pas dans sa vie de tous les jours. Seule, sa relation avec le Doc était importante pour lui et pour le succès de sa mission. La plupart des autres l'évitaient. Il y avait toujours quelques ambitieux désireux de se hisser plus haut dans la hiérarchie de la secte qui tournaient mielleusement autour de lui. Parfois, il s'amusait en jouant leur jeu pathétique.

124

Il n'avait pas besoin de compagnie. Il n'était attaché à personne et fier de sa liberté. Il n'avait jamais fondé de famille et ne le désirait pas. Trop de responsabilités signifiaient trop d'entraves. Les filles de passage lui suffisaient amplement. Avec son physique avantageux, il n'avait aucun problème pour trouver une compagne pour un moment. Et il n'avait jamais eu besoin de payer pour cela.

La case était meublée très sommairement, mais ce manque de confort n'était pas très différent de celui de l'appartement qu'il louait à Kiev. Philipp n'attachait pas beaucoup d'importance aux valeurs matérielles. Il était libre de toutes contraintes, à part celles de son métier. La liberté, pour lui, ça signifiait aucun attachement, ni à un lieu, ni à un objet, ni même à une personne. De cette manière il se sentait chez lui partout, aucun lieu ou aucune personne ne lui manquait.

La planète entière était sa maison. Une gigantesque maison aux endroits si divers. Il y avait tant à voir sur la Terre. C'est pourquoi il ne comprenait pas pourquoi autant de Terriens désiraient tant partir vers les *Mondes Extérieurs*, à la recherche d'une nouvelle vie, alors qu'ils n'avaient jamais fait l'effort de chercher les nouveautés que pouvait leur offrir leur propre planète. Ils le faisaient surtout parce que c'était la mode du moment, même si cela allait parfois à l'encontre de la raison. La nature humaine le déconcertait.

◆◆◆

Kovalsky en arriva parfois à regretter l'époque de Virginia Enora, lorsque c'était elle la cible de toutes les attaques. Elle cristallisait sur sa personne tous les malheurs, toute la haine des Terriens, alors qu'elle s'acharnait à leur rendre la vie plus agréable. Enora était une forte personnalité et elle avait semblé très bien résister à la pression. Rien ne semblait la toucher, au point qu'on la disait indestructible. Jusqu'au jour où elle finit par craquer totalement et perdre la tête. Et lui, Kovalsky, était en partie responsable de la chute de la présidente. Ce n'était pas ce qu'il voulait. Il espérait simplement qu'elle finirait par démissionner. Mais, en sombrant, elle s'était de plus en plus mal entourée. Et le résultat en fut la création de sa satanée nouvelle secte.

La chute d'Enora était un dommage collatéral dans leur guerre pour sauver l'humanité. Il en avait beaucoup reparlé avec Aménor. Le Premier Citoyen lui aussi regrettait ce qui était arrivé à Virginia. Ils avaient créé un nouveau monstre. Mais ils se rassuraient en se disant qu'ils avaient fait de leur mieux pour l'humanité. Le sacrifice d'une personne pour sauver toutes les autres était parfois inévitable. Et le sang n'avait pas coulé. Virginia était bien vivante. En même temps qu'ils avaient perdu Enora, ils avaient aussi perdu Farney.

Kovalsky n'aimait pas Farney, mais il le respectait en tant que gouverneur. Il avait de grandes qualités d'organisateur et avait très bien su gérer son territoire du Pacifique Uni. Enora était d'ailleurs devenue ce qu'elle était en partie grâce à lui. Mais Farney avait payé très cher son départ de la Terre, et le payait encore. Il aurait fait un excellent vice-gouverneur sur la Terre pensait Kovalsky. Même si les deux hommes ne s'appréciaient pas, ils auraient probablement fait du bon travail ensemble. Farney aurait aussi pu reprendre le poste de Hiria sur la Lune, ou encore la seconder dans sa tâche et cela malgré son handicap physique.

Les médecins avaient même prédit qu'il avait des chances de rétablissement partiel. Il avait encore les capacités intellectuelles pour conseiller le maire de Séléna. Mais il avait définitivement abandonné la politique et s'était terré dans sa clinique. Surtout, Farney s'était laissé allé, et avait cessé de se battre. La Fédération était en partie en cause, mais Kovalsky était persuadé que la grande responsable était Virginia Enora. Farney avait tant fait pour elle et elle était partie sans jamais essayer de le contacter, de même de prendre de ses nouvelles.

Finalement c'était MacBroock, son allié d'alors, qui assurait le poste de vice-gouverneur de la Terre et Hiria avait conservé sa place sur la Lune. Il fallait bien récompenser ceux qui l'avaient soutenu. Kovalsky se dit que s'il pouvait refaire le passé, il se comporterait un peu différemment. Il avait été un peu dur avec ses adversaires. Mais, ces adversaires n'auraient probablement pas été plus tendres avec lui.

Heureusement que Kovalsky avait aussi des amis, des gens sur qui il pouvait vraiment compter. Aménor en faisait partie et il avait une totale confiance en lui et en ses décisions. Et même lorsqu'il lui envoyait des requêtes parfois étranges, Kovalsky obtempérait sans poser de questions. Et c'était encore le cas avec la dernière de ses requêtes. Kovalsky avait ordonné à ses services de renseignements de faire des recherches sur le terme *Mjöllnir*. Il voulait connaître tout ce qu'il était possible de savoir sur ce terme, ce qu'il signifiait et d'où il venait.

Le rapport venait d'arriver, mais il n'éclaira pas davantage la lanterne de Kovalsky. Tout ceci lui semblait tellement mystérieux. Y avait-il un rapport avec les propos tenus par le Doc ? Il décida de l'envoyer tel quel à son ami de Memphis en espérant qu'il serait utile au Premier Citoyen.

◆◆◆

Farney essayait de se changer les idées. L'arrivée ininterrompue des nouvelles victimes de la décontamination le désespérait. Il avait cessé de faire ses tournées de la clinique, d'aller saluer les nouveaux arrivants, d'essayer de les encourager. Son discours était usé et il n'avait plus aucune envie de le répéter incessamment. Il n'y croyait plus et n'avait plus l'énergie de faire semblant. Après tout, tous ces malheureux avaient été prévenus de ce qu'ils risquaient, et lui, Farney, n'était pas responsable de leurs malheurs.

Une seule chose pouvait le détourner de ses pensées noires, le petit dossier bleu. Au fil des mois, le dossier commençait peu à peu à s'épaissir. Il en connaissait le contenu par cœur, mais cela lui faisait du bien de relire chacune des fiches qu'il y conservait. Il était censé détruire tout document compromettant, et ses alliers ne verraient pas d'un bon œil sa petite manie de tout conserver dans des dossiers. Mais qui pouvait bien s'intéresser à ce qui se passait dans le bureau du directeur de la clinique des ratés ? Il n'y avait aucun risque que quelqu'un vienne un jour fureter dans le tiroir qui contenait le dossier bleu, un petit tas de papiers. Il n'y avait aucune trace de ces informations dans aucune banque de données, ni même sur son ordinateur personnel. Il respectait ainsi le contrat qui le liait à ses alliés, du moins en grande partie.

Cela lui faisait du bien de relire les fiches. Le petit dossier bleu était un moyen pour lui de voyager dans l'espace et dans le temps, sur les lunes de glace et dans un futur proche. Un futur meilleur qu'il aurait contribué à façonner. Il savait où le projet allait les mener et il avait accepté d'y prendre part. Les nouveaux conspirateurs allaient rendre leur monnaie aux anciens conspirateurs, ceux qui détenaient le pouvoir. Mais plus pour longtemps ! Une encore plus nouvelle Fédération allait succéder à la Nouvelle Fédération d'Aménor. Et cette fois, ce serait les bonnes personnes qui auraient le pouvoir, espéra-t-il.

La seule chose qui le dérangeait un peu, c'était toute la partie mythologique, voire spirituelle, que le concepteur du projet avait cru bon d'y inclure. Farney détestait tout ce qui touchait au spirituel. Probablement parce qu'il ne le comprenait pas. Le spirituel avait tourné la tête à la présidente Enora. Le spirituel était irrationnel, et

Farney était un être rationnel. Mais Enora ne l'était-elle pas aussi avant sa rencontre avec Munstersen ?

Mais s'il ne tenait pas compte de la partie spirituelle du dossier, tout le reste semblait sorti d'un esprit parfaitement équilibré.

# Chapitre 14

# Maya

Maya était assise dans le taxirail, songeuse. Sa tâche s'était révélée bien plus ardue qu'elle ne l'avait pensé. Pourtant, elle aurait du s'y attendre. Cela faisait des années que ses prédécesseurs avaient échoué. Elle se dit qu'elle avait été bien prétentieuse de supposer qu'elle connaîtrait le succès là où les autres avaient achoppé. C'était là une leçon de modestie dont elle se souviendrait. Après avoir pris pleinement conscience de la situation, elle avait fini par se confier à Aménor. Narcisse continuait à menacer la Fédération et elle culpabilisait d'avoir perdu tout ce temps précieux, par orgueil.

Elle avait lu et relu les centaines de rapports envoyés par les équipes locales de la PolRec éparpillées un peu partout sur les *Mondes Extérieurs*. Mais ces rapports étaient si abstraits, si impersonnels. Elle n'était efficace que lorsqu'elle était elle-même en situation. Il lui fallait rencontrer les gens, visiter les lieux, sentir les atmosphères. Elle savait lire la peur, le mensonge ou la sincérité sur un visage. Si les paroles ne reflétaient pas la vérité, les regards ne mentaient jamais. Les rapports rédigés par des enquêteurs anonymes, sur des mondes lointains ne lui inspiraient rien. C'était donc avec un grand regret qu'elle présenta sa démission au Premier Citoyen.

Sa courte carrière à la PolRec était sur le point de se terminer et elle n'avait aucune idée de ce qu'elle allait faire ensuite. Il n'était pas question pour elle de retourner sur la Lune, dans la cité d'Eléonor Hiria. Et il était encore moins question de rentrer sur Mars. Atama ne lui avait jamais pardonné ce qu'il considérait comme une trahison.

La réaction d'Aménor l'avait surprise. Mais elle se disait que le plus surprenant aurait été qu'il ne la surprenne pas. C'était du Aménor tout craché. Il n'avait paru ni fâché, ni contrarié. Il lui avait simplement proposé de se rendre au cosmoport Memphis, le plus grand de tous les cosmoports. Il l'attendait là-bas.

Le taxirail quitta la cité en s'engouffra dans le long tunnel qui menait au cosmoport. Le boyau faisait bien une centaine de kilomètres de long. Le véhicule accéléra. Les dix minutes nécessaires à la traversée du tunnel lui parurent une éternité. Elle essayait de comprendre la réaction d'Aménor. Le message avait été si bref. Il ressemblait davantage à une convocation. Mais pourquoi au cosmoport ? Aménor était probablement fâché. N'était-elle plus la bienvenue à Memphis ? Elle réalisa alors que dans la précipitation elle n'avait même pas emporté de valise.

Mais à l'autre bout du tunnel, c'était un Premier Citoyen radieux qui l'accueillit. Il arborait même un sourire inhabituel. Les dix gardes responsables de sa sécurité ne souriaient pas, eux, bien au contraire. Les services de sécurité étaient sur les dents. Le Premier Citoyen n'avait pas l'habitude de sortir du palais de Memphis, et encore moins d'aller se promener dans un endroit public comme le grand hall du cosmoport. Il y avait là des milliers d'inconnus qui évoluaient en tous sens, tous potentiellement dangereux.

Elle s'approcha de lui d'un pas peu assuré. Elle était rarement intimidée et le vieil homme était l'une des seules personnes qui lui faisaient cet effet. Elle l'était d'autant plus qu'elle l'avait probablement déçu. Maya tenta de lui adresser la parole, mais Aménor lui fit signe de ne rien dire et de le suivre. Muets, ils traversèrent le grand hall, suivis des dix cerbères. Ils quittèrent le grand hall de l'autre côté et s'engouffrèrent à l'arrière d'un petit véhicule électrique qui les attendait sur le tarmac. Cinq autres voiturettes du même genre avaient été prévues pour les cerbères.

La petite armada s'éloigna sur le tarmac sur lequel étaient stationnés une bonne centaine de vaisseaux très divers. Certains venaient de se poser et étaient en cours de déchargement. D'autres étaient prêts à partir. Ils contournèrent un gros cargo venu de Messina, et poursuivirent leur mystérieux chemin encore sur une distance d'au moins trois cent mètres. Puis, soudain ils s'arrêtèrent.

Aménor avait l'air satisfait. Son sourire ne l'avait pas quitté pendant le trajet. Il sortit du véhicule et elle le suivit. Puis, il se tourna vers elle et lui montra le vaisseau le plus proche avec son long doigt décharné.

Maya qui était pourtant perspicace mis du temps à comprendre. Il lui fallut bien dix secondes. Elle ne reconnut pas tout de suite le vaisseau. Subitement, son visage s'illumina.

— Mais c'est ce bon vieil *Odysseus* !! s'exclama-t-elle.

— Eh oui, nous l'avons restauré. Je pensais bien que le travail de bureau, ce n'était pas pour vous. J'étais stupide de vous proposer ce travail à Memphis. Alors, je vous propose de garder votre poste de directrice de la PolRec, mais vous pouvez très bien installer votre bureau à bord de *l'Odysseus* !

Aménor aimait beaucoup Maya et se réjouissait de la surprise qu'il venait de lui faire. Maya oublia les convenances et se jeta au coup

130

du Premier Citoyen. Ce dernier ne s'offusqua point, bien au contraire. Il considérait Maya comme sa fille, et il fit un effort surhumain pour retenir une larme. C'était probablement pour la rapprocher de lui qu'il l'avait fait venir à Memphis. Mais il avait compris qu'on ne mettait pas les oiseaux en cage. Et Maya encore moins.

La solitude avait de tous temps été la compagne préférée du pouvoir. C'était le prix à payer et Aménor le payait très cher. Même avec son fils, Tournon, il n'avait pas une relation normale. Pendant des années, pour le protéger de Narcisse, Tournon avait été confié à la famille de sa défunte épouse, à la cour du roi de Titan. Loin, sous les brumes de la grande lune saturnienne, le jeune homme avait été en sécurité. Aménor ne l'avait pas vu grandir. Ils n'avaient jamais eu une vraie relation de père et fils, même s'ils avaient de l'affection l'un pour l'autre. Chacun avait compris que le seul responsable, c'était le destin. Et ils l'acceptaient. Bien qu'ayant officiellement la responsabilité de seconder son père, Tournon était absent la plupart du temps. Il voyageait de monde en monde pour représenter son père qui restait terré dans son palais à Memphis. Aménor vieillissant se surprit à devenir sentimental.

Cette petite escapade au cosmoport lui avait fait beaucoup de bien. Il n'avait plus quitté le palais depuis bien trop longtemps. Un palais qui avait plus les allures d'une forteresse. Ils s'engouffrèrent dans l'*Odysseus* tout neuf et firent ensemble le tour du propriétaire. Les chiens de garde restèrent postés en bas de la passerelle d'accès. Aménor resta quelques minutes avec Maya avant de finalement se décider à retourner au palais, la laissant seule dans son nouveau petit jouet.

À son retour, il reçut enfin les informations tant attendues. Kovalsky lui avait envoyé un texte long de plusieurs pages, mais la lecture de la première ligne lui avait suffi. *En vieux norrois, Mjöllnir est le marteau de Thor, le dieu du tonnerre.* Tout le reste du texte était devenu inutile. Aménor savait ce qu'était le marteau de Thor. Il connaissait même l'histoire de son possesseur Thor, celle de son père, le roi des dieux, Odin et celle du perfide Loki. Il avait lui-même baptisé de ce nom le vaisseau mis à la disposition de Beltran. C'était un message subtil adressé au savant ambitieux. Et Narcisse lui envoyait exactement le même type de message.

Personne d'autre qu'Aménor ne pouvait mieux comprendre la menace. Mais il n'avait jamais entendu le nom originel de l'arme fétiche du dieu Thor auparavant. Pour lui, il avait toujours été le *marteau de Thor*. Narcisse avait encore marqué un point dans la guerre psychologique que se livraient les deux ennemis. Le *Mjöllnir* était l'arme absolue, la plus puissante, celle que même les dieux redoutaient. Ce n'était pas de bon augure, ni pour lui, et encore moins pour Memphis.

◆◆◆

Obéron ressemblait beaucoup à ce que Maya s'imaginait d'une lune d'Uranus. Uranus avait cinq lunes principales, et une bonne centaine de petites lunes secondaires, de simples rochers d'à peine quelques kilomètres de large. Elle avait toujours entendu dire que les lunes d'Uranus étaient mornes, grises, ennuyeuses. Mais à sa grande surprise la plupart d'entre elles étaient très loin de correspondre à cette description. Miranda, la plus proche et la plus petite des lunes principales, avec ses presque cinq cent kilomètres de diamètre, était un monde étonnant où les anciennes régions criblées de cratères côtoyaient des provinces volcaniques et des failles et des canyons démesurés, comparés à la taille même de la lune.

Et puis, en s'éloignant de la planète centrale, il y avait Ariel, un monde tailladé de fissures desquelles d'énormes coulées de glace s'étaient épanchées. Encore plus loin, c'était Umbriel, la lune noire. Le mouton noir du troupeau de mondes qui gravitaient autour d'Uranus contrastait de par sa couleur avec ses compagnons. Puis, il y avait la grande Titania, plus de 1500 kilomètres de diamètre, qui abritait l'ancienne capitale de Narcisse. Titania aussi était zébrée de gigantesques canyons et falaises. La plus longue faille était dénommée la faille de Messina. C'était sur son bord que la cité du même nom avait été bâtie.

Enfin, au loin, il y avait Obéron. Probablement la moins intéressante d'entre toutes. Elle était presque aussi grande que Titania, mais son histoire géologique avaient été bien plus calme. Des cratères d'impact recouvraient sa surface grise. Les plus récents étaient entourés de systèmes d'éjectas radiaux plus clairs, formés de glaces plus fraîches, jaillie des profondeurs lors de la collision de l'astéroïde qui en était à l'origine.

Obéron ne comportait qu'une petite dizaine de cités. Elles s'étaient faites très discrètes du temps de Narcisse. Ce dernier ne s'y était jamais vraiment intéressé. La banlieue plus proche d'Uranus, où la production et le négoce de l'hydrogène s'étaient développés, avait davantage attiré la convoitise du tyran. Obéron, le monde pauvre de la fédération, puis de l'empire uranien, avait ainsi échappé à la tyrannie

132

de Narcisse. En lisant les rapports sur ce monde, Maya réalisa qu'elle n'avait même jamais entendu les noms des cités auparavant, même pas celui de la plus importante, Falstaff.

Si Narcisse était encore quelque part autour d'Uranus, c'était sur ce monde qu'elle allait probablement le trouver. Une petite planète discrète et très facile à atteindre depuis Titania, son ancienne lune capitale. Un endroit idéal pour se cacher. Et comme les cités d'Obéron avaient peu souffert durant son règne, c'était aussi là qu'il avait le plus de chances de trouver une population prête à le recueillir.

*L'Odysseus* se posa sur le tarmac du cosmoport de Falstaff. Il était encore très tôt le matin, avait-on expliqué à Maya. Uranus et ses lunes étaient si éloignées de l'étoile centrale que les périodes de jours et de nuits avaient été instaurées arbitrairement. Et certaines lunes n'étaient pas synchronisées sur les autres. C'était le cas pour Obéron.

Le maire de la ville avait fait le déplacement vers le cosmoport pour accueillir Maya. C'était un petit homme rondouillard qui arborait un sourire permanent. Il n'avait pas la morphologie habituelle pour un humain *Extérieur*, mais bien plus celle d'un Terrien. Maya, qui avait plutôt l'habitude d'être assez mal accueillie lors de ses missions, éprouva beaucoup de plaisir à visiter cette petite cité qu'elle aurait qualifiée de provinciale.

— Nous n'avons pas souvent des visites de personnalités de votre envergure ! lui dit le maire toujours avec son air guilleret. Ici on est un peu oublié.

— C'est dommage, votre petite planète est très charmante, ils ne savent pas ce qu'ils ratent ! osa-t-elle plaisanter.

— Oh ! Je sais bien qu'Obéron est un triste monde. Mais on y vit au calme. Nous avons appris à devenir presque auto-suffisants ! continua-t-il, non sans fierté. Mais je suppose que vous n'êtes pas venue pour me parler des charmes de notre petite planète.

— Effectivement ! Comme vous le savez, je suis à la recherche de Narcisse. Quelques indices nous laissent à penser qu'il pourrait se cacher sur Obéron.

Le petit maire ne se départit pas de son sourire.

— Je ne peux malheureusement que vous répéter ce que j'ai déjà dit aux représentants de la PolRec qui se sont succédés ici avant vous. Narcisse et ses sbires ont effectivement fait étape ici lors de leur fuite. La petite flotte s'était posée à Lear, une petite cité située à environ cent cinquante kilomètres au nord de Falstaff. Mais ils ne sont pas restés là-bas très longtemps, juste le temps de faire le ravitaillement et de piller la ville. C'était horrible. Ils sont repartis aussitôt.

— Mais peut-être était-ce une feinte. Êtes vous sûrs qu'ils sont bien repartis ?

— Nous avons fouillé la cité de fond en comble, il n'y a plus aucune trace d'eux. Nous avons fait de même dans toutes les autres cités de notre planète. Je peux vous assurer qu'ils sont bien repartis.

— Et vous n'avez pas idée de leur destination ?

— Probablement vers le centre !

— Pourquoi le centre ?

— Plus à l'extérieur il n'y a rien. Mis à part la grande lune de Neptune, mais à l'époque les flottes du Martien et de la Terrienne se trouvaient en orbite autour de Triton, Narcisse n'aurait jamais été assez fou pour s'aventurer à leur rencontre.

Maya dut admettre que l'argument était convaincant. Elle prit rapidement congé de son aimable hôte et retourna à son vaisseau. Narcisse n'était probablement pas dans le coin. Elle allait repartir vers le Centre. Mais avant elle se rendrait sur Miranda, la lune principale la plus proche d'Uranus. Elle voulait revoir le gouverneur Mirelli. Ce dernier lui avait promis de lui faire visiter les falaises de Verona. De hauteur impressionnante, elles rivalisaient largement avec celles de *Valles Marineris* sur Mars. Cela faisait bien longtemps qu'elle n'avait trouvé du temps pour s'occuper de sa passion, l'escalade. Elle savait que ce n'était pas le moment de penser au plaisir, mais elle pouvait quand même se permettre de jeter un coup d'œil, histoire de voir si cela vaudrait la peine de revenir plus tard, lorsque sa mission serait achevée.

Sa petite visite à Falstaff avait été agréable mais infructueuse. Au moins elle était assurée que Narcisse avait bien quitté les parages d'Uranus. En même temps, elle se disait qu'elle avait peut-être fait une erreur en faisant confiance au petit bonhomme à l'allure sympathique. Mais le doute ne persista pas bien longtemps. Son instinct ne la trompait jamais. Ou du moins que très rarement.

Elle était à nouveau à bord de *l'Odysseus* qui s'en retournait vers le centre du système d'Uranus. Le gouverneur Mirelli l'attendait à Inverness. En chemin, le capitaine de son vaisseau l'informa que la Lune Noire se trouvait à peu près sur leur chemin. Il lui proposa de faire un petit détour pour qu'elle puisse y jeter un petit coup d'œil au passage. Il connaissait bien les mondes d'Uranus et lui expliqua que le détour en valait la peine. Elle remarqua surtout que lui avait très envie de faire cette petite visite imprévue.

Elle trouva l'idée bonne et ils mirent le cap sur la seule lune majeure d'Uranus qu'elle n'avait pas encore visitée. Ils s'approchèrent par le côté jour, mais elle dut se concentrer pour bien distinguer ce gigantesque monde de glace de plus de mille kilomètres de large, recouvert d'une substance noire comme du charbon. Tout comme Obéron, Umbriel était constellé de cratères d'impact, mais l'effet que lui faisait la vue de ce monde était totalement différent. Le noir profond de sa surface lui donnait un air totalement irréel qui l'impressionna beaucoup.

Lorsqu'ils furent à moins de deux cents kilomètres de la surface, les détails se précisèrent. L'*Odysseus* survolait la lune à vive allure et les paysages sombres défilaient à toute vitesse sous ses yeux. Subitement, à l'horizon apparut une tache d'un blanc éclatant, située juste sur l'équateur. Alors que le vaisseau s'approchait de la structure énigmatique, Maya put constater que la forme blanche reposait au fond d'un gigantesque cratère et avait la forme d'un anneau presque parfait. L'anneau s'étendait depuis les bords du cratère jusqu'à sa montagne centrale. Le capitaine, debout à ses côtés derrière la baie de cristal renforcé, semblait lui aussi apprécier le spectacle. Il lui expliqua qu'il s'agissait d'une couche de glace fraîche qui recouvrait le fond du cratère appelé Wunda.

La glace avait probablement jailli des profondeurs par une faille au fond du bassin. Comment cette structure était apparue et pourquoi elle était unique restait un mystère. Wunda faisait plus de cent trente kilomètres de diamètre. À l'origine, son nom était celui d'un esprit sombre dans la mythologie aborigène d'Australie, sur la Terre. Et le cratère méritait bien ce nom, se disait Maya, une fois de plus émerveillée.

Après ce bref survol de la *Lune Noire* d'Uranus, ils reprirent leur trajectoire initiale en s'éloignant rapidement. Leur destination, Miranda, était maintenant visible. La lune paraissait encore toute petite, devant la gigantesque sphère bleutée qui se trouvait derrière elle et qui dominait le champ de vision.

Tout au centre du système uranien, au cœur même de la planète froide et bleue, le gigantesque être conscient continuait à apprendre. Il s'était abstenu de dire à Victor qu'il avait considérablement développé ses capacités télépathiques. D'ailleurs, ça ne concernait pas Victor. Jusqu'à présent, il avait tenu sa promesse et n'avait jamais pris contact avec un autre être humain. Mais cela ne l'empêchait pas d'aller de temps en temps farfouiller dans les pensées de ces êtres fascinants. Individuellement ils étaient faibles mais, lorsqu'ils s'unissaient, rien ne semblait pouvoir les arrêter. Malheureusement, ils n'étaient que rarement unis.

*Urgaïa* ne pouvait se satisfaire des courtes séances avec Victor. Et Victor semblait avoir du mal à le comprendre. Victor était égoïste et parfaitement injuste. Il ne se privait pas de partir de temps en temps sur les lunes avec sa favorite. *Urgaïa* était jaloux. Oui, c'était ça. Et surtout il voulait apprendre.

C'est ainsi qu'il naviguait de pensées en pensées. Parfois, un individu neuf arrivait, venant de loin. Les nouveaux arrivants étaient ses préférés. Il y avait tant de choses inédites à apprendre. Il avait appris à faire la différence entre ceux qui venaient de naître et dont l'activité cérébrale était plus faible que celle d'un rat, et les spécimens adultes qui venaient des autres mondes, et en particulier du Centre.

Les rats aussi étaient intéressants. Les humains n'imaginaient pas ce qui pouvait se passer dans la tête d'un rat. *Urgaïa* le pouvait. Rien de ce qui se passait dans la tête d'un être vivant à sa portée ne lui échappait. Et il continuait à s'entraîner. Son aire d'influence ne cessait de s'accroître. Depuis peu, cette aire englobait l'orbite de la lune la plus lointaine : Obéron.

La tentation d'entrer directement en contact avec certains individus avait été grande. En particulier certains parmi eux lui semblaient très intéressants. Mais il avait tenu sa promesse. Et il le ferait encore quelques temps. Mais plus très longtemps. En attendant de leur parler, il les épiait.

Deux individus l'intéressaient au plus haut point. L'un était connu sous le nom de Maya Andrades et l'autre sous celui de Virginia Enora. Ces deux personnalités sortaient vraiment du lot. *Urgaïa* remarqua qu'elles étaient du genre féminin. Il avait beaucoup de mal à comprendre le concept de genre sexuel. Il était unique, et donc de genre unique.

Elles avaient toutes les deux une personnalité très forte et des idées très claires. Victor quant à lui était beaucoup plus confus. Peut-être était-ce un moyen pour lui de distinguer les genres chez les humains. À sa grande déception, l'individu Andrades n'allait pas rester très longtemps dans les parages et son départ vers le Centre était imminent. Bientôt elle ne serait plus à sa portée. Il savait qu'il avait probablement les moyens de la retenir. Mais Victor ne serait pas très content. Et *Urgaïa* avait encore besoin de Victor. Dommage de perdre un spécimen si intéressant. Heureusement pour lui, l'individu Enora était encore là. Elle semblait vouloir rester encore quelques temps. Il s'en contenterait. Du moins pour le moment.

◆◆◆

Le double sas au sommet de la voûte du cosmoport d'Inverness venait de se refermer sous leur petit vaisseau. Ils avaient quitté l'atmosphère du cosmoport et se retrouvaient dans le vide de l'espace. La petite navette prenait très vite de l'altitude. Le pilote n'était autre que le gouverneur des mondes d'Uranus, Alex Mirelli. Une seule passagère l'accompagnait, Maya. Le gouverneur avait tenu sa promesse et était venu la chercher dès son retour d'Obéron pour lui proposer la petite promenade. Il avait lui aussi besoin de cette petite escapade pour se changer les idées.

Elle n'était arrivée à Inverness que deux heures plus tôt. Elle n'avait que peu de temps et le charmant gouverneur avait tout préparé. La navette attendait déjà sur le tarmac du cosmoport alors que *l'Odysseus* se posait. Le gouverneur semblait sûr de lui aux commandes de la petite navette et Maya comprit très vite qu'elle pouvait lui faire confiance. Elle se rappela qu'il avait fait partie de l'équipage de *l'Albatros* lors de son dernier voyage. Il y avait eu l'occasion d'apprendre le pilotage avec les meilleurs pilotes de tout le système de Sol.

Elle laissa donc le pilote à son affaire et se plaça confortablement derrière l'un des hublots de la cabine des passagers. Le gouverneur, très fier de son monde, lui avait expliqué que Miranda était probablement l'un des *Mondes Extérieurs* les plus stupéfiants. Une petite lune avec une surface excentrique. Au milieu de régions très anciennes recouvertes d'une poussière de glace qui rendait la surface très douce, émergeaient des îlots parsemés de failles, de falaises et de plateaux volcaniques : les *coronae*. Et contrairement aux régions anciennes d'un gris uniforme, ces *coronae* présentaient une palette de teintes allant du noir profond au blanc éclatant.

Le plateau volcanique d'Inverness, sur lequel la cité du même nom reposait, était sans doute la structure la plus mystérieuse à la surface de la petite lune Miranda. Entouré par des failles profondes, ce trapèze large de plus de deux cents kilomètres comportait une immense structure blanche en forme de chevron qui s'étendait d'un bord à l'autre du plateau. C'était la première structure qu'on apercevait sur ce petit monde lorsqu'on approchait par l'hémisphère sud.

La forme très géométrique du chevron semblait tellement artificielle. On aurait dit qu'un peintre géant avait tracé le motif sur la petite lune d'Uranus. Des failles couraient le long des deux bras du chevron. Tout comme pour l'anneau énigmatique de Wunda sur Umbriel, de l'eau pure provenant des entrailles de la lune avait probablement surgi des failles pour dessiner ce motif en gelant à la surface. Le même peintre cosmique avait laissé sa signature à la fois sur Umbriel et sur Miranda.

Ils ne montèrent pas assez haut pour qu'elle puisse admirer le chevron blanc dans son intégralité, mais Maya pouvait clairement en distinguer la bordure Nord. La frontière entre le chevron blanc et le plateau environnant plus sombre était parfaitement nette. Ce qui frappa davantage Maya, ce furent toutes les failles et falaises qui se déroulaient sous leur petit vaisseau à mesure qu'ils progressaient. Alex lui avait promis de lui montrer les plus hautes falaises de Miranda, celles de Verona. Elle se dit que, se basant sur ce qu'elle avait sous les yeux, les falaises de Verona n'avaient sans doute effectivement rien à envier à celles du grand canyon de Mars, *Valles Marineris*, qu'elle avait tant eu l'habitude d'escalader.

Ils survolèrent encore une grosse cuvette large d'une trentaine de kilomètres, le cratère baptisé Alonso, puis virèrent vers la gauche avant de s'engouffrer dans la gorge de Verona proprement dite. Une pente lisse descendait doucement des hauts plateaux vers le fond du gouffre à la droite de la navette. Par contre, la paroi opposée était tout autre. Un gigantesque mur, presque vertical par endroits, reliait le haut des plateaux environnants et le font du gouffre. Il rivalisait effective-ment avec les plus hautes falaises de Mars, d'une altitude de près de vingt kilomètres. Et ce mur ne fit que grandir à travers le hublot lorsque le gouverneur pilote s'en approcha.

La petite navette se posa au pied de la falaise. Avant même que le petit vaisseau ne touchât le sol, Maya s'affairait déjà à enfiler la combinaison de sortie. Cette combinaison n'avait rien en commun avec celles qu'elle avait l'habitude de porter lors de ses sorties sur Mars. Elle était bien moins confortable, et beaucoup plus épaisse et encombrante. Heureusement que, grâce à la très faible gravité sur Miranda, elle ne pèserait pas très lourd. Malgré tout, son accoutrement rendait ses déplacements difficiles et elle se dit que si elle voulait un jour s'attaquer à cette falaise, il lui faudrait avant tout trouver un costume plus adéquat.

Le gouverneur avait décidé de rester à bord. Ils étaient seuls et il était plus prudent que l'un d'eux resta dans la navette. Elle avait encore en tête le survol déconcertant de la *Lune Noire*. Tout en pilotant, Alex lui avait expliqué que les mondes d'Uranus comportaient eux aussi bien des énigmes et gagnaient à être bien mieux connus. Il ne lui fit évidemment pas part de la plus grande d'entre toutes, *Urgaïa*. Avant de sortir de la navette, Maya lui promit de revenir après sa mission pour qu'ils fassent ensemble la tournée de toutes ces merveilles uraniennes.

Le sol à l'extérieur était dur comme du roc. C'était pourtant de la glace. Le Soleil lointain était au zénith. Non loin, un fin croissant bleuâtre indiquait la présence de la planète centrale du système uranien. Il fallut un peu de temps à Maya pour s'habituer à la faible luminosité ambiante. Elle était impatiente d'aller toucher de ses propres mains la muraille de glace. Elle avait pu l'apercevoir dans toute sa splendeur depuis le ciel. Ils avaient fait plusieurs fois le tour avec la navette pour qu'elle pût en admirer toutes les coutures, mais elle voulait la voir de près.

La navette était posée à une trentaine de mètres à peine du pied de la muraille et Maya constata avec joie que le gouverneur ne lui avait pas menti. Leur petite expédition improvisée en valait largement la peine, tout comme c'était le cas quelques heures plus tôt avec le survol de Wunda. Une fois de plus, elle fut vraiment très impressionnée. Le décor semblait si irréel. Dans une pénombre froide, la paroi blanche s'élançait vers l'infini. À ce moment, Maya ne rêva plus que d'une chose : escalader cette merveille. Elle resta sans bouger encore quelques minutes aux pieds de la falaise, puis retourna vers la navette.

Le lendemain elle était à nouveau à bord de son vaisseau et filait vers le Centre. Elle avait encore en tête sa visite magique des falaises de Verona. S'il n'y avait eu ce bourdonnement désagréable dans sa tête depuis son arrivée autour d'Uranus, elle aurait pu dire que ce petit voyage s'était parfaitement bien passé. Aménor n'aurait peut-être pas été du même avis, elle n'avait pas vraiment appris quelque chose de neuf. Mais elle était maintenant certaine que Narcisse n'était pas caché dans le système d'Uranus. En même temps, elle constata que les bourdonnements avaient cessé et la migraine tant redoutée n'arriva pas.

# Chapitre 15

# Balade dans les nuages

Rien ne pouvait remplacer une plongée. Contrairement à Moïse, Bill n'aimait pas aller perdre son temps sur les lunes. Il n'était pas à l'aise dans le grouillement permanent des cités. Il n'avait pratiquement jamais quitté le bord depuis que l'Amiral l'avait recueilli. Lorsqu'il avait un coup de blues, il lui suffisait de s'engouffrer dans l'une des capsules et de partir dans les brumes glaciales de la Géante Bleue. C'était par pur plaisir. De temps en temps, il ramenait de l'hydrogène pour les besoins de *l'Albatros*, mais la plupart du temps, il ne plongeait que pour aller surfer sur les nuages de méthane et retrouver la sensation de danger. C'était sa drogue.

Tout le monde le savait à bord et tout le monde fermait les yeux. Parfois, il emmenait Moïse. Le jeune adolescent était courageux et appréciait beaucoup ces sorties pleines de sensations. Cela le changeait aussi de la vie routinière à bord. Victor et Louisa n'aimaient pas de voir leur fils adoptif prendre de tels risques, c'est pourquoi ils essayaient d'éloigner au maximum Moïse sur Miranda, auprès du gouverneur et de sa compagne, Fran, elle aussi un ancien membre de l'équipage de *l'Albatros*.

Il y eut beaucoup de frictions entre Bill et Victor au sujet de Moïse. Ils avaient tous deux un caractère bien trempé. Mais dans le fond ils s'aimaient bien. Et Bill adorait Moïse. Il se reconnaissait un peu en lui. Moïse était un peu l'enfant de tout le monde à bord. Victor n'avait pas le droit se l'accaparer. Après tout, c'était Bill qui avait trouvé le petit Moïse sur Mimas et qui l'avait amené à bord. Et puis, Moïse aussi avait son caractère en n'en faisait souvent qu'à sa tête, pour le grand bonheur de Bill.

Fait exceptionnel, Victor avait pris quelques jours de vacances et était allé faire une petite tournée nostalgique sur les lunes Ariel et Titania. Louisa l'accompagnait. C'était l'occasion rêvée pour emmener Moïse faire une plongée. Ce dernier ne se laissa pas prier et en moins de quinze minutes les deux plongeurs étaient installés dans la capsule numéro Quatre. Quatre était la favorite de Bill. Il n'en restait que deux opérationnelles, numéro Quatre et numéro Six. Mais Quatre était celle qui n'avait jamais eu de problèmes techniques majeurs. D'ailleurs, Bill se la réservait et malheur à celui qui osait s'en servir sans son autorisation. Il n'y eut jamais vraiment de conflits à ce sujet. *L'Albatros* ne servait plus de cargo récolteur et les vieilles capsules n'étaient plus utilisées que par les anciens pour des ballades pour le plaisir. Et Bill était le dernier des anciens.

Quelques années plus tôt, Victor en avait utilisé quelques-unes en mode automatique pour essayer de descendre le plus profondément possible à la rencontre de la gigantesque membrane organique qui servait de corps à *Urgaïa*. Mais il s'était rapidement rendu compte que les vieilles capsules ne faisaient pas l'affaire. Aucune n'était revenue et ils perdirent ainsi numéro Un, Deux et Cinq. Par la suite, il fit développer ses propres capsules, moins lourdes et plus maniables. Mais il n'obtint pas plus de succès. Les techniciens à bord de *l'Albatros* travaillaient d'arrache pied pour développer la capsule idéale. Mais pour Bill, la capsule idéale, c'était la bonne vieille Quatre. Pour surfer sur les couches nuageuses supérieures, il n'y avait pas mieux.

La petite capsule se détacha du gros ventre du cargo et emporta ses deux passagers dans l'océan glacé d'hydrogène, d'hélium et de méthane. L'entrée dans l'atmosphère s'accompagnait toujours de secousses et de grincements sinistres. Bien qu'il avait toute confiance en Bill, Moïse ne fut pas rassuré lors de sa première plongée. Mais dès la deuxième, il ne craignait plus cet instant. Les secousses se poursuivaient tant qu'ils n'avaient pas atteint un courant stable.

Une fois immergé dans le mélange de gaz glacial, le contraste était total. Le vide noir de l'espace était rapidement remplacé par une brume bleutée. C'était la présence de méthane qui absorbait le rayonnement rouge et donnait cette teinte à l'atmosphère, lui avait expliqué Bill.

Pendant ces moments de plongées qui n'appartenaient qu'à eux, ils ne parlaient pas beaucoup. Ils devaient rester très concentrés et toujours prêts à réagir en cas de danger. Les courants aériens étaient très changeants et il y avait toujours un risque de décrocher. Moïse regrettait de ne pas parler davantage avec Bill. Bill probablement aussi, mais il ne montrait pas facilement ses sentiments. Il était très refermé et plutôt maladroit. C'est pourquoi Bill préférait garder une certaine distance, même avec le jeune adolescent. C'était aussi pour éviter de le blesser avec sa maladresse, mais aussi pour ne pas être blessé en retour. C'était une sorte de protection. Il s'était endurci tout au long des longues et difficiles années de sa jeunesse.

Mais Moïse savait très bien que, sous son air bourru, oncle Bill comme il le surnommait, avait un grand cœur. La preuve en était que Bill ne plongeait jamais avec quelqu'un d'autre.

Lorsqu'ils arrivaient dans un courant stable, Moïse avait l'autorisation de prendre les commandes. Il espérait qu'un jour il aurait aussi le droit de piloter durant la remontée. Et pourquoi pas un jour même pour la descente, probablement l'étape la plus délicate.

◆◆◆

Pourquoi ne l'avais-je pas fait auparavant ? Je ne m'étais même pas rendu compte à quel point j'avais délaissé ma famille. C'était Moïse qui, lors de l'une de nos fréquentes disputes, m'avait fait ce reproche. Je ne voulais d'abord pas l'admettre, mais le jeune adolescent n'avait pas tort. *Urgaïa* occupait mon esprit en permanence. Il était devenu une obsession pour moi.

J'avais donc décidé de faire un effort en proposant à ma petite famille une balade loin de *l'Albatros*. Louisa en fut ravie. Moïse quant à lui déclina l'offre. Je ne comprendrai jamais les jeunes ! Je pouvais m'absenter quatre jours loin d'*Urgaïa* sans que ma tête ne commence à trop me faire souffrir. Cela suffirait largement à revenir sur les traces d'une partie de mon passé. Je voulais montrer à Louisa où j'avais vécu avant mon arrivée sur *l'Albatros*. Elle n'avait jamais vécu sur une lune et était enthousiaste à l'idée de m'accompagner dans mes souvenirs.

La première étape de notre voyage était l'incontournable Agapa. Je n'étais moi-même pas revenu à Agapa depuis mon départ précipité avec Alex et je n'étais pas sûr de retrouver l'appartement dans lequel j'avais vécu à l'époque. C'était d'autant plus difficile que la cité avait beaucoup changé. La population s'était remise à croître après le départ de Narcisse, et les quartiers abandonnés à la périphérie étaient à nouveau entièrement peuplés.

Au bout de plusieurs heures d'errance, nos avions tout de même fini par retrouver l'endroit. L'appartement était toujours là. Le bâtiment avait été rénové, mais j'avais fini par reconnaître l'endroit où j'avais vécu pendant presque une décennie. En revenant sur place, je craignis d'être submergé par l'émotion, mais ce ne fut pas le cas. Je réalisai alors que les meilleures années de ma vie étaient venues après, à bord de *l'Albatros*, avec Louisa. L'appartement était encore plus petit que dans mes souvenirs. Et, bien que le bâtiment eût été rénové, je le trouvai toujours aussi miteux. Les souvenirs qui me vinrent à l'esprit étaient ceux d'une vie difficile et inintéressante. Je fis part de mon sentiment à ma compagne. Louisa en fut très émue. Nous nous serrâmes très fort dans les bras l'un de l'autre.

Nous restâmes dans la rue, en face de ce qui avait été mon entrée des années plus tôt. Même si j'étais curieux de savoir qui m'avait remplacé, je n'avais pas le courage d'aller sonner. Comme pour répondre à mon souhait, la porte s'ouvrit. Mon cœur se mit à battre un peu plus fort. Ma main se serra un peu davantage dans celle de Louisa, au point de lui faire mal. Je desserrai l'étreinte dès que je m'en aperçus. Elle comprenait ma réaction.

Un jeune couple apparut sur le pas de la porte. Les deux jeunes gens semblaient très amoureux et très heureux. Ils refermèrent la porte aussitôt et je n'eus pas le temps de jeter un coup d'œil à l'intérieur. Ils s'éloignèrent d'un pas rapide vers la station de taxirail toute proche. Ils s'engouffrèrent dans le premier qui passa. Ils n'avaient pas remarqué la présence des deux inconnus et n'eurent jamais conscience du petit drame qui venait de se jouer au pas de leur porte. Je me sentis soulagé de savoir le bonheur était revenu en ce lieu.

Louisa me proposa de refaire le chemin que j'avais fait des années plus tôt avec Alex. Nous nous engouffrâmes à notre tour dans un taxirail en direction de la périphérie, vers le tunnel qui conduisait aux extracteurs. Rien ne ressemblait plus à mes souvenirs. Les bâtiments désaffectés étaient à nouveau habités, l'éclairage fonctionnait parfaitement et les rues grouillaient de gens. La cité triste d'antan était morte et avait été remplacée par une ville bien plus vivante.

Nous ne quittâmes le véhicule que lorsque celui-ci arriva à son terminus. L'entrée du tunnel ne devait pas se trouver bien loin. En demandant notre chemin, nous apprîmes que les extracteurs n'étaient plus en service et que le tunnel avait été bouché. Notre quête s'arrêta donc là. Nous décidâmes de revenir vers le centre et de profiter de la deuxième partie de la journée pour faire la tournée des magasins et des bistrots. Le lendemain, nous étions invités à la tour principale par le maire d'Agapa, une connaissance d'Alex.

Moïse était toujours aux commandes de la capsule. Bill à ses côtés était silencieux comme à son habitude. Il semblait détendu et serein. Ce n'était pas le même Bill que celui qui vivait à bord du cargo. Il était dans son milieu favori avec la personne qu'il aimait le plus au monde, celui qu'il considérait comme son fils. Il était de nouveau heureux. Du moins provisoirement.

La planète avait décidé d'être clémente avec eux. La météo-rologie était très bonne et les vents très stables. Bill se demandait si le

Monstre qui se cachait loin en dessous n'y était pas pour quelque chose. Il était présent dans son esprit en ce moment. Il le sentait. Si seulement il daignait vouloir lui parler comme il le faisait avec Victor ! Il n'avait jamais senti de malveillance de sa part, bien au contraire. Il se sentait même protégé.

Cela ne signifiait cependant pas que la plongée n'était pas sans risque. Bill doutait que le Monstre amical soit vraiment en mesure de contrôler les vents et les tempêtes. Bill en oublia presque le jeune pilote. Il se disait qu'il devait cesser de rêvasser et un peu mieux le surveiller, même si celui-ci se débrouillait très bien. Mais cela ne l'étonna pas. Moïse ne l'avait jamais déçu.

C'était le fils parfait. Victor s'en rendait-il seulement compte ? Même sous les nuages d'Uranus, Bill ne pouvait s'empêcher de repenser à Victor. Victor le chanceux. Il avait tout pour être heureux. Bill ne lui souhaitait pas le malheur, mais il estimait que Victor ne méritait pas tant de chance et que lui aussi y avait droit.

Victor avait insisté pour que Bill reprenne du service. La mission était bien tentante, mais Bill continuait à hésiter. Il n'aimait pas les nouvelles capsules. Les vieilles étaient tout ce qui lui restait de son ancienne vie, son ancien bonheur. La décision était difficile à prendre. Et pour une fois, il décida de demander son avis à la personne qu'il aimait le plus, Moïse. C'était le moment idéal et l'endroit idéal, loin de tous, dans les brumes bleues à bord de l'une des vieilles capsules. Il ne savait pas trop comment aborder le sujet. Maladroitement, il rompit le silence :

– Je peux te demander quelque chose ?

Moïse, très concentré sur les instruments ne se laissa pas distraire. Tout en continuant à surveiller les voyants, il répondit d'un ton monotone :

– Arrête de te poser des questions et accepte sa proposition !

– Mais tu es au courant ? demanda Bill surpris.

– Tout le monde est au courant à bord de *l'Albatros*. Tu sais, ça te ferait beaucoup de bien de te mêler un peu aux autres. Victor a fait un pas vers toi, pourquoi ne ferais-tu pas aussi un effort de ton côté ?

L'élève était en train de donner une leçon au maître. Moïse avait probablement raison. Bill s'efforça d'oublier Victor pendant le reste de leur balade et de profiter du moment. Ils continuèrent à surfer sur les nuages encore de longues minutes avant que Bill ne se résigne à mettre fin à cette sortie. Il y en aurait de toutes manières bien d'autres.

– Bon, je crois qu'il est temps de remonter. Je te laisse les commandes. Aujourd'hui, c'est toi qui nous ramènes à la maison !

144

Le sourire jusqu'aux oreilles du jeune pilote en dit long sur sa joie. Et lorsque Moïse était heureux, Bill l'était aussi. La capsule reprit le chemin de *l'Albatros*.

♦♦♦

Après Agapa, nous nous dirigeâmes vers Messina, l'ancienne capitale de Narcisse, sur Titania. Je n'avais jamais aimé la plus grosse des lunes d'Uranus. Elle était bien plus grande qu'Ariel, mais aussi bien plus morne. S'il n'y avait la grande cicatrice du canyon de Messina, elle serait même totalement inintéressante. Le dôme qui recouvrait la capitale, le plus grand que l'on avait construit sur les mondes d'Uranus, était dangereusement proche du précipice. Je me rappelais que la ville d'origine était deux fois plus petite et que par la suite un nouveau dôme avait été construit par-dessus le premier pour augmenter la taille de la capitale. Le dôme plus petit avait été démonté une fois le grand dôme pressurisé.

Narcisse à l'époque aurait voulu l'agrandir bien davantage, mais la proximité de la faille juste à l'est de la cité avait empêché son extension dans cette direction. Des dômes satellites avaient vu le jour de l'autre côté du grand dôme. Des tunnels de cristal renforcé reliaient tous les dômes et les réunissaient en une seule et même cité. Depuis le ciel, on pouvait distinguer les véhicules qui traversaient les tunnels translucides. La cité ressemblait à un organisme vivant.

Le cosmoport, un gros cube métallique gris, était situé à une dizaine de kilomètres du petit dôme le plus à l'ouest. Je ne savais pas très bien pourquoi j'avais proposé de venir en ce lieu. Je n'y étais pas resté très longtemps, et je n'en avais pas gardé un bon souvenir. C'était notre première étape alors qu'avec Alex, j'avais fui Ariel. Nous avions pensé que Narcisse n'irait pas nous chercher dans sa propre capitale. Et nous avions bien fait, puisque c'est à Messina que nous avons embarqué à bord de *l'Albatros*.

Les quelques jours passés dans cette cité furent parmi les plus difficiles de notre périple. L'atmosphère avait été oppressante. Tout le monde se méfiait de tout le monde, et chacun épiait son voisin. Nous avions la crainte d'être dénoncés à tout moment. Le chancelier lui-même était sous surveillance, et Aménor avait pris un risque considérable en venant à ma rencontre, dans les faubourgs périphériques de la cité.

En ce temps-là, nous faisions tous deux partie de la conspiration à l'origine de la Nouvelle Fédération. Deux jours plus tard nous

nous trouvions à bord de *l'Albatros*. J'appris bien plus tard que le chancelier Aménor avait pris un autre risque en nous donnant un petit coup de pouce et provoquant une diversion pour nous permettre de nous engouffrer à bord de la navette en partance pour le cargo de Tulk.

Dans mon esprit Messina était restée associée à ce mauvais souvenir. Pourtant, après le départ de Narcisse, l'ambiance y avait aussi beaucoup changé. L'atmosphère oppressante qui avait régné du temps de Narcisse avait disparu. On ne se sentait plus épié en permanence. De plus, la présence à mes côtés de ma chère Louisa rendait cette atmosphère encore plus douce. Il était grand temps de tuer mes démons et de me réconcilier avec cet endroit.

Nous tournâmes en rond pendant près de deux heures à essayer de retrouver l'endroit où je m'étais caché avec Alex. Ce n'est qu'alors que je compris que depuis une décennie la cité avait encore grandi vers l'ouest et que de nouveaux dômes avaient vu le jour. Nous étions simplement sous la mauvaise coupole. Nous décidâmes d'abandonner et nous prîmes le chemin du dôme principal, vers le centre historique, pour aller y jouer aux touristes.

◆◆◆

Bill était de retour dans sa prison de métal. Moïse était reparti dans l'arrière du vaisseau, le laissant à nouveau seul dans les anciens appartements. Il était allongé sur son vieux matelas usé. Les bourdonnements qui avaient cessé le temps de la remontée étaient de nouveau là. Le Monstre était de nouveau présent. Mais il ne parlait toujours pas. Il restait tapi dans son esprit, à l'observer.

Comme dans le bon vieux temps, Bill essayait de revivre la plongée, de s'imprégner à nouveau de ce qu'il avait vécu en bas. Mais la plongée avait été trop calme. Il ne prenait jamais de risques lorsque Moïse était à bord. Il se promit de retourner en bas le lendemain, seul. En tous cas sans la présence d'un autre humain. Moïse avait encore besoin de lui, il reviendrait. Il savait qu'un jour, ce ne serait plus le cas, mais ce moment n'était pas encore venu. Et il espérait toujours encore que le Monstre finirait par se décider à lui adresser la parole. C'est cet instant que choisit le Monstre pour s'éclipser, laissant derrière lui un calme étrange dans l'esprit de l'humain.

Une heure plus tard, il bondit de son matelas et s'élança dans les corridors métalliques jusqu'à la bibliothèque. Il se plongea dans son livre d'histoire préféré. Il savait qu'en moins de dix secondes le

146

Monstre surgirait. Ça ne ratait jamais. *Urgaïa* était friand de livres et Bill aimait beaucoup lui faire la lecture. Lorsqu'il se sentait trop seul, il avait trouvé ce moyen infaillible pour l'attirer et avoir de la compagnie.

# Chapitre 16

# Retour sur Vesta

Devoir se rendre dans un endroit inconnu dans le but d'essayer de parlementer avec des inconnus était exactement le genre de mission qu'il détestait. Les inconnus en question avaient en plus la réputation d'être très bornés. Mais cela faisait partie de son travail. Représenter son père, le Premier Citoyen, n'avait pas que des avantages.

Tournon aimait beaucoup son travail. Il voyageait énormément et rencontrait beaucoup de personnes. Mais certaines missions étaient moins plaisantes que d'autres, et il se disait que celle qu'il s'apprêtait à mener en faisait partie. Pour se rassurer, il se dit que c'était toujours mieux que d'aller régler des affaires à Séléna, sur la Lune de la Terre. Négocier avec l'irascible vice-gouverneur Hiria aurait été bien pire encore. Heureusement qu'en ce qui concernait Hiria, il avait une parade simple, c'était Kovalsky qui en avait la charge exclusive.

Il n'était encore jamais allé vers le Centre. C'était la première fois qu'il prenait la direction de Sol. Sa première étape serait la ceinture d'astéroïdes. C'était probablement celle qui le rebutait le plus. Puis, il s'approcherait encore davantage de l'étoile centrale en se rendant sur Mars pour représenter le Premier Citoyen aux festivités d'inauguration de la nouvelle capitale d'Atama. Cette seconde étape l'enchantait bien plus.

Mais il y avait d'abord la première étape ! Aménor l'avait convoqué quelques jours plus tôt. Il s'inquiétait avec raison de la montée des fanatismes et en particulier de l'accroissement permanent du nombre d'adeptes de l'organisation de Virginia Enora. Il avait espéré qu'en isolant l'ancienne présidente du côté de la lointaine planète Neptune, la secte finirait par se faire oublier. Mais c'était sans compter sur Enora. Elle avait laissé des missionnaires aussi bien sur Terre qu'un peu partout sur les *Mondes Extérieurs*. Et ils faisaient bien leur travail. Elle avait fondé son église pour contrecarrer la secte des *Gaïans*, sans se rendre compte qu'elle créait un monstre bien plus dangereux encore. Et maintenant, c'était à Aménor de tenter d'enrayer l'essor de cette nouvelle secte alors que le problème *gaïan* n'était toujours pas réglé.

Aménor savait que ce qui poussait la population à adhérer était l'absence de perspective d'avenir et surtout le manque de spiritualité dans la société humaine. On avait cru bon d'interdire les religions autrefois. Les religions avaient jadis mené à une ère d'obscurantisme. Elles avaient fait des humains des assistés et avaient ainsi empêché l'humanité d'évoluer. Et elles étaient aussi responsables de nombreux conflits meurtriers.

Mais la peur de la mort n'avait pas disparu avec la fin des religions. Les humains n'arrivaient pas à accepter que leur conscience disparaisse dans le néant. Ils avaient besoin d'espoir. Et c'était ce rôle essentiel qu'avaient joué les religions dans le passé. Sans elles, les humains se raccrochaient à n'importe quelle idée, même insensée, du moment que cela les rassurait. La nature humaine était ainsi faite.

Tout comme c'était le cas pour Enora à l'époque, Aménor était totalement étranger à tout concept surnaturel. Il avait assez à faire avec les problèmes concrets de la société. Mais il avait finalement été obligé d'admettre qu'il ne pouvait pas ignorer ce problème plus longtemps. Il ne voulait pas commettre la même erreur que Virginia et se lancer dans l'aventure de la création d'une secte supplémentaire dans l'espoir de combattre celles qui existaient déjà.

L'idée de l'ancienne présidente de la Confédération Terrienne n'avait pas forcément été une mauvaise idée. Mais Virginia s'était très mal entourée. Elle n'y connaissait rien et avait fini par tomber dans son propre piège. L'influence du professeur Munstersen avait été catastrophique. Aménor avait été presque soulagé d'apprendre le décès de Munstersen. Un coup des *Gaïans*. Mais c'était trop tard, le mal était déjà fait.

Aménor désirait s'entourer de conseillers susceptibles de lui apporter une aide efficace. Mais il n'était pas facile de trouver des conseillers spirituels dans la Fédération qui ne seraient dépendants ni des *Gaïans*, ni de l'Église de la Conscience. Ce fut Maya qui lui rappela l'existence de la petite communauté religieuse de la petite cité de Roma sur Vesta. Les religieux de Vesta formaient un petit groupe très fermé. Ils n'avaient pratiquement aucun lien avec le reste de la Fédération, si ce n'était pour vendre leurs métaux et acheter les matières premières et nourritures essentielles à leur survie sur leur petit monde isolé.

Maya s'était rendue sur Vesta neuf années plus tôt. Malheureusement pour Tournon, Maya était déjà très occupée avec la recherche de Narcisse. C'était donc à lui que revenait la charge de contacter à nouveau la communauté. Tournon s'était préparé à un accueil glacial.

Il n'espérait pas qu'ils aient beaucoup changé en neuf ans. Probablement le grand Apôtre qui régnait sur la communauté avait-il changé entre temps. Celui que Maya avait rencontré était déjà très âgé à l'époque.

Le croiseur diplomatique *Aurora* était l'un des vaisseaux les plus rapides de la flotte de la Fédération. Il filait à toute allure vers le centre du système de Sol, en suivant une gigantesque spirale autour de Sol. Les vaisseaux ne voyageaient jamais en ligne droite d'un monde à l'autre. Il fallait toujours tenir compte de la gravité et quelle que fût la destination, on la rejoignait toujours le long d'une spirale. La spirale était centrée sur la planète centrale lorsqu'on voyageait d'une lune à l'autre de la même planète. Et lorsqu'on allait d'une planète principale à l'autre, la spirale était centrée sur Sol, l'étoile centrale.

Depuis Memphis, il fallut deux semaines pour rejoindre le petit astéroïde. Deux longues semaines qui parurent une éternité à Tournon. Il avait amplement le temps de se préparer pour l'entrevue. Il avait lu et relu le rapport de Maya sur Roma et son peuple. Mais il n'y avait que très peu d'informations vraiment utiles. Elle n'avait pas été autorisée à visiter librement la cité. Elle avait été très encadrée et les dirigeants de Roma ne lui montrèrent que ce qu'ils voulaient qu'elle voie. Ils s'étaient méfiés d'elle parce qu'elle était une étrangère, mais aussi et surtout parce qu'elle était une femme. La petite société de Vesta n'accordait pas une grande importance aux femmes. Peut-être seraient-ils plus accueillants avec un homme, essaya de se rassurer Tournon.

Vesta n'était qu'un petit monde perdu dans la ceinture d'astéroïde. Cérès, l'astéroïde le plus massif de la ceinture était près de deux fois plus gros et ressemblait davantage à une planète. Pourtant, les colons avaient choisi Vesta. Cérès était recouvert d'une épaisse couche de glace rendant l'exploitation minière très difficile. Sur Vesta, il n'y avait pas de glace, la roche et les minerais métalliques affleuraient, directement accessibles en surface. Avec la lune de la Terre, Vesta était probablement l'un des plus grands producteurs de métaux de tout le système de Sol. Une richesse incommensurable dont les habitants ne semblaient pas vouloir profiter.

Vesta était un monde très étrange. Mais quel monde ne l'était-il pas ? Vesta était le seul monde habité qui n'avait pas la forme d'une sphère. En raison de sa taille, cet astéroïde géant aurait très bien pu être parfaitement sphérique. Il l'était d'ailleurs probablement au début de son histoire, jusqu'à ce qu'un autre astéroïde énorme ne vînt le percuter. Toute une face lui fut arrachée, ne laissant qu'une énorme cuvette au centre de laquelle s'élevait une gigantesque montagne. Le bassin, appelé Rhéasilvia, avait totalement modifié l'aspect de l'astre, lui donnant sa forme de patate. Cet énorme déficit de masse avait perturbé la rotation de l'astéroïde géant au point de le réorienter. Rhéasilvia avait fini par se retrouver centré sur le nouveau Pôle Sud. L'équateur était parcouru par un large réseau de failles, elles aussi probablement issues de l'impact qui avait créé Rhéasilvia.

La cité de Roma devait se trouver quelque part au nord de cet équateur, dans une région plus sombre autrefois appelé Olbers, non loin d'un groupe de trois cratères d'impact alignés. Le matériel sombre sur lequel la cité devait reposer était composé de matière éjectée durant les impacts qui avaient formé les trois cratères. Tournon repéra les trois cuvettes alignées de loin, mais il ne parvint pas à distinguer la fameuse cité des prêtres. Pourtant, Maya avait été très précise dans sa description. À l'endroit indiqué par la Martienne, il y avait bien des traces d'activité humaine, mais rien qui ne ressemblait à une cité, ni même un enchevêtrement de cubes métalliques qui aurait pu être une cité.

Tournon se demanda s'il n'était pas arrivé trop tard, après une catastrophe qui avait englouti la cité, à l'image de ce qui s'était passé avec Asgard. Tournon intrigué, se mit à échafauder maints scénarios, imaginant même que Narcisse, pendant sa fuite, était peut-être passé par-là et avait mis à sac la petite cité.

Il n'eut pas à attendre longtemps pour avoir la réponse à ses interrogations. Un signal parvint à *l'Aurora* depuis la surface du rocher géant, lui indiquant qu'il y avait toujours quelqu'un sur ce monde. Mais le signal ne provenait pas de la région sombre au nord de l'équateur. Les pilotes de *l'Aurora* purent le tracer jusque dans la cuvette du Pôle Sud, à la base de la montagne centrale. Et lorsqu'ils s'approchèrent un peu davantage de l'origine du signal, ils eurent la surprise de constater la présence d'un dôme translucide. Le dôme ne devait pas mesurer plus de la moitié de celui de Dido. La petite colonie s'était déplacée et avait déménagé dans une cité bien plus moderne. Tournon qui s'était préparé à aller à la rencontre d'une société arriérée, refusant le progrès, fut stupéfait. Et ce ne fut pas la dernière de ses surprises.

◆ ◆ ◆

Dix heures plus tard, Tournon marchait aux côtés du Grand Apôtre. Contrairement à son titre, le Grand Apôtre n'était pas très grand. Il mesurait moins de deux mètres. C'était un homme encore assez jeune, aux cheveux clairs coupés très courts. Mais ce qui frappait le plus, c'était ses yeux verts. Son regard était très pénétrant. Il arborait un large sourire. Il n'avait rien en commun avec son prédécesseur, tel que Maya l'avait décrit. Tournon fut ravi par l'accueil plutôt agréable qu'on lui fit. Il regretta de s'être fié une fois de plus aux clichés.

— Nous sommes ravis d'avoir de la visite d'un représentant de la Fédération ! lança le maître des lieux. Il avait l'air totalement sincère.

Tournon lui retourna la politesse. Il essaya de dissimuler sa surprise. Il était convaincu d'avoir réussi lorsque son interlocuteur poursuivit :

— Eh oui, les choses ont beaucoup changé ici aussi. Le passage parmi nous du général Andrades a laissé beaucoup de traces dans notre communauté. Mon prédécesseur avait pourtant tout fait pour en limiter les effets, mais rien n'y fit et nous avons aussi fait notre petite révolution. Nous avons conservé notre foi, mais nous avons fait un peu le ménage dans nos traditions. Mais je suppose que vous n'êtes pas venus pour prendre de nos nouvelles. Seriez-vous par hasard à la recherche d'un criminel ? continua-t-il sur un ton humoristique. Nous n'hébergeons pas Narcisse ici, continua-t-il, toujours le même ton de la plaisanterie.

Le Grand Apôtre était visiblement de très bonne humeur. Tournon ne put s'empêcher de répondre par un autre grand sourire, même si le cas Narcisse ne prêtait pas forcément à rire. Le Grand Apôtre avait fait allusion à la visite de Maya, venue sur Vesta neuf ans plus tôt à la demande d'Atama afin de retrouver les traces d'un ennemi de l'empereur qui avait tout fait pour déstabiliser son empire. Son ennemi d'alors, le criminel en question, n'était autre qu'Aménor, le Premier Citoyen de la nouvelle Fédération, aidé de ses compagnons dont Tournon faisait partie.

Maya allait être ravie d'apprendre que son voyage sur Vesta n'avait pas été vain et qu'elle avait provoqué une petite révolution dans la communauté de Roma.

— Non rassurez-vous, je ne suis pas venu au sujet de Narcisse. Chasser les criminels, c'est toujours encore l'affaire de Maya ! répondit Tournon, sur le même ton. Puis, il se fit plus sérieux, et se lança :

— La Fédération a besoin de votre aide !

— Alors, là vous me surprenez ! Mais que pourrions-nous bien faire pour la Fédération ?

— Comme vous le savez sans doute, Narcisse n'est pas notre unique souci. Virginia Enora et sa secte nous préoccupent aussi beaucoup.

152

Le visage de son interlocuteur se fit aussi plus sérieux. Il n'avait pas oublié que sans l'intervention de Maya, Virginia n'aurait pas hésité à anéantir leur petite communauté.

— Mais que voulez-vous que nous fassions contre elle ? Si la puissante Fédération est impuissante, comment notre petite communauté insignifiante pourrait-elle intervenir ? Il n'est pas question de nous impliquer dans une guerre de religions !

Le Grand Apôtre savait être sec quand il voulait.

— Mais il n'est pas question de guerre de religion. Nous ne voulons pas refaire l'erreur d'Enora et créer encore une nouvelle religion. Mais nous pensons que le peuple a besoin d'un minimum de spiritualité. Nous avons totalement omis cette réalité. Par conséquent, les peuples de la Fédération n'ont pas beaucoup de choix. L'offre se limite à la secte de l'ancienne présidente du côté extérieur de la Fédération, et l'organisation des *Gaïans* sur la Terre.

— Il est bien temps que vous réalisiez cela ! répondit le maître des lieux, satisfait, avant de continuer : l'ancienne présidente n'avait pas tort dans son analyse. Vous-même, dix ans plus tard, vous faites cette même analyse. La société a de plus en plus oublié l'homme. On a fini par accorder plus d'importance à la technologie et à l'économie. Même la politique n'était plus que destinée à entretenir ces deux monstres. On a totalement oublié qu'ils avaient été créés pour servir l'homme et on a finit par mettre l'homme à leur service. Le concept de l'organisation d'Enora a le mérite de replacer l'homme au centre. Ou du moins sa conscience.

— Vous n'allez tout de même pas soutenir Enora ? s'offusqua alors Tournon.

Jusque-là, sa petite visite s'était plutôt bien passée, mais il n'aimait pas la tournure que prenait leur conversation. Il était venu chercher des conseillers pour contrecarrer la secte d'Enora, non la renforcer. Le Grand Apôtre, content de son effet, répondit avec un sourire de victoire :

— Je sais que ce n'est pas ce que vous vouliez entendre. Rassurez-vous, nous ne sommes pas du côté d'Enora. Je disais simplement que le concept de base de son église est totalement cohérent et assez proche de notre propre croyance, à Roma.

— Vraiment ? demanda Tournon, de plus en plus étonné. Je ne vois pas la ressemblance entre le culte de la conscience développé par les adeptes d'Enora et votre concept de Dieu, être suprême qui décide de tout, qui sait tout et qui a pouvoir sur tout.

— Ce que nous appelons Dieu est une conscience universelle. Est-ce si différent de la croyance des gens d'Enora ? Dans un sens nous pensons aussi que l'homme est une partie de Dieu. D'ailleurs, ne disons-nous pas que Dieu a fait l'homme à son image ? En réalité, nous jouons avec les mots, mais les concepts sont à quelques détails près les mêmes !

— Alors, vous ne pouvez pas nous aider, répondit Tournon, déçu.

— Ce n'est pas parce que j'ai dit que Virginia Enora avait raison sur le concept de base que cela signifie qu'elle avait raison sur tout !

Une nouvelle lueur d'espoir apparut dans le regard de Tournon. Il se rendit compte que le facétieux maître des lieux jouait avec lui. Tournon ne s'était jamais intéressé à la spiritualité et à ses divers concepts et n'était pas en capacité de rétorquer. Il attendit donc que son interlocuteur finisse par en venir aux faits, en réfrénant son impatience.

— La grande erreur d'Enora, et cela a été la grande erreur de la plupart des religions dans le passé, c'est de vouloir imposer le concept. L'être humain a effectivement besoin d'une dimension spirituelle, mais il a aussi par sa nature même besoin d'autre chose. Une chose essentielle dont on ne peut pas le priver.

Tournon, qui marchait à côté de son interlocuteur depuis presque une heure, commençait à ressentir la fatigue. Le Grand Apôtre s'en rendit compte et lui proposa d'aller s'asseoir sur un banc un peu plus loin pour continuer la conversation. Lorsqu'ils furent installés, Tournon relança la discussion. Il avait compris où voulait en venir son interlocuteur, mais il préféra le laisser exprimer son idée jusqu'au bout en lui demandant poliment :

— Et quelle est cette autre chose dont l'humain ne doit pas être privé ?

— À votre ton, je pense que vous l'avez deviné. Cette chose est le libre arbitre. Les humains ont tendance à rejeter ce que vous leur imposez. Tous ont besoin de spiritualité à un moment ou un autre dans leur existence, mais pas en permanence et pas tous en même temps. Il faut donner l'opportunité à chacun d'avoir accès à cette dimension spirituelle quand il en a besoin ou simplement quand il en a le désir. Dans votre Fédération, les humains n'ont pas cette opportunité. Dans l'organisation d'Enora, ou même dans le cas des *Gaïans*, cette dimension spirituelle est présente en permanence et finit par peser. Au final, pour la préserver, ils sont obligés de l'imposer.

C'était aussi ce qui nous était arrivé jusqu'à ce que nous fassions, nous aussi, notre petite révolution ici. Avec le temps, les rites avaient pris bien trop d'importance. On les suivait par tradition, sans vraiment en comprendre le sens. Une fois de plus, les hommes avaient été mis au service des rites, et non les rites au service de l'homme. Mais nous avons maintenant nettoyé tout cela.

— Que voulez-vous dire par là ?

— Maintenant chacun ou chacune a le droit de suivre les rites, mais pas l'obligation. Vous pourriez développer un tel système au sein de la Fédération.

— Vous parlez d'une religion à la carte ?

— Vous n'êtes même pas obligé de parler de religion ou de foi. Mettez simplement à disposition de vos citoyens des endroits spécifiques où ils peuvent aller se recueillir s'ils en ressentent le besoin. Il est totalement inutile de créer des dogmes, des lois ou des rites. Les citoyens sont assez intelligents pour se forger par eux-mêmes leur croyance. Cela n'a pas d'importance que ce soit la vérité ou non, ils ont chacun le droit d'avoir leur propre croyance, du moment que cela leur fait du bien. Il faut juste empêcher chaque illuminé de vouloir imposer sa croyance aux autres.

— C'est exactement le genre de conseils qu'il nous faut ! finit par dire Tournon, satisfait. Nous avons besoin de quelqu'un comme vous aux côtés du Premier Citoyen. Nous allons créer un ministère spécifiquement dédier aux questions spirituelles.

— Nous n'avons pas pour habitude de nous mêler des affaires extérieures à Roma, mais je pense que ce pourrait être une occasion d'ouverture pour notre communauté. Nous allons réfléchir à votre proposition.

En langage diplomatique, cela signifiait que Tournon avait probablement gagné. La première chose qu'il fit en arrivant à bord de *l'Aurora* fut de contacter Aménor afin de lui annoncer la bonne nouvelle. Puis, il ordonna de lancer les préparatifs pour le départ vers Mars. La partie festive de sa mission l'attendait. Et, vu le déroulement de la première étape, Tournon se disait que cette mission ne serait finalement pas l'une des pires qu'il aurait à accomplir.

# Chapitre 17

# Les mondes de Saturne

Dido était une cité très agréable. Myriam s'attendait à trouver un lieu bien moins chaleureux. L'ancien repaire de Hurley avait subi beaucoup de transformations et ne ressemblait plus au taudis d'antan. Bartolu avait bien géré la transition et les anciennes cités saturniennes avaient retrouvé leur dignité. Dido était devenu une très belle capitale pour Dioné, l'une des lunes principales Saturne.

Dido n'était qu'une escale pour la corporation. Celle-ci devait se rendre sur Téthys, où la construction de la petite cité de Mentor requérait son savoir. Mais Myriam n'irait pas sur Téthys. Elle avait un pincement au cœur en songeant qu'elle allait lâchement abandonner ceux qui l'avaient accueillie. Elle s'était sentie à l'aise au sein de la corporation. Ils avaient tous été très gentils avec elle. Pour la première fois dans sa vie, elle n'avait pas été invisible. Mais les sentiments n'avaient pas de place dans sa mission.

Elle avait quitté le cosmoport de Dido très discrètement et s'était rendue dans la cité même. Ses collègues ne l'avaient pas vu partir, et ils ne la reverraient jamais plus. Elle se demandait s'ils étaient allés à sa recherche. Probablement. Du moins l'espérait-elle. Mais à l'heure qu'il était, ils étaient sans doute repartis au loin, sur Téthys.

Elle était restée cachée quelques jours dans un petit hôtel discret, non loin de la tour centrale. Dans les documents fournis par le Doc il y avait le plan de la Dido du temps de Hurley. La cité avait tellement changé et le plan ne lui était d'aucune utilité, même si quelques rues avaient conservé leurs anciens noms. Mais elle n'en avait pas vraiment besoin.

Les hommes à la solde de Narcisse la contacteraient, lui avait expliqué le Doc. Tout ce qu'elle avait à faire, c'était d'aller se promener régulièrement sur la grande place de Dido devant la tour. Lorsqu'elle était sûre que la corporation était loin et que personne ne la recherchait, elle commença ses promenades régulières. Deux fois par jour, toujours aux mêmes heures, elle flâna sur la place. Au début, elle appréciait ces petites promenades.

Elle avait très vite pris ses habitudes. Elle commençait toujours par faire le tour des boutiques. Elle ne rentrait jamais, mais restait dehors, derrière les vitrines. Elle n'avait pas assez de crédits pour se permettre d'être dépensière. La corporation des architectes avait un système de caisse commune. Et, avec le peu que le Doc lui avait donné avant son départ, il ne lui restait pratiquement plus rien. Elle espérait que les gens de Narcisse n'allaient plus tarder à la contacter.

Après la tournée des vitrines, elle allait s'installer sur l'un des nombreux bancs publics de la place, toujours le même. Du moins lorsqu'il n'était pas déjà occupé. Elle y restait une bonne heure à observer les passants. Au bout de trois jours, elle finit par en reconnaître certains. Ils avaient eux aussi leurs habitudes bien précises.

Il y avait l'homme âgé qui s'asseyait toujours à la même place sur la terrasse du bistrot situé juste en face de son banc favori. Il commandait un café synthétique et une salade d'algues. Après son repas frugal il sortait de sa sacoche sa tablette électronique et se connectait à l'infosphère. Il surfait ainsi pendant trente minutes en regardant régulièrement sa montre. Puis, exactement cinquante minutes après son arrivée, il s'en allait. Elle essayait d'imaginer qui il était, ce qu'il faisait, d'où il venait et où il allait. Était-ce lui le contact tant attendu ?

Il y avait aussi la dame stressée qui traversait la place de part en part à grandes enjambées. Elle tirait derrière elle deux petits enfants qui avaient beaucoup de mal à la suivre avec leurs petits pas. Tous les jours c'était le même cirque, comme si elle n'arrivait pas à se préparer à l'heure. Et puis, il y avait ce groupe de jeunes adolescents qui se retrouvaient eux aussi toujours autour du même banc. Ces gens se rendaient-ils seulement compte que leurs journées se répétaient sans cesse ? Avaient-ils conscience de leur vie monotone ?

Une fois de plus, cela lui rappela la basse-cour. Les poules vivaient dans le même rythme répétitif, imposé par les passages du fermier qui venait les nourrir à heures régulières. Il y avait autant d'agitation qu'à Séléna ou sur Mars, mais les visages des habitants de Dido étaient beaucoup plus vivants, expressifs.

Dorian Stielen était détective privé. C'était probablement l'un des derniers détectives privés dans tout le système de Sol. D'autres l'appelaient mercenaire. Les affaires ne marchaient pas bien. Autrefois, quand régnait encore le chaos, il y avait toujours du travail pour lui. Les trafiquants en tous genres faisaient régner leur loi dans les cités autour de Saturne et ils avaient toujours besoin d'un bon détective pour retrouver un voleur ou un traître.

Mais Bartolu avait mis fin à tout cela. Et partout dans le système de Sol, cette maudite Fédération avait cassé son business. Il ne lui restait plus qu'un client, le successeur de Hurley. Ce bon vieux Hurley ne devait plus être de ce monde, songea-t-il.

Le remplaçant payait bien, c'était tout ce qui comptait. Et il était bien plus rusé que Hurley pour avoir osé continuer à faire ses affaires malgré le nouvel ordre de Bartolu et la présence de la PolRec à Dido même. Dorian avait beaucoup de respect pour Cordova. Et ce n'était pas seulement parce qu'il était son meilleur client, son seul client.

Sans lui, il aurait quitté sa cité natale depuis longtemps. Peut-être serait-il allé à Séléna, probablement le seul endroit où il y avait encore des affaires à faire pour quelqu'un comme lui. La Terre aurait été l'endroit idéal, mais à sa connaissance, aucun *Extérieur* n'aurait pu survivre dans l'environnement mortel de la Terre. Dorian se demanda même si un *Extérieur* avait déjà tenté l'expérience. Seul, le gouverneur Kovalsky y était retourné, mais il était Terrien, ce devait être plus facile pour son organisme de se réhabituer à sa planète d'origine.

Le travail commandé par Cordova était plutôt simple et Dorian se dit qu'il ne méritait pas le salaire que lui proposait son client. C'était presque une escroquerie, mais escroquer un escroc, était-ce vraiment immoral ? D'autant plus que c'était l'escroc en question qui avait proposé cette somme. Depuis quinze jours, il devait simplement venir s'asseoir dans un café, derrière une vitrine, et observer la place centrale. Il passait ainsi des heures à siroter des bières d'Uranus, les plus chères. Pourquoi s'en priver si c'était Cordova qui régalait ? Son but était d'identifier une jeune femme qui viendrait sur la place à heures régulières. Il n'avait pas la description de la personne et ne savait pas quand elle arriverait à Dido. Cela pouvait durer des mois. Mais Dorian n'était pas pressé. Cela prolongeait d'autan sa mission, et donc son salaire.

Et puis, il l'aperçut. Dès qu'il la vit, il savait que c'était elle. La jeune femme semblait totalement perdue. Elle avait le teint plus foncé que la moyenne des habitants de Dido. Elle était aussi un peu plus petite ce qui indiquait qu'elle avait vécu sur une planète à forte gravité. Et la seule planète à forte gravité qui était habitée, c'était la *Planète Mère*. Les différences étaient subtiles et la jeune femme était plutôt pâle et grande pour une Terrienne. Elle avait probablement été choisie pour cette mission parce que sa physionomie s'approchait tant de celle d'un *Extérieur*. Mais cela ne trompa pas l'œil expert de Dorian.

Beaucoup de Terriens avaient quitté leur planète et on en trouvait beaucoup sur les *Mondes Extérieurs*. Il y a même eu des mariages entre ancien Terriens et *Extérieurs*. Cela ramena un peu de variété dans les populations sur les *Mondes Extérieurs*. L'intuition de Dorian lui disait que c'était bien la jeune femme qu'il cherchait. Mais il se garda d'en parler à son client. Pour en être absolument certain, il allait continuer son petit cinéma encore au moins une semaine. Si elle apparaissait tous les jours aux heures prévues, il aurait la confirmation de son intuition. Il ne devait pas s'approcher d'elle ou la contacter d'une manière ou d'une autre. Son rôle s'arrêterait lorsqu'il aura donné l'information de sa présence à Cordova. Sa mission et le salaire conséquent qui l'accompagnait allaient bientôt prendre fin.

Une semaine plus tard il se rendit chez son client.

◆◆◆

Le conseiller Vallard était satisfait de sa rencontre avec le bourgmestre Solanas. Il savait qu'il pouvait compter sur lui. Solanas avait toutes les raisons de ne rien changer. Après un séjour porlongé chez son ami, Vallard avait décidé de reprendre son petit tour de la planète dont il serait bientôt le roi. Sa destination suivante était bien loin. La petite cité de Paxsi se trouvait au-delà des déserts de dunes de Belet et Senkyo. Le voyage entre les deux villes durerait une journée entière. Les vents s'étaient levés et cela risquait de le ralentir. Il espérait ne pas être trop retardé, et surtout que le vol ne serait pas redirigé vers une autre cité en raison de la tempête saisonnière. Il n'y avait pas beaucoup d'endroits où ils pouvaient se poser de ce côté de la Titan.

Vallard détestait perdre son temps. Il utilisait le temps du voyage pour contacter ses alliés et prendre quelques nouvelles de la petite peste et son périple chez les étrangers, au-delà des brumes.

D'après les dernières informations, la petite fille gâtée du couple royal ne faisait pas grand-chose d'autre que du tourisme. Il ne s'était pas attendu à autre chose. Il se replongea dans des affaires plus importantes. Il devait affiner ses arguments. Le bourgmestre Jingpo qui régissait Paxsi était connu pour être un progressiste. Exactement le genre de personnes que Vallard détestait.

Et comme il s'y attendait, l'accueil du bourgmestre Jingpo fut glacial. Il n'était même pas venu l'accueillir à sa descente du jet, lui un des personnages les plus importants du royaume. Heureusement pour Vallard, il y avait des lois et le bourgmestre n'avait pas le choix. Il avait été obligé de mettre à la disposition du Conseiller une salle publique afin qu'il puisse tenir sa réunion. Mais le bourgmestre n'était pas obligé d'accueillir chaleureusement le conseiller et il ne lui accorda que quelques minutes d'entretien.

— Alors, vous êtes venus pour rassembler votre meute d'arriérés, lui lança le bourgmestre, ne cachant pas son opposition.

— Faut-il vraiment que je réponde à cette agression ? demanda Vallard qui ne se laissa pas abattre. Il reprit :

— Je suis venu pour éclairer cette ville qui me semble sombrer dans l'obscurantisme. Vous ne vous rendez même pas compte que c'est à cause de gens comme vous que notre civilisation va vers sa perte.

— Notre civilisation a besoin d'évoluer. Vous préférez rester dans votre confort, votre protocole vieux de plusieurs siècles. Partout, les sociétés humaines ont évolué. Il n'y a que nous qui sommes restés au Moyen Âge.

— Et vers quoi ont-elles évolué ? Laissez-moi rire ! Au-delà des nuages, il n'y a que guerres et chaos. Alors, je préfère vivre dans une société stable plutôt que dans le chaos !

— Diriger une société, c'est comme diriger un navire. Et quand il y a une tempête, il vaut parfois mieux l'affronter plutôt que faire demi-tour et essayer de l'éviter.

— Parfois, la tempête fait sombrer le navire, rétorqua le Conseiller.

— Et si l'on fait toujours demi-tour, on ne va nulle part, répondit le bourgmestre.

Aucun des deux personnages ne prit vraiment le dessus dans cette conversation. Ils se séparèrent à peine quinze minutes plus tard, l'un méprisant l'autre. Vallard avait heureusement quelques sympathisants à Paxsi qui n'étaient pas de l'avis de leur bourgmestre. Ces derniers s'étaient rassemblés dans la grande salle publique de la maison du peuple. Ils n'occupaient qu'un tiers des sièges. Vallard eut la confirmation que Paxsi ne voterait pas dans son sens.

◆ ◆ ◆

Cordova ne s'était pas rendu à son travail officiel. Il avait trouvé une excuse crédible, et personne ne trouva rien à y dire. Dorian était venu le voir la veille pour lui annoncer la bonne nouvelle. Il était grand temps, cette histoire commençait à lui coûter cher. Les services de Dorian lui coûtaient une fortune, mais il était le seul en qui il pouvait avoir confiance pour faire le travail correctement.

Cordova n'était resté que deux minutes avec Dorian, dans le café, derrière la vitrine. La jeune Terrienne était déjà assise sur son banc à son arrivée. Le détective se contenta de lui indiquer discrètement le banc en question tout en sirotant sa bière. Cordova sortit du café et se dirigea vers la jeune femme solitaire. Il alla s'asseoir à ses côtés. Celle-ci parut surprise en le voyant.

Elle se doutait bien qu'il était le contact qu'elle attendait depuis des jours, mais elle ne pensait pas rencontrer un homme aussi jeune et surtout qui prenait autant soin de sa personne. Elle n'avait pas de fiches sur lui. Il était si discret que personne ne savait vraiment à quoi il ressemblait. Comme elle avait la fiche de Hurley, automatiquement son esprit s'attendait à ce que Cordova lui ressemblât.

— Il semblerait que vous soyez attendue par un ami commun ! lui dit-il avec un grand sourire.

Myriam était soulagée. Sa rencontre avec Cordova s'était bien mieux passée que tout ce qu'elle avait imaginé. Elle était prête à suivre cet homme à l'autre bout de l'univers.

Vallard poursuivait son tour du monde et laissait derrière lui la cité de Paxsi. Son séjour dans la cité s'était déroulé exactement comme il l'avait prévu, c'est-à-dire très mal. Le bourgmestre Jingpo faisait effectivement partie de la pire race des progressistes. Il n'y avait rien à en tirer. C'était un jeune loup qui n'avait aucun respect pour la tradition. Il n'aurait pas le vote de Paxsi, mais ce n'était pas catastrophique. Paxsi n'était après tout qu'une cité moyenne, qui n'avait que très peu d'influence dans le royaume.

Il avait longuement hésité à faire cette visite, mais il s'était dit qu'il était judicieux de se rendre aussi dans une cité progressiste. Cela faisait taire ses adversaires qui le qualifiaient de sectaire, voire de méprisant. Ils n'avaient pas totalement tort, mais Vallard ne voulait pas leur donner une raison pour fanfaronner. En politique, il fallait parfois faire quelques sacrifices. Et ce sacrifice, il venait de le faire. Il ne restait dans sa tournée que des cités qu'il avait déjà gagnées à sa cause. Si dans son esprit sa victoire ne faisait aucun doute, il se disait qu'elle serait simplement un peu moins écrasante que celle à laquelle il aurait pu s'attendre.

◆◆◆

Bartolu était enfin de retour chez lui, dans sa cité de Samarkhand. Son emploi du temps très chargé ne s'était pas allégé depuis la constitution de la Nouvelle Fédération, bien au contraire. Il était souvent absent et n'en profitait que mieux des petits moments qu'il pouvait passer chez lui. Dès le lendemain, il repartirait pour une nouvelle mission. Une mission bien plus agréable, puisqu'il irait rejoindre sa chère Madeleine sur Dioné.

Samarkhand s'étalait sous son regard. Du moins tout un quartier de la petite cité. Il faisait étrangement sombre et, depuis quelques jours, on avait rallumé les éclairages en permanence, même lorsque le lointain Sol se trouvait au-dessus de l'horizon. La coupole qui recouvrait la petite cité était passée de transparente à translucide, et maintenant presque opaque. Il était grand temps de la faire nettoyer. L'eau qui jaillissait en permanence des fissures du Pôle Sud retombait en fins flocons de neige. Samarkhand était située dans l'hémisphère Nord de la petite lune et donc loin du Pôle Sud. Mais les geysers étaient si grands que de la neige pouvait tomber même en cet endroit.

Bien que très fine, cette neige permanente finissait par recouvrir la coupole de la cité. Toutes les cinq années standard, on procédait à un nettoyage complet de la coupole. L'activité cryovolcanique de la petite lune était constante mais pas régulière et la couche de neige qui s'accumulait était plus ou moins épaisse suivant les périodes.

Bartolu jugea que l'activité des geysers avait dû être particulièrement intense durant les cinq dernières années. Rarement la coupole avait été aussi opaque. Cela n'avait rien à voir avec la quantité de poudreuse qui tombait en permanence dans l'hémisphère sud d'Encelade. Plus on s'approchait du Pôle Sud, plus la couche de neige était épaisse. Le petit monde était le seul astre avec la *Planète Mère* à connaître des chutes de neiges, mais dans le cas d'Encelade, cela n'avait rien à voir avec une météorologie. Il n'y avait pas d'atmosphère digne de ce nom. Et on ne pouvait pas skier sur Encelade.

Titan, la grande lune voisine, possédait quant à elle une atmosphère et en subissait ses conséquences, les nuages, la pluie et les orages. Mais les flocons de substances organiques formées dans l'atmosphère de Titan ne pouvaient pas être considérés comme de la neige, ni par leur couleur sombre, ni par le leur texture. Ce n'était pas de la vraie neige, toute blanche et formée de cristaux d'eau.

La couche n'était pas assez épaisse et son poids ne risquait pas de mettre en péril la structure du dôme. Le nettoyage était avant tout fait pour le bien-être de la population de la cité. Des études avaient montré que le moral de la population allait bien mieux lorsque la coupole était transparente et que la lumière de Sol arrivait jusque dans la cité. Les travaux de nettoyage allaient durer plusieurs mois. Souvent, c'était un spectacle que les habitants aimaient admirer. Et à la fin, il y avait toujours la fête de la lumière.

On profitait aussi de cette occasion pour remplacer les panneaux de la coupole qui avaient beaucoup souffert des impacts de micro-météorites et éviter qu'ils ne finissent par céder et provoquer une décompression subite dans la cité et ses conséquences catastrophiques. Les gigantesques dômes n'étaient pas façonnés d'une seule pièce. Ils étaient tous assemblés comme un puzzle de plusieurs milliers de pièces.

Toutes les pièces de ces énormes puzzles étaient identiques, toutes des hexagones plats de cinquante mètres de large, en cristal renforcé transparent. Ces panneaux étaient fabriqués sur la Lune de la Terre, dans les usines situées non loin de Séléna, et livrés par de gigantesques cargos vers les divers chantiers du système de Sol. Chaque cité avait une réserve de pièces de rechange si l'une d'entre elles cédait. Elles étaient prêtes à l'emploi et stockées dans des hangars se trouvant en périphérie des dômes.

Lorsque Bartolu songeait au travail que représentait l'entretien d'une petite coupole comme celle de Samarkhand, il essaya d'imaginer le travail titanesque de l'entretien de celle de Memphis qui était plus de dix fois plus large. Des millions de pièces devaient être contrôlées régulièrement et il ne se passait pas un jour sans que l'une d'elles ne fût remplacée. Un travail de fourmis qui exigeait une main-d'œuvre nombreuse et un coût très élevé. Mais la sécurité des habitants n'avait pas de prix. Les humains n'étaient pas faits pour vivre dans les sous-sols. Ils avaient besoin de lumière naturelle, même si celle-ci était très faible et lointaine. Les dômes étaient des merveilles technologiques et architecturales, mais aussi et surtout, un besoin vital pour les habitants des *Mondes Extérieurs*.

La construction d'une cité sur un monde sans atmosphère était un chantier titanesque et particulièrement spectaculaire. Il fallait tout d'abord niveler le terrain. On essayait de choisir un site stable et le plus plat possible. C'était la raison pour laquelle la plupart des cités extérieures avaient été bâties dans les cratères d'impacts, ces grosses cuvettes naturelles. Les cratères offraient deux avantages, un fond souvent plus plat que la surface du sol environnant, et une paroi circulaire naturelle qui pouvait servir d'assise pour le dôme. En même temps, plus cette paroi était haute, et plus on économisait en matériel de base pour construire la bulle protectrice.

Mais la présence d'une cuvette naturelle n'était pas obligatoire. La grande Memphis n'avait pas été bâtie dans une cuvette naturelle, mais à l'emplacement d'une plaine lisse qui provenait aussi d'un gigantesque impact, mais remontant à des temps très anciens, quand la lune Ganymède était encore jeune et arborait une géologie très active. Virginia aussi avait prévu de bâtir une nouvelle cité sur un plateau volcanique dépourvu de cratères.

Avant de commencer le montage de la coupole, il fallait encore recouvrir le site de la future cité avec un revêtement parfaitement isolant qui pouvait atteindre une épaisseur de dix mètres. L'intérieur de la cité se devait d'être parfaitement isolé de la surface de glace. Alors, seulement on pouvait commencer l'assemblage des milliers de pièces de cristal renforcé en forme d'hexagones. Comme du temps de la construction des pyramides, sur la Vieille Terre, on commençait par les bords et, petit à petit, on allait vers le sommet.

Les pièces toutes identiques s'imbriquaient parfaitement les unes dans les autres pour former un motif en nid d'abeilles. Chacun des six côtés de ces panneaux était collé aux côtés des panneaux voisins à l'aide d'une pâte de jointure spécialement conçue pour résister aux températures et pressions extrêmes qu'allaient subir les coupoles. Les joints étaient si parfaits que les motifs en nid d'abeilles étaient presque invisibles, et on aurait pu penser que toute la structure était faite d'une seule pièce.

En même temps qu'on assemblait la coupole, on élevait aussi les piliers qui allaient contribuer à supporter son poids, et en particulier le gigantesque pilier central qui pouvait atteindre un kilomètre de haut. Lorsque la cité était gigantesque comme c'était le cas de Memphis, il n'y avait pas un pilier central, mais un ensemble de piliers formant un cercle autour du centre de la cité.

La pose de la dernière pièce, celle du sommet, était l'occasion de faire une grande fête. La tradition avait été la même des milliers d'années plus tôt lorsqu'on posait enfin le pyramidion, la pierre sommitale, sur la pyramide enfin achevée.

164

Ce n'était que lorsque l'étanchéité de la coque de cristal avait été testée et que la coupole était pressurisée, qu'on pouvait enfin commencer à construire la cité proprement dite, avec ses bâtiments, ses rues, ses parcs.

Sur l'ensemble des mondes sans atmosphère, seule la gigantesque cité de Séléna était souterraine et n'avait pas de coupole. C'était un comble dans la mesure où Séléna était le seul endroit dans le système de Sol qui fabriquait les éléments pour assembler les coupoles. Et avec la recrudescence de constructions de cités, l'économie de Séléna se portait plutôt bien.

Séléna avait été la première cité non terrestre construite par les humains et la technologie des dômes n'avait pas encore été perfectionnée. Les Sélénites s'entassaient dans leurs souterrains. Cela expliquait sans doute pourquoi la population de Séléna avait la réputation d'être si morose. Leur gouverneur, Eleonor Hiria en était un exemple parfait.

◆◆◆

La jeune Terrienne avait été enfin repérée à Dido. Narcisse était impatient de recevoir les informations qu'elle détenait. Mais le temps de la rencontre n'était pas encore venu. Cordova avait pris contact avec elle. Il était sur le point de la faire quitter discrètement la petite capitale de Dioné et l'amener à Hurley qui attendait quelque part dans l'espace, à un point très précis.

Narcisse essaya de s'imaginer la capsule chargée de rats contaminés de la Terre, progressant inexorablement à travers l'espace, sans que personne ne connaisse son existence. Ou plutôt presque personne. Même la jeune Terrienne ne devait probablement pas savoir à quoi correspondait le message qu'elle devait transmettre.

Hurley était parti la veille. Narcisse lui avait donné la consigne de ne pas essayer de le contacter. Narcisse n'aimait pas trop confier une mission d'une telle importance à Hurley. Mais les bons éléments se faisaient rares. Le vieil empereur déchu avait tout d'abord songé à y aller en personne. Il se terrait dans sa cachette depuis si longtemps et un petit voyage lui aurait fait le plus grand bien. Mais il ne pouvait risquer de se faire prendre. C'est pour la même raison qu'il n'envoya pas non plus son général en chef, le fidèle Turgis. Hurley quant à lui, était un élément remplaçable en cas d'échec. Mais Narcisse essaya de se rassurer en se disant que la mission était à la portée de Hurley.

Il lui suffisait de se rendre au point indiqué par les coordonnées, puis entrer en contact avec le vaisseau de Cordova pour enfin prendre à bord la jeune Terrienne et ramener sa précieuse cargaison jusqu'au domaine de Narcisse. Tout ça à l'abri de la surveillance de la PolRec et de cette satanée Andrades, qui était aussi à sa recherche. Le plus important était de ne commettre aucune erreur. Il pouvait compter sur Cordova pour ça. Il en était moins sûr pour Hurley.

# Chapitre 18

# Urgaïa

Notre petite escapade en amoureux, loin sur les lunes, nous avait fait beaucoup de bien. Nous en avions tous les deux grand besoin. Notre couple était au bord de la rupture et moi, je n'avais rien remarqué. J'avais passé des jours entiers, enfermé dans le laboratoire, à bord de *l'Albatros*. J'étais trop absorbé par mon ami le télépathe uranien. Moïse, sous ses airs d'adolescent récalcitrant, m'étonnait parfois par sa maturité. Je devais avouer qu'il avait bien manigancé pour que je me retrouve seul avec Louisa. Le connaissant, je me suis aussi dit que notre éloignement devait l'arranger lui aussi. Le jeune homme était très rusé. J'espérais simplement qu'il n'avait pas fait de bêtises durant notre absence.

Mon inquiétude allait davantage à l'encontre d'*Urgaïa*, le deuxième « adolescent » dont j'avais la charge. J'aimais encore moins le laisser seul que Moïse. Il était bien moins prévisible que le jeune humain. J'appréciais énormément la compagnie d'*Urgaïa*, mais notre relation était devenue quasi exclusive, et elle commençait à me peser. *Urgaïa* n'aimait pas que je m'éloigne. Il ne le disait jamais ouvertement, mais je le ressentais à chaque fois que je rentrais de voyage. Pourtant, je ne m'absentais pas souvent et encore moins longtemps.

*Urgaïa* ne s'exprimait pas avec des mots. C'était plutôt des idées qu'il imprimait dans ma tête. Mais j'avais petit à petit appris à interpréter ses silences et j'arrivais même parfois à percevoir des intonations quand il s'adressait à moi. Le rythme de sa conversation changeait de manière subtile, mais je percevais ce changement.

*Urgaïa* était un être plutôt possessif et n'aimait pas me partager avec quelqu'un d'autre. Il était très humain à ce niveau. Il se sentait très vite délaissé et je devais toujours lui rappeler à quel point il était important pour moi. Son comportement était resté très enfantin, même si j'avais remarqué qu'il était entré dans une nouvelle phase dans son évolution psychologique. Si j'avais pu le comparer à un humain, j'aurais dit qu'il était effectivement entré en pleine adolescence, une phase difficile pour un humain. J'imaginais que pour lui aussi, ce ne devait pas être facile.

Je craignais qu'à force de le laisser seul, il ne finisse par prendre contact avec d'autres humains. Il n'avait que l'embarras du choix, entre tous les équipages à bord de la multitude de vaisseaux en tous genres qui croisaient aux abords d'Uranus. Et puis, il y avait aussi les habitants des lunes proches. L'Uranien télépathe avait fait des progrès prodigieux dans ce sens et j'avais ressenti sa présence jusque sur Miranda. Sa portée télépathique avait considérablement augmenté et je n'en connaissais pas les limites.

Jusqu'alors, il avait suivi mes conseils et n'avait tenté d'entrer en contact avec personne d'autre. Du moins, c'était ce qu'il prétendait. Je n'en étais pas absolument certain. Des cas de folie de plus en plus fréquents avaient été signalés près d'Uranus et je soupçonnais mon ami télépathe de ne pas être totalement étranger à ce phénomène. Mais dès que j'abordais le sujet, il niait en être à l'origine. Et puis, j'étais tellement hanté par la peur qu'il me désobéisse que j'avais développé ma propre paranoïa. J'étais incapable de savoir s'il me mentait ou si ce n'était qu'une idée paranoïaque.

Moi aussi j'étais très possessif et je ne voulais pas le partager avec d'autres humains. Je ne me rendais pas compte que je lui imposais ce que je lui interdisais de me faire.

Une chose était cependant certaine, son comportement était en train de changer. Il utilisait des mots qui ne venaient pas de moi. Je savais qu'il épiait beaucoup les humains, et même s'il n'entrait pas directement en contact avec eux, il apprenait beaucoup d'eux. Je n'avais aucun moyen de l'en empêcher. Et encore moins de raisons. Comment aurais-je pu lui avouer ma jalousie ? Il devenait aussi de plus en plus impatient et exigeant. Le respect qu'il éprouvait envers moi commençait à s'estomper. Et ça ce n'était pas le fruit de ma paranoïa !

Le résultat en fut que ma confiance en lui s'amenuisait sensiblement. J'aurais tant voulu en parler avec lui, crever cet abcès de non-dits. Mais je ne savais pas comment faire. Tout comme j'étais bloqué face à la rébellion de Moïse. Tous les deux avaient parfois des comportements très proches. Je le comprenais de la part de Moïse qui, à près de quinze ans, était en pleine crise d'adolescence.

Mais *Urgaïa* n'était pas Moïse. Il n'était pas humain. Je ne savais même pas vraiment ce qu'il était. Lui-même n'avait pas vraiment conscience de sa vraie nature, et encore moins de son pouvoir. Je commençais à redouter ce qu'il serait capable de faire un jour s'il se mettait en colère. Je réalisai alors que ma relation exclusive avec lui avait une double exigence. Je devais à la fois essayer de le protéger des humains, mais aussi songer à protéger les humains *d'Urgaïa*.

— Tu ne vas pas bien ? me demanda-t-il à mon retour sur *l'Albatros*.

168

Il avait sans doute perçu les ondes négatives que j'émettais alors que j'étais contrarié. Lui mentir était inutile, alors, un peu sans réfléchir je lui répondis très sèchement à voix haute :

— Pourquoi me poses-tu encore ce genre de questions ? Tu lis dans mes pensées, tu devrais le savoir.

*Urgaïa* ne releva pas l'agressivité dans le ton que j'avais employé. Il lisait directement dans mes pensées et n'écoutait pas les sons émis par mes cordes vocales. De plus, il n'était peut-être pas encore capable de saisir toutes les subtilités dans le langage ou la pensée chez les humains. Ou peut-être tout simplement fit-il semblant de ne pas le relever. Naïvement, il répondit :

— Je capte évidemment les pensées, mais si votre enveloppe corporelle est si primitive, votre psychisme est très complexe. La plupart du temps, je ne comprends pas très bien ce que je perçois.

J'estimais que c'était plutôt une bonne nouvelle. S'il avait été capable de tout comprendre, j'aurais eu encore plus de difficultés à le contrôler. Mais je savais qu'il comprenait néanmoins de mieux en mieux. Il relança la discussion :

— Ton ami Bill est passé me voir quant tu n'étais pas là.

C'était sa façon de dire que Bill avait fait une plongée.

— Était-il seul ? demandai-je, un peu agacé.

— Non, ton fils Moïse était avec lui !

La réponse ne me surprit pas. Je ne pouvais malheureusement rien faire pour empêcher Moïse de descendre plonger avec Bill. Ce qui me blessait le plus, c'était qu'ils avaient profité de mon absence pour partir en bas. Ils savaient que j'aurais râlé, mais ce n'était pas une raison pour me le cacher. C'était aussi probablement une des raisons pour lesquelles il avait tant insisté pour que je parte quelques jours au loin avec Louisa.

— Tu n'es pas content ?

Cette fois *Urgaïa* avait capté clairement mon état d'esprit.

— Non, je ne suis pas très content ! répondis-je. Bill sait très bien que plonger avec les vieilles capsules est extrêmement dangereux. Il est irresponsable. Qu'il y aille seul ! Mais qu'il emmène avec lui Moïse, c'est impardonnable ! Il met en danger la vie de mon fils !

Je savais que j'étais injuste. Moïse était autant le fils de Bill que le mien. C'était lui qui l'avait amené à bord. Moi, je m'étais ensuite proposé de m'occuper de lui car Bill avait évidemment bien d'autres responsabilités à bord. Mais je ne pouvais réfréner cet autre sentiment de jalousie. J'en eus presque honte devant *Urgaïa*. Ça me faisait parfois du bien de me lâcher ainsi. Je me dis alors qu'*Urgaïa* me servait aussi

169

de psychologue. Tout en essayant de lui expliquer la complexité humaine, je pouvais aussi parler de moi et de choses que je n'aurais dites à personne d'autre, même pas à Louisa. Le fait qu'il soit non-humain en était probablement la raison.

— Ton ami Bill est mal ! reprit-il. Sauf quand il est avec Moïse !

— Oui je sais, admis-je. Il souffre de solitude. Il est tellement seul. Je sais bien qu'il n'est vraiment heureux que durant les rares moments qu'il passe avec mon fils. Moïse est un petit gars exceptionnel.

— Je ne comprends pas comment il peut souffrir de solitude. Votre espèce compte plusieurs de dizaines de milliards d'individus. Comment peut-il se sentir seul ?

— Mais, tu sais, un humain peut être très entouré et se sentir très seul. Être avec d'autres ne suffit pas. Il faut aussi pouvoir partager des expériences, échanger des sentiments. Bill ne se confie à personne. Durant ses moments de complicité avec Moïse, il a quelqu'un avec qui partager son savoir et il se sent utile. De plus, Moïse à beaucoup de plaisir à recevoir ce savoir. Ils ont le droit d'avoir ces moments, même si cela ne me plaît pas toujours. C'est probablement aussi une raison pour laquelle je laisse Moïse plonger avec lui, même si cela me déplaît et me fait râler.

— Vous êtes en concurrence pour une personne, alors qu'il y a en tellement d'autres comme Moïse. Je n'arrive vraiment pas à vous comprendre !

— C'est parce que nous avons tous les deux développé des sentiments envers lui. Les humains n'aiment pas partager les personnes qu'ils aiment !

— C'est justement ce que je ne comprends pas ! insista-t-il.

— La nature humaine et les sentiments ne suivent pas la logique. C'est pourquoi les humains sont si difficiles à comprendre, même par d'autres humains

Pendant près de cinq minutes il n'y eut aucune réponse. Le léger bourdonnement dans ma tête avait disparu, me signalant qu'*Urgaïa* s'était retiré momentanément. Cela lui arrivait de temps en temps lorsqu'il avait du mal à intégrer une information. Elle tournait dans son esprit jusqu'à ce qu'il arrive à en saisir le sens. Au bout des cinq minutes il fut à nouveau là :

— Et toi, es-tu comme Bill, souffres-tu de la solitude ?

— Parfois, dus-je admettre. Mais j'ai Louisa avec qui je partage tout. Et puis, il y a aussi Moïse. Et enfin, je t'ai toi !

170

À nouveau il disparut quelques secondes avant de revenir à la charge :

— Tu veux dire que je suis ton ami ?

— Oui, bien sûr, tu es mon ami, même si parfois tu m'agaces !

— Je suis ton ami comme Louisa ?

— Non, pas comme Louisa. Louisa c'est un peu comme mon autre moitié. Je suis mal quand nous sommes séparés depuis longtemps. Nous partageons tout, et en particulier les émotions.

— Surtout quand vous copulez ! compléta *Urgaïa*.

C'était à mon tour de rester silencieux. Si ce n'avait été *Urgaïa*, j'aurais été choqué. Ainsi, il nous surveillait même dans nos moments les plus intimes… ! Je savais que ce n'était pas de la curiosité malsaine. Il essayait simplement d'apprendre. Il perçut ma gêne :

— J'ai dit quelque chose que je n'aurais pas dû ?

— Non, non, lui mentis-je, espérant qu'il me croirait. Simplement, ce sont des choses qui ne concernent que les couples et qui ne se partagent avec personne d'autre. Même pas avec les amis.

— Vous êtes vraiment des êtres très compliqués! commenta-t-il.

Puis, il rajouta encore :

— Bill va accepter la mission avec les nouvelles capsules, je l'ai perçu dans ses pensées. Moïse a su le convaincre. Donc, on oublie les missiles pour le moment !

Le bourdonnement cessa subitement. *Urgaïa* était reparti sans prévenir. J'avais constaté que cela lui arrivait de plus en plus souvent. Était-il parti cogiter ? C'était très déconcertant. Il insistait pour converser avec moi et, subitement, il disparaissait. C'est comme s'il avait cessé de m'écouter. Son attention semblait avoir été attirée par autre chose. Mais par quoi ? Ou plus grave, par qui ?

Je réalisais que, de plus en plus souvent, c'était lui qui menait les conversations. Il était l'élève et je trouvais normal qu'il me pose beaucoup de questions, mais auparavant j'arrivais toujours à mener la discussion dans la direction que j'avais choisie. Ce n'était plus le cas. Et cette dernière discussion ne fut pas tout à fait à mon goût. Je n'aimais pas beaucoup parler de ma relation avec Bill et encore moins de celle que j'entretenais avec Louisa.

Je savais bien que je n'avais pas été à la hauteur avec mes proches. Et c'était mes élèves qui me le faisaient comprendre, chacun à sa façon. Après Moïse, voilà qu'*Urgaïa* lui aussi me donnait une leçon. C'était vraiment le monde à l'envers !

Je me demandais d'ailleurs combien de temps encore j'allais vraiment le considérer comme mon élève. Il avait beaucoup appris et

171

son psychisme avait lui aussi énormément évolué. De plus en plus souvent, nous nous parlions d'égal à égal et non plus de maître à élève.

Il ne m'avait d'ailleurs même pas laissé le temps d'aborder un sujet épineux. Aménor voulait utiliser tous les moyens possibles pour retrouver Narcisse. *Urgaïa* et ses talents télépathiques étaient un de ces moyens. J'avais d'abord refusé de mêler l'être encore trop naïf à nos histoires compliquées, mais sous l'insistance d'Aménor, j'avais fini par céder et je lui promis de voir ce que je pouvais faire.

Je ne connaissais pas exactement l'ampleur des talents de mon élève, ou plutôt ancien élève et je le soupçonnais de me cacher son pouvoir réel. Ou peut-être ne le connaissait-il pas lui-même. Du moins pour l'instant. Il était peu vraisemblable qu'*Urgaïa* eût eu un contact avec le tyran déchu un moment ou à un autre.

J'attendis donc patiemment qu'il veuille bien me contacter à nouveau. Parfois, ses absences duraient quelques secondes à quelques minutes, d'autres fois il ne revenait que quelques heures plus tard. Je n'osais jamais lui demander où il allait ou ce qu'il faisait, même si ça me démangeait parfois. Inutile de l'appeler mentalement. Lorsqu'il n'était pas connecté à mon esprit, il ne m'entendait pas. Contrairement à lui, je n'avais aucun pouvoir télépathique, j'étais totalement dépendant de sa volonté. Une volonté qui s'affirmait de plus en plus.

Au bout de trente minutes, je n'avais toujours reçu aucun signe de lui. Je décidai d'abandonner et rejoignis Louisa dans nos appartements à l'arrière du vaisseau. Il finirait bien par revenir et j'espérais que je pourrais alors lui poser la question d'Aménor.

# Partie III

# L'âge de la maturité

## Chapitre 19

# Mjöllnir

Yann Farney observait son reflet dans le miroir. Un reflet qui ressemblait plus à celui d'un fantôme que d'une personne bien vivante. Il ne se reconnaissait pas dans cette image. Surtout, il refusait de l'accepter. Sa position de gouverneur lui avait valu un traitement de faveur à son arrivée à la clinique, incluant un appartement pour lui tout seul et surtout un psychologue personnel. Le spécialiste l'avait suivi pendant près d'une année standard. Depuis, il n'avait pas réapparu. Il n'avait d'ailleurs pas servi à grand-chose, si ce n'était une compagnie pour discuter un peu de temps en temps. Neuf ans après, Farney refusait toujours encore d'accepter sa nouvelle vie. Ou plutôt sa nouvelle non-vie !

Et pourtant sa raison lui disait que le visage qu'il voyait dans le miroir était bien le sien. Il essayait d'y lire un signe de remords. Il aurait tant voulu avoir mauvaise conscience, mais ce n'était pas le cas. Il avait lié alliance avec le diable en personne et cela le laissait de glace. C'en était presque effrayant ! Il avait tant changé... !

Ils avaient tous beaucoup changé. La vie avait fait d'eux des monstres. Le *Destructeur d'âmes* était passé par-là. Car c'était bien de lui dont il s'agissait. Il pouvait frapper n'importe qui et à n'importe quel moment. Il n'épargnait personne, même s'il semblait montrer un peu plus d'indulgence avec ceux qui étaient restés sur Terre. Farney se demandait parfois si les *Gaïans* n'avaient pas raison, après tout.

Lorsque le *Destructeur d'âmes* passait, il ne laissait qu'une coquille vide. C'était le cas pour Eléonor Hiria. Atama lui aussi n'était plus que l'ombre de lui-même. Et lorsque l'âme n'était pas totalement détruite, son propriétaire sombrait dans la folie, à l'instar de Virginia. Narcisse lui aussi, à un moment de son passé, avait probablement rencontré le *Destructeur d'âmes*. C'était la seule explication pour son comportement irrationnel. Le *Destructeur* était la vraie plaie de l'humanité, telle la peste qui rongeait les corps, il rongeait les esprits. Pourquoi lui-seul avait-il conscience de la présence du *Destructeur* ?

Après son départ de la Terre, sa décontamination ratée et la perte de la presque totalité de ses capacités physiques, il s'était vu devenir totalement impuissant et inutile. De gouverneur il était devenu déchet de la société. Il avait mis toute son énergie dans la gestion de la clinique, espérant ainsi compenser ce qu'il avait perdu et surtout retrouver une certaine utilité. Mais la clinique n'était qu'une décharge où l'on cachait les ratés de l'exil. C'était un cul-de-sac. On y rentrait mais on n'en sortait plus. C'était une cité de morts-vivants. Son travail n'apportait rien à l'humanité. C'était cette conclusion désespérante qui l'avait poussé à finalement accepter l'offre du diable.

Au début, ça ressemblait à une blague. Il n'avait pas pris au sérieux le premier message. Le second message d'ailleurs non plus. Comment aurait-il pu croire qu'ils provenaient réellement de Narcisse, alors que la grande majorité de ses congénères le croyait bien mort ? Le troisième message prédisait un attentat meurtrier dans la cité de Gilgamesh, sur Ganymède, trois jours plus tard. Il n'y crut pas davantage.

Cependant, son esprit n'avait pas été très tranquille durant ces trois jours. Il avait même songé à avertir la PolRec. Mais il ne voulait pas prendre le risque de se ridiculiser aux yeux de tous avec une fausse information. Il savait qu'il était la cible de plaisanteries au sein même des gouvernements des *Mondes Extérieurs*. Du moins de ceux qui se rappelaient encore de son existence. Il n'allait pas leur donner une raison de plus de se moquer de lui. Et si ce n'était pas un canular, et bien ce n'était pas vraiment son problème. Gilgamesh était une cité lointaine dont il n'avait même jamais entendu parler auparavant.

Il en reçut de plus amples informations après le délai des trois jours, lorsque l'attentat se produisit effectivement. Par conséquent, il prit bien plus au sérieux les messages qui suivirent. Narcisse avait su trouver le moyen de le convaincre que c'était bien lui qui était à l'origine de ces messages.

Tous les autres l'avaient oublié. Même Virginia n'avait jamais tenté de prendre de ses nouvelles, après tout ce qu'il avait fait pour elle ! Alors, lorsque quelqu'un d'important s'intéressa à lui, il trouva cela inespéré. Que ce fût Narcisse ou un autre lui importait peu. Il existait de nouveau aux yeux de quelqu'un. On avait à nouveau besoin de lui.

Il avait longuement réfléchi à la proposition. Elle semblait tellement absurde. Mais si tentante ! Quelque chose d'extrêmement dangereux mais à la fois passionnant se présentait à lui. C'était probablement la dernière fois de sa vie qu'on lui proposait d'intervenir de façon significative, pour ne pas dire radicale, dans la destiné de la race humaine. Après tout, peu importait le camp que l'on choisissait, du moment que c'était celui qui emportait la bataille. Les vainqueurs écrivaient l'histoire, et ils l'écrivaient toujours à leur avantage.

Dans le double fond du tiroir du haut de son bureau se trouvaient tous les détails de l'opération. Les documents étaient conservés dans le petit dossier bleu, le dossier intitulé *Mjöllnir*. L'humanité s'étendait sur des dizaines de mondes autour de Sol, et seuls quelques rares individus, dont lui-même, avaient connaissance de l'épée de Damoclès qui allait bientôt s'abattre sur les enfants éxilés de la Terre.

Les rats ! Jusque là, il avait sous-estimé l'importance des cette espèce dans la colonisation des *Mondes Extérieurs*. Ils étaient les seuls êtres vivants en dehors des humains à prospérer dans toutes les cités dans le système de Sol. Et pour cause ! Cela remontait au tout début de la colonisation. Sur la *Planète Mère*, les humains avaient l'habitude de côtoyer toutes sortes d'animaux, domestiques ou non. Les premières vagues de colonisation les avaient totalement oubliés. Très vite les premiers colons s'étaient habitués à leur nouvel environnement stérile.

Lorsque les générations suivantes décidèrent de corriger l'erreur de leurs ancêtres, ils se rendirent compte que, tout comme les humains restés sur la Terre, les animaux sur la *Planète Mère* étaient porteurs de germes qui risquaient de les propager dans les *Cités Extérieures* et amorcer des épidémies catastrophiques.

La décontamination des animaux s'avérait très coûteuse et très compliquée. Et comme la plupart d'entre eux ne supportaient pas le processus, le projet fut vite abandonné. Bien plus tard, on apprit que trois couples de rats avaient finalement été décontaminés avec succès. Tous les six spécimens se portaient à merveille. On disait que ces trois couples étaient à l'origine de l'ensemble des populations de rats qui prospéraient maintenant dans toutes les cités.

Les rats étaient détestés sur la *Planète Mère*, mais très appréciés sur les *Mondes Extérieurs*. Ils étaient des animaux très intelligents qui s'étaient facilement adaptés à leurs nouvelles conditions de vie, dans les atmosphères raréfiées et froides des cités de glace. Ils étaient même mieux adaptés aux *Mondes Extérieurs* que les humains. Ils étaient de bons nettoyeurs, parfois des compagnons pour les humains en mal d'animaux domestiques, et dans certains cas bien plus rares, ils pouvaient être utilisés pour la nourriture. Lors de crises majeures, lorsque les approvisionnements se faisaient rares, il était fréquent qu'on se rabatte sur la chasse aux rats pour survivre. Et les rats étaient partout. Ils voyageaient de mondes en mondes à bord des vaisseaux. Les humains ne prêtaient aucune attention à eux.

Farney n'avait jamais eu une très bonne opinion de Narcisse. Mais il devait reconnaître que le tyran déchu était un être d'une rare intelligence. Dans l'un de ses derniers messages, l'Uranien lui avait finalement fait part de son plan. Narcisse lui avait expliqué qu'il suffisait de lâcher dans l'espace un seul rat terrestre non décontaminé pour qu'en l'espace de quelques semaines, il contaminât petit à petit dans les colonies tous ses congénères qui, eux-mêmes, contamineraient les humains. S'ensuivrait une épidémie provoquant une immense hécatombe à la fois chez les rongeurs, mais aussi et surtout dans les populations humaines de *l'Extérieur*. Le chaos qui en résulterait serait monumental.

L'idée était à la fois horrifiante et fascinante. En faisant abstraction de l'horreur d'une telle éventualité, Farney réalisa que ce ne serait pas une si mauvaise chose pour la Terre. C'était une occasion unique pour la planète des origines de dominer à nouveau l'univers des humains. Et plus il y réfléchissait, plus l'idée plaisait à Farney !

Il était coincé dans son satané fauteuil à suspensions, et les chances qu'il en sorte un jour étaient quasiment nulles. Personne ne se préoccupait plus de lui. Il était considéré comme déjà mort pour la plupart de ses congénères. Narcisse lui donnait une opportunité unique de se prouver qu'il était encore bien vivant.

Le projet requérait un contact sur Terre, lui aussi assez fou pour se lancer dans cette aventure risquée. Et ils n'eurent pas à chercher longtemps pour le trouver. Qui d'autre qu'un *Gaïan*, haïssant les *Extérieurs* par pure idéologie, ferait un meilleur allié ?

Les *Gaïans* avaient été ses ennemis autrefois. Mais c'était dans son autre vie, avant sa rencontre avec le *Destructeur d'âmes*. Arriver à prendre contact avec les *Gaïans* n'avait pas été une mince affaire. Mais Farney avait encore quelques contacts utiles sur Terre, même si ces derniers se faisaient rares. Et ils étaient ravis de se remettre au travail comme dans le bon vieux temps. Farney, l'ancien gouverneur moribond, exilé dans son mouroir sur Lune, avait réussi là où le puissant gouverneur Kovalsky et sa machine de guerre avaient échoué : il était entré en contact avec le chef des *Gaïans*. Rien que pour cette prouesse, il éprouvait déjà une certaine fierté.

◆◆◆

Le Doc avait accompli sa part du contrat. Le paquet avait été livré au cosmoport de Sydney. Maintenant ce n'était plus de son ressort. La jeune et naïve Myriam était aussi en chemin. Il lui fallait bien plus de temps pour arriver à destination. Elle était partie depuis plusieurs semaines. Ou étaient-ce des mois ? Le Doc avait pratiquement oublié la jeune fille. Tel était son destin. Passer inaperçue et oubliée de tous. C'est pourquoi elle était parfaite pour la mission. En songeant à elle, il se demandait où elle pouvait bien être, avec qui ? Avait-elle déjà atteint son but ? Avait-elle rencontré l'Uranien ? Était-elle seulement encore en vie ? Penser à la jeune fille lui cassa le moral et il s'empressa de la remettre là où elle n'aurait jamais dû sortir, dans l'oubli. Il était soulagé d'avoir accompli sa part du marché. Collaborer avec l'ennemi n'avait jamais été sa tasse de thé.

Il avait été très surpris de la proposition d'alliance avec Farney et l'Uranien. Il avait pourtant l'habitude des surprises et se félicitait de toujours avoir réponse à tout. Mais la situation était si inattendue qu'il en resta coi. Ses propres ennemis lui proposaient de lui offrir sur un plateau ce pourquoi il se battait depuis des années. Et il lui suffisait de livrer un paquet surprenant au cosmoport de Sydney. Son hésitation était justifiée. En même temps, c'était tellement tentant, voire trop beau pour être vrai. Il pouvait très bien s'agir d'un piège, ourdi par Kovalsky. Mais si ce n'était pas un piège, c'était une occasion qu'il ne pouvait pas se permettre de manquer. C'est pourquoi il avait accepté de jouer le jeu.

◆◆◆

Kovalsky était plongé dans le dernier rapport de Philipp Sandman. Son espion chez les *Gaïans* l'informait que ces derniers étaient en train de préparer un gros coup. Il ne savait pas de quoi il s'agissait. Il était question d'un paquet qui devait être livré. Où ? À qui ? Il ne le savait pas. Mais ce devait être une action exceptionnelle. Le Doc n'avait jamais été aussi excité. Il avait parlé de la fin de la domination des *Extérieurs*. Kovalky se demanda s'il n'était pas l'heure d'en finir avec la secte une fois pour toutes en envoyant l'armée. Peut-être avait-il déjà attendu trop longtemps. Il avait repoussé sa décision en espérant recevoir le plus possible d'informations sur la secte et de tous ses liens sur Terre et avec *l'Extérieur* s'il y en avait.

Kovalky savait que Sandman faisait de son mieux. Son travail avait déjà été bien utile, mais depuis des mois, ils n'avançaient guère. Le Doc était très prudent, et ne se livrait que très peu. Même à ses proches. Oui, il était temps de couper la tête à la secte, quitte à ne pas en identifier tous les membres. Sans la tête, ils seraient beaucoup mois dangereux. Sa décision était prise. Dès qu'il en saurait plus sur le fameux paquet, il donnerait l'ordre à l'armée de frapper.

Ses pensées furent interrompues par le signal d'appel de son com. C'était Yann Farney qui essayait de le joindre. Cela faisait bien longtemps qu'il n'avait pas eu de contact avec son ancien collègue. Il accepta l'appel et le visage émacié et grisâtre de l'ancien gouverneur apparut sur l'écran. Quelque chose avait changé dans son expression. Quelque chose de subtil que Kovalsky n'arriva pas à définir.

— Bonjour collègue, lui lança-t-il en essayant de ne pas montrer son animosité. Cela fait bien longtemps que vous ne m'avez donné de vos nouvelles. Que puis-je faire pour vous ?

Farney ne prit pas la peine de renvoyer le bonjour. Il ne releva pas non plus l'insinuation à son ancien poste de gouverneur, dans sa vie passée. Kovalsky était toujours aussi prétentieux, mais ça n'avait aucune importance.

— J'aurais besoin que vous me donniez un petit coup de pouce, répondit-il simplement.

Kovalsky parut intrigué. Il demanda :

— Un coup de pouce, moi ? Mais quel genre de coup de pouce ?

— J'ai urgemment besoin de fournitures pour la clinique. Et mon vaisseau est encore bloqué à Sydney. Les services de sécurité n'ont pas encore fait leur inspection. Peut-être pourriez-vous passer outre et donner l'ordre de laisser mon appareil décoller ?

— Vous savez que nous avons nos raisons pour vérifier tous les vaisseaux en partance de la Terre !

— Je comprends parfaitement vos raisons. Mais vous pourriez faire une exception. Ce vaisseau n'est destiné qu'à la clinique. Quel danger pourrait-il représenter ? Et nous avons absolument besoin des fournitures. Nous parlons ici de vies humaines !

Farney se devait de convaincre son interlocuteur. Il jouait un coup de poker. Il risquait de porter l'attention sur le vaisseau, mais c'était le meilleur moyen de faire quitter la Terre au paquet sans prendre le risque qu'il soit détruit. Dans son ancienne vie, il avait été très fort dans la diplomatie et savait convaincre. Il espérait qu'il lui restait quelque chose de ses anciens dons. Le *Destructeur d'âmes* n'avait peut-être pas tout emporté… !

Kovalsky sembla hésiter. C'était bon signe. Farney allait jouer sur sa corde sensible. Il reprit :

— Vous ne pouvez pas laisser mourir des gens ici, juste pour des raisons administratives. Il vous suffirait de donner un ordre. Je sais que vous vous en fichez, de tous ces ratés de la décontamination. Mais je refuse de les abandonner !

Dans son for intérieur, Farney était assez content de lui. Kovalsky ne pouvait pas ne pas céder.

— Bon d'accord, je le fais ! répondit Kovalsky, résigné.

Farney faillit oublier de le remercier avant de couper le contact. Cinq minutes plus tard, Kovalsky donna l'ordre d'autoriser le départ du vaisseau pour la Lune. Il avait des choses bien plus importantes à régler et oublia vite l'incident. Il se replongea dans son problème de *Gaïans*.

◆◆◆

*Mjöllnir* est le marteau de Thor, le dieu de la foudre et du tonnerre dans la mythologie nordique de l'ancienne Terre. Il fut forgé avec un manche trop court. Pendant sa forge, le dieu malicieux, Loki, s'était transformé en mouche et était allé distraire le nain qui forgeait le marteau. Malgré cela, le marteau de Thor était devenu l'arme la plus puissante des dieux, et symbolisait la protection de l'univers face aux forces du chaos. Les géants qui étaient les plus grands ennemis des dieux, furent régulièrement abattus par Thor grâce à son *Mjöllnir*.

Narcisse aimait s'identifier à Thor. Comme l'illustre dieu, Narcisse se sentait invincible. Tels les géants d'autrefois, ses ennemis n'avaient jamais réussi à l'abattre. Et l'heure était venue de les frapper avec son arme absolue, son *Mjöllnir*.

La capsule était enfin partie et filait à travers l'espace à vive allure. Elle n'était pas bien grande. Un cylindre de cinq mètres de long pour à peine deux mètres de diamètre. Elle tournait lentement sur elle-même. Les forces centrifuges créaient ainsi une pesanteur artificielle à l'intérieur.

Les vingt occupants avaient assez d'air de nourriture pour survivre les longues semaines que durerait leur voyage. Et même s'ils ne survivaient pas, les germes qu'ils portaient sur eux survivraient. La capsule n'était mue par aucun moteur. Elle avait été larguée discrètement par un vaisseau quittant les abords de la Terre et dérivait passivement vers sa destination. Il était impossible de repérer un petit objet froid dans l'immensité du vide spatial. À moins de connaître les coordonnées précises de sa trajectoire. Myriam avait cette information. Sa mission était de la livrer à Narcisse.

# Chapitre 20

# Dido

Maya survolait sans doute l'un des mondes les plus étranges qu'elle eût visité. Pourtant, durant ses longs périples elle avait eu l'occasion de voir des endroits extraordinaires, et d'autres très mornes, très tristes. Iapetus n'était rien de tout cela. C'était un monde improbable. Il orbitait autour de Saturne, mais à une très grande distance, loin des autres lunes de la planète aux majestueux anneaux. Si loin même qu'elle ne faisait même pas officiellement partie de l'Union Saturnienne régie par le gouverneur Bartolu. Et puis, son orbite par rapport aux autres lunes était très inclinée. Cet astre ne semblait vraiment pas faire partie de la famille des lunes de Saturne. Était-ce un vagabond tombé dans le champ de gravitation de Saturne, alors sur son chemin ?

C'était un petit monde comparé aux mondes de Jupiter, mais il avait une taille respectable pour un monde saturnien, et était presque aussi grand que les plus grands mondes uraniens Titania et Obéron. Iapetus ne ressemblait pourtant ni à Titania, ni à Obéron. Ce qui rendait Iapetus si étrange, c'était la différence de teinte entre l'hémisphère situé à l'avant de sa trajectoire autour de Saturne, et l'hémisphère arrière. L'hémisphère avant était noir comme du charbon alors que l'arrière était blanc comme neige. La frontière entre ces deux hémisphères n'était pas absolument nette, mais constituée de dessins noirs ou blancs. Les motifs très complexes s'enchevêtraient, sans jamais se mélanger.

Maya aurait été incapable de dire s'il s'agissait de motifs noirs sur fond blanc ou de motifs blancs sur fond noir. Lorsqu'on s'éloignait de cette frontière, le noir prenait le dessus d'un côté, le blanc de l'autre. L'artiste sidéral qui avait réalisé ces peintures avait gardé son secret. Maya se dit que c'était probablement le même que celui avait sévi sur les lunes d'Uranus, bien que les dessins sur Iapetus fussent beaucoup plus complexes et étonnants.

Et puis, il y a avait la grande chaîne montagneuse équatoriale. Elle s'étendait sur presque tout le pourtour de la petite planète. Elle n'était interrompue que là où les titanesques cicatrices d'impact en ont effacé la trace. Les plus hauts sommets comme Valterne Mons culminaient à plus de vingt kilomètres. Ces structures étranges étaient à l'origine de bien des fantasmes au sujet de ce monde. Les rumeurs colportaient que Iapetus était un monde artificiel, créé de toutes pièces par une civilisation étrangère. Une station spatiale venue d'une autre galaxie et dont l'intérieur, creux, eût été habité par des êtres extra-ordinaires qui épiaient les humains depuis des millénaires. Maya qui pensait que toute rumeur était basée sur un fait réel avait donc décidé de venir jeter un coup d'œil. La surface étonnante de ce monde suffisait largement à expliquer les fantasmes et tout cela n'avait probablement rien à voir avec Narcisse.

Le survol de la région sombre lui rappela aussi celui de la Lune Noire d'Uranus, Umbriel. Ces deux mondes mystérieux avaient beaucoup de points communs. À la place d'un hémisphère entier blanc éclatant, Umbriel avait son anneau de glace au fond du cratère Wunda. Le peintre sidéral avait dû s'entraîner sur Umbriel avant de venir accomplir une œuvre bien plus complexe sur Iapetus.

Maya réalisa que chacune des planètes géantes avait au moins une lune noire. Jupiter avait Callisto et Neptune, Protée. Et aucune de ces lunes n'avait été colonisée par les hommes. Ce n'était probablement pas un hasard. Tout comme sur la Terre certaines proies signalaient leur venimosité aux prédateurs par une débauche de couleur, dans l'espace, le noir avait la même fonction. Probablement par superstition, les humains évitaient de s'installer sur une lune noire. Les humains avaient testé à leurs dépens une lune noire. Jamais ils ne referaient l'erreur d'Asgard une seconde fois.

Tout en réfléchissant, Maya continuait à observer le paysage fascinant qui se déroulait sous ses yeux. L'*Odysseus* survola un gigan-tesque éboulement. Une falaise de plusieurs dizaines de kilomètres de hauteur s'était effondrée il y avait très longtemps et les débris recouvraient la moitié de la surface d'un cratère qui se trouvait à son pied. Les falaises noires de Iapetus n'étaient pas engageantes, et Maya n'eut aucune envie d'aller y grimper.

Maya réalisa que Iapetus n'abritait pas Narcisse. Il fallait chercher ailleurs. En s'éloignant, elle se dit encore que les mondes de glace recelaient encore bien des mystères. Les humains qui les avaient colonisés ne semblaient pas beaucoup s'intéresser à eux. Ils passaient leur temps à se chamailler plutôt que de s'intéresser davantage à leur environnement. Maya se promit d'en toucher un mot à Aménor. La Fédération avait tout intérêt à lancer des projets d'étude de tous ces mondes passionnants.

Elle décida de retourner du côté de Dido, la cité où Hurley avait été vu pour la dernière fois. La PolRec avait fouillé Dido de fond en comble, mais peut-être avec son œil expert, y remarquerait-elle quelque chose que la PolRec n'avait pas vu. Quelque chose de subtil qui n'aurait à priori rien à voir avec Narcisse mais qui pouvait sembler assez étrange pour attirer son intérêt.

Hurley avait probablement laissé une arrière-garde sur place. Celle-ci s'était faite très discrète. C'est pourquoi il avait été décidé de laisser sur place un bureau de la PolRec, situé dans les bâtiments du cosmoport. Les officiers de l'antenne locale de la PolRec surveillaient en permanence les allées et venues via le cosmoport de Dido, à l'affût de tout ce qui pouvait sembler suspect. Il y avait des centaines de rapports à analyser là-bas. À son grand désespoir, elle allait à nouveau devoir s'asseoir derrière un bureau et lire de la paperasse. Elle rageait d'avoir perdu tout ce temps précieux avec ses déplacements. En même temps, elle avait besoin de bouger.

◆◆◆

Le lieutenant Anatole Toussaint venait de recevoir les nouveaux ordres. Le responsable du bureau de la PolRec de Dido ne savait pas comment les interpréter. Il était en poste depuis trois années standard et le message qu'il venait de recevoir ressemblait fortement à un désaveu. Il s'y attendait depuis plusieurs mois, puisque depuis trois années d'étude de milliers de registres, ils n'avaient pas trouvé la moindre trace d'une quelconque activité suspecte. Le travail avait été rendu d'autant plus difficile que l'activité du cosmoport de Dido s'était considérablement accrue les dernières années avec l'arrivée en masse des exilés Terriens. Il avait même fini par recruter à mi-temps un agent de l'immigration qui était en contact direct avec les voyageurs. Le sous-lieutenant Donald Marcos ne rechignait pas à la tâche. Toussaint était persuadé que s'ils n'avaient rien trouvé pour le moment, c'est qu'il n'y avait rien eu à trouver. Et voilà qu'on lui annonçait l'arrivée imminente de la Générale Andrades.

◆◆◆

Dido n'était plus très loin. Au-dessous de *l'Odysseus*, défilaient les falaises d'Eurotas. Dioné aussi était un monde de falaises, lui signalant que la petite lune aussi était encore un monde actif. Pas autant que l'exubérante Encelade avec ses geysers de glace qui s'élevaient à plusieurs centaines de kilomètres au-dessus du Pôle Sud, mais elle était active tout de même. Les nombreuses falaises de Dioné

182

lui rappelaient les falaises de Miranda et, plus particulièrement, elle repensait à sa petite visite du mur de Verona avec le gouverneur Mirelli. Oui, dans un futur proche, elle se ferait une petite tournée d'escalade dans le système de Sol.

Vingt minutes plus tard, *l'Odysseus* se posait sur le tarmac de Dido. Maya n'était pas de bonne humeur et l'accueil glacial du lieutenant de la PolRec locale n'avait rien arrangé. Il avait visiblement pris son arrivée comme un affront personnel, une remise en cause de ses compétences à la direction de l'antenne saturnienne de la PolRec. Maya n'avait ni le temps, ni d'ailleurs l'envie de lui expliquer que ce n'était pas le cas. Les locaux de la section locale de la PolRec étaient exigus et glauques. Ils se résumaient en quatre petites pièces sans fenêtres, situées dans les sous-sols du complexe du cosmoport. Un désordre indescriptible régnait dans cet espace sombre. Une dizaine de personnes travaillaient là, toutes concentrées sur les papiers. Une seule personne, qu'on lui présenta comme le sous-lieutenant Marcos, daigna lever les yeux et lui adresser un sourire à son arrivée. Les autres n'avaient prêté aucune attention à elle. Étaient-ils trop concentrés sur leur travail ou était-ce un geste délibéré ?

Toussaint lui avait libéré une place derrière un petit bureau situé au fond de la pièce principale. C'est résignée que Maya décida qu'elle y passerait les prochaines semaines. Les jours qui suivirent se ressemblèrent au détail près. Après une matinée à lire et relire les registres et autres procès verbaux, elle allait se dégourdir les jambes en se promenant dans le cosmoport, tout en observant ce qui se passait autour d'elle. L'endroit grouillait de partout. Elle comprenait mieux la tâche ingrate de Toussaint et de ses hommes à essayer de trouver quelque chose de subtil dans cette fourmilière. Autant chercher une aiguille dans une botte de foin ! Elle se promit de faire un effort avec le lieutenant.

Le sous-lieutenant Marcos n'était que rarement visible dans les locaux de la PolRec, au grand regret de Maya. Donald Marcos était bien plus souriant que son supérieur direct. Maya avait remarqué que c'était aussi lui qui semblait travailler le plus, même s'il n'était que rarement présent. Maya aurait aimé travailler davantage avec lui. Il arrivait tôt le matin. Il était toujours le premier. Il ne venait que le matin. L'après midi il s'occupait à la surveillance des entrées au cosmoport.

Il avait postulé à la PolRec pour compléter son salaire. L'engager était probablement ce que Toussaint avait fait de mieux depuis qu'il était en poste. En tant qu'agent de l'immigration, Marcos était aussi le mieux placé pour remarquer s'il se passait quelque chose d'anormal. Maya désirait avoir une petite conversation avec lui. Et cela n'avait rien à voir avec le fait qu'elle n'était pas insensible à son sourire charmeur. Il était grand et svelte comme tout *Extérieur* qui se respecte. Ses beaux cheveux noirs tombaient sur ses épaules. Il était clair qu'il faisait un effort certain pour séduire. Il était toujours très bien habillé. Il faisait beaucoup plus jeune que son âge. *Au moins dix ans de moins*, estima Maya.

Il était presque l'heure d'aller dîner et Maya avait faim. Elle n'avait rien avalé depuis la veille, trop affairée à parcourir les rapports. Elle décida de tenter sa chance. Ce fut un peu gênée qu'elle proposa au charmant sous-lieutenant de l'accompagner. S'il fut surpris, il ne le montra pas.

— Je connais un petit coin sympa pas trop loin, proposa-t-il en guise de réponse.

— Ce sera parfait, répondit-elle, n'arrivant pas à cacher sa joie.

Quinze minutes plus tard ils étaient assis autour d'une petite table de bistrot, dans un coin très calme du Grand Hall, loin du passage incessant des voyageurs et autres employés du cosmoport.

— L'ambiance est plus détendue ici que dans les bureaux de la PolRec, commença-t-il, histoire de briser le silence. Il arborait toujours son magnifique sourire.

— C'est sûr, répondit-elle. Toussaint n'est pas très doué pour mettre l'ambiance !

— Oh ! Vous savez, ce n'est pas un mauvais gars. Il a beaucoup de responsabilités, il est sous stress permanent ! Ce n'est pas un boulot facile de bosser à la PolRec, par les temps qui courent.

Maya apprécia le professionnalisme de cet homme qui défendait son supérieur, alors même qu'il était conscient des compétences réelles du lieutenant. Elle était assez intimidée et hésitait.

— Si j'ai bien compris, vous n'êtes que partiellement à la PolRec?

— Oui, en fait mon vrai travail est aux services d'immigration du cosmoport. Mais lorsque j'ai vu que Toussaint recrutait des collaborateurs, j'ai postulé. Ça aide beaucoup à finir les mois. Et puis, ça arrange beaucoup Toussaint d'avoir un collaborateur qui travaille aussi à l'immigration. J'ai accès à des données qui lui sont très utiles.

— Je comprends. C'est aussi pour cela que j'ai voulu parler avec vous. Vous voyez les gens arriver et partir, peut-être avez-vous remarqué quelque chose de spécial ces derniers temps.

— Il y a vraiment beaucoup de passage. Tous les jours, il se passe quelque chose de spécial ici. Dido est la capitale économique des Mondes de Saturne. Samarkhand n'est qu'une petite cité ! C'est juste la résidence du gouverneur, mais économiquement parlant, elle ne compte pas beaucoup.

— Et c'est pour cette raison que tous les trafics doivent aussi se faire ici.

— Ce n'est pas certain, la police est plus à l'affût ici que dans les petites cités sur les autres lunes. Si j'étais un trafiquant, j'irai plutôt faire mon business ailleurs, comme par exemple du côté de Pelion !

Non seulement il était charmant, mais aussi très intelligent. Si seulement il était à la place de Toussaint, rêva-t-elle. Ils discutèrent encore un bon moment de la politique locale avant que Marcos n'interrompe ce moment de détente pour rejoindre son travail de l'après-midi. Le temps était passé si vite. C'est un peu déçue que Maya retourna seule dans les bureaux de la PolRec.

Sept jours après son arrivée, elle reçut l'invitation à la tour. Le gouverneur Batolu était de passage à Dido et désirait la rencontrer. Ils ne s'étaient plus revus depuis la conférence à Memphis, neuf ans plus tôt. Le petit gouverneur avait fait du bon boulot autour de Saturne depuis, et passait beaucoup de temps à voyager entre les lunes dont il avait la charge. Ils se retrouveraient à la tour centrale, chez le maire de la ville, Madeleine Castillo. Cela la changerait de la routine quotidienne. En une semaine, elle n'avait rien trouvé de probant. Elle hésitait, se demandant si elle ne perdait pas son temps en cet endroit. Malheureusement, elle n'avait pas d'autre piste à creuser. Elle se donna un mois pour réussir avant d'abandonner la piste.

◆◆◆

Le maire Castillo l'accueillit aimablement sur le perron de la tour. Elle lui offrit de se rendre dans son bureau pour y attendre le gouverneur qui n'allait plus tarder. C'était la première fois que Maya se rendait dans la cité de Dido proprement dite. Le cosmoport se trouvait à plus de vingt kilomètres et le trajet lui parut très long.

— En attendant l'arrivée du gouverneur, puis-je vous proposer un café ? demanda le maire.

Maya accepta l'offre avec joie. Madame le maire disparut quelques minutes dans une pièce attenante, le temps de préparer le breuvage. Maya remarqua avec plaisir que le maire n'avait pas de serviteur à sa disposition et préparait elle-même le café. Elle aimait bien les gens simples. Une odeur agréable commençait à chatouiller ses narines. Elle profita de ce petit moment de solitude pour étudier la pièce. L'endroit était d'une propreté impeccable. Rien de superflu, aucun bibelot inutile ne l'encombrait. Lorsque le maire réapparut, elle avait entre les mains un grand plateau avec deux grosses tasses fumantes contenant le breuvage qui sentait si bon. Elle vint s'installer à côté de Maya sur le canapé bleu et posa le plateau sur la petite table basse située devant elles. Elle était bleue aussi, tout comme la combinaison que portait son hôtesse. Maya en conclut que le maire Castillo aimait le bleu.

— Le gouverneur sera un peu retard ! commenta-t-elle avec un grand sourire, histoire de briser le silence.

— J'ai l'impression que Bartolu court après le temps, répondit Maya, en lui rendant son sourire.

— En attendant, parlez-moi de vos recherches. Avez-vous trouvé quelque chose ? demanda le maire.

Maya semblait surprise. Elle ne savait pas que Madeleine Castillo était au courant de sa mission. Madeleine remarqua l'étonnement de Maya.

— Eh oui, je suis dans le secret. Vous pouvez parler sans problème. Toussaint est un ami, vous savez !

Elle continuait à sourire, assez heureuse de son effet.

— Je ne vous vois pas amie avec le lieutenant, se contenta de répondre Maya, un peu maladroitement.

— Toussaint est un type bien, répondit le maire, toujours avec son grand sourire. Elle reprit :

— Je sais que les choses ne se passent pas si bien entre vous, mais vous devez le comprendre. Toussaint est coincé ici depuis trois ans maintenant, à faire un travail de fourmis. Un travail très ingrat. Et voilà que vous arrivez avec vos gros sabots et la prétention de faire mieux.

— Ce n'était pas mon intention, répondit Maya.

— Je sais bien, et je crois que lui aussi le sais bien, mais sa réaction reste compréhensible.

— Et comment se fait-il que vous soyez dans la confidence ? osa demander Maya.

— Je travaille avec le gouverneur Bartolu depuis des années. C'est lui qui m'a convaincue de prendre en main la mairie de Dido. Il me fait confiance et nous n'avons aucun secret l'un pour l'autre !

— Ah ! Je vois, il n'est pas si célibataire que ça, notre ami le gouverneur, répondit Maya avec une touche d'ironie.

186

Elle aurait juré avoir vu un léger rougissement du visage de son interlocutrice. Le maire reprit :

— Vous savez que Dido est un endroit stratégique. Je suis les yeux et les oreilles de Bartolu ici.

C'est à ce moment que le gouverneur arriva. Le petit homme était très bien élevé et salua poliment Maya avant de serrer le maître des lieux dans ses bras. Il s'installa dans un fauteuil bleu situé de l'autre côté de la table basse.

— Je vais refaire du café, vous en reprendrez ? proposa Madeleine en se dirigeant vers la pièce adjacente qui était probablement une cuisine.

Maya ne refusa pas. Le breuvage était un délice. Lorsque tous les trois furent installés autour de leur café, la discussion put reprendre. Après les banalités d'usage, on se remit à parler de la mission de Maya.

Ce fut Bartolu qui relança le sujet :

— Alors, vous avez trouvé quelque chose ? demanda-t-il.

— Malheureusement rien pour l'instant, avoua Maya.

— Narcisse doit pourtant se trouver quelque part ! ragea Madeleine.

— Oui, mais je ne pense pas qu'il soit dans les parages ! répondit Bartolu.

— Qu'est ce qui vous fait penser à cela ? demanda Maya, intéressée.

— Depuis des mois je voyage entre les lunes. Sur chacune d'elles, j'ai des hommes à l'affût. Personne n'a rien remarqué.

— Même pas à Pelion ? osa Maya.

— Pelion est effectivement un repaire de brigands. Mais ils ne sont pas dangereux. Rien à voir avec Narcisse et ses sbires. Mais qui vous a parlé de Pelion ?

— C'est le second de Toussaint qui m'a dit que si on cherchait des trafics illégaux, c'était là-bas qu'il fallait aller regarder.

— Ah oui, le beau Marcos, soupira Madeleine.

Cette remarque ne fut pas du goût de Bartolu, qui lui jeta un regard sévère. Elle répondit par un rire. Bartolu brisa le silence gênant :

— Marcos est effectivement une bonne recrue. Il n'a pas complètement tort, mais Pelion est sous surveillance discrète. Nous connaissons la plupart des brigands qui y sévissent Nous fermons parfois les yeux sur certains petits délits et ils nous aident à traquer Narcisse et Hurley. Ce sont eux qui ont le plus de chances d'apprendre quelque chose sur les milieux clandestins. Narcisse n'est pas à Pelion !

– J'ai aussi fait un petit survol de Iapetus, dit alors Maya, avec sourire. Un endroit très étrange !

– Très étrange en effet, répondit Bartolu. Nous avons de la chance d'avoir beaucoup de perles autour de Saturne. Je suis ravi d'habiter ici. Je ne suis pas sûr que vous trouveriez de telles extravagances ailleurs, continua-t-il fièrement.

– Mais détrompez-vous, le contredit-elle.

Elle lui décrivit alors les extravagances des lunes d'Uranus, ainsi que celles des lunes de Jupiter qu'elle n'avait pourtant pas eu vraiment l'occasion de visiter.

– Et il paraît que Triton autour de Neptune est un monde encore plus étonnant ! crut bon de rajouter Madeleine, pour enfoncer le clou.

– Oui, la nature est surprenante, se contenta d'admettre Bartolu, légèrement vexé.

– Pourquoi Iapetus a-t-elle été tant négligée, à ma connaissance elle n'a jamais été colonisée ? demanda Maya, pour changer de sujet et relancer Bartolu.

– L'orbite de Iapetus est très lointaine et surtout inclinée. Les vaisseaux doivent s'éloigner de l'équateur de Saturne pour s'y rendre, ce qui coûte un peu plus en énergie. Et puis, il y a le syndrome Callisto. Le terrain sur Iapetus est instable comme en témoignent les nombreux affaissements.

– Est-ce dû au fait qu'une partie du terrain est si noire ?

– Oui, répondit Bartolu. Comme sur Callisto, le sol sombre absorbe mieux la chaleur et les glaces qui s'y trouvent se subliment, le rendant instable. Saviez-vous que, durant le jour, la face sombre est plus chaude de trente degrés que la face claire ?

– J'avoue que je ne le savais pas. Je pensais que c'était plus par superstition que l'on n'avait jamais colonisé ces mondes. Je suppose que c'est pour la même raison que la troisième lune d'Uranus, Umbriel, est elle-même vierge de toute colonisation.

– Chaque planète a sa lune maudite, sa lune noire ! intervint Madeleine.

Ils réalisèrent qu'en fin de compte, les mondes qui orbitaient autour des planètes géantes n'étaient pas si différents que cela, même s'ils avaient chacun leurs particularités. Après un petit silence, Maya en revint au sujet qui l'avait amenée à Dido.

– Alors, d'après vous, Narcisse ne se cache pas autour de Saturne. Mais où alors ?

– Je n'en sais rien, répondit le gouverneur. Peut-être se trouve-t-il encore quelque part autour d'Uranus.

– Non, je suis certaine qu'il n'y est plus, répondit Maya, sûre d'elle.

– Ni Uranus, ni Saturne ! Mais finalement nous avançons ! constata Madeleine.

– Alors, Jupiter ? demanda Bartolu.

– Probablement pas, répondit Maya. On l'aurait remarqué.

– La ceinture d'astéroïdes ? demanda Madeleine.

– Il y a effectivement une forte chance que Narcisse se soit réfugié là-bas. Maya se rappela sa visite de Vesta. Elle se demandait si la petite communauté religieuse de Vesta existait encore. Probablement rien n'y avait changé.

Bartolu reprit, laconiquement :

– Il y a des millions d'astéroïdes dans la ceinture. Comment pourrait-on le retrouver ! C'est presque impossible !

– Oui, est c'est pourquoi nous devons continuer nos recherches ici. Il y a forcément quelqu'un à Dido qui sait quelque chose et qui pourrait nous mener à lui. Nous devons trouver ce quelqu'un ! Je ne vois pas d'autre moyen de retrouver sa trace. À moins de compter sur une erreur de sa part, mais ce n'est pas le genre de Narcisse. Hurley est moins subtil, il aura peut-être laissé traîner des indices avant son départ. Il est parti si vite. Je suis sûre qu'il a encore des hommes à lui ici.

Les jours suivants, Maya s'était remise au travail dans les locaux de la PolRec. Ses relations avec le lieutenant Toussaint s'étaient beaucoup améliorées. Elle suspectait Marcos d'y être pour quelque chose. À moins que ce ne fût Bartolu, ou le maire Castillo. Elle en était à son vingtième procès verbal lorsque enfin elle tomba sur quelque chose d'assez inhabituel pour être intéressant. Marcos n'étant pas là, elle interpella Toussaint, assis à son propre bureau, de l'autre côté de la pièce. Tous cessèrent immédiatement leur travail et elle sentit tous les regards tournés vers elle.

Tout en se levant pour venir à son bureau, il lui demanda :

– Vous avez quelque chose ?

— Je ne sais pas, admit Maya, mais ça vaut peut-être la peine d'être creusé.

Elle lui tendit le papier en question. Une corporation d'architectes en transit au cosmoport avait signalé la disparition de l'une de leurs collègues.

— C'est effectivement quelque chose de nouveau. Mais y aurait-il un rapport avec ce que nous cherchons ?

— Les chances sont faibles, mais c'est tout ce que nous avons. Peut-être a-t-elle vu quelque chose de gênant au cosmoport et quelqu'un l'aura fait disparaître !

Maya était consciente que cette hypothèse n'avait aucun fondement. Mais elle voulait s'accrocher à toutes le pistes possibles, fussent-elles très minces. Ils devaient tout vérifier. Ils ne pouvaient pas se permettre de passer à côté de quelque chose. La stabilité de la Fédération était en jeu.

— Je vais rassembler tout ce que nous avons au sujet de cette disparition, proposa le lieutenant.

◆◆◆

Les installations du cosmoport d'Ithaca étaient des plus modernes. C'était devenu le cosmoport principal de Téthys. C'est par-là qu'arrivaient tous les vaisseaux depuis les autres mondes. Pour se rendre dans les autres cités, il fallait ensuite prendre des navettes. C'est dans l'une d'elles que se trouvait Maya. Elle avait retrouvé la trace de la corporation. Le groupe des architectes se trouvait encore dans la petite cité de Mentor vers laquelle elle se dirigeait à toute allure. Par les hublots elle put découvrir les paysages blancs ennuyeux de Téthys. Encore un nouveau monde à son actif, pensa-t-elle, songeuse. Elle réalisa que tous les mondes qu'elle avait visités étaient suffisamment différents pour qu'elle les reconnaisse facilement à leurs paysages.

La petite navette arriva à Mentor trente minutes plus tard. Il lui fallut une heure de plus pour trouver le bureau provisoire de la corporation. Il était situé dans un bâtiment dont il manquait encore les étages supérieurs. Toute la cité était encore en chantier. Elle pénétra dans le bâtiment et montra sa carte de la PolRec au premier ouvrier qui croisait son chemin.

— Qui est le responsable ici ! demanda-t-elle un peu sèchement.

L'homme en question n'émit aucun son. Il paraissait à la fois surpris et apeuré. Il se contenta de désigner du doigt un homme trapu qui semblait concentré sur un plan. Elle se dirigea vers lui, oubliant de remercier son interlocuteur. Elle était très anxieuse. Elle espérait que cette piste ne la mènerait pas, elle aussi, vers un cul-de-sac.

— Excusez-moi de vous déranger, pourrais-je vous poser quelques questions ? demanda-t-elle à l'homme trapu, tout en montrant sa carte.

Ce dernier était si concentré sur son plan qu'elle fut obligée de reposer sa question.

— Argh, excusez-moi, répondit-il, visiblement surpris de sa présence. C'est à quel sujet ?

— Vous avez signalé la disparition de l'une de vos collègues, il y a quelques temps, lui répondit Maya.

— Ah ! Je vois, reprit l'architecte, et c'est après tout ce temps que vous finissez finalement à vous intéresser à l'affaire ? demanda-t-il sur un ton sarcastique.

— Mieux vaut tard que jamais ! se contenta de répondre Maya, sur le même ton sarcastique.

Elle reprit :

— Que pouvez-vous me dire sur cette disparition ?

— Oh ! Pas grand-chose, répondit l'homme, laconique. Elle était avec nous depuis plusieurs mois, et subitement elle n'était plus là. Je ne peux rien dire de plus !

— Mais qui était-elle ? D'où venait-elle ? insista Maya.

Il lui raconta comment il l'avait rencontré, sur Mars, comment il avait eu pitié d'elle et l'avait engagée.

— Elle faisait du bon travail et ne se plaignait jamais. Mais elle restait très distante et ne parlait jamais d'elle.

— C'est tout ce que vous pouvez me dire ?

Après une petite minute de réflexion l'architecte ajouta :

— Et elle avait récemment quitté la Terre.

— Elle vous l'a dit ?

— Non, mais elle avait encore les rougeurs caractéristiques sur son visage et sur ses bras. Il n'y a aucun doute à ce sujet.

— Vous a-t-elle au moins dit son nom ?

— Myriam, c'est tout ce que je sais.

Maya savait qu'elle n'en apprendrait pas plus. Elle remercia l'homme trapu et décida de retourner à Dido. Cette Myriam l'intéressa beaucoup. La piste ne s'était pas totalement éteinte. Si elle avait quitté la Terre récemment, il devait y avoir des traces de son départ dans les registres. Kovalsky sur Terre devait pouvoir lui apporter des renseignements supplémentaires. Son intuition lui disait qu'elle devait continuer à creuser dans cette direction, même si elle ne voyait aucun rapport entre cette affaire et Narcisse.

# Chapitre 21

# Les conservateurs

Le conseiller Vallard était exténué. Ses longs voyages le fatiguaient. Mais ils étaient nécessaires. De villes en villes, il avait convaincu à sa cause la plupart des bourgmestres. Il avait encore trois villes importantes à son programme. Ensuite, il serait temps de rentrer à la Nouvelle Versailles. Il lui faudrait encore parler au vieux roi. Celui-ci était faible et, tant que sa fille maudite serait loin, il avait de fortes chances de le faire plier.

Pour préserver sa civilisation, il était prêt à faire une petite entorse au protocole. Il allait exiger du vieux roi de consulter l'assemblée des bourgmestres sur l'avenir du royaume. Le souverain déclinant n'avait pas le droit de céder sa planète et son peuple aux étrangers sans en demander l'avis des représentants du peuple. Et ils rejetteraient cette idée hérétique. Malheureusement, les bourgmestres devaient consulter leurs populations avant de pouvoir voter à l'assemblée des bourgmestres. Un système lourd que Vallard regrettait énormément. Mais si les anciens l'avaient mis en place, c'est qu'ils devaient avoir leurs raisons. La tradition était la tradition.

Vallard en sauveur de la civilisation succéderait naturellement au vieux monarque. Le conseiller ne voulait plus attendre le décès du vieil homme pour lui succéder. Il n'était pas attiré par le pouvoir, mais il savait que c'était son devoir. Il devait se sacrifier pour sauver le royaume vieux de mille ans. Le vieux roi était encore apprécié et respecté par son peuple. Mais cela ne saurait durer avec la campagne anti-étrangers que menait Vallard.

C'était d'autant plus surprenant qu'il n'y avait pas d'étrangers sur Titan. Mais cela importait peu. Il suffisait de faire peur au peuple pour qu'il finisse par haïr ceux qu'ils ne connaissaient même pas. Il était très facile de manipuler les masses. Vallard connaissait très bien la nature humaine. On ne faisait jamais appel au peuple sans le manipuler auparavant, sans être sûr qu'il penche dans la direction désirée. C'était l'une des plus grandes règles en politique, et plus particulièrement lorsqu'on prétendait être dans une démocratie. Certains dans le passé avaient oublié cette règle et se retrouvèrent dans une situation difficile.

L'appel au peuple ne servait qu'à justifier une décision prise bien avant. Et exacerber la peur des envahisseurs était tellement simple et marchait à tous les coups. Il était si facile de mettre tout sur le dos des autres, de ceux qu'on ne connaissait pas. Et les peuples avaient la mémoire très courte, puisqu'ils ne semblaient pas se souvenir de leur histoire passée. Et comme ça fonctionnait toujours, Vallard n'avait aucune raison de ne pas employer la même stratégie. Vallard aimait le système, le protocole, mais il méprisait le peuple, sans lequel pourtant le système n'avait aucune raison d'être.

◆◆◆

La reine portait sur son visage son inquiétude habituelle. C'était un visage qui n'avait pas beaucoup souri. Depuis qu'il la connaissait, elle avait ce visage. Cette femme remarquable avait passé sa vie à s'inquiéter. Et cela ne s'était pas arrangé avec la décision de leur fille de partir. Le roi était las, il semblait très loin des préoccupations de sa compagne. Elle espérait qu'au moins le courrier du bourgmestre Jingpo allait réveiller en lui une étincelle de vivacité.

Le conseiller ultra-conservateur l'avait toujours détestée, simplement parce qu'elle était étrangère. Il intriguait contre elle, mais aussi contre la famille royale en général. Elle connaissait son ambition et n'avait aucun doute quant à son projet de s'emparer de la couronne.

Mais son époux le roi ne partageait pas cette inquiétude. Il se réfugiait derrière la loi et le protocole. Il n'imaginait pas que les coutumes immuables depuis des siècles pouvaient être oubliées et que quelqu'un osât trahir le roi ou s'opposer à ses décisions. Et encore moins un personnage aussi conservateur et respectueux du protocole que le conseiller Vallard. C'était d'autant plus surprenant que le roi lui-même avait décidé de bouleverser les coutumes en cédant une grande partie de son pouvoir à la Fédération.

La lettre de Jingpo prouvait pourtant de façon très claire la félonie de Vallard. Exaspérée, elle essaya une fois de plus de faire réagir son vieil époux :

— Mais vous voyez bien qu'il est en train de retourner le peuple contre vous !

— Vous exagérez un peu, ma chère, répondit calmement le roi, Vallard a toujours été un fidèle conseiller. Et puis, le peuple ne se retournera jamais contre son roi. Le peuple m'aime.

L'aveuglement du vieil homme la consterna. Elle savait qu'il n'y avait plus rien à tirer de son compagnon. Elle l'aimait encore

194

comme au premier jour, mais ce n'était pas une raison pour le suivre dans son refus de voir la réalité en face. Autrefois, il avait été un homme courageux. Le sacro-saint protocole ne l'avait pas empêché d'épouser une étrangère. Il n'avait pas hésité à choquer toute la cour et le peuple, juste par amour. Mais cette partie de sa personne avait disparu depuis longtemps avec l'âge. Il était vrai que le royaume avait été épargné des affrontements qui sévissaient un peu partout sur les mondes étrangers, ceci grâce à leur isolement. Mais à cause de cet isolement, rien n'avait changé depuis des siècles. Leur société n'évoluait pas.

C'était cette sécurité que le peuple voulait conserver, ce confort de la routine. Lorsque rien ne bougeait, rien de mauvais ne pouvait arriver. *Mais rien de bon non plus*, se disait la reine. Elle sortit de la pièce, frustrée et furieuse. Vallard allait gagner sans qu'ils ne se fussent défendus. Elle n'avait jamais été une femme d'action, mais une bonne épouse et une bonne mère. Et ce n'était pas à son âge avancé qu'elle allait changer. Mais ce qu'elle pouvait faire, c'était d'alerter sa fille. La princesse avait l'énergie et la motivation d'empêcher les conservateurs de gagner. Elle lui envoya un message.

◆ ◆ ◆

Vallard allait gâcher tous ses plans ! Le message de sa mère ressemblait à une bouteille jetée à la mer, un appel au secours. Mais que pouvait-elle faire ? Elle venait juste de quitter son monde. Le félon avait attendu qu'elle fût loin pour agir. C'était bien là une attitude de lâche. Cela ne l'étonna pas tellement de la part du conseiller.

Elle allait lui prouver qu'elle n'était pas aussi bête qu'il le pensait. Seule, elle n'arriverait à rien. Il lui fallait une aide. Quelqu'un d'important et de respecté. Elle ne voyait qu'une seule personne qui pouvant faire l'affaire, le gouverneur Bartolu. C'était le personnage le plus important et le plus respecté sur les mondes de Saturne. Même sur la frigide Titan, on ne parlait qu'en bien de lui. Il était l'un des seuls étrangers que les Titaniens ne détestaient pas. Probablement parce qu'il ne s'était jamais vraiment intéressé à eux.

Ruth avait appris par les nouvelles que le gouverneur était justement en visite à Dido. Elle essaya donc de contacter la tour centrale en sa qualité de princesse de Titan. Malheureusement pour elle, on lui annonça que le gouverneur avait déjà rejoint sa capitale, Samarkhand, sur la petite lune intérieure, Encelade.

Ruth ne fut pas découragée pour autant. Encelade était un endroit qu'on disait magique et qu'elle avait toujours rêvé de visiter. Bartolu ne serait qu'une excuse de plus pour s'y rendre. Elle réserva donc des places pour elle et ses collants gardes du corps sur la première navette disponible. Les deux gorilles n'allaient pas être très contents, mais elle n'avait pas demandé à ce qu'ils la suivent. Elle eut de la chance et ils quittèrent Dido le soir même.

Deux heures plus tard, ils se posèrent à Samarkand. Se rendre pour la première fois sur Encelade était quelque chose de particulier. L'idéal, lui avait-on dit, c'était d'arriver par le côté nuit, alors que Sol éclairait les jets de glace qui s'échappait du Pôle Sud de la petite lune par derrière. C'était la meilleure façon de les apercevoir. En s'élançant dans le ciel noir, ils formaient un titanesque rideau de glace et de vapeur, plus grand que la lune elle-même. Les vaisseaux ne s'aventuraient jamais par-dessus le Pôle Sud afin de les éviter. Il fallait toujours contourner la lune par l'hémisphère Nord, bien plus docile.

De plus, la petite lune abritant la capitale politique était située bien plus près de la *Géante aux Anneaux*. Les tempêtes qui faisaient rage dans l'atmosphère de Saturne y était beaucoup plus visibles et offraient un spectacle tout aussi grandiose. Seuls les anneaux restaient très discrets, même à cette distance, en raison de leur extrême finesse. Il fallait s'éloigner du plan de l'équateur pour ne plus les voir par la tranche et vraiment s'apercevoir de leur majesté.

Dès son arrivée au cosmoport de Samarkhand, elle entra en contact avec la tour centrale. Mais elle ne fut pas prise au sérieux tout de suite. Les autorités du cosmoport ne voulaient pas déranger le gouverneur simplement parce qu'une jeune fille se prétendant princesse désirait lui parler. Il lui fallut plusieurs heures et l'intervention des ses gorilles pour convaincre l'administration du cosmoport de Samarkhand de sa bonne foi. Pour une fois, elle se félicita de la présence des deux gardes du corps. Sur Dido les choses lui avaient paru bien plus simples. Mais Dido n'était pas la résidence du gouverneur et de son gouvernement ; et on y était un peu moins rigide avec les procédures de sécurité.

Elle put finalement entrer en contact avec la tour centrale et, à sa grande surprise, on lui indiqua que le gouverneur Bartolu était prêt à la recevoir quelques minutes, malgré un emploi du temps très chargé. Le rendez-vous fut fixé une heure après, ce qui ne lui laissait que très peu de temps pour préparer son entretien. Le gouverneur était un homme pressé et faisait tout très vite. Elle n'eut même pas le temps de chercher un hôtel avant et de se rafraîchir un peu.

Elle regretta un peu de s'être précipitée dans la gueule du loup sans réfléchir auparavant. Elle laissa ses bagages à ses gorilles qui n'eurent le choix que d'attendre au cosmoport, ne pouvant la suivre en transportant toutes les valises. Elle partit donc seule vers la tour où une surprise de taille l'attendait.

À son arrivée devant l'entrée du bâtiment principal de la cité, un personnage familier était venu l'accueillir pour la conduire auprès du gouverneur, son prince charmant, ce cher Tournon. Elle se précipita dans ses bras, prête à pleurer. Mais elle se rappela qu'elle était une jeune femme en mission diplomatique et elle se contrôla. Elle se sentit cependant plus légère. Elle ne serait pas seule face à la plus importante personnalité des mondes de Saturne.

Pour son premier rendez-vous politique, elle restait cependant anxieuse, même si elle était fière et satisfaite d'elle-même. Le gouverneur Bartolu était un homme très sympathique et très bien élevé. Mais il était quelqu'un de très important et un ami intime du Premier Citoyen. Elle n'était qu'une princesse inconnue d'un petit royaume moribond. Elle comptait sur Tournon pour l'aider.

— Ça me fait très plaisir de vous rencontrer! commença le gouverneur, constatant que sa jeune interlocutrice était très intimidée. Il faisait de son mieux pour la mettre à l'aise. Heureusement que Tournon était présent pour faire l'intermédiaire. Sinon l'atmosphère aurait été encore un peu plus froide. Pour la mettre un peu en confiance, Bartolu lui parla de ses contacts avec le vieux roi, son père. Il lui parla des plans qu'ils avaient faits ensemble, il y avait des années. Cela semblait fonctionner et Ruth osa lui parler de son projet.

— C'est justement pour ça que je suis venue à votre rencontre.

Le gouverneur connaissait très bien la raison de sa visite. Tournon lui en avait déjà touché un mot, mais il s'abstint de le faire remarquer.

— Je vous écoute, que voulez-vous me demander ?

C'était le moment le plus important de son voyage, elle se devait être convaincante. Elle avait répété le texte tant de fois ! Mais sous l'émotion, elle avait tout oublié. Tant pis, elle devait improviser.

— Je voudrais relancer le projet de collaboration entre Titan et vous. Le royaume se meurt après des siècles d'isolement. Il est temps de changer cela.

— J'ai eu cette discussion il y a dix ans avec votre père. Il était plein d'espoirs, et pourtant il n'a rien fait. Et rien n'a changé. Pourquoi cela serait-il différent maintenant ?

Le gouverneur était conscient de la brutalité de sa question, mais il devait tester la jeune princesse. Il ne la suivrait que si elle était assez solide pour qu'il puisse compter sur elle.

— Mon père était de bonne foi. Mais le conseiller Vallard et ses amis conservateurs ont tout fait pour faire échouer le projet.

— Le conseiller Vallard est toujours aussi influent si pas plus, fit Bartolu, toujours avec un air cynique.

— Oui, et il intrigue encore davantage que dans le passé. Mais tout comme mon père, il fait partie d'une autre génération. La nouvelle génération aspire au changement. Et ce changement ne pourra se faire tant que nous serons isolés. Vous pouvez nous aider.

— Je ne peux pas forcer votre peuple à changer contre son gré. Pour l'instant, vous avez toujours refusé une quelconque ouverture. Vous nous traitez d'étrangers, vous avez peur de nous !

— C'est parce que les discours démagogiques des conservateurs entretiennent ces craintes. Si vous ne venez pas chez nous montrer ce que vous êtes vraiment, le peuple leur donnera raison.

Bartolu dut admettre que la petite demoiselle l'impressionnait. Elle était loin de l'image de la petite fille gâtée que l'on avait fait courir d'elle. Elle avait des convictions et l'énergie pour les défendre. Mais il n'avait pas encore entendu ce qu'il voulait entendre. Tournon, de son côté, était resté silencieux. C'était un habitué des discussions diplomatique et il était parfaitement conscient du jeu qui était en train de se jouer. Bartolu continua à la tester :

— Et qu'aurais-je donc à gagner à venir semer le trouble sur Titan ? Votre îlot invisible ne dérange absolument pas la Fédération. Nous avons tout intérêt à ce que les choses restent ainsi !

Ruth commençait à s'énerver. Elle avait l'impression d'être en face de son père. Mais elle n'allait pas abandonner. Elle sentit l'adrénaline monter en elle. Elle haussa le ton :

— Mais vous avez tout à gagner ! Si les conservateurs l'emportent, jamais vous ne contrôlerez tous les mondes saturniens. Titan couvre plus de territoire que tous vos mondes réunis. Et Titan ressemble tant à la Terre, avec ses paysages et son climat. Imaginez les populations que vous pourriez attirer. Ce serait une étape privilégiée, non seulement pour tous ce qui quittent la Terre et ont des problèmes pour s'adapter à la vie dans les cités sous coupoles, mais aussi pour tous les touristes en recherche de sensations terrestres.

— J'ai déjà entendu ces arguments des milliers de fois ! riposta Bartolu.

Désespérée, Ruth tenta une dernière fois :

— Et si vous ne le faisiez pas pour des raisons politiques ou économiques, pourquoi laisseriez-vous dans l'obscurantisme tout un peuple qui fait partie du territoire dont vous êtes responsable ? Votre réputation d'humaniste serait-elle surfaite ?

Bartolu se mit enfin à sourire. Tournon aussi. Ruth encore sous l'effet de la colère, ne comprit pas qu'elle venait de passer l'examen avec succès. Bartolu conclut l'entrevue :

— Vous avez gagné, je vous accompagnerai sur Titan !

♦ ♦ ♦

Depuis la nacelle pressurisée de l'aérostat, Vlad scrutait le paysage époustouflant qui s'étalait sous son regard. Aucune terre n'était en vue, pas le moindre petit îlot n'interrompait la surface plane de la mer de Ligeia. La brume épaisse ne permettait pas de distinguer l'horizon et le miroir sombre qu'il était en train de survoler disparaissait petit à petit dans cette poisse lugubre. L'absence de tout vent accentuait encore l'aspect fantomatique du paysage. Seule la fine bruine apportait un semblant de vie. Mais les gouttes qui tombaient du ciel étaient si fines qu'elles ne parvenaient pas à perturber la surface parfaitement lisse de la mer. La plupart d'entre elles s'évaporaient bien avant d'atteindre cette surface.

Vlad n'était pas rassuré, enfermé dans la petite cabine suspendue sous un gros ballon gonflé d'hydrogène. Le pilote de l'aérostat avait beau essayer de calmer son anxiété, il n'y parvint pas. L'exiguïté de la cabine lui rappelait trop un cercueil. Et si le cercueil se détachait du ballon, ils disparaîtraient tous les deux au fond de la mer, sans laisser la moindre trace.

En y réfléchissant, Vlad réalisa une fois de plus qu'il faisait un métier dangereux. Ses congénères qui le plus souvent se moquaient de lui ne s'en rendaient pas compte. Après avoir arpenté les gorges qui pouvaient à tout moment cracher du méthane en furie, là-bas, loin à l'équateur de leur étrange monde, il était maintenant suspendu à un ballon au-dessus d'une immense nappe de méthane et d'éthane liquide. Mais quelque part sous la surface de cette mer se cachait un artefact d'une valeur inestimable. Une valeur historique bien plus que financière. Vlad ne le faisait pas pour l'argent.

À la verticale, juste sous l'aérostat, naviguait le bateau bardé de sondeurs radars. Les trois marins à son bord ne quittaient pas les écrans des yeux. Ils poursuivaient sans relâche leur travail de carto-graphie radar du fond de la mer. Depuis plusieurs mois, ils allaient et venaient d'une rive à l'autre. Ils avaient déjà exploré la moitié de la mer. Mais rien pour l'instant n'avait indiqué la présence d'un objet métallique. Vlad ne s'attendait pas à ce qu'ils le trouvent aussi facilement.

Il avait quitté le campement du site équatorial trois jours plus tôt. Une nouvelle tempête était sur le point de se lever et il y avait de fortes chances que la zone de recherche soit à nouveau inondée par le méthane pendant plusieurs semaines. Il avait préféré partir avant que la tempête ne le bloque sur place pendant tout ce temps. Il s'était posé dans la cité d'Abaya, sur l'île de Mayda, dans la mer de Kraken, puis avait pris un petit aéronef en direction du campement situé sur la rive ouest de la mer de Ligeia.

Le voyage l'avait fatigué, mais il avait directement voulu prendre des nouvelles des recherches. On lui avait expliqué que le bateau continuait à sonder le fond de la mer et que les petits submersibles étaient enfin opérationnels. Ils avaient aussi été lancés et quatre d'entre eux exploraient les zones côtières peu profondes. Deux aérostats survolaient aussi les côtes à la recherche de métal dans cas où le radeau se serait échoué.

# Chapitre 22

# Sur les traces de Myriam

La nouvelle requête du Premier Citoyen n'était pas plus étrange que les précédentes. Une fois de plus, Kovalsky se dit qu'Aménor devait avoir de bonnes raisons de lui demander cet étrange service. Retrouver une personne uniquement à partir de son prénom semblait à priori impossible, c'est pourquoi il était d'autant plus surpris de trouver quelque chose. Et la surprise se transforma en inquiétude au fur et à mesure que l'enquête progressait.

Il avait effectivement retrouvé les traces d'une certaine Myriam dans les registres des départs vers la Lune. Myriam Pavoni était passée par les services de décontamination six mois plus tôt. Elle était ensuite partie vers Mars où on avait perdu sa trace. Mais il y avait aussi une Myriam dans la liste des personnes ayant approché le Doc, envoyée par Philipp Sandman. Pour qu'un *Gaïan* décide de quitter la Terre et prenne le risque d'être banni pour toujours par les siens, il devait avoir une raison très importante.

Myriam était un prénom assez courant, et ce n'était peut-être qu'une coïncidence. Mais une petite voix en Kovalsky lui disait qu'il fallait continuer à creuser. Il commença par relire le rapport de son espion. Myriam avait rencontré le Doc à plusieurs reprises, il y avait longtemps de cela. Depuis plus de six mois, elle n'était pas réapparue. Exactement au moment où une Myriam quittait la Terre. Les *Gaïans* devaient préparer quelque chose d'énorme. Et le fait que cette *Gaïane* s'était rendue à Dido pour s'y évaporer n'avait rien d'un hasard. Un accord entre *Gaïans* et Narcisse n'augurait rien de bon. Kovalsky envoya trois messages importants.

Le premier était destiné à Philipp Sandman. Ce dernier devait absolument trouver pourquoi Myriam avait rencontré le Doc et quelle était sa mission. Kovalsky ne lui laisserait qu'un mois pour y parvenir. Il avait décidé que la situation était trop grave et qu'il ne pouvait plus se permettre de perdre plus de temps. Il enverrait l'armée ce délai écoulé. Le bain de sang serait alors inévitable.

Le deuxième message était pour Eléonor Hiria. Il aurait pu la contacter directement par vidéocom, mais il n'avait pas jugé bon de discuter directement avec elle. Hiria la méfiante risquait de lui poser bien des questions et il n'avait pas envie de justifier sa requête. C'est donc par un message très impersonnel qu'il lui demanda de faire mener une petite enquête sur la dénommée Myriam Pavoni lors de son séjour à Séléna. Où était-elle allée, qui avait-elle rencontré ?

Enfin, le dernier message était pour Aménor. Il lui fit part de son inquiétante découverte.

◆◆◆

Philipp Sandman marchait dans le désert, le vieil homme à ses côtés. Ils avaient laissé la ferme derrière eux le matin même. Le vieil homme avait besoin de méditer dans la nature. Il aimait beaucoup le désert. Sa pureté contrastait avec le chaos de la forêt tropicale. Devant eux s'étendaient des rocailles à perte de vue. La jeep qui les avait amenés était repartie. Elle ne reviendrait qu'à la tombée de la nuit. Ils marchaient à pas lents depuis plus de quatre heures. Ils avaient chacun une gourde mais Philipp constata que rien n'avait été prévu pour le déjeuner. Le vieil homme était venu le voir la veille pour lui proposer cette balade. C'était plus un ordre qu'une question et Philipp n'avait pas pu refuser. En même temps, il espérait en tirer avantage pour en apprendre un peu plus sur le Doc et ses plans.

Ils ne parlèrent que très peu. Le vieil homme était venu pour réfléchir. Philipp n'était là que pour le rassurer. Il détestait être seul. Cela lui donnait des angoisses. Les derniers mois il avait parut bien plus guilleret qu'à son habitude mais, ce jour-là, il avait le visage grave. Il était triste. Ils marchèrent ainsi toute la journée, dans un silence religieux. Ce n'était que lorsque Sol commença sa descente vers l'horizon que le Doc se décida à briser le silence.

— Vous avez des enfants ? lui demanda-t-il subitement.

Philipp vit une larme couler sur la joue ridée du vieil homme. Il répondit :

— Non pas encore, mais je ne désespère pas d'en avoir un jour !

— Les enfants, ce ne sont que des soucis, continua le vieil homme. Vous vous sacrifiez pour eux, vous leur donnez tout votre amour, et puis, ils s'en vont, ils vous laissent seuls.

— Vous avez des enfants ? osa demander Philipp.

— J'avais un fils autrefois. Il était toute ma fierté. Et celle de sa mère.

— Que s'est-il passé ?

– C'était un petit gars très doué. Il était passionné par les sciences. Il aurait pu trouver un poste dans les universités les plus prestigieuses. Mais il n'avait qu'un rêve, partir vers les *Mondes Extérieurs*. Ces maudits *Extérieurs* avaient tout fait pour attirer les Terriens. Nous avons essayé de l'en dissuader, mais nous avons échoué. Je me rappellerai toujours le jour de son départ. C'était la dernière fois que nous nous sommes vus.

– Que lui est-il arrivé ?

– Il n'a pas survécu pas au traitement de décontamination. Il est mort sur la Lune, sans jamais mettre les pieds sur les mondes pour lesquels il avait tout abandonné. Il fallut trois semaines pour rapatrier son corps sans vie. Nous avions dû beaucoup batailler pour qu'on nous le rende. Nous ne voulions pas qu'il finisse dans les fosses communes de la Lune. Nous ne pouvions même pas le voir le corps. Les produits chimiques avaient fait trop de dégâts nous avait-on dit. Il a été incinéré dès son retour. C'est ici, en plein désert, que j'ai dispersé les cendres. Lui au moins était revenu sur la *Planète Mère*. Il en fait à nouveau partie. Il n'aurait jamais dû la quitter. Sa mère s'est laissée mourir de chagrin et l'a rejoint à peine un mois plus tard, me laissant seul en ce monde. C'était il y a quinze ans. Depuis, je reviens ici tous les ans pour commémorer ce triste anniversaire. Cela me fait du bien et me conforte dans ma mission.

Philipp comprit alors l'origine de la haine du vieil homme envers les *Extérieurs*. Il avait reporté sa colère vers les habitants des *Mondes Extérieurs* qui, eux, avaient passé la décontamination avec succès. Après un petit moment de silence, le Doc dit encore :

– Tu me fais beaucoup penser à lui. Il aurait à peu près ton âge.

Puis, il se tut jusqu'à ce que la jeep vienne les chercher le soir venu.

◆◆◆

Maya était à nouveau plongée dans les registres du cosmoport de Dido. Les bureaux de la PolRec étaient presque déserts. Le charmant sous-lieutenant Marcos n'était pas là. Il devait être au service des douanes. Maya fut obligée d'admettre qu'il lui manquait. Toussaint était assis derrière son bureau. La piste de la jeune Terrienne était prometteuse et ils essayaient de trouver des traces de son départ de Dido. Les recherches dans la cités n'ayant rien donné, elle en était vraissemblablement repartie. Et elle avait forcément dû repasser par le cosmoport.

Maya eut à peine le temps de se plonger dans les registres que l'ordre de rentrer immédiatement à Memphis arriva. Cela ne la réjouissait guère. Quelque chose de très grave avait dû se produire. Elle quitta précipitamment Dido, sans même avoir eu le temps de saluer le sous-lieutenant. Cela l'obligerait à revenir, une fois que tout serait réglé, pour saluer Marcos comme il se doit. Elle se mit à rêver qu'ils se retrouveraient tous les deux sur Miranda pour grimper ensemble la gigantesque muraille.

◆◆◆

Eléonor Hiria détestait recevoir des ordres de Kovalsky. La nouvelle constitution fédérale faisait de lui son supérieur direct. Il était le gouverneur du système comprenant à la fois la Terre et sa grande Lune, elle n'était que vice-gouverneur de la Lune. Avant, du temps de Virginia Enora, ils étaient égaux. Jamais elle n'aurait pensé qu'elle regretterait un jour Enora. Ou plutôt l'époque de la Confédération Terrienne. Elle était allongée sur le ventre, nue. Les mains vigoureuses mais douces de Hugh lui massaient délicatement le haut du dos. Il n'y avait rien de mieux pour la décontracter. Hugh était un masseur très doué.

— Tu es vraiment très tendue aujourd'hui, lui murmura-t-il.

Sa voix était aussi douce que ses mains sur son corps.

— C'est de la faute de Kovalsky, répondit-elle sans cacher sa colère. Il m'exaspère avec son air supérieur. Toujours à donner des ordres. Il oublie que je gouverne Séléna depuis des années. Il pourrait au moins avoir un peu plus de respect.

Hugh avait l'habitude de cette complainte. Il y avait droit à chaque fois que Kovalsky demandait quelque chose à Eléonor. Elle n'avait jamais accepté de le voir passer devant elle dans la hiérarchie de la nouvelle Fédération. Ils avaient été amis et alliés à une époque, lorsqu'il fallait combattre Enora aux Conseils de la Confédération. Ils étaient restés en bons termes jusqu'à ce que l'un d'eux accédât à une place supérieure. Elle s'était sentie trahie. Elle réalisa que Kovalsky l'avait utilisée et que son amitié avait été feinte.

— Qu'est ce qu'il te veut ? demanda Hugh, toujours sur son ton apaisant.

— Oh ! Il veut qu'on fasse une enquête sur une jeune Terrienne en partance vers *l'Extérieur* et qui aurait séjourné quelques temps à Séléna.

— Ah ! Mais si ce n'est que ça ! Tu n'as qu'à faire passer le mot au commissariat central. Ils vont s'en occuper.

— C'est ce que j'ai fait !

— Alors, pourquoi tant de stress pour si peu ?

— Un message de Kovalky, ce n'est jamais peu. Tu sais bien que je ne supporte rien venant de lui ! Et puis, c'est quand même étrange qu'il me contacte en personne pour une broutille pareille ! Je me demande si ça ne cache pas quelque chose…

— Comme d'habitude, tu te fais trop d'idées. Oublie ça et essaie de te détendre !

Mais ni ses paroles ni ses mains expertes ne lui firent oublier l'événement. Cette Myriam intéressait particulièrement Kovalsky et, par conséquent, elle l'intéressait elle aussi.

— Tu es déjà allée dans les niveaux inférieurs ? lui demanda Hugh pour changer de sujet.

— Pourquoi me demandes-tu cela ? répondit Eléonor, surprise par cette question.

— Je m'ennuie tellement à Séléna. Je pensais m'occuper en partant à l'aventure dans les niveaux inférieurs.

— Si ça peut t'éviter de boire et de voir tes pouffes, pourquoi pas ? répondit-elle sèchement, mais tu n'y trouveras rien d'intéressant. Tu parles d'une aventure !

Visiblement, l'humeur du vice-gouverneur ne s'était pas améliorée. Hugh avait pris l'habitude qu'elle lui parle ainsi. Quand elle n'était pas bien, elle le faisait payer à son entourage. Et à lui en plus particulier. Il fit semblant de ne pas relever la remarque et continua :

— Sais-tu au moins combien de niveaux il y a dans ta cité ?

— C'est un test ?

— Non, c'est juste une question qui m'intéresse.

Eléonor grommela quelque chose qu'il ne comprit pas, se retourna sur le dos. Il se mit à lui masser le visage. Elle semblait réfléchir, puis subitement se mit à sourire. Voilà qui était nouveau pour Hugh.

— En fait, maintenant que tu m'en parles, je n'en sais fichtrement rien. J'ai toujours entendu dire qu'il y en avait cinq, et je n'ai jamais eu aucune raison d'en douter.

— Les colonnes ascensionnelles semblent descendre bien plus bas que cela !

— Mais les navettes ne vont jamais plus loin que le niveau moins cinq.

— Il y a bien des plans de Séléna quelque part.

— Probablement dans les archives de la maison communale.

Hugh continua à essayer de la détendre avec ses caresses douces. Il passa de l'autre côté de la table sur laquelle était toujours étendue Eléonor et s'attaqua à ses pieds. Elle aimait particulièrement quand il lui massait la plante des pieds. Hugh avait finalement réussi à lui oublier Kovalsky, même si ce n'était que pour quelques instants.

◆ ◆ ◆

Cela faisait des heures, voire des jours qu'elle était enfermée dans la petite pièce sans hublots du vieux vaisseau. Elle avait dû passer la plupart de son temps à dormir. Ils lui avaient sans doute administré une drogue. Probablement l'avait-on mise dans son repas. C'était la dernière étape de son voyage. Celle dont elle rêvait depuis son départ de la Terre. Mais elle n'était plus aussi certaine qu'elle avait fait le bon choix. Elle avait appris tant de choses durant son long périple. Elle avait rencontré beaucoup de gens parmi ces *Extérieurs* qu'elle avait appris à haïr durant toute sa jeunesse sur Terre. Ils n'étaient pas si mauvais que ça. Elle n'était plus convaincue de travailler dans le bon camp.

Si tous avaient été comme cet ignoble Hurley, les choses auraient été bien plus simples pour sa conscience. C'était le plus mal élevé des hommes qu'elle eût jamais rencontrés. Il était écœurant en tous points. Aussi bien du point de vue physique que moral. C'était un vrai rapace charognard. Dans toute sa basse-cour, elle n'avait trouvé aucune volaille pouvant lui correspondre. Il ne lui avait même pas adressé la parole. Il la considérait comme une simple marchandise à livrer.

Son contact précédent avait été bien plus charmant. Cordova était l'opposé exact de Hurley. Il était très distingué, presque un peu snob. Un paon, voilà l'image qui lui venait à l'esprit. Le paon adorait faire la roue et aimait que tout le monde l'admire. Il y avait un peu de ça chez Cordova. Le paon lui avait expliqué que le vaisseau allait l'emmener loin dans l'espace, où elle allait changer de vaisseau à l'aide d'un cordon de transfert. Il ne l'accompagna pas. Il laissa ses hommes s'occuper d'elle. Il leur avait ordonné de bien la traiter, ce qu'ils firent plus ou moins. Ils étaient venus la chercher dans sa cabine après quatre jours de voyage pour la transférer sur le second vaisseau.

Le transbordement ne fut pas aisé. Il n'y avait pas de pesanteur artificielle dans le cordon tendu entre les deux vaisseaux distants d'une cinquantaine de mètres. Elle était seule, personne ne s'était donné la peine de lui montrer le chemin. Elle se déplaça en flottant et en s'aidant d'une corde. Et même si ses petits bras n'avaient pas beaucoup d'efforts à faire en apesanteur, c'est tout en sueur qu'elle arriva au sas d'entrée du second vaisseau.

Dès son arrivée à l'autre bord, on l'avait enfermée dans la petite pièce aveugle. Elle n'était pas autorisée à savoir où on l'emmenait. Heureusement qu'il y avait une petite lampe au plafond. Au moins ne se retrouvait-elle pas dans l'obscurité totale. Lorsqu'elle n'était pas endormie sous l'effet des somnifères, elle consultait sa tablette. Elle l'avait toujours encore avec elle, dans sa sacoche. Ils ne l'avaient pas fouillée. Ils l'avaient probablement jugé inutile.

Tant qu'elle avait sa tablette, elle n'était pas perdue. Elle profita de ce moment de solitude pour étudier les fiches personnelles de celui à la rencontre duquel elle allait. Elle n'avait jamais osé consulter ces informations avant. Elle se dit que c'était probablement une erreur. Avant elle aurait encore eu une chance de changer d'avis, mais une fois entre les mains de Hurley, c'était trop tard. Et les informations qu'elle lut n'apaisèrent pas son anxiété.

Dans un poulailler, Narcisse aurait pu être un coq, mais pas un coq comme Atama. Un autre genre de coq. Myriam aurait plutôt comparé Narcisse à un chapon. Le chapon était fier comme un coq ! Il se dandinait dans la basse-cour comme un coq. Il dissimulait sa frustration en jouant au coq. Son discours était pompeux mais vide. Il s'écoutait parler et s'aimait, cela lui suffisait. Et pour supporter sa frustration de n'être que chapon, il le faisait payer à toute la basse-cour. Il ne connaissait pas la pitié. Il compensait son impuissance par sa violence.

Myriam se demanda si, tel le chapon, Narcisse ne souffrait pas lui aussi d'impuissance. Cela pouvait expliquer son comportement. C'était donc un homme violent qu'elle allait rencontrer. Elle avait signé un pacte avec le diable. Elle réalisa alors que son voyage la mènerait en enfer. Le Doc lui avait menti. Elle le haït alors comme encore jamais elle n'avait haï personne. Il lui avait dit qu'elle était comme une fille pour lui. Quel père enverrait-il sa fille en enfer ?

◆ ◆ ◆

Hugh n'en revenait pas. La salle des archives était immense. Des milliers de documents en papier étaient entassés là, sous la poussière. Visiblement, on ne venait que très rarement ici. D'ailleurs, il était seul. Le vieux passe qu'Eléonor lui avait donné avait fonctionné. Elle-même n'y était pas venue depuis des années. Il ne pensait pas qu'on pût encore utiliser autant le support papier alors que, depuis des siècles, on se servait des systèmes informatiques. Hugh n'avait aucune envie d'aller fouiller dans ces papiers. Le désordre était bien pire que celui de son petit studio, constata-t-il avec un certain plaisir.

Le papier avait complètement disparu des siècles plus tôt. Il avait été remplacé par les écrans numériques. Cela avait permis de cesser d'abattre tant d'arbres inutilement. Puis, il était réapparu. On ne le fabriquait plus à base de troncs d'arbres, mais de manière synthé-tique. Il était resté un support très pratique et on s'était remis à l'utiliser couramment. Il était bien moins cher que toutes les tablettes sophistiquées et surtout, il ne nécessitait pas de source d'énergie et ne tombait jamais en panne.

Dans un coin de cette immense caverne d'Ali Baba, il y avait un ensemble de tables sur lesquelles reposaient ce qui semblait être des ordinateurs. C'était ce qu'il cherchait. Les machines étaient très anciennes. Cela faisait bien une cinquantaine d'années qu'elles n'avaient pas été changées. Ni d'ailleurs utilisées, en jugeant la couche épaisse de poussière qui les recouvrait.

Étaient-elles encore en état de fonctionner ? Saurait-il utiliser de telles antiquités ? Il allait le savoir très rapidement. Il s'approcha de l'une des tables, essaya de balayer tant bien que mal la poussière qui recouvrait l'une des chaises et s'installa devant l'un des écrans noirs.

Le clavier digital incrusté dans la table était totalement caché sous la couche de poussière. L'écran lui-même nécessitait un peu de nettoyage. Hugh n'était pas un maniaque du ménage, loin de là, mais il y avait tout de même des limites, même pour lui. Il risquait de passer plusieurs heures dans ce lieu, alors autant se créer un minimum de confort.

Lorsque sa place fut enfin présentable, il lança le démarrage de la machine devant lui. À sa grande surprise, le clavier et l'écran s'illuminèrent dès qu'il appuya sur le bouton de démarrage.

♦ ♦ ♦

Cordova avait décidé de se faire tout petit. Tant que la redou-table Andrades se trouvait à Dido, il préférait ne rien tenter plutôt que de prendre le risque de se faire repérer. Il se demanda pourquoi tout le monde la trouvait si redoutable. Sa réputation remontait à près de dix années, lorsqu'elle avait tenté d'identifier les conspirateurs qui maintenant détenaient le pouvoir. En réalité, elle n'y était jamais arrivée. De plus, elle avait fini par travailler pour eux.

Non, elle n'était pas redoutable. Elle était simplement têtue et n'abandonnait jamais. C'est de cette manière qu'elle risquait de tomber sur quelque chose. Il savait qu'il était impossible qu'elle mette la main sur la Terrienne. Myriam était très loin maintenant.

Et même si elle trouvait par hasard un quelconque indice, jamais elle ne remonterait jusqu'à lui. Il était d'autant plus sûr de lui que la PolRec locale n'était constituée que de crétins incompétents.

Pendant quelques temps, ses activités avaient été mises en veille, il était redevenu un citoyen ordinaire. Cela lui avait aussi permis de se reposer un peu. Des vacances forcées, mais pas forcément inutiles. Il ne voulait pas prendre le risque de remettre en cause sa couverture. Il avait mis tant d'années à se fondre dans la société de Dido. Ce risque était faible, mais Cordova était prudent. Et il espérait que Dorian Stielen ferait preuve de la même sagesse.

◆◆◆

Hugh naviguait dans les archives depuis deux heures maintenant. Il n'avait toujours pas mis la main sur ce qu'il cherchait, mais il avait trouvé quantité d'informations inédites. Toute l'histoire de Séléna défilait sous ses yeux. Des dates, des noms de personnages, des lieux. Rien ne manquait. Ainsi découvrit-il que quatre cent vingt années plus tôt, les niveaux du bas s'étaient rebellés contre les niveaux du haut qui exigeaient des taxes pour le passage vers la surface. Une guerre civile avait bien failli éclater et la Confédération Terrienne avait été obligée d'intervenir pour éviter le conflit.

Ces histoires, tout le monde les avait oubliées. Dommage qu'il ne fût pas mentionné quels étaient les niveaux incriminés. Il poursuivit sa recherche. Il devait bien y avoir quelque part un plan complet de la cité, datant de sa construction. Si toutes ces informations avaient été chargées dans l'infosphère, il aurait très bien pu faire cette recherche depuis chez lui. Et puis, cela aurait permis à tous les citoyens d'y avoir accès. Hugh se dit qu'il en toucherait un mot au vice-gouverneur. Mais un jour où elle serait de bonne humeur, ce qui était assez rare. Sinon, elle risquait de rejeter son idée sans même y réfléchir.

Son estomac commençait à gronder. Il avait faim et surtout, il lui fallait boire quelque chose. Il n'avait pas songé à emporter un petit pique-nique avec lui. À quoi pensait-il donc ? Sa non-vie à Séléna l'avait bien ramolli. Il était devenu si peu efficace et encore moins organisé. Il n'y avait probablement aucun endroit dans tout le bâtiment où il aurait pu trouver de quoi se sustenter.

À contrecœur, il se décida à quitter provisoirement sa place et alla à la recherche d'une boutique quelconque. Il en avait repéré une ou deux à son arrivée, de l'autre côté de la rue, à quelques centaines de mètres de l'entrée du bâtiment communal. Il ne se donna pas la peine d'éteindre la vieille machine. Il allait de toutes manières revenir et il n'était pas certain qu'elle redémarrerait une seconde fois. Et puis, à part lui, il n'y avait personne dans la salle. Et il était peu probable que quelqu'un y vînt pendant son absence dans la mesure où personne n'était venu depuis des années.

C'est le ventre plein et avec la bonne humeur retrouvée qu'il se remit au travail. Il passa encore trois bonnes heures à voyager dans l'histoire de la cité avant de tomber enfin sur ce qu'il cherchait. Un plan en trois dimensions de la cité. Il ne fut pas surpris de voir qu'elle était en réalité bien plus grande que ce que tout le monde croyait, Eléonor Hiria comprise. Il y avait exactement huit niveaux, et non pas cinq. Il y avait encore trois niveaux sous la cité « officielle ». Trois niveaux où les transports ne se rendaient jamais. Trois niveaux qui devaient cacher bien des secrets.

◆◆◆

Dorian n'était pas peu fier. Partout sur les mondes de Saturne, on ne parlait que de l'arrivée de Maya Andrades. Il suivait les nouvelles de près. Et cela d'autant plus lorsqu'il découvrit qu'elle était à la recherche d'une jeune Terrienne. L'affaire dans laquelle trempait Cordova devait être énorme si l'envoyée spéciale du Premier Citoyen en personne s'en chargeait. Ce n'était pas une simple histoire de trafic. En outre, il comprenait mieux pourquoi Cordova avait proposé de payer si cher pour ses services.

Dorian se demanda ce que la petite Terrienne était devenue. Le détective avait une éthique professionnelle et il n'avait pas pour habitude de poser des questions à ses clients. Cela n'aurait pas été bon pour ses affaires. Cordova était rusé comme un renard et extrêmement discret. Dorian savait qu'Andrades avait très peu de chances de trouver quelque chose. Il se sentait important. Il était en possession d'une information cruciale pour Aménor et il la garderait pour lui. D'une certaine manière, cela le plaçait au-dessus du Premier Citoyen. Il ne lui en fallut pas plus pour être le plus heureux des hommes.

# Chapitre 23

# Urgaïa

Il ne passait pas tout son temps à épier les humains. De temps à autre, il lui arrivait de s'isoler. Il réfléchissait énormément. Il avait stocké dans sa mémoire les moindres détails de toutes les discussions qu'il avait eues avec l'Amiral et avec Victor. À chaque instant, il pouvait accéder à cette mémoire. L'Amiral était ainsi resté présent en lui. Il pouvait se repasser mémoriellement toutes les conversations qu'ils avaient eues. Il avait passé tellement de temps avec l'Amiral, il l'avait tant sondé, qu'il avait finalement stocké dans l'une de ses nombreuses de mémoires secondaires la personnalité entière de l'Amiral.

Le vieil homme n'avait aucun secret pour *Urgaïa* qui en était arrivé au point de reconstruire sa conscience presque dans son intégrité. L'esprit de l'Amiral vivait quelque part dans les méandres de ses mémoires secondaires. Il arrivait même à *Urgaïa* de converser avec la conscience reconstituée de Tulk.

Il avait essayé de reproduire la même chose avec l'esprit de Victor, ainsi que celui de nombreux autres individus qu'il avait observés durant toutes les dernières années. Mais Victor était bien plus rétif que le vieux Tulk. Son esprit ne se laissait pas pénétrer de la même manière. Victor était beaucoup plus méfiant. Même Bill, le bourru, était plus accessible à *Urgaïa*, malgré le fait qu'*Urgaïa* ne lui adressait jamais la moindre parole. Et puis, Victor trouvait toujours des excuses pour rompre le contact. Le nouveau précepteur était beaucoup moins coopératif et *Urgaïa* n'arrivait pas à reproduire une copie parfaite de sa personnalité dans ses mémoires secondaires.

Avec le temps et l'expérience, *Urgaïa* pouvait mieux comprendre ce qu'il n'avait pas compris autrefois. Grâce aux nouvelles informations acquises au fur et à mesure de son apprentissage, il ne revivait pas les événements du passé tels qu'il les avait ressentis alors, mais sous un autre éclairage. Ses discussions du passé prenaient ainsi un autre sens. Il connaissait mieux l'Amiral maintenant que du temps où Tulk vivait encore. Il était capable de repérer enfin les moments d'agacement ou d'exaspération. Du temps de la conversation, il ne les percevait pas.

*Urgaïa* ne vivait pas dans sa tête comme le disait parfois Victor. Il n'avait pas à proprement parler de tête ou même de cerveau. Il était une sorte de cerveau. Tout son être n'était qu'un réseau organique de connexions neuronales. La taille gigantesque de ce réseau lui permettait de stocker une quantité incommensurable d'informations. Et il y avait encore beaucoup de place vide. Il était même essentiellement vide d'information. Il lui fallait bien plus de données. Victor ne pouvait pas le comprendre. Il semblait considérer *Urgaïa* comme un esprit humain, dans un corps non-humain. L'Amiral avait beaucoup mieux saisi sa nature. Son esprit aussi était très loin d'être similaire à celui des petites créatures qui venaient de la Terre. *Urgaïa* n'avait pas eu besoin de précepteur pour le découvrir.

Les données qu'il avait accumulées durant toutes ces années de contact avec les humains avaient suffit jusqu'à présent à l'occuper. Mais, en décuplant son pouvoir, il avait aussi décuplé ses besoins. Il aimait beaucoup Victor et il appréciait ce que le précepteur faisait pour lui. Mais ça ne pouvait pas lui suffire. Il avait besoin de bien plus. Il espérait toujours que Victor lui donne l'autorisation de parler avec d'autres humains.

Il y avait les collaborateurs à bord de *l'Albatros*. La plupart d'entre eux semblaient le craindre. Ce ne serait pas le cas s'ils le connaissaient mieux, s'il pouvait leur expliquer ce qu'il était. Mais ils devaient se contenter de ce que leur racontait Victor. Et Victor n'était pas une personne prolixe. Du coup, ils complétèrent les informations manquantes avec leur imagination. Et leur imagination se perdait dans un labyrinthe d'une complexité infinie.

Bill était différent des autres. C'était probablement l'un des humains auquel il s'identifiait le plus. Ils vivaient tous les deux le même type de solitude. Entourés, mais incompris, ils avaient tendance à se refermer sur eux-mêmes. Et il y avait tous ces humains sur les autres vaisseaux, ainsi que sur les lunes majeures : Miranda, Ariel, Titania et Obéron. Il avait même retrouvé des signatures mentales qu'il reconnaissait. Il avait localisé tous les anciens membres d'équipage de *l'Albatros*. Ils n'étaient pas partis bien loin. À l'exception de l'un d'eux qui s'était installé à Yangoor, tous les autres étaient à Inverness.

Il connaissait les noms de la plupart des cités des mondes d'Uranus. Dès que quelqu'un faisait allusion à un endroit particulier, *Urgaïa* classait l'information dans un coin de sa mémoire spécialement réservé pour ces données. Bill était une source intarissable d'informations dans ce domaine. Il était l'un des seuls à s'intéresser à l'histoire des humains et à celle des noms. *Urgaïa* savait qu'il y avait une pièce particulière à bord de *l'Albatros* nommée la bibliothèque. Comme il était télépathe, il était capable de lire dans les pensées, mais pas dans les livres. C'était très frustrant de songer à cette concentration d'informations inutilisées. Si seulement plus les humains lisaient davantage de livres !

Régulièrement, il sondait les humains à sa portée à la recherche d'un lecteur. Lorsqu'il en trouvait un, il s'insinuait délicatement dans son esprit. Il savait que les humains étaient capables de sentir sa présence sous la forme d'un bourdonnement désagréable. Mais il avait petit à petit appris à se faire plus discret. Il pouvait ainsi suivre les lectures sans incommoder le lecteur. Ces moments rares étaient parmi ceux qu'il appréciait le plus. Autrefois, l'Amiral lui faisait la lecture. Malheureusement, Victor n'était pas un lecteur assidu.

Il aimait aussi beaucoup suivre Victor ou Moïse quand ils partaient vers les lunes. Il faisait toujours en sorte qu'ils sachent qu'il était présent. Il ne voulait pas les espionner à leur insu. Il ressentait même l'agacement de Victor lorsqu'il l'épiait durant ses escapades. Mais il n'avait jamais essayé de lui parler lorsqu'il n'était pas à bord. C'était une règle qu'ils avaient fixée. Pas officiellement, mais *Urgaïa* avait compris que c'était ce que désirait Victor.

◆◆◆

Jamais encore Aménor ne m'avait envoyé un tel message. Il était furieux. Je n'avais toujours pas encore abordé le sujet de Narcisse avec *Urgaïa*. Je pouvais comprendre la réaction du Premier Citoyen. Il était plus que tendu, mais il devait lui aussi comprendre que je ne pouvais pas interroger *Urgaïa* comme je le voulais. Cela faisait presque deux jours que le monstre télépathe ne m'avait pas contacté. Je commençais à paniquer lentement. J'espérais qu'il ne m'avait pas oublié. Et le message d'Aménor n'avait pas calmé mon anxiété. Je n'avais pas encore mal à la tête, mais s'il ne se manifestait pas dans les prochaines heures, la souffrance allait apparaître.

J'avais l'impression d'être seul dans l'univers. Mon entourage semblait refuser de vouloir me comprendre. Heureusement que j'avais mon journal. Ceux qui le liront dans le futur me comprendront peut-être. *Urgaïa* était pour moi à la fois une expérience incroyable, mais aussi une charge énorme. Mais telle une drogue, je ne pouvais pas m'en passer. Je ne voulais même pas partager. *Urgaïa* était à moi. Mais je sentais bien que j'étais en train de le perdre.

C'était ce moment qu'il choisit pour entrer en contact avec moi.

— Tu es tendu ! me dit subitement la voix dans ma tête. C'était une affirmation, non une question.

Il était arrivé si discrètement. Il me semblait qu'auparavant je le sentais venir et j'avais quelques secondes pour me préparer mentalement. Parfois, j'essayais de cacher certaines de mes émotions au plus profond de moi-même, espérant qu'il ne les capterait pas. Mais j'étais presque certain que c'était inutile. Là, j'étais pris au dépourvu. Probablement était-ce parce que j'étais préoccupé par le message d'Aménor que je ne l'avais pas senti venir.

— Je suis effectivement très préoccupé, lui répondis-je.

— C'est ton ami Aménor, le grand chef des humains qui habite si loin qui te préoccupe. Tu veux partager avec moi ?

Il avait parfois des manières si infantiles d'exprimer les choses. C'était probablement moi qui lui avais parlé d'Aménor en ces termes, des années plus tôt. À l'époque, il était encore en plein apprentissage et je le traitais encore comme un petit enfant. Aménor n'apparaissait que très rarement dans nos discussions et *Urgaïa* avait gardé cette image de lui.

— Oui, je veux bien partager avec toi, répondis-je.

C'était peut-être l'occasion d'aborder le sujet Narcisse avec lui. Je continuai :

— Aménor n'est pas très content. Il a un ennemi qui le menace et il voudrait que je l'aide à le retrouver.

— Et tu ne veux pas l'aider ?

— Oh ! Je voudrais bien, mais je pense que je ne lui serais pas d'une grande utilité. Je devrais dire que *nous* ne lui serions pas d'une grande utilité !

— *Nous ?*

— Aménor aimerait utiliser ton talent de télépathe pour trouver des informations sur son ennemi. Pour être franc, je n'aime pas cette idée. Je ne veux pas que tu sois mêlé aux histoires politiques des hommes. Tu es au-dessus de cela.

*Urgaïa* se fit silencieux. Il avait momentanément cessé de se concentrer sur mon esprit. Il était en train de réfléchir. Il n'avait pas la même perception du temps que les humains. Parfois, il lui suffisait quelques nanosecondes pour intégrer des informations gigantesques. Par d'autres moments, il prenait un temps fou pour intégrer de petites choses. J'avais remarqué qu'il avait besoin de beaucoup plus de temps pour analyser et comprendre tout ce qui touchait aux sentiments. Il revint au bout d'une minute :

— Et qui est cet ennemi ?

— L'ancien empereur Narcisse !

J'avais toujours encore le poil qui se hérissait lorsque je prononçais ce nom. Et *Urgaïa* le remarqua :

— Tu ne sembles pas non plus l'aimer ! me répondit-il sur un ton presque ironique. Il est aussi ton ennemi ?

— Les ennemis de mes amis sont mes ennemis, répondis-je sans vraiment réfléchir.

Je savais pourtant que je devais me méfier des phrases toutes faites. Ce qui fonctionnait avec les humains ne marchait pas avec *Urgaïa*. Il ne suivait pas la logique humaine.

— Mais ça n'a pas de sens ! Comment peut-il être ton ennemi s'il ne t'a rien fait !

— Tu as raison, je n'aurais pas dû te parler ainsi. C'est une expression humaine qui n'a effectivement pas de sens. Mais il est mon ennemi parce qu'il a aussi voulu me faire du mal. Il a essayé de me tuer, ainsi que Tulk et tous les membres de *l'Albatros*.

— Tulk m'a parlé de Narcisse. Lui ne le haïssait pas, il avait pitié de lui.

— Chaque humain est différent et réagit différemment à la fois aux événements et par rapport aux autres humains. Tulk était un sage. Je ne suis pas Tulk.

— Vous êtes si difficiles à cerner !

C'était la phrase qui revenait presque à chacune de nos discussions. *Urgaïa* faisait de son mieux pour saisir la nature humaine, mais les petits êtres fragiles étaient à la fois très intelligents et si peu logiques. Leur nature animale prenait toujours le pas sur leur raison. Les humains avaient encore un grand pas à franchir dans leur évolution. Je ne voulais pas revenir sur ce sujet. Nous en avions déjà discuté durant des heures. J'essayai de garder le contrôle de la conversation et de la rediriger vers le sujet qui me préoccupait : Narcisse.

— Que sais-tu de Narcisse ?

— C'est quelqu'un de mauvais, comme il y en a beaucoup chez les humains.

— Mais sais-tu où il est caché ? A-t-il des amis par ici ? Es-tu déjà entré dans son esprit ?

— Je ne sais rien de lui, à part ce que Tulk ou toi-même avez partagé avec moi.

216

— C'est ce qui me semblait.

— Tu es déçu et soulagé. Ta réaction me déconcerte une fois de plus.

— Je suis déçu parce que j'aurais bien aimé donner des informations à mon ami Aménor. Mais je suis soulagé parce que le sujet est clos. Et tu ne seras plus mêlé à cette histoire. Pour changer de sujet, en ce moment même, Bill est en bas, aux commandes de la patrouille.

Je n'essayais pas de cacher ma satisfaction.

— Je sais, je suis en ce moment même avec lui, répondit-il.

Je ne fus pas étonné.

◆◆◆

Contrairement à ce que pensait Victor, le sujet Narcisse était loin d'être clos pour *Urgaïa*. Sa conversation avec Victor avait attisé son intérêt pour l'homme qui faisait même trembler le grand chef de tous les humains. Ce devait être un être doué d'un esprit exceptionnel, même s'il était mauvais. Tous les humains avaient du mauvais en eux, même Victor. Victor lui-même l'avait reconnu.

Il se mit à sonder tous les esprits qui étaient à sa portée, les uns après les autres. Il y avait des millions d'humains dans sa bulle d'influence. La plupart d'entre eux n'avaient que très peu d'informations à lui fournir. Beaucoup n'avaient que de la haine à l'encontre de Narcisse. Ils avaient vécu sous son joug. Certains regrettaient son départ. Une petite poignée d'entre eux en savaient un peu plus sur lui. Prises séparément, toutes ces informations n'avaient pas une très grande valeur. Mais lorsqu'il rassembla les pièces tel un puzzle géant, une image assez claire du personnage se mit en place dans son esprit.

Le Narcisse virtuel qu'*Urgaïa* venait de reconstituer était encore très loin de Narcisse réel, mais *Urgaïa* fut assez content de son ébauche. Il manquait pourtant encore tant de pièces à son puzzle. Seul, un contact avec le vrai Narcisse ou avec quelqu'un qui l'avait approché pouvait lui apporter des pièces manquantes. Tout en essayant de recréer un Narcisse virtuel, une autre partie de son esprit était connectée avec Bill qui effectuait sa première plongée avec les nouvelles capsules.

◆◆◆

Bill dut admettre que l'engin qu'il pilotait n'était pas si mal que ça. Il s'était très vite habitué aux commandes. Il n'y avait pas plus simple. En plus elles étaient bien plus confortables que ses chères anciennes capsules. Plus rapides, plus maniables et pouvant descendre bien plus bas. Et elles avaient une autonomie illimitée. Elles puisaient directement l'hydrogène nécessaire pour les turboréacteurs à fusion dans leur environnement. Et l'hydrogène était le composé le plus abondant de l'atmosphère.

Finalement, il ne regretta pas d'avoir cédé à l'insistance de Victor, même s'il s'abstiendrait de le lui avouer. Il était seul à bord. Un seul pilote suffisait. Trois autres engins identiques suivaient celui de Bill. Ils naviguaient de nuage en nuage, en passant par des zones de brouillard intense, suivies par des éclaircies d'une limpidité cristalline permettant de voir sur de dizaines de kilomètres.

Ils étaient à l'affût d'une proie, un *uranoptère*. Bill savait qu'ils avaient très peu de chances d'en repérer un, mais ils étaient venus pour cela et ils chercheraient jusqu'à en trouver un. Les radars étaient activés, même si jamais aucun radar n'avait détecté un *uranoptère*. Ils semblaient invisibles aux radars, mais ils voulaient mettre toutes les chances de leur côté.

Malgré des transmetteurs ultra-perfectionnés, il n'était toujours pas possible de communiquer avec *l'Albatros*. Lorsque Bill ne communiquait pas avec les engins qui l'accompagnaient, la radio ne crachait qu'un grésillement ennuyeux, le bruit des radiations de l'environnement. Ce grésillement ressemblait beaucoup à celui présent dans son esprit depuis plusieurs heures qui lui indiquait la présence rassurante du Monstre amical.

# Chapitre 24

# Les festivités martiennes

Atama était nostalgique. Il avait dédié toute sa vie à sa planète. Malgré tous ses efforts, Mars n'était pourtant pas devenue le centre du système de Sol. Mais s'il avait échoué dans ce projet, il n'avait pas abandonné pour autant ses ambitions pour la planète. Son projet de terraformation pour la rendre plus accueillante se poursuivait avec grand succès. La température moyenne de la planète ne cessait d'augmenter, même si c'était très lentement.

Pareil pour la pression atmosphérique. Il n'y aurait jamais suffisamment d'oxygène et l'air ne serait jamais respirable sur Mars, il le savait bien, mais le jour où l'on pourrait marcher à l'air libre, sans grosse combinaison, avec juste un petit masque à respirer, n'était plus très loin. C'était déjà le cas dans les endroits les plus profonds sur la planète.

Et sa grande fierté, la nouvelle capitale, était enfin terminée. Cela faisait une semaine qu'il était revenu à Olympe, après son périple avec la belle Elisabeth dans la tempête de sable. Les préparatifs pour les cérémonies d'inauguration avaient commencé. Et les fêtes allaient être grandioses. Mars allait être le centre de l'univers pendant une petite semaine. Le Premier Citoyen en personne ferait peut-être le déplacement. Aménor, son ennemi juré. Mais pour un temps, ils allaient faire une trêve. Il réalisa que sa Vieille Olympe allait lui manquer. La capitale dans le ciel, comme on disait, avait son propre charme, sous sa gigantesque coupole.

Il attendait l'arrivée de la belle Elisabeth. Son architecte en chef devait lui apporter les dernières nouvelles des préparatifs. Il aimait ces moments avant son arrivée. Depuis dix ans c'était comme ça. Il se sentait comme un adolescent amoureux. Elle était parfaite. Elle lui faisait le même effet que Maya autrefois. La perfide Maya. Sa trahison lui avait brisé le cœur.

Mais heureusement qu'il y avait Elisabeth. Probablement la seule bonne chose qu'il eût reçue d'Enora. La belle Élisabeth avait bien fait de ne pas la suivre jusque dans les confins du système de Sol. Elle était restée avec lui. Il avait d'ailleurs tout fait pour qu'elle reste. Une fois de plus, il se dit qu'il n'avait pas à regretter de l'avoir nommée architecte en chef, responsable du chantier de sa nouvelle capitale.

Elle n'avait pas été tout de suite bien acceptée. Atama savait qu'elle était parfaite, qu'elle avait les compétences requises pour le travail. Mais ceux qui allaient se retrouver sous ses ordres ne voyaient pas les choses de la même manière. Ils étaient des professionnels qui se voyaient imposer un chef simplement parce qu'elle avait séduit le vieil empereur. Mais Atama n'avait jamais douté qu'il avait fait le bon choix ; pour preuve, le chantier du siècle touchait à sa fin.

Enfin, on frappa délicatement à la porte de son bureau. Une délicatesse bien spécifique à sa belle Elisabeth. Atama la pria d'entrer. Son architecte en chef s'approcha d'une démarche sensuelle et vint se poster derrière lui. Elle se mit à lui masser le haut du dos. Il était un peu anxieux. Après l'incident de la tempête elle avait boudé pendant plusieurs jours. Mais elle avait fini par oublier et tout était redevenu comme avant.

— Vous êtes bien tendus aujourd'hui, lui dit-elle avec une voix suave.

Elle avait toujours refusé de le tutoyer. Elle voulait garder une certaine distance. Dans le fond, elle aimait bien le vieil homme. Avec le temps, elle avait appris à l'apprécier. Elle savait qu'il était tombé éperdument amoureux d'elle. Il n'avait pas un mauvais fond et avait toujours été très correct avec elle. Il lui avait offert un travail de rêve, à la tête du chantier de sa nouvelle capitale. Elle se sentait bien sur Mars et ne regretta pas de ne pas avoir suivi Virginia Enora dans sa folie, au fin fond du système de Sol.

Elle avait beaucoup mûri au contact de l'ancien empereur et avait perdu beaucoup de son fanatisme. L'Église d'Enora n'était plus sa préoccupation première. Elle continuait à envoyer des rapports à Virginia, mais ceux-ci étaient de plus en plus espacés. Elle ne s'impliquait que très peu dans les affaires locales de l'Église. L'antenne martienne de l'Église de la Conscience était extrêmement réduite.

— Demain c'est le grand jour, se réjouissait le vieil homme.

— Oui, et tout est prêt pour accueillir les invités. Ce sera grandiose ! lui répondit-elle.

— Aménor viendra-t-il ? demanda alors Atama.

— C'est peu probable, répondit Elisabeth. Il ne sort pratiquement jamais de son palais. Probablement nous enverra-t-il son fils Tournon pour le représenter.

— Oui, je crois que c'est mieux ainsi de toutes manières. Je n'ai pas très envie de le rencontrer. Il risquerait de me gâcher mon plaisir. Qui sont les autres représentants que nous allons recevoir ?

— Hiria va représenter la Terre. Kovalsky ne va pas tenter une seconde fois de passer la décontamination. Il vient juste de se réhabituer aux conditions terrestres !

Ils se mirent à rire simultanément. Kovalsky était un drôle de personnage. Atama l'aimait bien. Intelligent et efficace, c'était assez rare pour être respecté. Ce n'était pas le cas d'Hiria, mais au moins elle n'était pas dangereuse.

— Zerdan viendra-t-il ? demanda-t-il encore, inquiet.

— Non, c'était le premier à décliner l'invitation. Bartolu semble occupé avec ceux de Titan et nous envoie le maire de Dido. C'est une femme. Il paraît que c'est une personne très bien.

— Je n'en doute pas. Bartolu est aussi un type bien, même s'il est parfois un peu trop renfermé.

— Les Uraniens n'envoient personne, ils auraient des soucis avec Enora qui, elle non plus, ne viendra probablement pas.

— Eh bien, c'est parfait tout ça. Je craignais de devoir me plier à des mondanités avec les étrangers. Je veux que ce soit avant tout la fête des Martiens.

◆◆◆

Tournon s'était posé la veille sur le tarmac du cosmoport tout neuf de la nouvelle cité qui n'avait pas encore de nom. Il avait été accueilli comme un chef d'État, même si Atama ne s'était pas déplacé. On disait l'homme fatigué. Au moins avait-il vécu assez longtemps pour voir son rêve se réaliser. C'était la première fois que Tournon venait sur Mars. Une vraie planète, pas une simple lune. Seules, deux planètes principales étaient habitées : la Terre et Mars. Tous les autres mondes étaient des lunes, y compris le grand Titan. Mars était à peine plus grosse que Titan et son atmosphère était bien plus fine. Il n'y avait pas cette brume épaisse qui empêchait d'en voir la surface depuis l'espace.

Le spectacle à travers le hublot durant la descente était une merveille. Ils foncèrent droit dans le plus grand canyon dans tout le système de Sol au fond duquel la cité avait été construite. Au loin, on pouvait apercevoir les trois volcans géants de Tharsis. Et derrière eux, sous l'horizon, se trouvait Olympus Mons, le plus grand volcan connu. L'ancienne capitale était située sur ses flancs. La différence d'altitude entre les deux villes avoisinait les vingt kilomètres. La pression atmosphérique au fond du canyon était presque supportable par les humains. La nouvelle cité n'avait pas besoin d'un dôme, même si l'air irrespirable nécessitait l'utilisation de masques. On lui avait dit que le centre de la cité avait tout de même été recouvert d'une toiture cristalline sous laquelle l'atmosphère était respirable. Tournon se voyait mal passer plusieurs heures avec un petit masque respiratoire pour simple protection. Il avait trop l'habitude d'avoir un toit au-dessus de lui.

Il regrettait qu'Halana n'eût pas pu l'accompagner. Bartolu aussi était bloqué sur Titan. Lui et Ruth étaient en campagne électorale. Tournon était le seul membre de la conspiration à participer aux festivités. Il espérait simplement qu'on ne le lui ferait pas trop remarquer. Le peuple de Mars aimait beaucoup son chef et, comme Atama, il n'avait pas trop apprécié le coup d'État. Mais dix années s'étaient écoulées depuis. Tournon se disait que le plus gros de la haine avait été oublié entre temps. Dans le pire des cas, il savait qu'il pouvait compter sur Madeleine. La compagne de Bartolu lui serait d'une grande aide s'il en avait besoin.

◆◆◆

Eléonor Hiria n'était pas à l'aise. Elle n'était d'ailleurs jamais vraiment à l'aise mais, depuis qu'elle était arrivée sur Mars, elle l'était encore moins que d'habitude. Les murs gris de la ville souterraine de Séléna lui manquaient déjà. Elle n'avait jamais quitté la Lune. Elle était née à Séléna, y avait grandi et s'était toujours dit qu'elle y mourrait. Elle n'en était plus aussi sûre. Tout était si différent ici et elle se sentait étrangère. L'accueil fut pourtant chaleureux, mais la manière dont ces gens l'observaient, leur façon de parler, leur façon de se vêtir, tout lui indiquait qu'elle n'était pas chez elle. Le voyage entre la Séléna et Mars n'avait pas été trop long. Parmi tous les étrangers, c'était elle qui avait la plus petite distance à parcourir. Cela l'avait rassurée quelque peu.

Elle avait déjà eu des contacts avec Atama, et même avec les gens de Saturne et Uranus. Mais toujours à distance. Elle allait enfin les rencontrer en personne. Ce qui ne la rassura pas. Le seul gouverneur d'un monde externe qu'elle avait déjà rencontré en personne, c'était évidemment Virginia Enora. L'ancienne présidente avait séjourné à Séléna pendant sa cure de décontamination avant de partir pour Mars, puis pour Neptune. Mais c'était bien avant qu'elle ne devînt gouverneur de Slidr. Leurs rapports n'avaient pas été très bons.

Heureusement, Virginia ne serait pas présente pour les festivités martiennes. Hiria se demandait même si elle avait été invitée.

◆◆◆

Madeleine se sentait importante. Son cher Any, le gouverneur Anatoli Bartolu lui avait fait un beau cadeau en lui proposant de représenter les mondes de Saturne à la cour d'Atama pour les festivités d'inauguration de la nouvelle capitale. Bartolu en avait assez des inaugurations. Les neuf célébrations qu'il avait présidées durant l'année écoulée lui avaient amplement suffi.

Elle se demandait même s'il n'avait pas accepté d'accompagner la jeune princesse en campagne sur Titan pour avoir une bonne excuse et ne pas venir à la grande fête sur Mars. Connaissant son homme, ce n'était pas totalement impossible. Elle n'était pas jalouse. Elle savait que la jeune princesse n'intéressait pas le gouverneur. La jeune fille était amoureuse de Tournon, mais ce dernier la considérait davantage comme une sœur. Cela finirait un jour par créer des problèmes, mais ce moment n'était pas encore venu.

Elle était un personnage important et connu dans les mondes de Saturne. Elle était à la tête de la ville saturnienne la plus importante économiquement, et seconde par la taille derrière la nouvelle Ithaca. Mais elle n'avait jamais eu l'occasion de se faire connaître ailleurs dans la Fédération. Cette occasion était enfin venue. Elle n'avait pas peur d'affronter Atama. Et puis, le jeune Tournon serait là aussi. Sa chambre d'hôtel dans la *Cité Sans Nom* comme on s'amusait à l'appeler était spacieuse et très confortable. Elle aimait cette planète, et elle savait qu'elle allait aimer la ville qui aurait enfin un nom officiel dès le lendemain.

Dès son arrivée, elle demanda à la réception que l'on contactât Tournon qui devait déjà être là. Elle attendait patiemment l'arrivée du jeune diplomate. Elle espérait pouvoir aller faire un petit tour avant le dîner pour avoir un avant goût de ce qui les attendait le lendemain. Elle était aussi impatiente d'écouter le récit de la dernière aventure de Tournon sur la petite planète Vesta. Bartolu lui avait fait part de la dernière idée d'Aménor pour contrebalancer la secte d'Enora. Madeleine n'était pas convaincue que cette démarche eût une chance de succès, mais ça valait malgré tout la peine d'être essayé. C'est à ce moment qu'on frappa à la porte. Tournon était enfin là.

◆◆◆

L'avenue principale recouverte d'un toit transparent était bondée d'une extrémité à l'autre. Les rues adjacentes ne l'étaient d'ailleurs pas moins. On avait fait le déplacement depuis l'ensemble des trente deux cités de Mars. Il y avait même des touristes venus de bien plus loin, Jupiter, Saturne et même Uranus. Partout, on avait installé des stands. La nourriture ne manquait pas et les débits de boissons étaient prêts à fournir tout ce que la foule demanderait. Des écrans géants avaient été installés partout dans la cité pour retransmettre tous les événements importants de la journée.

Tout était prêt et la foule attendait le signal officiel du début de la fête. Elle était étrangement calme. Au bout de l'avenue principale, sur l'esplanade qui s'étendait devant le grand bâtiment qui allait abriter le gouvernement de la planète, on avait érigé une estrade. Sur des fauteuils très confortables étaient installés le gouverneur Atama, entouré des représentants de la planète et quelques invités venus d'autres mondes. La représentante de Kovalsky, Eléonor Hiria était assise à la droite du maître des lieux. Madeleine Castillo se trouvait à sa gauche. Tournon était installé de l'autre côté de Madeleine. Les autres personnages présents sur l'estrade étaient essentiellement des représentants du gouvernement martien et des maires des cités martiennes. L'architecte en chef, Elisabeth Townsend, était là aussi. On disait qu'elle n'était jamais bien loin d'Atama.

À l'heure annoncée, Atama se leva et se dirigea vers le pupitre placé au milieu de l'estrade. Un silence de mort d'abattit sur la foule. Suivit un discours fleuve enflammé. Atama commença par retracer l'histoire de la colonisation de l'espace. Il poursuivait avec l'histoire de sa planète, l'aventure de la terraformation. Il était intarissable. Il parlait de sa planète avec la flamme de l'amour. Madeleine fut émue de constater à quel point cet homme aimait sa planète et son peuple. Tout ce qu'on disait de lui au loin était loin d'être vrai. L'homme, qui avait semblé fatigué quelques minutes plus tôt, avait retrouvé toute sa fougue.

Le moment que tout le monde attendait était celui où le maître des lieux annoncerait le nom qu'il avait choisi pour la ville. L'audience était pendue à ses lèvres. Atama jouait le suspense. Ce n'était qu'au bout de la treizième minute qu'il révéla enfin le grand secret. La cité dans laquelle ils étaient tous réunis s'appellerait... Utopia. Utopia était le nom d'une des grandes plaines de l'hémisphère Nord de la planète Mars.

Mais Atama avait décidé de l'appeler ainsi parce que, depuis toujours, il s'était battu pour transformer son utopie en réalité. Son rêve de toujours était de terraformer la planète pour la rendre plus hospitalière. Et les changements commençaient à être visibles. La nouvelle cité en était le symbole. Chacun dut convenir que le nom ne pouvait pas être plus adapté et c'est dans une salve d'applaudissements et de cris de joie qu'il fut accueilli. Atama rayonnait de bonheur.

Le discours se termina cinq minutes plus tard et fut suivi par une seconde salve d'applaudissements. Puis, se fut au tour de Tournon de déclamer le message du Premier Citoyen. Il fut écouté poliment et eut droit aux mêmes applaudissements. Le moment était solennel et on avait oublié tous les conflits diviseurs du passé. Suivirent encore quelques discours de dignitaires locaux. Madeleine regretta de n'avoir pas prévu d'intervention. Cela aurait été une bonne occasion de se faire mieux connaître.

Enfin, Atama annonça officiellement le début des festivités. Les personnalités purent alors se rendre dans le grand hall du bâtiment gouvernemental où les attendait un buffet impressionnant. La maquette d'Utopia trônait au milieu de la salle. Atama était sur un nuage. Avec Elisabeth à son bras, il allait d'un invité à l'autre, acceptait les félicitations, parlait avec chacun sur un ton particulièrement aimable.

◆◆◆

Madeleine et Tournon se promenaient dans les rues couvertes du centre d'Utopia. Après la réception, ils avaient décidé de visiter un peu la nouvelle cité. Ils étaient deux anonymes dans la foule.

— Ça se passe toujours comme ça, les voyages diplomatiques ? demanda Madeleine.

— Malheureusement non ! répondit Tournon, avant de reprendre. La plupart du temps c'est même très ennuyeux. On est rarement aussi bien accueilli.

— Comment s'est passée votre visite sur Vesta ? demanda-t-elle.

Tournon se demanda comment elle avait pu avoir connaissance de cette mission qui pourtant avait très confidentielle. Il préféra ne pas lui poser la question. Aménor avait son réseau et probablement, par l'intermédiaire de Bartolu, elle en faisait partie. Aménor avait gardé une confiance absolue dans le petit cercle original des conspirateurs. Ce qui se passait à Memphis n'avait pas de secrets pour Bartolu, Kovalsky, Victor ou encore lui-même. Tournon pensait que si Aménor lui disait tout, c'était parce qu'il était son fils, son successeur.

Mais il se rendit compte que c'était surtout parce qu'il faisait partie de ce cercle.

Aménor incarnait le personnage du Premier Citoyen. Et c'est sur lui que pleuvaient les coups. Mais en réalité, le Premier Citoyen était un ensemble de personnes. Ils étaient tous plus ou moins associés aux décisions. Seul, Victor s'était un peu écarté du groupe pour exercer sa responsabilité particulière autour d'Uranus. Autour de ce petit cercle, il y avait un deuxième cercle de conseillers proches qui incluait Maya, Halana, Madeleine, ou encore le gouverneur Mirelli. Peut-être aussi Eléonor Hiria, mais Tournon en doutait. L'information circulait entre toutes ces personnes même si Tournon avait parfois du mal à comprendre comment.

— Mais ça s'est plutôt bien passé, répondit finalement Tournon. Les choses ont bien changé depuis la visite de Maya il y a dix ans. J'ai été très bien accueilli.

— En voilà une bonne nouvelle, reprit Madeleine, sincèrement soulagée. Vous pensez qu'ils nous viendront en aide dans notre bataille contre la secte d'Enora ?

Tournon nota une fois de plus que Madeleine utilisait le *nous*. Était-elle entrée dans le premier cercle ? Cette femme mystérieuse l'intriguait.

— Ils ont dit qu'ils réfléchiraient. En langage diplomatique, cela signifie que oui. Mais je ne vois pas vraiment ce qu'ils pourraient nous apporter ! continua Tournon, sceptique.

— Je vois ce que vous voulez dire. Nous verrons bien. Au moins, cela nous fera un allié en plus et donc un ennemi potentiel en moins.

Alors, qu'ils continuaient à errer à l'air libre dans les rues couvertes, le visage de Madeleine s'illumina.

— Voilà ce que je voulais vous montrer avant de quitter Mars.

Du doigt, elle indiqua l'entrée d'un bâtiment qui se trouvait à une cinquantaine de mètres d'eux.

— Le musée de l'histoire de Mars ? demanda Tournon, étonné.

— C'est le nouveau musée. Les collections ont été transférées de l'ancienne capitale il y a seulement deux jours. Il y a là des artéfacts qui ne symbolisent pas seulement l'histoire de la planète d'Atama, mais la grande histoire de l'humanité. Venez, suivez-moi.

Elle l'emmena à l'intérieur du bâtiment. Le musée était un vrai labyrinthe mais elle n'eut aucun mal à trouver ce qu'elle était venue chercher. Tournon se laissa guider, impatient de voir ce qu'elle voulait lui montrer. Madeleine n'avait jamais mis les pieds sur Mars, mais elle semblait parfaitement savoir où elle allait dans le dédale. Ils étaient pratiquement seuls. La population était en train de festoyer dans les rues.

— Je suis déjà venue ici, fit-elle, avec un grand sourire.

Tournon semblait ne pas comprendre. Non seulement elle n'avait jamais mis les pieds sur cette planète auparavant mais en outre, le musée venait tout juste d'ouvrir ses portes, comme elle le lui avait expliqué quelques minutes plus tôt. Son air circonspect amusa beaucoup Madeleine. Elle reprit :

— Je veux dire virtuellement ! Le musée a été recréé virtuellement et il est possible de le visiter dans l'infosphère. En fait, il existait virtuellement bien avant qu'il soit terminé en réel.

Tournon parut soulagé. Madeleine avait toute sa tête. Et lui aussi. Ils se dirigèrent vers la salle centrale. Une grande pièce circulaire d'environ soixante mètres de diamètre surmontée d'un dôme transparent situé à une cinquantaine de mètres au-dessus de leurs têtes. Contrairement à toutes les autres salles du musée, celle-ci n'était pas encombrée d'un fatras d'objets divers. Quatre petites coupoles de verre de trois mètres de large se partageaient l'espace. Et, sous chacune de ces coquilles transparentes, il y avait une carcasse métallique.

Madeleine, faisant signe à Tournon de la suivre, s'approcha presque religieusement de la première coquille.

— C'est *Vicking I*, dit-elle à voix basse.

Tournon regarda l'objet de plus près. C'était une sorte de grosse araignée métallique à trois pattes de plus de deux mètres de large. La corrosion avait fait son travail et il était difficile de s'imaginer à quoi cet objet avait pu ressembler à l'origine, s'il n'y avait pas eu la petite pancarte avec l'image de l'objet avant sa destruction par le temps. La petite antenne de communication avait disparu, et le long bras qui avait servi à analyser le sol s'était détaché. L'espèce de tuyau en partie désagrégé posé à même le sol à côté de l'araignée de métal devait être tout ce qu'il en restait.

— Le premier ambassadeur des humains sur cette planète, fit-elle, émue. Bien qu'il y eût eu d'autres sondes envoyées sur Mars avant lui, c'était le premier à envoyer des images et des données depuis la surface de Mars. Et il a fonctionné pendant plus de six années.

Tournon écoutait son guide avec attention. Il fut lui aussi happé par l'émotion. Il avait l'impression de se trouver dans une cathédrale, devant une sainte relique. Et il se dit que ce n'était pas qu'une impression. Il était réellement dans une cathédrale et c'était un instant magique. Sans prononcer la moindre parole, ils se dirigèrent vers les autres coupoles. Le jumeau de *Vicking I* se trouvait dans la coquille suivante. *Vicking II* avait encore plus souffert du temps que son jumeau. Il lui manquait même une patte.

Sous les deux autres coquilles de verre ils pouvaient encore observer un ensemble hétéroclite de structures métalliques. On avait rassemblé là tout ce que les archéologues martiens avaient pu retrouver des anciennes sondes terriennes, arrivées sur la planète bien avant la colonisation par les hommes eux-mêmes. Et chacun de ces cadavres métalliques suscitait une émotion particulière. C'était grâce à ces pionniers que les hommes avaient pu, par la suite, essaimer dans tout le système de Sol. Les racines de la Fédération se trouvaient là, sous leurs yeux.

Ils restèrent encore de longues minutes à contempler ces reliques avant de quitter la cathédrale. Ils ne firent que peu attention au reste de la collection du musée. Ce n'est que lorsqu'ils furent à nouveau dans la rue que Tournon rompit le silence.

— Je ne m'attendais pas à vivre une telle expérience sur Mars. C'est incroyable à quel point ces vieux tas de ferrailles nous remettent à notre petite place dans l'histoire.

Madeleine acquiesça d'un signe de la tête, avant de répondre :

— Et c'est encore plus impressionnant en vrai qu'à travers l'infosphère ! Saviez-vous qu'à Séléna, il y a un musée analogue ? Il y a là-bas des centaines de ces tas de ferraille comme vous les appelez. Il va falloir que je trouve un prétexte pour aller à Séléna, conclut-elle.

— Dommage que le vice-gouverneur Hiria soit déjà reparti. Vous auriez pu en discuter avec elle.

— Je ne suis pas sûre qu'Hiria aurait été intéressée par le sujet, répondit Madeleine sur un ton ironique.

— Vous ne l'aimez pas beaucoup, à ce que je vois.

— Je dirais simplement que c'est une personne peu sociable, qui est très mal à l'aise en présence des autres et qui met les autres mal à l'aise. J'ai plutôt pitié d'elle.

Tournon regretta d'avoir dévié la conversation vers le vice-gouverneur et tenta de revenir au sujet précédent

— Vous pensez qu'un jour on retrouvera aussi des artéfacts autour de Saturne ?

— Seul le monde de Titan a été visité par des sondes à l'époque précoloniale et Titan est un monde très actif. Les pluies diluviennes ont probablement effacé toutes traces de leur passage.

— Alors, vous croyez que les recherches des archéologues sur Titan sont vaines ? demanda-t-il, déçu.

— Le site du tout premier atterrissage d'un engin humain sur Titan est parfaitement connu grâce aux images d'archives. Cela fait des siècles que les archéologues le fouillent. Il ne devrait pas être difficile de trouver ne serait-ce qu'un tout petit fragment de métal, au milieu de ces plaines de glace. Et pourtant, ils n'ont rien trouvé.

— Ils disent que c'est parce que les inondations régulières ont tout emporté au loin.

— Ils ont sans doute raison, mais ces inondations ont aussi probablement disloqué l'engin en milliers de petits fragments et ces morceaux doivent maintenant être enfuis sous des tonnes de sédiments. À mon avis, les chances de retrouver le *radeau de Ligeia* sont bien plus grandes. S'il a effectivement coulé, il a peut-être été préservé dans l'environnement très calme du fond de la mer.

Tournon avait totalement oublié le *radeau de Ligeia*. C'était le second artéfact des humains à s'être posé sur Titan. L'engin avait directement amerri dans la seconde mer de Titan, Ligeia Mare, afin d'étudier cet endroit exotique, une immense étendue de méthane et d'éthane liquide. Il avait probablement coulé après la fin de sa mission d'exploration.

◆ ◆ ◆

Eléonor était revenue à bord de son vaisseau. Même si elle avait beaucoup apprécié la cérémonie, elle ne voulait pas s'attarder sur ce monde étranger. *Etranger, mais magnifique*, dut-elle admettre. Elle ne voulait pas s'habituer à Mars, ses paysages et sa splendide capitale. Elle n'en aurait que plus de mal à retourner chez elle, dans la triste Séléna, la ville souterraine qui ne voyait jamais un rayon de Sol. C'était son premier voyage loin de chez elle et, pour la première fois, elle prit conscience de la réalité de Séléna. Il y avait toujours vécu, elle n'avait connu qu'elle, elle y était habituée. Mais, sur Mars, elle avait vu bien autre chose.

Rien ne serait comme avant. Elle prit une grande décision. Séléna ne serait jamais à la hauteur d'Utopia, mais elle pouvait quand même essayer d'améliorer le confort de sa ville et pourquoi pas creuser le sol, se débarrasser du plafond rocheux et déposer un gigantesque dôme transparent. Ou même plusieurs dômes en plusieurs endroits. L'étage supérieur de Séléna pourrait ainsi aussi recevoir la lumière naturelle de l'étoile centrale.

Le vieux Martien aussi l'avait surprise. Il avait été très gentil avec elle. Il avait toujours symbolisé l'ennemi juré de la Terre. Hiria n'avait jamais eu directement affaire à lui. C'était le boulot d'Enora et de Kovalsky. Elle n'avait pas eu l'occasion de se faire son propre jugement sur le personnage. Elle avait aussi remarqué sa jeune compagne. Elle lui rappelait son jeune Hugh. D'ailleurs, Atama ne lui avait-il pas dit qu'elle avait aussi abandonné Enora lors de son voyage vers *l'Extérieur* ? Quelle drôle de coïncidence !

# Chapitre 25

# Les bas-fonds de Séléna

La spéléologie n'était pas un sport pratiqué à Séléna et Hugh eut beaucoup de mal à rassembler le matériel nécessaire pour monter son expédition. En allant de boutiques en boutiques, il était finalement arrivé à se constituer ce qui s'approchait le plus d'une tenue de spéléologue. Sur Terre, sa tenue improvisée aurait fait rire n'importe quel amateur de ce sport, et même tous ceux qui ne le pratiquaient pas. Mais à Séléna, personne n'aurait été capable de faire la différence.

Il n'espérait pas rester très longtemps dans les bas-fonds de Séléna et ne jugea pas nécessaire d'emporter beaucoup de provisions. Tout au plus de quoi tenir une journée. Ce qui pesait le plus, c'était les batteries de rechange de ses deux lampes torches. Son sac à dos était très lourd et le ralentissait passablement.

Sur les vieux plans qu'il avait dénichés dans la salle des archives, il avait repéré plusieurs cages d'escaliers qui descendaient dans les étages inférieurs. La plupart des passages vers le bas avaient été condamnés depuis longtemps, mais il finit par trouver un passage ouvert à l'extrémité nord de la cité. Les habitants du quartier connaissaient le passage, mais ils assuraient n'être jamais allés voir ce qu'il y avait en bas. Ils semblaient même gênés de parler du passage. Qu'avaient-ils donc à cacher ? Au moins, ils ne tentèrent pas de le dissuader de descendre.

La combinaison semi-isolante qu'il portait faisait partie de sa tenue. En bas, il devait faire plutôt froid. Il n'y avait probablement plus de chauffage. Mais ce qui l'inquiétait le plus, c'était l'absence totale de lumière. Dans le noir, il serait incapable de retrouver le chemin du retour. Tout en descendant les marches de l'escalier sans fin, il regretta ne n'avoir pris qu'une lampe de rechange. Mais c'était trop tard, il n'allait pas revenir sur ses pas. Pas encore, en tout cas.

Après vingt trois minutes de descente, il se retrouva au premier niveau inférieur. Il savait qu'il y en avait encore deux autres en dessous. Il hésita longtemps. La prudence lui conseillait de commencer par explorer ce niveau, mais la curiosité l'incita à descendre encore un niveau plus pas. La curiosité l'emporta. La descente vers cet autre niveau ne prit que dix-neuf minutes. Il n'avait pas compté les marches et était incapable de dire s'il avait marché plus vite où si les niveaux avaient des hauteurs différentes. Il ne s'était jamais posé cette question et se promit de vérifier ce détail dès son retour dans la zone habitée de Séléna, deux niveaux plus haut. C'est à ce moment qu'il réalisa que la montée allait être bien plus pénible.

Un silence de mort régnait autour de lui. Chacun de ses pas lui renvoyait un écho. L'obscurité n'arrangeait rien à cette atmosphère cauchemardesque. Il balaya les alentours avec le faisceau de sa torche. Il constata qu'il se trouvait à l'extrémité d'une large avenue rectiligne qui se perdait au loin dans l'obscurité. De chaque côté de la route déserte s'alignaient des bâtiments en parfait état. Tout semblait bien propre. Hugh s'attendait à trouver une couche épaisse de poussière, mais il n'y en avait que très peu. Ce monde clos avait été préservé de l'usure du temps.

Il décida de suivre la route toute droite qui se déroulait devant lui. De cette manière, il retrouverait plus facilement son chemin vers le haut lorsqu'il reviendrait sur ses pas.

◆◆◆

Le retour d'Eléonor s'était fait dans la bonne humeur. Elle avait des images plein la tête et échaffaudait toutes sortes de plans pour améliorer la vie dans sa cité. Sa seule déception fut de ne pas apercevoir Hugh à son arrivée au cosmoport. Elle aurait tant aimé qu'il vînt l'accueillir au bas de la passerelle, à sa sortie du vaisseau. Par contre, tous les conseillers mielleux avaient fait le déplacement. C'était mieux que rien.

Elle avait très envie de parler de ses idées pour la cité. Mais pas avec le troupeau qui l'entourait. Ces gens étaient incapables de saisir l'envergure du projet, et encore moins de lui donner un avis sincère. Elle les entendait déjà s'extasier devant la merveilleuse idée de leur supérieure. Comment avait-elle pu être stupide au point de s'entourer de ces imbéciles ?

Avant elle aimait leur compagnie. Ils lui donnaient un peu confiance. Mais tout avait changé. Ils tournaient autour d'elle depuis à peine dix minutes et elle les exécrait déjà. Ces crétins étaient en train de lui casser sa bonne humeur. Elle était à peine de retour sur la Lune que déjà elle sentait son humeur changer. C'était l'endroit lui-même qui lui faisait cet effet.

Elle savait qu'elle allait très vite redevenir l'Eléonor d'avant son voyage vers Mars si elle ne réagissait pas au plus vite. Cela ne la motiva que davantage pour lancer ses grands projets.

Elle espérait pour Hugh qu'il avait une bonne raison de ne pas être venu l'accueillir. Elle se dit que probablement il était entre les bras d'une nouvelle conquête facile. Une autre poule à son tableau de chasse ! Si cela s'avérait vrai, elle allait définitivement mettre fin à cette relation sans avenir. Elle avait assez fermé les yeux sur son comportement. Cela aussi, elle voulait le changer.

◆◆◆

Hugh était un peu déçu. L'avant dernier niveau ressemblait aux niveaux supérieurs, les gens en moins, l'obscurité et le froid en plus. Il avait visité plusieurs bâtiments. Tous étaient en très bon état. Il s'était même installé dans ce qui devait avoir été une cuisine pour se restaurer et se reposer un peu. La pièce était au deuxième étage du bâtiment. Une baie vitrée donnait sur la rue. Mais il n'y avait rien à voir dans l'obscurité. Les barres énergétiques n'avaient pas beaucoup de goût, mais elles faisaient efficacement passer la faim. Il n'avait pas très soif. Probablement à cause du froid. Il n'avait jamais connu une telle solitude, un tel calme. La Séléna qu'il connaissait était une fourmilière au grouillement incessant.

Il voulait profiter un peu de ce calme. Il somnolait, étendu à même le sol, la lampe éteinte. C'était une expérience unique. Était-ce à cela que ressemblait la mort ? Si c'était le cas, ce ne serait pas aussi terrible. Puis, il se dit que si cela devait durer éternellement, ça pourrait effectivement devenir un enfer. Il fut subitement tiré de ses songes par des bruits de pas qui s'amplifiaient dans la rue. À travers une baie vitrée qui donnait sur la rue, il distingua un faisceau lumineux qui dansait.

Il s'approcha de la fenêtre en faisant le moins de bruit possible. C'est là qu'il vit un groupe d'hommes remonter la rue. Ils se dirigeaient vers le centre de la cité. Ils devaient venir du même endroit que lui. Ils portaient de très gros sacs sur leur dos. Enfin quelque chose d'intéressant, se dit-il. Le groupe ne se savait pas observé. D'ailleurs, les cinq gaillards se croyant probablement seuls ne faisaient aucun effort pour dissimuler leur présence.

Hugh, qui ne voulait pas rater cette occasion unique de vivre enfin une vraie aventure, décida de suivre discrètement ces nouveaux arrivants. Leur présence en ce lieu avait éveillé sa curiosité. Ils devaient forcément manigancer quelque chose. Leurs charges ne leur permettaient pas de marcher très vite, mais ils semblaient savoir où ils allaient. Ils n'étaient pas des explorateurs qui venaient pour la première fois.

Pour ne pas se faire remarquer, il décida d'enlever ses bottes dont le bruit de pas aurait pu le trahir. Il avait des chaussettes bien épaisses et espérait qu'elles suffiraient à lui tenir les pieds au chaud. S'il arrivait à les suivre d'assez près, il n'aurait pas besoin d'utiliser une torche.

Ce petit jeu du chat et de la souris dura plus de deux heures. Hugh s'était pris au jeu et ne voyait pas le temps passer. Les cinq suspects n'avaient jamais quitté la ligne droite de l'avenue. Hugh écoutait ce qu'ils disaient tout en les suivant. Leurs paroles étaient amplifiées comme le bruit de leurs pas. Ils semblaient se plaindre de leur travail. Hugh comprit que leur chef, dont il n'arrivait pas à saisir le nom, leur faisait terriblement peur et qu'il ne payait pas leur travail à sa juste valeur.

Dans l'obscurité, Hugh ne voyait pas où il posait les pieds. Il suivait les lumières devant lui. Il ne vit donc pas l'objet métallique qui traînait sur le trottoir lorsqu'il le heurta. Il était incapable de dire de quoi il s'agissait. L'objet était très léger et ne le blessa point. Mais il alla s'envoler dans la rue et rebondit trois fois sur le sol avant de s'immobiliser. Chaque rebond émettait un bruit métallique amplifié par l'écho. Hugh eut juste le temps de se plaquer contre un mur le long du trottoir.

– Vous avez entendu ? Il y a quelqu'un ! entendait-il dire devant lui.

– Mais non, il n'y a personne, répondit l'un de ses compères.

Hugh retint sa respiration. Dans l'obscurité totale dans laquelle il se trouvait, il était incapable de trouver le moindre endroit où se cacher. Et il ne pouvait pas allumer une de ses lampes sans se faire repérer. Il espérait simplement qu'aucun des faisceaux de leurs torches ne serait dirigé sur lui.

– Probablement un rat ! Ces salles bêtes sont partout, grommela un troisième.

Ils reprirent leur chemin sans se soucier davantage de ce qu'ils avaient entendu. Hugh avait eu chaud. Mais il ne fut pas découragé pour autant et, au lieu de rebrousser chemin, il continua à les suivre.

Et puis, enfin ils s'arrêtèrent devant un bâtiment un peu plus grand que les autres. Une sorte de hangar. À distance, Hugh remarqua que son portail était cadenassé, alors que tous les autres bâtiments

234

qu'il avait croisés sur le chemin étaient libres d'accès. L'un des hommes avait la clé. Il déverrouilla le cadenas et la petite troupe s'engouffra dans le hangar. Hugh s'approcha discrètement et se glissa lui aussi dans le hangar mystérieux. Les autres continuaient à avancer dans la grande salle jusqu'à ce qu'ils atteignirent une montagne de sacs identiques à ceux qu'ils portaient sur le dos. Là ils déposèrent leurs charges. Ils semblaient ravis d'avoir enfin pu s'en débarrasser. Ils s'assirent à même le sol et l'un d'entre eux sortit une gourde. Chacun à son tour en but une gorgée.

Hugh réalisa que lui aussi avait très soif. Mais ce n'était pas le moment de boire. Il était curieux de savoir ce que pouvaient bien contenir les sacs. Et à qui ils appartenaient. Il prit soudain conscience que ceux qu'il poursuivait allaient probablement revenir sur leurs pas, maintenant que leur travail était accompli. À la seule lumière des torches des cinq hommes situés à une cinquantaine de mètres de lui, il essaya de repérer un endroit où se cacher. Depuis le temps qu'il les suivait dans le noir, sa vue s'était adaptée à la très faible lumière des torches. Eux ne pouvaient toujours pas le voir. Toujours discrètement, il se glissa derrière un gros objet sombre qu'il pouvait à peine distinguer.

Les cinq compères se relevèrent rapidement et prirent le chemin vers la sortie. Ils refermèrent derrière eux le portail. Hugh put entendre tourner la clé qui cela le cadenas. Et en même temps il prit conscience du sort qui l'attendait. Il ne réalisa qu'à ce moment la bêtise qu'il venait de faire…

◆◆◆

Cela faisait deux jours qu'elle était revenue à Séléna et Hugh n'avait toujours pas donné signe de vie. Elle avait estimé que ce n'était pas à elle de le contacter en premier. Le comportement de son amant était inadmissible. Elle avait pris de bonnes résolutions et était persuadée que tout allait changer après son retour, et voilà que cet imbécile était en train de tout gâcher. Et l'imbécile en question lui manquait et elle était très inquiète. Elle dut admettre qu'il n'était pas qu'un simple objet sexuel pour elle. Elle avait besoin de sa présence.

Elle prit donc les devants et essaya de le contacter. Mais il ne répondit pas. Elle décida alors d'envoyer ses conseillers mielleux à sa recherche. Au moins lui serviraient-ils à quelque chose. Tels qu'elle les connaissait, ils allaient sans doute mettre toute leur énergie dans cette mission. Chacun voulait être le premier à ramener Hugh, espérant ainsi une récompense.

Et cette émulation fut effectivement couronnée de succès. Très vite, elle apprit que Hugh était parti explorer les bas-fonds. Ses valeureux conseillers avaient retrouvé les originaux des plans de la cité dont s'était servi Hugh pour monter son expédition. Elle comprit alors qu'il était vain d'essayer de partir à sa recherche. Si Hugh s'était perdu dans le gigantesque labyrinthe des sous-sols de Séléna, elle ne le reverrait jamais.

Sur Mars, elle avait oublié tous ses soucis. Mais ceux-ci ressurgissaient en bloc à peine était-elle de retour. Elle se rappela qu'elle avait aussi négligé l'affaire de la disparue. En attendant des nouvelles de Hugh, elle allait se concentrer sur cette affaire. Un bon moyen de se détendre était de passer ses nerfs sur quelqu'un. L'heureux élu serait le responsable de la police de Séléna, le commissaire Anselm !

♦♦♦

Hugh avait fait trois fois le tour de l'entrepôt dans lequel il s'était retrouvé emprisonné. Comme il le redoutait, il n'y avait pas d'autre issue. Il était bel et bien fait comme un rat. Personne ne savait où il était et il ne pouvait compter que sur lui-même pour s'en sortir. L'espoir du premier jour s'était rapidement dissipé. Il se rappela sa pensée sur l'enfer à son arrivée à ce niveau de la cité. Il ne s'imaginait pas qu'il allait y goûter aussi rapidement. Il essaya d'économiser le peu de nourriture et surtout les batteries pour ses lampes le plus longtemps possible.

La plupart du temps, il resta dans l'obscurité. Il réfléchissait. Non pas à la manière de sortir de l'entrepôt, il avait compris assez rapidement que sa seule chance serait que les cinq hommes, ou d'autres comme eux, revenaient redéposer des sacs. Mais rien ne disait qu'ils venaient souvent. Peut-être ne le faisaient-ils qu'une fois par mois. Si c'était le cas, il était condamné.

Pour passer le temps et oublier la faim et la soif, il essayait de comprendre ce qui se tramait en ce lieu. Il avait regardé dans ce qu'il y avait dans les sacs. Ils contenaient tous de la poudre de cristal renforcé. La matière de base de la fabrication des baies des navires, mais surtout des coupoles qui recouvraient et protégeaient les cités de glace. C'était la matière première la plus rentable fabriquée sur la Lune et quelqu'un en détournait une grande partie. Dans le hangar, il y en avait pour une immense fortune.

Combien d'autres hangars du même genre se cachaient-ils sous la partie habitée de la cité ? Combien d'autres surprises l'attendaient-elles encore ? Il était très vite tombé sur les cinq gaillards et leur entrepôt. Il n'avait pas exploré le centième du niveau, et il y avait encore deux autres niveaux, dont un encore plus bas. Il ne comprenait pas pourquoi ces trois niveaux avaient été désertés. Avaient-ils seulement été habités un jour ?

D'après leur état, probablement jamais. Les constructeurs de la cité avaient-ils vu trop grand ? Oui, ce devait être ça. Les immigrants s'étaient probablement installés au plus près de la surface. Les étages avaient dû se remplir par le haut, les trois étages bas n'ayant jamais servi, faute de population. Avec le temps, ces niveaux avaient été oubliés.

Mais pas par tout le monde. À eux trois, les niveaux du bas occupaient une surface plus importante que Memphis, la grande capitale. Hugh comprenait mieux pourquoi la police de Séléna avait tant de mal à mettre la main sur les clans de trafiquants. Il n'essaya même pas d'imaginer ce que les bas-fonds pouvaient encore receler. On pouvait sans problème y cacher une armée entière, son matériel compris. Hiria serait contente d'apprendre ce qu'il avait découvert. Mais pour pouvoir le lui annoncer, encore fallait-il qu'il sortît de sa prison !

Il gisait non loin du portail d'entrée. Il était prêt à se glisser dehors dès que celui-ci serait ouvert. Dans le silence, il guettait le moindre bruit. Il se rendit compte que les lieux n'étaient pas si inhabités que cela. Les trafiquants qu'il avait suivis avaient raison. Il y avait des rats partout. Après trois jours passés dans le silence, il était capable de les entendre. Il venait de finir sa dernière barre énergétique. Sa gourde était encore à moitié pleine. Le froid l'empêchait d'avoir très soif. Il ne transpirait pas et ne perdait donc pas beaucoup d'eau. Mais il devait tout de même veiller à ne pas se déshydrater. Il estima qu'il pourrait encore tenir trois jours tout au plus.

Il n'eut pas à attendre aussi longtemps. Il ne savait d'ailleurs pas combien de temps il avait attendu. Il avait totalement perdu la notion de temps. Tout lui semblait si irréel ! Mais les bruits de pas qui s'approchaient avaient l'air très réels, quant à eux. Quelques minutes plus tard, le portail s'ouvrit dans un fracas assourdissant. Trois hommes pénétrèrent, chargés de sacs. Ils se dirigèrent vers le tas tout comme leurs cinq compères quelques jours plus tôt. Hugh ne se fit pas prier et quitta aussi vite que possible le lieu. Presque comme hypnotisé, il se mit à courir dans l'obscurité. Les trois trafiquants ne le remarquèrent pas. Ils étaient absorbés par leur discussion.

Lorsqu'il estima qu'il était assez loin, il alluma une de ses lampes et chercha un endroit sûr pour se cacher, le temps que les trois hommes fussent repartis au loin. Ensuite, il prit le long chemin du retour.

◆◆◆

C'est avec soulagement qu'Eléonor vit apparaître son protégé sur le pas de la porte de son appartement. Il était dans un piteux état. Deux conseillers avaient attendu en permanence son retour éventuel en haut des escaliers. Ils l'amenèrent à Eleonor aussitôt qu'il avait surgi hors de la cage d'escalier. Il n'avait pas la force de résister et se laissa faire.

Eléonor ne montra rien de ses sentiments. Il n'était pas question pour elle de révéler sa faiblesse. Pourtant, elle aurait tant voulu le serrer dans ses bras.

— Ne me refais plus jamais ça ! se contenta-t-elle de le menacer.

Il resta penaud et ne répondit pas. Elle n'était visiblement pas de bonne humeur, même s'il la trouvait changée. Ce n'était probablement pas le meilleur moment pour lui parler de sa découverte. De toutes manières, il était épuisé. Ce dont il avait besoin, c'était d'une bonne douche, suivie d'un bon repas puis d'une longue nuit de sommeil.

# Chapitre 26

# La lune inderdite

*L'Akhenaton* se positionna en orbite stable autour de Jupiter. Il suivait la lune volcanique sur son trajet autour de la Reine des Géantes. Darius avait préféré ne pas se mettre en orbite autour de la lune elle-même. À cette distance de Io, ils étaient bien plus discrets. Les trois guetteurs n'étaient pas intéressés par ce qui se passait en surface. Ils devaient se contenter de surveiller le vaisseau transporteur, le *Loki*. Tant que celui-ci resterait du côté de Io et ne s'approchait pas d'Europa, ils n'auraient pas à intervenir.

Depuis leur point d'observation, ils avaient eu beaucoup de mal à repérer le gros vaisseau laboratoire de Beltran. Les instruments de détection ne fonctionnaient pas parfaitement dans la soupe de radiations dans laquelle ils étaient immergés. Et les générateurs du *champ de Socrate* interféraient eux aussi avec les instruments. Néanmoins, ils finirent par détecter leur cible. Le *Loki* évoluait sur une orbite polaire parfaitement circulaire autour de la lune volcanique. Il disparaissait derrière elle et réapparaissait à intervalles réguliers. Les trois compères se relayaient pour vérifier que le *Loki* réapparaissait à l'endroit et au moment attendus.

Sur Harpagia, ils avaient appris à patienter des jours durant, jusqu'à ce qu'un heureux caprice du gouverneur leur permît de s'occuper avec l'un de ses rares voyages. Comparé à leur vie à la caserne, celle qu'ils menaient à bord du petit croiseur espion ne leur paraissait pas monotone. Depuis *l'Akhenaton*, le point de vue sur la planète géante était extraordinaire et ils restaient des heures à regarder le spectacle féerique des tempêtes.

Les vents d'une violence extrême entraînaient les nuages aux couleurs vives dans une farandole infernale, où le rouge, le jaune, l'orange, le brun et le blanc se mélangeaient dans une orgie gargantuesque. Mais le plus spectaculaire, c'était la valse des époustouflantes tempêtes, ces cyclones plus gros que les lunes de glace, qui tourbillonnaient et avalaient tout sur leur passage. La Grande Tache Rouge à elle seule était assez volumineuse pour engloutir la Terre.

Ils n'avaient jamais eu l'occasion d'observer la géante de si près et très peu d'humains avaient eu cette chance. Ils ne se lassaient pas du spectacle offert par la nature. Et lorsqu'ils ne s'extasiaient pas derrière les hublots ou n'étaient pas concentrés sur leurs instruments, ils se prélassaient dans le très confortable salon des officiers du petit croiseur. Darius avait même pensé à emporter quelques bonnes bouteilles d'une eau de vie distillée sur Mars. *L'Akhenaton* était un petit paradis au sein de l'enfer.

◆◆◆

La coulée de lave n'était plus très loin maintenant et le vaisseau transporteur *Loki* tardait à apparaître. Le professeur Dan Beltran et son équipe commençaient à s'inquiéter. À l'inquiétude s'ajouta l'exaspération. C'était la troisième fois que la station d'études devait être déplacée. La lune infernale ne leur donnait pas de répit. Entre les problèmes occasionnés par les radiations intenses, l'instabilité du sol, les retombées volcaniques et les coulées de lave, ils avaient fini par jeter l'éponge. En attendant l'arrivée du vaisseau automatique depuis son orbite, Beltran rassembla autour de lui son équipe dans la pièce principale de la station.

Il était rare qu'ils fussent tous réunis et la petite troupe se retrouva à l'étroit dans la petite pièce. Le sol tremblait en permanence. Ils en avaient pris l'habitude et ne s'en rendaient presque plus compte. Afin d'occuper leurs esprits et de leur faire oublier un peu leur anxiété, Beltran avait proposé de faire le point sur leur expédition. Mais avant tout, il essayait de les rassurer :

— La coulée n'atteindra pas cet endroit avant au moins encore une heure. Le terrain est très accidenté, ce qui joue en notre faveur. Et le *Loki* nous aura ramassés bien avant.

— S'il arrive ! grommela l'un des techniciens, rempli de doutes.

— Évidemment, qu'il viendra ! répondit Beltran, essayant de dissimuler ses propres incertitudes.

Le *Loki* n'avait jamais mis aussi longtemps à surgir au-dessus de la station lorsqu'une alerte avait été lancée.

— Le *Loki* était de l'autre côté de Io lorsque nous avons commencé à émettre le signal d'alerte. Il n'a pas pu le recevoir avant de repasser de ce côté. C'est pourquoi il met un plus de temps à arriver. À l'heure qu'il est, il a probablement reçu le signal et doit être en train de descendre vers nous. En attendant, il serait bien que nous discutions de la suite des événements.

Ils espéraient tous quitter ce monde infernal et pouvoir enfin rentrer chez eux. Et ils étaient certains qu'ils n'auraient plus à attendre

240

longtemps. Le moral de l'équipage était au plus bas. Beltran poursuivit :

— Je pense que vous êtes tous d'accord avec moi de ne pas nous reposer sur un autre site de Io. Nous avons largement assez de données et d'échantillons pour travailler des années dans nos laboratoires.

Les visages crispés autour de lui se détendirent un peu. Ils attendaient tous qu'il leur annonce la bonne nouvelle du départ.

— Alors, on rentre chez nous ? demanda l'un des techniciens, impatient.

— Nous allons tout d'abord nous mettre en orbite. Je vous rappelle que nous ne sommes pas venus ici que pour étudier la lune volcanique. Notre contrat nous oblige à continuer les tests des capsules.

Beltran savait bien que tous ne rêvaient que de rentrer dans leurs foyers, en sûreté sur leur monde stable, loin des radiations mortelles. Mais lui n'était pas si pressé de partir. Il avait eu tant de mal à recevoir l'autorisation de venir en cet endroit qu'il aurait bien aimé prolonger encore sa présence si près de la planète géante. Il avait surtout une autre idée en tête. Une idée totalement illégale, mais l'occasion était unique. Le plus difficile était de convaincre ses compagnons de le suivre. Du moins certains d'entre eux. Il lui fallait les manipuler en douceur. Le même technicien reprit :

— Mais vous savez très bien que tous les essais pour récolter du gaz sur la Géante se sont soldés par des échecs. Nous avons perdu toutes les sondes que nous avons envoyées !

— Je sais bien, mais il y a encore deux sondes à bord du *Loki*. J'ai promis au Premier Citoyen de toutes les tester avant d'abandonner les essais et je tiens à honorer ma promesse, mentit-il.

Il venait de gagner deux semaines. Il espérait que ce temps lui suffirait pour convaincre son équipe. Ils furent interrompus par le signal de contact du *Loki*. Celui-ci était enfin arrivé au-dessus de la petite station. Dans moins de dix minutes, ils seraient à l'abri à bord du vaisseau de transport et son *champ de Socrate* bien plus puissant que celui de la station ; et surtout ils seraient loin du sol volcanique de la *Lune de Dante*. Enfin saufs !

◆◆◆

Zerdan et Aménor se faisaient de nouveau face par écrans interposés. Leur relation était toujours encore aussi glaciale, mais

Zerdan ne lâchait pas Aménor au sujet de l'expédition de l'équipe Beltran.

— Vous êtes sûrs qu'ils respectent les règles ? demanda Zerdan pour la troisième fois, très irrité.

— Mais oui, je vous l'ai déjà dit deux fois, répondit Aménor, excédé.

— Comment pouvez-vous en être sûrs ? Les communications sont impossibles avec les lunes plongées dans les ceintures de radiations. Ils peuvent faire ce qu'ils veulent là-bas !

— La navette de ravitaillement a quitté Memphis ce matin. Comme d'habitude, dès son retour l'équipage sera interrogé. Les derniers ravitailleurs nous ont affirmé qu'ils étaient toujours en orbite autour de Io.

— Ils ne sont plus à la surface ? continua à demander Zerdan, inquiet.

— Ils ont fini par abandonner. Les conditions étaient trop difficiles.

— Ils ne vont plus tarder à revenir dans les parages alors. Je ne serai soulagé que lorsqu'ils seront définitivement revenus.

— Mais cessez de vous inquiéter. Ils n'oseront pas faire quelque chose d'illégal. Le temps de faire encore quelques tests avec les dernières capsules de récolte, et ils reviendront.

Zerdan ne semblait pourtant pas rassuré pour autant. Aménor ne l'avait pas convaincu. D'ailleurs, Aménor ne l'avait jamais convaincu de quoi que ce soit depuis toujours. Le Premier Citoyen faisait semblant de tout contrôler, mais Zerdan savait très bien qu'il ne contrôlait finalement pas grand-chose. Et puis, il y avait cette histoire de tests de récoltes. Que de temps et d'argent gâchés ! Comment Aménor pouvait-il penser que cela pouvait fonctionner ?

Zerdan connaissait bien mieux Jupiter et son environnement. Il était un vrai Jovien et avait un lien particulier avec sa planète. La plus belle et la plus grande d'entre toute. Et il savait qu'elle était sauvage et que jamais elle ne se laisserait dompter par l'homme. Zerdan n'arrivait pas à sortir l'expédition Beltran de ses pensées. *Darius sait ce qu'il a à faire si cela s'avérait nécessaire*, se rassura-t-il.

♦♦♦

La dernière navette de ravitaillement venait juste de quitter le *Loki* et s'éloignait à nouveau des ceintures de radiations intenses. L'équipage habituel n'était pas seul à son bord : neuf membres de l'expédition avaient reçu l'autorisation de quitter le *Loki* et de rentrer chez eux. Les opérations en surface étaient terminées et il ne restait plus qu'un unique test de récolte à réaliser. Comme toutes celles qui avaient précédé, l'avant-dernière capsule s'était aussi perdue dans les tempêtes joviennes

Le chef de l'expédition avait permis à ceux qui voulaient rentrer un peu plus tôt de profiter de l'opportunité de prendre la navette de ravitaillement. Comme ils étaient tous candidats au départ, Beltran proposa de tirer au sort les chanceux qui reverraient leurs familles un peu avant les autres.

Ils ne se rendirent pas compte que le choix des partants n'avait rien à voir avec le hasard. Ceux que Beltran jugeait être les plus récalcitrants à suivre son plan étaient dans la navette, loin du *Loki*. Et afin qu'il y eût assez de place à bord de la navette pour rapatrier neufs hommes, Beltran avait fait transférer la totalité du ravitaillement à bord du *Loki*, même si cela représentait beaucoup trop de vivres pour les cinq membres de l'expédition qui continuaient la mission. Beltran était assez content de lui. Tout marchait comme il l'avait prévu.

La dernière capsule ne fut jamais lancée. Douze heures après le départ des neuf compagnons, les tuyères du *Loki* se mirent à cracher leur feu. Le vaisseau s'éloignait lentement mais sûrement de la *Lune Infernale* et prenait la direction d'une orbite plus éloignée de Jupiter. Beltran avait fait le bon choix et n'eut aucun mal à convaincre les quatre personnes restées avec lui à bord d'accepter de le suivre.

La promesse d'une découverte extraordinaire et d'une renommée interplanétaire valait largement le risque de se lancer dans cette aventure illégale, quitte à subir la colère du Premier Citoyen. Que pouvait bien faire ce dernier s'ils revenaient de leur expédition en triomphateurs ?

Ils allaient simplement le mettre devant le fait accompli ; et Beltran allait réaliser son rêve, cela contre la volonté des politiciens ignorants. Il fallut bien deux longues journées au *Loki* pour faire le trajet vers la *Lune Interdite*.

◆◆◆

Le conseil ministériel avait été très intense et Aménor voulait se donner un petit instant de répit pour réfléchir. Narcisse restait introuvable et aussi bien les *Gaïans* que Virginia Enora voyaient leurs adeptes continuer à augmenter. Seul, le gouverneur Bartolu semblait parfaitement contrôler son territoire. Il n'avait plus reçu de nouvelles de *l'Albatros* depuis longtemps. Pour l'instant, le secret de l'existence d'*Urgaïa* avait été bien gardé, mais beaucoup de curieux gravitaient encore autour d'Uranus.

Il restait bien trop de cargos récolteurs là-bas et il était inévitable que des capsules de plongée croisent de temps en temps un fragment arraché à la gigantesque membrane d'*Urgaïa*. Ces événements étaient rares, mais régulièrement ils réveillaient la légende des *uranoptères*. Si seulement Beltran pouvait lui ramener de bonnes nouvelles des tentatives de récolte dans Jupiter ! Cela compenserait largement les frais exorbitants de l'expédition Beltran. Aménor voulait faire du *Loki* autour de Jupiter ce que *l'Albatros* avait été autour d'Uranus, du temps de sa splendeur. Il espérait que Beltran prenait soin du cargo, un vrai bijou technologique.

Contrairement à Zerdan, Aménor y croyait. Peut-être simplement parce qu'il voulait y croire. Pouvoir puiser directement l'hydrogène dans Jupiter aurait réglé bien des problèmes énergétiques. Fabriquer l'hydrogène par électrolyse de l'eau présente sous forme solide sur presque toutes les lunes de glace était possible, mais le processus était très coûteux en énergie et très peu rentable.

La dernière navette de ravitaillement devait s'être posée sur le tarmac Memphis depuis plusieurs heures. Il décida donc de prendre les dernières nouvelles de l'expédition. Il s'attendait toujours à avoir enfin la bonne nouvelle. Mais les nouvelles n'étaient pas celles qu'il attendait.

Aménor était déçu d'apprendre que le dernier test avait lui aussi échoué. Mais cela ne signifiait pas qu'il pouvait définitivement oublier son projet de prélèvement de l'hydrogène dans l'atmosphère de Jupiter. La géante était décidée à ne pas se laisser faire, mais le Premier Citoyen était lui aussi têtu. Ses espoirs ne se limitaient pas à l'unique capsule qui était encore dans les soutes du *Loki*. L'idée d'une nouvelle mission germa dans l'esprit d'Aménor. Le *Loki* avait déjà une nouvelle mission, encore fallait-il que Beltran ramenât son bébé en un seul morceau.

Le retour prématuré d'une grande partie de l'expédition inquiéta aussi Aménor. Beltran n'était pas réputé pour son altruisme et le Premier Citoyen doutait fort que c'était juste pour permettre à ces gens de retrouver leurs familles un peu plus tôt. Le savant tramait quelque chose. Et si les craintes de Zerdan étaient justifiées ?

◆ ◆ ◆

Le fin croissant de la *Lune Interdite* venait de se lever derrière la planète géante. *Enfin*, se dit Beltran ! Le *Loki* n'était plus qu'à quelques heures de sa destination. Piloter dans le champ de gravité de Jupiter n'était pas une mince affaire, et il fallait être patient. Beltran attendait ce moment depuis si longtemps qu'il pouvait bien attendre encore quelques heures. L'approche se ferait par le côté nuit de la lune. Mais la face opposée à Sol n'était pas complètement noire. La lumière réfléchie par la planète Géante éclairait légèrement le côté nuit d'Europa. Ce clair de Jupiter permit à Beltran de distinguer tout de même quelques détails de la surface striée de failles. Mais ce qui l'intéressait, ce n'était pas cette surface, mais ce qui se cachait en dessous.

Beltran avait déjà choisi le site d'atterrissage. La croûte de glace avait une épaisseur variable selon l'endroit. Pour augmenter les chances de réussite, il fallait se poser là où la croûte était la moins épaisse. *Conamara Chaos* était le site idéal. En cet endroit, la croûte avait fondu sous la chaleur venant des profondeurs. La surface s'était brisée en centaines de blocs de toutes tailles qui s'étaient mis à dériver à la surface de cet océan provisoirement liquide, exactement comme les icebergs sur les océans terrestres. L'océan souterrain avait ainsi été en contact direct avec le froid glacial du vide spatial pendant quelques minutes avant que la surface ne gelât à nouveau et figeât le paysage jusqu'à ce qu'une nouvelle bulle chaude brisât à nouveau la croûte.

Lorsque le *Loki* se mit en orbite autour de la lune blanche éclatante, Beltran ne put retenir sa joie. Mais il y avait encore tant de choses à faire avant de poser enfin le pied sur ce monde. La première était de localiser le site où ils allaient poser la station. Sous ses yeux était déroulée une carte géologique du monde qu'il convoitait tant. Une carte en papier qu'il avait sur lui depuis le début de leur aventure. La présence d'une telle carte dans les mémoires de l'ordinateur de bord aurait put être repérée facilement, et aurait sans doute provoqué l'annulation de la mission par les autorités.

*Conamara Chaos*, leur destination était située de l'autre côté de la lune, du côté jour. D'après leurs dernières estimations de la trajectoire, le *Loki* mettrait environ quatorze heures pour boucler une orbite autour d'Europa, ce qui signifiait qu'il passerait au-dessus du site un peu moins de deux fois par jour. Ils ne quitteraient le vaisseau pour aller se poser qu'au bout de la quatrième orbite, ce qui leur laisserait le temps d'explorer un peu ce monde depuis l'espace et d'affiner les préparatifs.

Beltran avait beaucoup de relations, ce qui avait sans doute aussi plus facilement fait plier le Premier Citoyen et obtenir l'autorisation de la mission vers Io. Ces relations avaient aussi pu lui procurer des copies de documents d'archives. Et parmi ces documents, il y avait le titre de cession du Territoire d'Europa à l'empire martien. À l'époque, Zerdan essayait d'amadouer l'Empereur Atama. En lui cédant une partie de son territoire, il espérait bien prendre le pas sur Narcisse qui, lui aussi, avait tout fait pour s'attirer les faveurs du puissant souverain de Mars. Zerdan avait mentionné la détection de formes de vie indigènes dans l'océan souterrain.

Cette information apportait une valeur inestimable à un monde dont la surface était trop inhospitalière pour intéresser quelqu'un. Mais ce n'était qu'une affirmation sans fondements. La preuve de la présence de formes de vie dans l'océan d'Europa n'avait pourtant jamais été faite. *Du moins jusqu'à présent*, se dit Beltran. Les quelques sondes qui s'y étaient posées avaient tout au plus détecté quelques matières organiques. Mais c'était encourageant. Le document était devenu caduc après la révolution qui donna naissance à la Fédération et Europa ne fut jamais considérée comme territoire martien.

Alors qu'ils étaient encore en train de survoler le côté nuit de la lune, Beltran poursuivait son obervation de la surface faiblement éclairée par la lumière réfléchie par Jupiter. Évidemment, il ne put distinguer tous les détails de la surface mais les grandes structures étaient parfaitement visibles dans la pénombre. En particulier le gigantesque bassin de Tyre qui s'étendait sous le vaisseau apparaissait comme une énorme tache circulaire plus sombre, entourée de cercles concentriques. L'astéroïde qui avait percuté la lune à cet endroit avait fracassé la croûte gelée et s'était enfoncé jusque dans l'océan.

Plus loin sur l'horizon, Sol ne tarderait pas à se lever et le gris de la pénombre allait rapidement se transformer en une surface blanche éclatante de glace d'eau. La banquise d'Europa allait alors se livrer dans ses moindres détails. Il allait enfin pouvoir contempler avec ses propres yeux les extraordinaires structures à la surface de la croûte gelée. Les nombreuses failles, les blocs de glaces qui avaient bougé, les coulées d'eau sale venant des profondeurs, tout indiquait que quelque chose d'intéressant se cachait sous cette croûte.

Le site choisi n'était pas très difficile à repérer, même de très loin. Il était marqué d'une croix. La nature elle-même avait dessiné ce signe à la surface de la banquise. Deux gigantesques failles se croisaient presque perpendiculairement. Astérius Linea et Agava

246

Linea, c'était le nom de ces deux structures qui craquelaient la surface de glace sur plus de mille kilomètres. Et elles se croisaient à deux pas, au nord, du site idéal. De l'eau de l'océan souterrain s'était échappée par ces failles et avait souillé de sa couleur brunâtre les plaines de glace de part et d'autre des fissures.

Et loin vers le sud, il y avait l'autre structure remarquable, visible de très loin, le cratère Pwyll. C'était l'un des rares cratères d'impacts de plus de vingt kilomètres de diamètre, le seul entouré d'une spectaculaire couronne de matière blanche éjectée durant l'impact. Des raies s'étendaient de façon radiale sur des centaines de kilomètres. L'une de ces raies recouvrait la partie ouest de la région de Conamara Chaos.

♦♦♦

Les aventuriers revenus prématurément furent tous interrogés encore et encore. Aménor avait demandé à être présent en personne lors de l'un des interrogatoires. Ils répétèrent toujours la même chose. Beltran avait laissé partir ceux qui voulaient rentrer plus tôt. Il ne lui restait qu'une capsule à tester avant de revenir et quatorze hommes c'était bien trop. Ils étaient épuisés et au bord de la panique. Ils s'étaient tant réjouis de rentrer et ne s'attendaient pas à l'accueil qu'ils reçurent. Ils ne comprenaient pas ce qu'on leur voulait.

Pourtant, ils semblaient sincères. Aménor en conclut qu'ils n'étaient pas dans la confidence. Au bout d'une journée d'interrogatoire, ils furent autorisés à rentrer chez eux. Beltran les avaient manipulés pour s'en débarrasser. Aménor avait les mains liées. Beltran faisait ce qu'il voulait là-bas et il était sûr qu'aucune mission n'arriverait plus à temps pour l'empêcher de commettre son méfait. Et puis, il avait des soucis bien plus graves.

L'enquête n'avançait pas et la Terrienne restait introuvable. Kovalsky commençait à perdre patience avec les *Gaïans* et tout cela risquait de se finir dans un bain de sang. Et comme si cela ne suffisait pas, Enora la fouineuse s'intéressait un peu de trop près à ce qui se passait à bord de *l'Albatros*. Maya était déjà très occupée avec Narcisse et Tournon était lui aussi en mission. Lui-même ne pouvait quitter Memphis. Il ne vit qu'une personne à laquelle il faisait suffisamment confiance pour se rendre à Inverness et épauler le pauvre gouverneur Mirelli. Ce dernier ne semblait pas capable de maîtriser la situation seul et Victor était bien trop occupé pour lui donner un coup de main. Halana serait heureuse de mener cette mission.

♦♦♦

La descente vers la surface s'était parfaitement bien déroulée. Ils avaient abandonné le *Loki* à l'heure prévue. Les systèmes automatiques du navire pouvaient parfaitement se charger de la maintenance. L'aire d'atterrissage ne pouvait être mieux choisie. Ils s'étaient posés à une centaine de mètres au sud d'une falaise éblouissante. Le mur de glace représentait la face émergée d'un gigantesque iceberg qui avait flotté dans une mer gelée maintenant. Les pieds de la station reposaient sur cette mer. La priorité était l'installation de la foreuse. Elle avait été conçue pour la roche dure de la croûte de Io et Beltran ne douta pas que les forets s'enfonceraient dans la glace comme dans du beurre.

C'était maintenant une course contre la montre. Il fallait atteindre l'océan le plus vite possible. Ils n'avaient de vivres que pour un temps limité. Et Beltran redoutait aussi l'envoi d'une mission pour l'empêcher de réaliser son rêve. C'était improbable mais non impossible.

Il était resté dans la station, le temps que ses quatre collègues installent la foreuse. La partie technique ne l'intéressait pas. À quatre, ils étaient bien assez nombreux. Ils faisaient tout ce qu'il demandait sans broncher. En le suivant, ils espéraient profiter de la gloire. Ils avaient une confiance aveugle en lui. Lorsque le ronronnement de la foreuse se fit enfin entendre, Beltran savait que plus rien n'allait l'arrêter.

♦♦♦

Cela faisait longtemps qu'elle ne s'était pas rendue sur les mondes d'Uranus, patrie natale d'Aménor. Lui non plus n'y était plus retourné depuis la fondation de la Fédération. Avant de partir, elle avait essayé une fois de prendre contact avec Zerdan. Et comme elle s'y attendait, aucune réponse ne lui parvint. Elle serait absente pendant plusieurs semaines. Pour la première fois depuis bien longtemps, Aménor lui avait confié une vraie mission, il ne s'agissait pas simplement d'une autre inauguration. Ce n'était pas qu'elle n'aimait pas les cérémonies d'inaugurations, bien au contraire, elle adorait les réceptions mondaines. Mais elle n'était pas qu'une potiche et elle allait le prouver. Elle se réjouissait d'affronter l'ex-présidente. Cela pouvait devenir très amusant.

Le gouverneur l'attendait avec impatience. Il n'était pas de taille à affronter la redoutable Virginia. Halana faisait partie des gardiens du secret. Le groupe d'autrefois se serrait à nouveau les coudes. Leur mission avait changée, mais leurs ennemis étaient les mêmes. Le grand secret risquait d'être révélé.

# Chapitre 27

# Nouveaux indices

Hurley traversa le double sas et entra dans l'antre de Narcisse. Myriam marchait derrière lui. Elle était terrorisée à l'idée de rencontrer le diable en personne. Mais en même temps elle savait qu'elle arrivait enfin au terme de son périple. La pièce dans laquelle elle pénétrait la surprit. Elle avait l'impression d'avoir fait un bond dans le temps. C'était la première fois depuis qu'elle avait quitté la Terre qu'elle se trouvait dans un endroit lui rappelant autant sa planète natale. La pièce était spacieuse et ne comportait pas beaucoup de meubles. L'ambiance était adoucie par les nombreux tapis et nombreuses tentures aux teintes chaudes qui recouvraient le sol et les parois. L'absence de mobilier était compensé par les statues et autres objets de toutes tailles qui encombraient le lieu.

Au fond, un vieil homme souriant l'attendait, assis dans un vieux fauteuil. Il aurait pu être son grand-père. Il avait l'air tellement inoffensif. Il lui rappelait tant le Doc, un autre grand-père aux allures inoffensives, mais qui était lui aussi redoutable. Elle n'aurait pu dire si elle était dans un rêve ou dans un cauchemar. Le lieu lui semblait tellement irréel. Les personnages qui l'entouraient d'ailleurs aussi. Hurley comme Narcisse ressemblaient plus à des caricatures qu'à des personnages réels.

Elle ne savait même pas sur quelle planète elle se trouvait. Ou peut-être était-elle à bord d'un vaisseau. Elle était incapable de faire la différence entre la gravité artificielle et naturelle, après avoir passé ces longs jours enfermée dans des vaisseaux aux parois grises et sans hublots. Elle était aussi encore groggy après avoir été droguée si longtemps.

Narcisse fit un signe bref à Hurley. Ce dernier quitta la pièce. Ce n'est que lorsque les deux portes du double sas furent refermées que Narcisse se leva et lui adressa finalement la parole :

— Eh bien, ma chère, je vous attends depuis si longtemps !

Il s'approcha d'elle, la serra fort dans ses bras, puis lui offrit de s'asseoir. Elle s'exécuta sans dire un mot. Myriam avait essayé d'imaginer cette scène des centaines de fois durant son long voyage depuis la Terre. Et pourtant, ça ne ressemblait à rien de ce qu'elle avait imaginé. Le vieil homme alla se rasseoir dans son fauteuil, à près de cinq mètres en face d'elle. Il resta là à la dévisager dans un silence de mort. Au bout de deux interminables minutes, Narcisse reprit :

— Alors, montrez-moi ce que vous êtes venue m'apporter, je ne peux pas attendre plus longtemps.

Myriam remonta doucement sa manche droite. Sur son bras étaient tatouées les coordonnées de la trajectoire de la capsule.

— Je peux rentrer chez moi maintenant ? demanda-t-elle timidement après que son hôte eut pris note des nombres tant attendu.

Le visage de Narcisse se figea soudain, puis il éclata dans un rire qui terrifia Myriam. Entre deux éclats, il put trouver assez d'air pour lui dire :

— Mas ma pauvre amie, jamais vous ne reverrez la Terre ! Le Doc a sans doute oublié de vous préciser ce petit détail !

Et le rire reprit de plus belle. Myriam soudain se sentit très mal. Tout autour d'elle commença à tourner. Tout son monde s'écroula d'un coup. Et puis, soudain, ce fut le noir. Elle s'était évanouie.

◆◆◆

Maya retrouva Aménor dans la salle aux pierres de Lune dès qu'elle arriva à Memphis. Ce dernier l'attendait impatiemment. Il avait encore vieilli. Elle fut attristée de voir le Premier Citoyen se détériorer aussi vite sous le poids de sa charge. Elle en voulait à Tournon de ne pas être assez présent et supporter davantage son père au lieu de courir les mondes. Le sourire forcé d'Aménor n'arrivait pas à dissimuler son anxiété et en disait long sur son état d'esprit. Lorsqu'ils furent installés à leurs places habituelles, dans cette salle où ils avaient maintenant leurs habitudes, Aménor lui décrivit ce qu'il avait appris par Kovalsky.

— C'est effectivement très inquiétant. Il faut absolument retrouver la Terrienne !

— Je crains bien que nous n'ayons pas assez de temps. Laissez Toussaint s'occuper de la Terrienne et focalisez vos recherches sur Narcisse. Les choses commencent à bouger et il va peut-être commettre une petite erreur que nous saurions déceler.

— Cet espion de Kovalsky va peut-être en apprendre un peu plus !

— Je ne pense pas, répondit laconiquement Aménor. Kovalsky a décidé d'envoyer son armée. Il est persuadé qu'on a déjà perdu bien trop de temps ainsi. Et je suis d'accord avec lui. Grâce à son espion, Kovalsky connaît les cachettes du Doc. Peut-être qu'une fois arrêté, il sera plus disposé à parler.

♦♦♦

L'armée de Kovalsky n'allait plus tarder à entrer en action. Pour la première fois depuis longtemps dans sa longue carrière, Philipp ressentit une certaine inquiétude. Il espérait que tout ceci ne finirait pas dans un bain de sang. Même si le Doc était considéré comme un terroriste, il s'était attaché au bonhomme. Il avait un charisme certain.

Mais cela ne le concernait plus. Il était confortablement assis dans le train qui le ramenait vers Kiev. Sa mission était terminée. Il n'était pas très fier. Il considérait même sa mission comme un échec. Il avait passé tant de mois au cœur même de la secte, mais il n'avait finalement récupéré que très peu de renseignements. Kovalsky avait estimé qu'il n'en apprendrait probablement pas plus et qu'il était grand temps d'intervenir par la force.

Il avait encore trois bonnes heures devant lui avant d'arriver à destination. Kovalsky l'attendait pour faire un dernier point sur tout ce qu'il avait appris. Le Doc avait semblé si différent les derniers temps. Il était beaucoup plus rayonnant que d'habitude. Il y avait un rapport avec la livraison du fameux paquet. Tout ce que Philipp savait, c'est que le paquet était en route. Ce qui lui semblait étrange cependant, c'est que ce mystérieux paquet avait été envoyé depuis des semaines. Et pourtant rien ne s'était produit entre temps. S'était-il perdu en route ? Non, le Doc n'aurait pas été si confiant si cela s'était produit.

♦♦♦

Le Doc essayait de faire la sieste dans son hamac. Il faisait chaud et humide. Les moustiques ne cessaient de le harceler. La petite troupe avait quitté le désert une semaine plus tôt et était revenue s'installer dans le camp forestier. Il y régnait une drôle d'atmosphère. Tout était si calme. Il n'en avait pas l'habitude.

Il se battait pour la cause depuis tant d'années, et durant tout ce temps il avait craint que ses efforts fussent vains. Mais maintenant il savait qu'il était sur le point de réussir. Plus rien ne pouvait arrêter la machine qu'ils avaient lancée. À sa grande surprise, son alliance avec les *Extérieurs* avait été fructueuse. Il n'arrivait toujours pas à comprendre comment des êtres vivants étaient prêts à collaborer pour anéantir leurs propres congénères. Mais c'était des *Extérieurs*. Il n'avait pas besoin d'une autre explication. Il avait toujours pensé que les *Extérieurs* étaient des dégénérés.

Il se demandait où était passé Philipp. Il l'aimait bien. Un digne successeur. Il était un peu curieux, mais cela était compréhensible. Il voulait savoir dans quoi il mettait les pieds. Le Doc n'avait plus d'enfants. Mais s'il devait avoir un autre fils, celui-ci ressemblerait probablement à Philipp. Sa vivacité lui rappelait sa propre jeunesse.

Cela avait logiquement créé quelques jalousies dans l'entourage du Doc, mais il s'en fichait. En plus de sa cause, il avait aussi un nouveau but dans sa vie. Il avait beaucoup de haine à donner, mais aussi de l'amour. Il avait perdu l'habitude de donner de l'amour. Il n'en avait pas reçu beaucoup non plus. C'était décidé, maintenant que la cause était gagnée, il se consacrerait davantage à Philipp.

Il était bien conscient que Philipp était adulte depuis bien longtemps et n'avait probablement pas besoin de lui. Mais tout comme lui, Philipp était seul dans la vie et avait probablement aussi besoin de temps en temps d'avoir un ami ou un parent à qui il pourrait se confier. Jamais le Doc n'aurait pensé devenir sentimental. C'était probablement lié à la peur du vide. Il n'avait jamais réfléchi à ce qu'il ferait une fois la guerre gagnée. Dès que Philipp serait revenu, il lui parlerait. Mais que pouvait-il bien faire ? Il aurait dû être de retour depuis un bon moment !

Subitement, le silence ambiant fut brisé par un roulement lointain. On aurait dit un troupeau de gazelles qui venait tout droit vers le camp. Mais le troupeau qui se ruait sur eux n'avait rien à voir avec des gazelles : il était constitué d'hommes armés jusqu'aux dents. Kovalsky avait fini par les retrouver !

Voilà quelque chose qu'il n'avait pas prévu. Il ne réagit pas. Il était serein. Rien ne pouvait plus stopper les rats. Ah ! Si seulement il avait parlé à Philipp plus tôt ! Il n'en aurait probablement plus l'occasion maintenant.

◆◆◆

*Nous l'avons eu vivant.* C'était tout ce que Kovalsky voulait entendre. Il avait attendu anxieusement depuis plus d'une heure. Et finalement le message était arrivé. Il se donna un moment pour respirer. Il espérait ce moment depuis tant d'années. Enfin, le Doc était entre ses mains. Tout cela s'était passé presque trop facilement. Le Doc n'avait pas résisté. Il arborait même un air serein à ce qu'on lui avait dit. Kovalsky ne savait pas trop qu'en penser. Le Doc était un fou et donc il s'attendait à un comportement anormal, mais pas à celui-là. Kovalsky sentit une nouvelle inquiétude monter en lui.

Le prisonnier fut amené à Kiev. Après deux jours d'interrogatoire, il restait muet. Kovalsky rageait. Aménor attendait des réponses, et il était incapable de les lui donner. Sur un coup de tête, il prit la décision de se rendre à la prison et de voir personnellement le chef des terroristes, bien qu'il n'attendît pas grand-chose du face-à-face.

Le vieil homme avait l'air si inoffensif au fond de sa cellule. Kovalsky frissonna à l'idée que cet homme avait beaucoup de morts sur sa conscience, et que ce n'était peut-être pas fini. Le Doc souriait à son arrivée.

— Quel honneur, le gouverneur en personne vient m'apporter des oranges, plaisanta-t-il.

Ce ne fut pas du goût de Kovalsky qui essaya de ne pas s'emporter dès son arrivée.

— Vous n'avez aucune raison de vous réjouir, nous avons mis en miettes votre secte et nous savons tout pour le paquet ! bluffa Kovalsky.

— Vous ne savez rien, et même si vous saviez, il serait de toutes manières trop tard, répondit le prisonnier toujours aussi calme.

Kovalsky ne s'avoua pas vaincu et continua :

— Avec ce que Philipp Sandman nous a raconté, nous avons assez d'informations pour contrecarrer votre plan diabolique.

Soudain, le Doc perdit son sourire. Philipp l'avait-il trahi ? Non il ne pouvait le croire. Il avait peut-être parlé sous la torture. Ah ! Les fumiers, ils s'en prenaient à son fils. Il perdit momentanément son sang froid :

— Vous n'êtes que des salopards ! Philipp n'y est pour rien. Vous n'avez aucun droit de vous en prendre à lui !

Puis, il se referma et Kovalsky n'en tira pas plus. Mais cette conversation l'avait beaucoup intrigué. Le vieil homme était resté serein jusqu'à ce qu'il fasse allusion à Philipp. C'était comme si le Doc n'avait pas compris le rôle joué par Philipp. Au contraire, il le défendait. Une idée germa alors dans l'esprit du gouverneur.

Deux jours plus tard, Philipp Sandman avait piteuse allure. Les pieds et les mains enchaînés, couvert d'hématomes, il marchait péniblement entre les deux gardiens. On le mit en cellule non loin de celle du Doc.

◆◆◆

Le commissaire Anselm était en poste au commissariat central de Séléna depuis cinq années, et il avait toujours eu à faire aux mêmes histoires. Jamais un homicide, juste quelques vols de temps en temps. Il ne se passait rien dans cette cité. La grande Séléna n'était devenue qu'un simple lieu de passage, un sas entre la Terre et les *Mondes Extérieurs*. Elle n'intéressait personne, même pas les bandits. La cité se mourait à petit feu et le vice-gouverneur ne s'en rendait pas compte. Ou du moins elle ne voulait pas le voir.

Mais cela ne signifiait pas qu'Anselm n'avait rien à faire. Les dossiers, quant à eux, s'empilaient sur son bureau. La majorité d'entre eux concernaient des Terriens qui n'avaient pas supporté la décontamination. Il fallait retrouver leurs proches sur Terre, les informer de la mauvaise nouvelle. Parfois, c'était des proches qui essayaient de retrouver un parent ou ami qu'ils suspectaient d'avoir quitté la Terre.

Le vice-gouverneur en personne avait contacté le commissariat pour leur soumettre une affaire de disparition. Étant le personnage le plus gradé, c'était à lui de prendre en mains le dossier. Et pourtant le dossier Myriam ressemblait à tous les autres dossiers qu'il avait l'habitude de gérer. Une Terrienne qui avait transité par Séléna et que quelqu'un recherchait. La seule différence était que ce quelqu'un n'était autre que le Premier Citoyen en personne.

Pour son grand malheur, Hiria ne le lâchait pas. Il l'avait sur le dos en permanence. Elle s'était déjà déplacée trois fois jusqu'au commissariat. Comme si cela pouvait changer quelque chose ! Il n'y avait rien à trouver. Cette Myriam n'avait absolument rien de particulier. Elle avait suivi le troupeau comme tous les autres candidats au départ. Elle n'avait de liens particuliers avec personne. Elle ne s'était même pas connectée au réseau. Aucune trace d'elle n'avait été trouvée dans l'infosphère de Séléna.

Après son traitement, elle avait passé tout son temps dans la cellule qui avait été mise à sa disposition, en attendant son départ vers Mars. Ils étaient en train de vérifier si quelqu'un était passé lui rendre visite, mais, mis à part le tatoueur qui avait l'habitude de proposer ses services aux voyageurs, elle n'avait rencontré personne. Anselm s'étonna toujours que le business du bonhomme marchât aussi bien. Pour ces gens qui partaient se refaire une nouvelle vie sur des mondes qui leur étaient totalement inconnus, il était peut-être important de conserver un souvenir indélébile de ce moment.

◆◆◆

Attendre ! Il avait l'impression qu'il ne faisait que ça, alors qu'il était urgent d'agir. Le Doc s'était révélé coriace et il n'avait pas parlé. Ses derniers espoirs de lui soutirer encore des informations reposaient une fois de plus sur Philipp. Le Doc n'avait pas compris le rôle joué par Philipp dans son arrestation. Il croyait que l'espion avait été arrêté lui aussi. Il n'avait pas réalisé que Philipp était dans l'autre camp. Mais ce n'était pas tout. La seule fois où il avait eu une réaction, c'était lorsque Kovalsky lui avait parlé de Philipp.

C'était à ce moment que Kovalsky comprit que le Doc avait beaucoup d'affection pour son espion. Depuis lors, il avait échafaudé un nouveau plan. Ils allaient lui faire croire que Philipp était emprisonné tout comme lui. Philipp avait encore une chance de lui retirer des informations. Mais pour cela il fallait être patient. Il était sur le point de contacter la prison pour la deuxième fois de la journée, mais fut interrompu par une demande de communication prioritaire. Le code était celui du vice-gouverneur Hiria. La surprise fut de taille. Il accepta la communication et le visage rigide et gris de la responsable sélène apparut sur l'écran au mur de son bureau.

— Quelle surprise de vous voir ! lui fit-il en guise de salutations.

— Oui, je sais, c'est inhabituel. Mais j'ai bien dû me résigner à vous contacter. Votre demande d'enquête m'intrigue et j'aurais aimé en savoir un peu plus sur cette mystérieuse histoire. Vous ne m'auriez pas contactée directement si c'était une banale histoire de disparition, n'est-ce pas ?

Kovalsky se sentait piégé. Parfois, Hiria savait faire preuve de bon sens et ils étaient en plein dans un de ces moments. On peut mettre ce que l'on veut dans un message écrit, mais il est plus difficile de mentir à quelqu'un en face. De plus, dans sa position, et à partir du moment où elle le demandait, elle avait naturellement le droit d'être mise au courant. Il passa les dix minutes qui suivirent à lui expliquer en détails pourquoi il s'intéressait à la jeune Terrienne. Son visage grave en disait long sur sa sincérité. Au fur et à mesure que ces dix longues minutes passèrent, le visage d'Éléonor semblait blêmir encore davantage. Kovalsky ne crut pas cela possible.

— Mais pourquoi ne m'avoir rien dit ? demanda-t-elle, réellement bouleversée.

— Je sais, j'aurais dû le faire, avoua Kovalsky, mais n'ayant rien de concret sous la main, je ne voulais pas vous alarmer.

Il savait que son excuse ne valait pas un sou. Il n'avait d'ailleurs pas à se justifier, mais il avait l'impression d'être un petit garçon qui venait de se faire prendre en train de faire une bêtise. Pour la première fois depuis bien longtemps, elle avait pris le dessus. Jamais il n'aurait cru que cela arriverait un jour. Il aurait aimé être très loin en cet instant. Pour essayer de se reprendre, il tenta de relancer l'offensive :

— Mais qu'avez-vous trouvé alors ?

— Si elle est la terroriste que vous prétendez, elle est plutôt très discrète. À part les médecins responsables de sa décontamination elle n'a rencontré personne. Elle était très solitaire et n'a même pas quitté sa cellule. Elle n'a eu aucune communication, ni avec quelqu'un de Séléna, ni avec la Terre, ni avec un vaisseau, et encore moins avec un des *Mondes Extérieurs*. Nous l'aurions repéré. Mis à part le tatouage qu'elle s'est fait faire, c'est un peu comme si elle n'était jamais venue à Séléna.

Kovalsky ne cacha pas sa déception. Une fois de plus, la piste n'avait mené nulle part. Ils n'en apprendraient sans doute pas davantage. Mais il voulait s'accrocher au moindre petit détail, c'est pourquoi il demanda :

— Vous croyez que cette histoire de tatouage pourrait nous apprendre quelque chose ?

— Probablement pas. C'est une habitude chez les partants de se marquer ainsi. C'est pour eux le souvenir du jour où commence leur nouvelle vie. La plupart des Terriens en partance le font pour le grand bonheur des quelques tatoueurs qui réalisent de très bonnes affaires. Si comme vous le dites, elle est d'origine *gaïane*, c'est d'autant plus compréhensible qu'elle eût souhaité garder une trace de son départ de la *Planète Mère*.

— Et que s'est-elle fait tatouer ? demanda encore Kovalsky.

— Euh, je n'en sais rien ! admit-elle, surprise de cette question.

— Serait-il possible de le savoir ?

— Je suppose que oui, il nous suffirait de retrouver le tatoueur !

◆ ◆ ◆

Événement rarissime, Narcisse était sorti de son antre. Il avait rejoint la plus grande salle du complexe. Tout son personnel y avait été rassemblé. Il y avait là une petite centaine de personnes. Même

Hurley fut étonné de voir qu'il y en eût autant. Il vivait ici depuis une dizaine d'années et il avait toujours eu l'impression que l'endroit était désert. De temps en temps, il croisait l'un d'eux dans le dédale des interminables couloirs sombres, mais ne s'était jamais demandé combien ils étaient.

La jeune Myriam était présente aussi. Elle avait l'air mal en point. Elle était très maigre et très pâle. Ses yeux rougis indiquaient qu'elle venait de pleurer. À côté d'elle se tenait le vieil homme radieux. Hurley ne l'avait jamais vu aussi joyeux, même lorsqu'il était encore empereur, il n'avait jamais montré ce visage. Il s'avança vers une petite estrade qui avait été placée au fond de la pièce. Une fois installé bien en vue, il put commencer son discours :

— Mes amis, notre longue attente arrive à sa fin. D'ici quelques jours, nous allons recevoir la livraison de l'arme qui va nous permettre d'anéantir une fois pour toute la Fédération. Une capsule contenant une petite armée de rats contaminés venant tout droit de la Terre a été lancée dans l'espace il y a quelque temps déjà. Sous peu, elle va arriver dans nos parages. La capsule n'émet évidemment aucun signal pour ne pas se faire repérer. C'est pourquoi, afin que nous puissions la récupérer, nos alliés de la Terre nous ont aussi envoyé un émissaire. Avec les coordonnées précises de la trajectoire. Et nous avons maintenant ces données.

Triomphalement, il désigna la frêle demoiselle avec laquelle il était entré dans la pièce. Myriam tremblait. Et de voir tous ces regards se porter vers elle n'arrangeait rien. Elle qui avait toujours été ignorée rêvait d'être un jour au centre de l'attention. Mais pas de cette manière. Narcisse, toujours souriant, se tourna ensuite vers Hurley :

— Et vous, mon fidèle Hurley, vous serez responsable de la récupération de la capsule. Je vous dirai ensuite où et comment vous la livrerez à nos ennemis.

◆◆◆

Philipp savait que Kovalsky n'en pouvait plus d'attendre. Cela faisait une semaine qu'il était en dans sa cellule. Il n'avait pas encore pu approcher le Doc dont la cellule était un peu plus loin. Mais tout avait été fait pour que le chef des *Gaïans* l'aperçoive à son arrivée en prison. Contrairement aux autres locataires de l'endroit, Philipp avait eu droit à une cellule plutôt confortable avec un vidéocom personnalisé. Évidemment, les autres prisonniers ne le savaient pas.

Philipp avait été plus que surpris d'apprendre que le Doc n'avait pas compris son vrai rôle et s'inquiétait davantage du bien-être de l'espion que de sa propre vie. Philipp en fut même touché. Il était un professionnel, mais avec le temps, s'était construite une certaine affection entre les deux hommes. Il eut un petit pincement au cœur à l'idée de trahir cette affection. Après la première trahison et l'arrestation du Doc, il avait été presque soulagé que sa mission soit finie. Il accepta donc à contrecœur de replonger.

Si tout se passait bien, sa mission serait définitivement terminée en fin de journée. Le Doc avait été mis en isolement total. Il n'avait pratiquement pas le droit de quitter sa cellule, même pour ses repas. Une fois par semaine, il était autorisé à aller marcher un peu dans un petit jardin intérieur. Ce qu'il ne savait pas, c'était qu'en cette journée, il ne serait pas le seul à bénéficier de cette faveur. Tout avait été organisé de manière à ce que le Doc ne se doutât de rien. Mais le vieil homme était futé, et Philipp n'était pas sûr du tout du succès de cette opération.

C'est donc assez anxieux qu'il fut amené dans le petit jardin. Le Doc y était déjà et ne montra aucune surprise à l'arrivée de Philipp.

— Ainsi, ils nous permettent de nous rencontrer ! lui dit-il, ne pouvant cependant pas cacher une larme.

Philipp allait dire quelque chose mais le Doc lui fit signe de se taire.

— Ne dis rien, je suis sûr qu'ils nous écoutent. Ils espèrent sans doute apprendre quelque chose de cette rencontre. J'espère que tu es bien traité !

— Oui, ça pourrait être pire ! répondit Philipp.

— Je regrette tellement qu'ils t'aient attrapé toi aussi. Mais ne t'inquiète pas. Bientôt nous serons libérés et acclamés comme des héros !

— Mais de quoi parlez-vous ? demanda alors Philipp, certain d'être sur le point d'obtenir enfin quelque chose.

— Il ne s'est encore rien passé, mais c'est inéluctable. Quand ça arrivera, tout le monde saura ce que nous avons fait. Et la Terre nous remerciera ! Lorsque les rats auront exterminé Memphis, puis l'ensemble des *Mondes Extérieurs*, nous reprendrons notre place au centre du monde des hommes ! Et même Kovalski sera obligé de nous remercier.

Le Doc se rendit alors compte qu'il venait de livrer son secret. Mais Philipp avait mérité de le savoir. Et puis, même s'ils les avaient écoutés, ils ne pouvaient de toute manière plus rien faire. Il était bien trop tard pour arrêter la marche du destin.

◆ ◆ ◆

Le commissaire Anselm était de très mauvaise humeur. Et toute son équipe en pâtissait. Hiria l'avait réveillé en pleine nuit pour lui demander quel tatouage la jeune inconnue s'était fait faire. Comment pouvait-il le savoir ? Il se rendit donc à son bureau bien plus tôt qu'à son habitude. Il avait ressorti le maudit dossier qui lui donnait tant de cauchemars. Il était toujours aussi vide ! Combien de temps cette Myriam allait-elle encore le hanter ? Évidemment, le nom du tatoueur n'était pas mentionné dans le rapport. On n'avait pas cru bon de chercher ce détail insignifiant. Anselm ne pouvait blâmer personne. Lui-même n'aurait pas relevé ce détail. Maintenant il fallait retrouver en priorité le tatoueur, et toute sa brigade fut mise sur le coup.

Et trois heures plus tard, l'homme le plus recherché dans toute la cité lui fut amené dans son bureau. C'était un homme assez jeune, grand et effilé comme la plupart des *Extérieurs*. Il avait le crâne totalement rasé et recouvert de tatouages, tout comme l'était son visage, son cou et ses mains. Toutes les parties de son corps qui dépassaient de ses vêtements étaient recouvertes de dessins multi-colores. Anselm en déduisit que son corps entier en était recouvert. Le bonhomme multicolore ne comprit pas ce qui lui arrivait.

— Je n'ai rien fait de mal, vous n'avez pas le droit de m'arrêter comme ça ! se plaignit-il.

— On ne vous arrête pas, on aimerait juste un renseignement. Après vous pourrez partir !

— Que voulez-vous savoir ?

— Est-ce vous qui avez réalisé un tatouage à une certaine Myriam Pavoni ?

— Je ne demande pas leur nom à mes clients. Alors, je n'ai jamais entendu parler de cette Myriam Pavoni. Vos n'auriez pas plutôt une photo de cette Myriam ?

Anselm se trouva subitement stupide. Évidemment qu'il aurait dû commencer avec une photo. Il fouilla maladroitement dans le maudit dossier. Il devait bien contenir une photo. Finalement il mit la main dessus. Triomphalement, il la montra au bonhomme assis en face de lui.

– Ben voilà, là je la reconnais. Oui effectivement, une drôle de petite bonne femme. Très timide. Elle n'avait pratiquement pas dit un mot.

– Très bien, c'est sûrement elle !

Anselm semblait presque soulagé. Il reprit son interrogatoire :

– Et que lui avez-vous tatoué ?

– C'est marrant que vous me demandiez ça. C'est vrai qu'elle ne voulait pas un dessin classique. En fait, elle ne voulait pas de tatouage au début. Et puis, elle semblait réfléchir, puis m'a proposé de me payer si je lui tatouais des chiffres.

– Des chiffres ? demanda Anselm éberlué.

– Ben oui, une liste de chiffres, répondit le témoin, d'un air penaud.

– Et quels chiffres ?

– Vous voulez que je vous donne les chiffres ?

Anselm commença à s'impatienter. Cette histoire ne durait que trop longtemps, et maintenant, il avait en face lui un crétin qui ne comprenait rien à ses questions. Lui-même avait l'impression de poser des questions idiotes, mais il ne voulait pas être à nouveau réveillé par le vice-gouverneur. Il essaya de se contrôler mais rien n'y fit :

– OUI, JE VEUX CES CHIFFRES !!

Tous les regards au commissariat se tournèrent vers eux. Anselm était hors de lui. Il était en train de craquer. Son interlocuteur semblait terrorisé.

– Mais je ne les connais pas par cœur ! Deux lignes de dix chiffres, comment voulez-vous que je m'en souvienne !

Tout ça pour rien ! Anselm était au bord du désespoir ! L'homme multicolore en face de lui semblait réfléchir. Puis, comme si une lumière venait de s'allumer dans son esprit il dit :

– Mais elle les avait écrits sur un petit papier. Pour me montrer ce qu'elle voulait. J'ai peut-être encore ce petit papier chez moi quelque part !

Partie IV

# La naissance d'un dieu

## Chapitre 28

# L'uranoptère

Il en était à sa septième plongée depuis qu'il avait accepté la mission. Il était rentré bredouille les six premières fois. Il désespérait d'attraper un *uranoptère*. Il avait finalement plutôt apprécié ses deux premières plongées avec les nouvelles capsules et il avait bien été obligé d'admettre que les engins modernes fournis par Victor étaient bien plus performants que les vieilles capsules qu'il avait l'habitude d'utiliser.

Piloter les engins modernes était d'une simplicité déconcertante. Mais dès la troisième plongée, il avait commencé à s'ennuyer. Il n'y avait pas grand-chose à faire à bord et, le plaisir de la nouveauté s'étant estompé, la mission commençait à perdre de son attrait et n'avait plus rien d'une aventure palpitante. Surtout, il n'éprouvait pas les décharges d'adrénaline que lui procuraient ses escapades dans les nuages avec les vieux engins de *l'Albatros*.

Pour augmenter leurs chances de repérer une proie, ils avaient choisi une zone d'éclaircie exceptionnellement étendue. La visibilité y était extraordinaire. Elle s'étendait sur des dizaines de kilomètres tout autour des capsules. Ils s'étaient stabilisés en plein centre de cette zone limpide. Ils avaient décidé de demeurer en vol stationnaire en cet endroit aussi longtemps que les conditions météorologiques le permettraient, avec l'espoir d'apercevoir un *uranoptère* poindre à l'horizon bien avant.

Bill était prêt pour la longue et ennuyeuse attente. Mais ce n'était pas pire que de passer de longues journées dans les anciens quartiers de *l'Albatros*. Et puis, sous les nuages, il était dans son élément, même s'il n'était pas à bord de l'une de ses vieilles capsules. De plus, Bill n'était pas seul. Non seulement il y avait trois autres capsules dans les parages, mais surtout le Monstre était présent lui aussi. Bill ressentait sa présence. Les heures passèrent lentement. Quelques fausses alertes brisèrent de temps en temps la monotonie. Chacun voulait être le premier à apercevoir la proie tant recherchée et Bill fut obligé de calmer un peu leur enthousiasme.

La huitième alerte de la journée fut enfin la bonne. Une petite tache sombre en forme de losange venait de surgir d'un nuage au loin, à une bonne dizaine de kilomètres de leur position. L'objet de leur attention tournoyait dans un mouvement chaotique qui suivait les caprices du vent. Il devait être énorme. Bill se demanda s'ils avaient une petite chance de capturer cette chose. Mais avant de penser à la capture proprement dite, il fallait avant tout essayer de s'en approcher sans la perdre de vue.

Sur ses ordres, les quatre chasseurs s'élancèrent à la poursuite de leur proie qui pouvait à tout moment disparaître dans les nuages. Comme ils s'y attendaient, elle ne renvoyait aucun écho radar. Leurs détecteurs étaient aveugles et ils ne pouvaient compter que sur leurs propres yeux. Il leur était donc impossible de la suivre dans le brouillard.

Grâce à leurs capsules très maniables, ils rattrapèrent très vite *l'uranoptère* et les quatre engins humains se mirent en position autour de leur proie. Ils restèrent à une distance raisonnable d'une cinquantaine de mètres pour éviter d'être heurtés par le gros objet sombre qui tournoyait dangereusement. La partie était loin d'être gagnée pour les chasseurs.

Ils ne pouvaient rien faire tant que leur cible continuait à se mouvoir de cette manière. Une deuxième phase d'attente avait commencé. L'objet ressemblait à une sorte de membrane très large, mais peu épaisse en comparaison de sa taille. Il dérivait passivement et ses mouvements dépendaient des vents. Bill espérait qu'un coup de rafale le stabilise ou stoppe ne serait-ce qu'un instant sa rotation. Il savait qu'un coup de rafale risquait aussi à tout moment de déplacer brutalement *l'uranoptère*, voire de l'abattre sur l'une des capsules. Bill et ses équipiers comptaient une fois de plus sur la providence pour que tout se passe bien.

Bill était d'ores et déjà satisfait. Ils avaient déjà beaucoup progressé durant cette septième tentative. Jamais encore des capsules n'étaient restées aussi longtemps auprès d'un *uranoptère*. Tous les instruments des capsules étaient braqués sur l'objet, et même si probablement la plupart d'entre eux ne captaient rien, les caméras, elles, enregistraient tout. S'ils ne parvenaient pas à capturer l'un d'eux,

264

au moins ils ramèneraient quelques images prises de très près. Ils pourraient toujours retenter leur chance ultérieurement.

Victor avait proposé d'utiliser la méthode qu'ils avaient employée bien des années auparavant pour attraper des gigantesques blocs de glace dans les anneaux de Saturne. Les capsules avaient été armée de puissants harpons dont les pointes avaient été façonnées dans du cristal renforcé, plus dure que n'importe quel roc. On n'avait pas lésiné sur la dépense. Victor semblait avoir des moyens illimités pour mener à bien ses recherches.

Comme tous les membres de l'entourage de Victor, le Premier Citoyen lui aussi cédait à tous ses caprices. Rien ne semblait résister à Victor et à son charisme. Bill lui-même avait cédé et, bien qu'il se fût juré de ne jamais utiliser les nouvelles capsules, c'était exactement ce qu'il était en train de faire.

Trente minutes plus tard, ils suivaient toujours leur proie. Bill admit à contrecœur que cela n'aurait jamais été possible avec les vieilles capsules. Le gigantesque fragment noir poursuivait sa danse folle et ils attendaient toujours le coup de vent salvateur qui stopperait momentanément ce mouvement chaotique et leur donnerait un espoir de tirer les harpons. Ensuite, il suffirait de tracter leur proie jusque vers *l'Albatros*, loin en haut.

Bill contemplait l'objet étrange qu'ils suivaient. Il ne lui évoquait rien de connu. Il était tout simplement indescriptible. Il n'avait l'air ni naturel ni artificiel. C'était réellement quelque chose de totalement inédit. En tout cas, Bill pensait qu'il n'avait rien d'une chauve-souris, comme Victor avait décrit *l'uranoptère* qu'il avait entraperçu lors de sa première plongée. C'était d'ailleurs son unique plongée. Une fois de plus, Victor avait eu de la chance.

Une rafale soudaine s'abattit sur la petite flotte. Les capsules avec leur profil aérodynamique ne furent pratiquement pas secouées. Leur proie, qui offrait beaucoup plus de prise au vent, changea de trajectoire, mais surtout cessa de tourner sur elle-même. Ce fut le moment que choisit Bill pour ordonner le tir des harpons reliés aux capsules par de longs filins d'acier tressés. Les tirs furent précis et les harpons atteignirent tous leur cible.

◆◆◆

Cela faisait des années que je n'avais pas éprouvé une telle excitation. Et je n'étais pas le seul. *Urgaïa* aussi était très excité. Je pouvais le ressentir dans sa façon de me parler. L'une des anciennes cuves de la station avait été spécialement aménagée pour accueillir la chose. Telle une toile, *l'uranoptère* était tendu entre trois points de fixation, dont l'un se trouvait au sommet de la pièce sphérique. Le fragment avait près de quinze mètres sur sa plus grande largeur et entre deux et trois mètres d'épaisseur.

Je tournai en rond autour de *l'uranoptère*, essayant de capter chaque détail de l'étrange structure. Nos théories sur la nature d'*Urgaïa* semblaient se vérifier. Et j'étais maintenant persuadé que nous avions entre nos mains un véritable fragment détaché de notre ami télépathe. Un fragment de membrane plus noir encore que du charbon. La structure absorbait non seulement toute la lumière visible, mais aussi toutes autres radiations. Cela expliquait son invisibilité à nos instruments, et en particulier aux yeux de nos capteurs radars. Une des faces de la membrane était composée d'une sorte de carapace écailleuse de près de trente centimètres d'épaisseur. Les écailles étaient presque carrées, mesuraient près de soixante centimètres de côté et avaient des angles arrondis. Elles étaient parfaitement soudées l'une à l'autre et la surface était totalement imperméable. Je me disais qu'il devait probablement s'agir là de la face supérieure du corps d'*Urgaïa*, celle dirigée vers le ciel de la planète géante.

L'autre face était beaucoup plus irrégulière. Sa surface était grêlée de protubérances et de trous. C'était elle qui était en contact avec la région interne de la planète géantes, là où la chaleur et la pression étaient bien plus importantes. Et entre ces deux strates périphériques se trouvait la couche intermédiaire, la plus épaisse, composée d'un enchevêtrement indescriptible de fibres, toutes aussi noires que les deux couches externes. Cette structure filamenteuse me fit penser à un réseau de neurones dans un cerveau. Ces filaments étaient-ils responsables de la conscience du gigantesque être uranien ?

Le tout semblait être constitué de la même matière très résistante, presque aussi dure que du rocher. Cela ne m'étonna pas. Les conditions dans les profondeurs où devait être localisé le corps physique d'*Urgaïa* étaient infernales. La température et la pression y étaient extrêmement élevées. Probablement que dans ces conditions infernales, cette matière devait être beaucoup moins rigide.

Cela ne l'empêchait pas de rompre de temps en temps sous la gigantesque pression sur la face interne de la sphère, comme en témoignaient les fragments emportés par les courants ascendants que les humains avaient pris l'habitude d'appeler les *uranoptères*. Cette théorie était confortée par l'analyse des bords de l'objet. Ils n'étaient pas réguliers et indiquaient clairement que nous avions sous nos yeux un fragment d'une carcasse d'un objet ayant violemment explosé.

Le fragments que j'avais sous les yeux n'était pas très épais et je me demandais si ce n'était pas un fragment d'une partie plus fine du corps d'*Urgaïa*. Pour résister aux pressions internes le corps physique d'*Urgaïa* devait logiquement avoir une épaisseur de plusieurs dizaines de mètres, voire bien plus. Mais cela n'excluait pas la présence de régions bien plus fines. Il n'était pas étonnant que celles-ci cèdaient de temps en temps à la pression. Avaient-elles un rôle physiologique ou représentaient-elles un défaut dans la structure d'*Urgaïa* ? Rien ne permettait de répondre à cette question.

*Urgaïa* suivait mes cogitations dans un silence absolu. Il ne voulait pas interrompre le cheminement de ma pensée. Il semblait d'accord avec mes théories. Au moins pour un moment j'avais reconquis son respect. J'étais redevenu le maître et lui, l'élève attentif. C'était un domaine dans lequel je pouvais encore lui apprendre beaucoup et où je lui étais donc utile. Cela me rassura quelque peu. Il avait toujours besoin de moi.

Je poursuivai mon inspection, tout en essayant de percevoir les petites variations dans les bourdonnements présents dans ma tête et qui me permettaient d'évaluer l'état d'esprit de mon visiteur télépathique.

*L'uranoptère* était totalement inerte, et rien n'indiquait qu'il était vivant. Ou même qu'il avait été vivant dans le passé. Mais il était clairement composé de matière organique, essentiellement du carbone. En dehors de cette structure en trois couches, il n'y avait rien d'autre qui pouvait indiquer la présence d'un organe quelconque. S'il s'agissait d'un fragment d'une région plus fine, cela pouvait aussi expliquer l'absence d'autres structures faisant office d'organes aux fonctions particulières. L'être gigantesque devait produire ou transformer l'énergie de la planète d'une manière ou d'une autre, et des organes spécifiques devaient exister pour assumer cette fonction. Nous n'avions peut-être simplement pas eu de chance avec ce fragment particulier.

La présence de cet *uranoptère* était à la fois excitante et frustrante. Elle posait bien plus de questions au sujet d'*Urgaïa* qu'elle n'en résolvait. Je pouvais enfin imaginer à quoi pouvait ressembler la gigantesque sphère qui englobait toute la partie centrale de la planète, cette membrane organique qui emprisonnait une grande partie de la chaleur interne de la planète et qui était responsable de la froideur exceptionnelle au sommet des nuages. Mais je n'arrivais pas à imaginer comment une simple membrane à trois couches pouvait le faire. Je m'attendais à quelque chose de bien plus complexe. Probablement faudrait-il ramener bien plus d'échantillons. Je n'en étais qu'au début. Il y avait encore tant à découvrir.

Je comprenais aussi l'état d'excitation d'*Urgaïa* qui se découvrait pour la première fois à travers mes yeux et ma pensée. Et cela, même si nous n'avions qu'un infime fragment de son corps à notre disposition pour l'étudier. C'était comme si pour la première fois de sa vie il avait ouvert les yeux et s'était vu dans un miroir.

◆ ◆ ◆

Bill et Victor avaient fait du bon travail. Les deux humains étaient très efficaces lorsqu'ils travaillaient en chœur, même si leur relation était parfois bien compliquée. Mais quel humain ne l'était-il pas ? Victor était un très bon organisateur, un excellent chef. Bill était un bon exécutant. Tous les deux étaient exceptionnels dans leur domaine de compétences. Et lorsqu'ils travaillaient ensemble, ils valaient largement une Maya ou une Virginia. La concurrence permanente entre les deux hommes les poussait à se surpasser. *Urgaïa* utilisait cette situation à son avantage.

*Urgaïa* éprouvait un sentiment étrange. Il avait tant attendu ce moment. Enfin, grâce à Bill et à Victor, il put admirer un *uranoptère*. Un fragment de lui-même. Il n'avait pas de sens du toucher comme les humains, et avait encore du mal à s'imaginer en tant qu'être physique. Il avait tant espéré que la capture d'un *uranoptère* changerait quelque chose, mais ce morceau organique noir lui restait étranger. Lorsqu'il pénétrait l'esprit d'un être humain, il ressentait tout ce que son hôte ressentait. Le corps de son hôte devenait provisoirement le sien. Mais il ne ressentait rien de tel avec le fragment inerte exposé dans l'une des cuves de *l'Albatros*.

Il essaya de projeter son esprit dans *l'uranoptère*, mais il ne se passa rien. L'objet était inerte. Il ne recelait pas la plus infime trace de conscience. Même les rats, ces autres êtres venus de la Terre et qui avaient colonisé l'espace avec les humains, montraient des signaux de conscience des millions de fois plus élevés. *Urgaïa* ne trouva qu'un mot dans le langage des humains pour qualifier ce qu'il ressentait : la déception.

◆ ◆ ◆

Moïse avait les yeux écarquillés de surprise. Il ne comprenait pas ce qui s'offrait à son regard, mais c'était forcément quelque chose d'extraordinaire, même si cela n'en avait pas vraiment l'air. Il aurait tant aimé le toucher, mais Victor veillait. Le regard de son père adoptif s'assombrissait à chaque fois que Moïse s'approchait un peu trop de la chose. Victor n'avait pas l'intention de partager son jouet avec quiconque, même pas avec son fils.

Dès qu'il avait appris par Bill la capture d'un *uranoptère*, Moïse s'était précipité dans le bureau de Victor. Il avait dû beaucoup insister, et même supplier son père pour avoir le droit de le voir. Victor avait fini par céder, son entêtement avait été payant. Le gros fragment noir était bien moins impressionnant que ce à quoi il s'attendait. Mais cela ne le rendit pas moins mystérieux. Ainsi, le Monstre tout puissant ressemblait à cela !

Victor, derrière lui, regardait sa montre. Les dix minutes qu'il avait données à Moïse s'étaient écoulées et le jeune homme allait devoir quitter la grande salle sphérique.

Frustré, Moïse quitta les quartiers arrières du gros vaisseau et se rendit à l'avant. Bill devait s'y trouver. Bill au moins prendrait du temps pour lui et ne regarderait pas sa montre. Moïse alla directement dans la bibliothèque où il avait le plus de chances de trouver Bill. Mais, à sa grande surprise, la pièce était vide. Il trouva Bill sur la passerelle, debout raide, derrière la baie, songeur.

— Je te dérange, lui demanda-t-il en s'approchant.

— Tu ne me déranges jamais, lui répondit Bill, avec une grande douceur assez inhabituelle chez lui.

Le capitaine de *l'Albatros* reprit :

— Alors, tu l'as vu ?

— Oui, mais pas longtemps. Victor ne m'a laissé que dix minutes et il ne m'a pas autorisé à m'approcher pour le toucher, répondit Moïse d'un air désabusé.

— Cela ne m'étonne pas de Victor. Mais que penses-tu de la chose ?

— Oh, j'ai été assez déçu. Je m'attendais vraiment à autre chose. Je ne pensais pas qu'un extraterrestre pouvait ressembler à quelque chose comme ce truc noir.

— Tu sais, c'est juste un petit morceau. Et puis, justement, tu devrais t'attendre à ce qu'il ne ressemble à rien que tu aurais pu imaginer. C'est la définition même d'un extraterrestre.

Le peu de conviction qui se lisait sur le regard de Moïse fit sourire Bill.

– Raconte-moi comment tu l'as attrapé, demanda alors le jeune homme.

Cela tomba à pic. Bill était justement sur le point de sombrer dans une crise de mélancolie au moment où Moïse était arrivé sur la passerelle. La compagnie du jeune adolescent allait lui faire du bien. Il ne se laissa donc pas prier et prit place dans l'un des fauteuils de pilotage, plus occupé depuis longtemps. Il fit signe à Moïse de prendre place dans le fauteuil voisin et se mit à lui narrer toute l'histoire de la capture. Il n'omit aucun détail. Tout en parlant, Bill avait l'impression de revivre la scène. Moise ne se lassait pas et posait beaucoup de questions. Ils passèrent ainsi une bonne heure, oubliant leur mélancolie.

Un silence profond suivit. Ils étaient seuls à l'avant du vaisseau. Ils se regardaient dans les yeux et eurent la même idée au même moment. Les deux se mirent à sourire en même temps.

– On plonge ? demanda Moïse.

– Le premier arrivé dans la capsule aura le droit de prendre les commandes ! répondit Bill.

Une demi-seconde plus tard, ils se précipitaient hors de la passerelle et se mettaient à courir dans les corridors du vieux vaisseau, en direction de la soute où se trouvaient les dernières vieilles capsules encore en état de marche. Moïse, avantagé par son âge, arriva le premier à la capsule.

# Chapitre 29

# L'interception du Mjöllnir

Au palais fédéral de Memphis, on avait décrété l'état d'alerte maximal. Grâce au travail de Maya, des hommes de Kovalsky et la police de Séléna, Aménor était arrivé à rassembler finalement les différentes pièces du puzzle, et tout était devenu limpide. Aménor connaissait enfin le plan diabolique de Narcisse et de ses alliés. Il savait ce qu'était, et surtout où ils pouvaient trouver le Marteau de Thor, le *Mjöllnir*, l'arme redoutable de Narcisse, destinée à frapper la capitale de la Fédération.

Narcisse avait du bénéficier de bien des complicités pour mettre en œuvre son plan. Aménor se jura que tous seraient identifiés. Mais le plus urgent était d'empêcher le marteau d'atteindre sa cible. Et pour cela, il fallait retrouver et détruire la capsule. Celle-ci n'avait toujours pas été repérée et Aménor attendait anxieusement des nouvelles de Maya.

Les Memphites n'avaient été mis au courant de l'épée de Damoclès qui pendait au-dessus de leurs têtes. Aménor n'avait pas voulu alarmer la population et créer une panique qui n'aurait fait qu'aggraver la situation. Tout le gouvernement de la Fédération était rassemblé autour du Premier Citoyen. C'était assez rare et Aménor pouvait pour la première fois se rendre compte de la taille de l'équipe qui travaillait autour de lui. Le palais était bondé, mais il y régnait un silence religieux. Ils espéraient tous une issue heureuse et comptaient sur Maya pour cela.

Zerdan lui aussi avait été averti. Aménor n'avait pu cacher plus longtemps au gouverneur local les intentions de Narcisse. Le gouverneur exilé fut bouleversé par la nouvelle et avait beaucoup insisté pour revenir à Memphis. Mais Aménor était arrivé à le convaincre de rester à Harpagia. Si la capsule atteignait la capitale, Memphis serait automatiquement mise en quarantaine et il était bon de ne pas mettre tous les œufs dans le même panier. Zerdan, en restant à Harpagia, serait le mieux placé pour reprendre en mains les institutions de la Fédération s'il arrivait malheur à Aménor.

Des navettes avaient été préparées pour évacuer le gouvernement vers Harpagia si Maya n'arrivait pas à intercepter la capsule de la mort. Aménor avait décidé de ne pas quitter la ville. Il était bien trop tard pour tenter d'évacuer la population de la capitale et le Premier Citoyen refusait d'abandonner le peuple. Ce geste courageux surprit beaucoup Zerdan et fit remonter le Premier Citoyen dans son estime. Zerdan trouva qu'Aménor gérait la situation au mieux et il se jura de faire quelques concessions envers le Premier Citoyen si ce dernier parvenait à éviter la catastrophe.

Tout comme Aménor, Zerdan se sentait lui aussi impuissant. Il n'y avait rien d'autre à faire que d'attendre que Maya ne se manifeste. Sa chère Memphis lui manquait tellement, et voilà qu'il était peut-être sur le point de la perdre définitivement. Si la cité était contaminée, on n'aurait pas d'autre choix que de l'isoler totalement du reste des mondes humains. On laisserait mourir des millions d'âmes plutôt que de risquer la disparition d'encore plus d'humains en propageant la contamination dans d'autres cités.

La cité serait abandonnée à elle-même et même ceux qui résisteraient aux germes seraient condamnés à long terme. Plus aucun humain ne s'approcherait de la grande cité dans les années qui suivraient et ceux que les germes auraient épargnés finiraient par périr par manque d'approvisionnement. Memphis rejoindrait Asgard dans le club des cités maudites.

◆ ◆ ◆

Maya était aux commandes de *l'Odysseus*. Le petit vaisseau était stationné à une centaine de kilomètres du point dont les coordonnées avaient été fournies par Kovalsky. Les chiffres indiquaient aussi à quel moment la capsule apparaîtrait en ce point, et ce moment n'allait plus tarder. *L'Odysseus* n'était pas seul. Une petite flotte de chasseurs de la Fédération l'accompagnait. Tous étaient sur le qui vive et prêts à entrer en action. Leur mission était d'intercepter la capsule.

Maya savait que cette mission serait aussi une chance unique pour la Fédération de capturer des hommes à la solde de Narcisse et peut-être même trouver le repaire de l'ennemi juré de la Fédération. Mais les ordres étaient formels, la capsule était la priorité absolue, le reste n'était que secondaire.

S'ils avaient bien interprété les indices, la bande de Narcisse devait récupérer la capsule à l'endroit et au moment indiqués par les coordonnées. Pour avoir la certitude qu'aucun des germes à bord n'eût la moindre chance de survivre et d'atteindre Memphis ou un

272

autre *Monde Extérieur*, ils s'étaient résignés à employer l'arme interdite : une ogive nucléaire.

Le lieu en question était éloigné de tout monde habité, au-delà de l'orbite de Jupiter, à près de cent millions de kilomètres de celle-ci. L'utilisation de l'arme apocalyptique en ce lieu ne mettait personne en danger, si ce n'était les vaisseaux de la flotte Fédérale et les possibles vaisseaux ennemis. Les fédérés se garderaient bien de s'approcher de l'épicentre de l'explosion. Quant aux vaisseaux ennemis, ils s'en souciaient bien peu, même s'ils espéraient qu'il en survivrait au moins un pour les mener à Narcisse.

Les armes nucléaires avaient été prohibées depuis des décennies, mais il était toujours possible de s'en procurer une en cas de besoin. Cette hypocrisie générale ne semblait déranger personne, même pas Maya qui était contente d'en avoir une à sa disposition pour cette mission. Tout le monde fermait les yeux et personne ne se demandait où l'on s'était procuré l'arme. On ne savait même pas qui avait donné l'autorisation d'en utiliser une, même si tout le monde se doutait bien qu'une telle mission ne pouvait se faire sans l'accord du Premier Citoyen. Du moment que l'explosion se produisait loin des yeux et des oreilles des peuples, il n'y aurait personne pour s'en indigner. L'espace infini avait au moins cet avantage.

Elle n'avait qu'une seule ogive et donc il fallait toucher la cible dès le premier coup. Il n'y avait pas de seconde chance. La pression sur les épaules de Maya était d'autant plus forte.

La petite capsule apparut sur les écrans des sondeurs à l'instant prévu. Mais Maya ordonna de ne pas bouger. Aucun bâtiment ennemi venu la récupérer n'était encore en vue, mais ils ne devaient plus tarder à faire leur apparition à leur tour. Du moins Maya l'espérait-elle. L'occasion était unique et elle décida d'outrepasser les ordres et de reporter le tir de quelques minutes.

Au bout de dix minutes, elle se demanda si la petite flotte dont elle avait le commandement n'avait pas été repérée par l'ennemi. Dans le vide spatial, il était impossible de se cacher, et une centaine de kilomètres représentaient bien peu. Le doute fit son apparition dans l'esprit de Maya.

La capsule continuait à progresser lentement et était toujours à portée de tir. Il était très peu probable qu'ils perdent sa trace et Maya décida de reporter encore le tir.

Quinze minutes plus tard, il ne se passait toujours rien. Le doute grandit. Encore cinq minutes, toujours rien… Enfin, un deuxième petit point lumineux s'illumina sur l'écran du radar. L'ennemi n'avait envoyé qu'un seul vaisseau. Cela signifiait qu'il ne s'attendait pas à la présence de la flotte de la Fédération. Cela ne diminua cependant pas l'anxiété de Maya. Elle attendit encore pour laisser le temps au vaisseau ennemi de s'approcher un peu plus de la capsule. Enfin Maya donna l'ordre de l'assaut. Les tuyères des quatre croiseurs de la petite flotte aux ordres de Maya se mirent cracher leurs feux. C'est alors que l'ennemi les repéra.

◆◆◆

Hurley était de très bonne humeur. Il n'avait pas souvent l'occasion de s'éloigner du repaire et de son maître. Plus il mettait de la distance entre lui et Narcisse et mieux il se sentait. Il regretta presque d'approcher du lieu de récupération. Une fois la capsule à bord, il lui faudrait revenir vers son maître.

Lorsqu'il partait en mission dans l'espace, il emmenait toujours les cinq mêmes hommes avec lui, ceux qui étaient déjà avec lui au bon vieux temps, lorsqu'il était encore libre et chef d'une petite armée à Dido. De toute sa petite troupe, ils ne restaient plus que ces cinq. Tous les autres avaient péri ou avaient été faits prisonniers lors de la contre-attaque de Bartolu à Pelion, dix années plus tôt.

Hurley appréciait énormément ces missions de routine. Récupérer la jeune Terrienne avait été assez dangereux. La PolRec était à sa recherche. Mais personne n'était au courant de l'existence de la capsule. Son vaisseau devait être le seul à des dizaines de millions de kilomètres à la ronde. Du moins c'était ce qu'il pensait.

C'est pourquoi il fut d'autant plus surpris lorsqu'il réalisa que la Fédération lui avait réservé un petit comité d'accueil alors qu'il s'approchait de la capsule. Dans son esprit, c'était tout simplement impossible. Il n'arrivait pas à comprendre l'incompréhensible et fut incapable de prendre une décision alors que les vaisseaux ennemis fonçaient sur eux à toute allure.

Bientôt ils seraient à portée de tir. La capsule qu'il était venu chercher n'était plus qu'à quelques centaines de mètres devant son vaisseau, mais il réalisa qu'il n'aurait jamais le temps de la récupérer. La surprise se transforma en frustration, puis en panique. Il devait agir, mais que faire ?

Pour sauver sa peau, il décida finalement d'abandonner la capsule et donna l'ordre de battre en retraite. Face aux croiseurs fédéraux, il n'avait aucune chance. Il préférait encore subir une colère de Narcisse.

♦♦♦

Narcisse suivait les événements depuis sa base. Un canal avait été spécialement ouvert en permanence pour permettre les communications avec Hurley. Il n'avait pas totalement confiance en son sbire et il n'était pas question de tout rater au moment crucial. Il eut la même surprise que Hurley lorsqu'il entendit que des vaisseaux ennemis les attendaient à l'endroit même où se trouvait la capsule. C'était totalement incompréhensible. Comment avaient-ils pu savoir ? D'où venait la fuite ? Qui avait bien pu les trahir ?

Hurley était tout juste capable de gérer une situation simple. Si tout s'était passé comme prévu, il aurait pu très bien réaliser sa mission. Mais Narcisse savait qu'il n'arriverait pas à gérer la nouvelle situation. Il était d'ailleurs en train de paniquer. Narcisse réalisa soudain qu'un danger encore plus grave se profilait devant lui. L'interception de la capsule par la flotte de la Fédération était en soi une catastrophe, mais si ce crétin de Hurley décidait de revenir vers la base avec à ses trousses la flotte ennemie, ces derniers découvriraient son repaire. Dix années de dur labeur seraient anéanties.

Et effectivement, le pire semblait sur le point de se produire. Narcisse hurlait dans l'interphone :

– NE REVENEZ PAS VERS LA BASE, NE LES CONDUISEZ PAS ICI, ESPECE D'IDIOT !!!

Mais Hurley n'écoutait pas son maître. Tout ce qu'il voulait, c'était de se sortir du piège qui se refermait sur lui. Il ne voyait pas d'autre échappatoire que de se réfugier chez son maître. Sous l'effet de la panique son cerveau refusait de fonctionner normalement. D'ailleurs, même en temps normal il ne fonctionnait pas normalement, se dit Narcisse.

Hurley n'entendit pas les ordres de Narcisse rouge de colère qui fusaient des haut-parleurs sur la passerelle de son navire.

♦♦♦

Le cerveau de Maya de son côté fonctionnait à plein régime. Elle distribuait les ordres sans même en avoir conscience. Tout d'abord il fallait lancer le missile et anéantir la capsule. Pendant ce temps, les trois autres croiseurs devaient filer le vaisseau ennemi.

L'explosion de l'ogive nucléaire au contact de la capsule aurait été visible depuis des centaines de milliers de kilomètres s'il y avait eu quelqu'un dans les parages pour l'apercevoir. Seulement en cet endroit de l'espace, il n'y avait que cinq vaisseaux. Le plus proche d'entre eux avait fermé ses stores métalliques. L'explosion allait le secouer un peu, mais la distance était assez grande et l'équipage ne risquait rien. Les quatre autres vaisseaux filaient à toute allure. L'un devant, les trois autres à une certaine distance derrière lui.

Maya se surprit à avoir une pensée pour les pauvres rats enfermés dans la capsule. Ils n'avaient pas choisi ce qui leur arrivait. Elle se consola en se disant qu'ils n'avaient probablement pas souffert.

♦ ♦ ♦

Farney ne se sentait pas bien. Les dernières nouvelles étaient plutôt inquiétantes. Malgré tous leurs efforts, Aménor et sa clique avaient fini par découvrir et déjouer le plan diabolique auquel Farney était associé. Tout comme Narcisse, il fut stupéfait d'apprendre que leur plan avait été déjoué. Ils n'avaient rien vu venir et s'apprêtaient déjà à fêter leur victoire. Le Premier Citoyen devait avoir une chance incroyable. Ils avaient pourtant tous pris leurs précautions et le plan semblait pourtant n'avoir aucune faille.

Il était assis derrière son bureau. Le petit tiroir du haut était ouvert. Il avait entre les mains le petit dossier bleu. Depuis qu'il avait reçu les mauvaises nouvelles, il s'était à nouveau penché sur ses documents décrivant l'opération *Mjöllnir*. Il essayait d'y trouver l'erreur qui avait fait que ça n'avait pas fonctionné, ce qu'ils avaient fait de travers. Mais ils n'avaient pas fait d'erreur. Ils avaient simplement manqué de chance.

Dans un mouvement de colère, Farney jeta le petit dossier bleu dans la poubelle à côté de lui. Mais il ne put se résoudre à s'en débarrasser et le récupéra et le rangea à nouveau dans sa cachette au fond du tiroir.

Seuls, le Doc et Narcisse, ses deux contacts, connaissaient son rôle dans le projet *Mjöllnir*. Les Doc était entre les mains de Kovalsky et Narcisse n'allait probablement plus tarder à se faire prendre, si les rumeurs de *l'Extérieur* étaient exactes. Connaissant les deux personnages, il se dit qu'il était cependant peu probable que l'un d'eux le dénonçât. Mais il était sous le choc et s'enferma dans son appartement. Il refusa de voir qui que ce fût. C'était probablement une erreur qui pouvait éveiller des soupçons à son égard, mais il était incapable de se comporter de manière normale. L'anxiété le rongeait. Il tournait en rond dans son appartement.

Même si les deux alliés improbables ne le dénonçaient pas, il avait peut-être commis une erreur quelque part. Il se repassait en mémoire toutes ses actions qui auraient pu le trahir. Il n'y en avait qu'une seule susceptible de mettre la puce à l'oreille de Kovalsky, son insistance auprès du gouverneur pour accélérer le départ d'une livraison vers Séléna. C'était l'unique fois qu'il avait contacté directement Kovalsky depuis plus de six années.

Mais le gouverneur de la Terre était occupé à mâter ce qui restait des *Gaïans*, et n'avait pas fait le rapprochement entre la demande de Farney et le départ de la capsule contaminée vers les *Mondes Extérieurs*. Il avait sans doute déjà oublié l'inoffensif Farney et il était peu probablement qu'il fît un jour ce rapprochement. Cependant, peu probable ne signifiait pas impossible. Et, à tout moment, il s'attendait à voir débarquer la police d'Aménor Mais personne ne vint.

◆◆◆

Aménor lui aussi suivait de très près l'évolution de la situation. Il avait appris avec soulagement la destruction de la capsule, mais son anxiété était remontée d'un cran lorsqu'il avait réalisé qu'il n'en finirait pas avec Narcisse sans employer la violence. Et Maya était en première ligne. Elle était très intelligente, mais elle n'avait jamais mené de bataille. D'ailleurs, Aménor n'avait personne d'autre sous la main pour mener une bataille. Maya, avec son inexpérience, était la mieux placée pour réussir.

On avait perdu l'habitude de faire la vraie guerre depuis des siècles. Dans un sens, c'en était heureux. Mais Aménor regretta de n'avoir pas prévu cette éventualité et préparé une vraie armée. Il essaya de se rassurer en se disant que le camp ennemi devait probablement se trouver dans la même situation. Mais il en doutait. Narcisse avait toujours été un empereur belliqueux et, après sa chute, il avait eu dix années pour préparer sa vengeance.

Tout en attendant les nouvelles de Maya, il continua à gérer les affaires importantes de la Fédération. Son nouveau conseiller en affaires spirituelles était avec lui dans le bureau. Lui aussi semblait inquiet de la situation. Tous deux avaient beaucoup de mal à se concentrer sur le sujet qui justifiait la présence du religieux de Vesta.

Aménor était satisfait par son nouveau conseiller. Les gens de Vesta n'avaient pas mis longtemps à se décider. Et c'était le Grand Apôtre en personne qui était venu à Memphis, aux côtés du Premier Citoyen. Enfin quelque chose qui semblait tourner mieux !

Les discussions avec son nouveau conseiller lui permirent de songer à autre chose qu'à Narcisse. Des centres de méditation. Des lieux accessibles à chaque citoyen pour venir y méditer. Des lieux dépourvus de signes ostentatoires. Pas de dieux. Pas même de prêtres. C'était exactement ce qu'il fallait faire. C'était si simple. Trop simple peut-être pour qu'Aménor eût pu avoir cette idée par lui-même. Pourquoi vouloir à tout prix offrir un dieu, des rites ? Chacun avait le droit d'avoir sa propre croyance. Ou juste le droit de se vider l'esprit, de méditer… !

Oui, c'était une excellente idée ! Aménor se senti un peu mieux. Mais il ne serait soulagé que lorsque Narcisse aurait été définitivement arrêté – ou tué. Il ne se laisserait probablement pas capturer vivant.

# Chapitre 30

# Titan

Le roi avait une fois de plus cédé sous la pression du conseiller Vallard. Résigné, il envoya finalement le message à tous les représentants des onze cités. À partir du moment où ces derniers reçurent les ordres du monarque, les bourgmestres avaient trois semaines pour consulter les citoyens et prendre une décision.

Rien dans la constitution n'empêchait les bourgmestres de voter sans consulter les citoyens. Mais ils prenaient le risque de ne pas être réélus lors des prochaines élections dans les cités. Aucun des bourgmestres en place n'avait jamais pris ce risque, même si parfois on pouvait douter des résultats de certaines consultations. Lorsqu'ils trichaient, ils essayaient de le faire le plus subtilement possible, et ne le faisaient que lorsque les écarts de voix n'étaient pas trop importants. Sinon, le peuple s'en rendait compte et la sanction tombait inexorablement aux élections suivantes.

La compagne du roi avait tout fait pour retarder l'envoi du message, et elle ne fut pas mécontente d'avoir gagné quinze jours. C'était probablement suffisant pour que Ruth pût convaincre le gouverneur Bartolu de s'impliquer dans l'affaire et de revenir sur Titan. En tout cas, elle l'espérait. Elle ne savait pas si ça changerait quelque chose, mais cela valait la peine d'être tenté. L'avenir de Titan était en jeu et Vallard avait pris beaucoup d'avance. Les idées conservatrices étaient très répandues sur Titan. Le conservatisme était à la mode.

Ce fut donc avec soulagement qu'elle vit débarquer sa fille avec le gouverneur moins d'une semaine plus tard. Ils avaient parfaitement conscience de la gravité de la situation et avaient fait très vite. Pour contrecarrer les plans du conseiller félon, ils n'avaient d'autre choix que de partir eux aussi faire la tournée des cités, à la rencontre des sujets du roi. Ils savaient que ce serait un marathon très difficile. L'opinion ne leur était pas favorable. La princesse était considérée comme une petite fille gâtée et Bartolu comme un étranger qui ne demandait qu'à les envahir. Ils partirent donc en campagne, conscients de leur handicap.

Ils furent très mal accueillis à Selk. Le bourgmestre Solanas ne cachait pas son amitié pour Vallard et ses idées. Ils durent se passer de sa collaboration pour essayer de rencontrer les citadins. Selk était une grande ville, mais sa population vieillissante était rétive à toute idée de changement. Ils n'eurent pas beaucoup de succès et les quelques petites réunions organisées durant deux jours standard n'ameutèrent que peu de monde. C'était leur première étape et déjà Ruth était découragée.

Bartolu, de son côté, ne montra rien de son désarroi. Que les salles fussent pleines, ce qui était rare, ou bien presque vides, il mettait le même entrain dans son discours. Ruth admira la maestria du gouverneur lorsqu'il parlait. Il avait l'habitude de l'exercice, et ses louanges de l'Union des Mondes de Saturne et de leur ouverture à la Fédération furent très convaincantes, du moins pour ceux qui avaient fait le déplacement. Ses paroles portaient.

Bartolu n'avait rien en commun avec les vieux politiciens provinciaux de Titan dont les discours paraissaient bien ridicules en comparaison avec ceux qu'était en train de faire Bartolu. Elle regretta que si peu de citoyens fussent venus l'écouter. Bartolu comptait beaucoup sur le bouche-à-oreille. S'il arrivait à convaincre dix personnes et que ces dix arrivaient à en convaincre dix autres, et ainsi de suite, cela pouvait fonctionner.

L'accueil fut bien plus chaleureux à Paxsi. Le bourgmestre Jingpo était beaucoup plus jeune que son homologue Solanas. Ses idées aussi étaient plus jeunes. Il avait préparé en avance leur arrivée, et ils eurent beaucoup plus de succès. Ce tour de la lune ne permit pas seulement au gouverneur des mondes de Saturne de rencontrer pour la première fois le peuple de Titan, mais aussi de contempler les paysages méconnus de la lune géante.

Il s'était très vite habitué à la brume et le ciel noir ne lui manquait pas. Il s'extasia en survolant les gigantesques déserts de dunes sombres de l'équateur, entrecoupés de régions montagneuses. Partout, il y avait des traces d'écoulements de méthane liquide. Ils avaient même traversé un orage de méthane. Il se rendit compte qu'il aimait beaucoup ce monde et qu'il aurait dû faire abstraction des préjugés et venir bien plus tôt. Le peuple des brumes craignait ceux qu'il appelait les étrangers, et ces étrangers craignaient le peuple de Titan qui avait une si mauvaise réputation. Cette situation avait été entretenue par des gens comme Vallard.

En quinze jours, ils firent ainsi le tour de la planète et visitèrent les six villes les plus importantes. Mais partout où ils allaient,

Vallard et ses idées les avaient précédés. La dernière étape de leur périple était Menrva, construite dans un gigantesque cirque naturel, cerné de hautes montagnes. Par temps de pluie, des torrents pouvaient dévaler le long des flancs et la cité était protégée par un système judicieux de canaux et de digues. Des problèmes que ne rencontraient jamais les cités sous coupoles, directement en contact avec le vide spatial. Comme ils avaient encore du temps devant eux et qu'ils ne désiraient pas vraiment rentrer au palais, ils décidèrent de faire un grand détour vers le sud.

En s'éloignant de l'équateur, de nouveaux paysages se firent voir. Les déserts de dunes disparurent pour céder la place à d'interminables plaines glacées parsemées de collines, de montagnes, de failles, de lits de rivières. C'était un enchantement pour Bartolu. Cela changeait des surfaces cratérisées des autres mondes orbitant autour de Saturne. Il était subitement fier que ce monde extraordinaire fasse partie de son Union Saturnienne. Oui, Titan valait la peine qu'il se batte pour elle.

Ils se dirigeaient tout droit vers le lac Ontario, l'un des grands lacs de Titan. Le plus grand dans l'hémisphère Sud, non loin du pôle. Un autre grand lac du même nom se trouvait à des milliards de kilomètres de là, sur la Terre, mais il était rempli d'eau et non d'un mélange de méthane et d'éthane liquides, comme c'était le cas du lac titanien.

Sur leur chemin vers le sud, ils croisèrent des nuages de plus en plus menaçants. Le pilote leur proposa de faire demi-tour et repartir vers le nord, en direction de la capitale. Mais Ruth ne voulait définitivement pas retourner au palais si vite et ordonna de poursuivre la route en direction du sud. Bartolu, ne connaissant rien à la météorologie titanienne, s'abstint d'intervenir. Leur appareil fut tout d'abord légèrement secoué lorsqu'ils pénétrèrent dans les nuages orageux. Les secousses ne firent de plus en plus nombreuses et brutales de minute en minute. Puis, ils se retrouvèrent au cœur même de la tempête. Les rafales de vent et les torrents de méthane s'abattaient sur leur engin.

Le lac Ontario et la petite cité du même nom, construite sur sa rive ouest, étaient encore à plus de quatre cents kilomètres. Il n'y avait aucune autre cité, aucune station, ni même une quelconque aire d'atterrissage plus proche. Il fallait que le jet de la princesse et du gouverneur Bartolu tînt le coup. Les tempêtes saisonnières à cette latitude pouvaient être extrêmement violentes et durer plusieurs jours. Et celle-ci n'échappa à la règle. Bartolu fit ainsi connaissance avec une autre facette bien moins séduisante de la planète enfouie sous la brume orange. Les rafales se faisaient de plus en plus violentes et l'astronef craquait de partout. Puis, soudain, les moteurs calèrent.

◆◆◆

L'inquiétude de la reine se transforma en panique. L'aéronef avait tout simplement disparu dans la tempête. Il n'était jamais arrivé à Ontario. La seule réaction de son compagnon fut de se murer dans un silence. Leur fille avait disparu et il ne réagissait pas. Les secours étaient partis sitôt la disparition constatée, mais la tempête rendait les recherches très difficiles. La zone à couvrir était si grande et la cité la plus proche se trouvait à des centaines de kilomètres du lieu supposé du crash. Les pilotes étaient chevronnés et l'appareil presque neuf. Il y avait une chance qu'ils aient pu atterrir quelque part dans les grandes plaines glacées. Malheureusement, il n'y avait pas de dunes dans la région qui aurait pu amortir le crash.

Les services de secours n'étaient pas habitués à gérer une telle situation. Les crashs étaient assez rares et ils n'étaient pas équipés pour une recherche à l'aveugle d'un engin perdu dans les régions peu explorées de Titan. La reine se dit alors qu'une seule personne sur la planète allait peut-être pouvoir les aider. L'archéologue Vlad Micu devait avoir tout l'équipement nécessaire pour retrouver un engin métallique au milieu des plaines glacées. Il devait bien ce service au palais qui avait financé sans rechigner ses recherches onéreuses.

◆◆◆

Il faisait très sombre et froid. Ruth avait un gros mal de tête. Tout son corps était engourdi. Bartolu gisait de l'autre côté de la cabine, inconscient. Les mouvements de sa poitrine montraient qu'il respirait. C'était rassurant. L'air à bord était respirable, ce qui signifiait que la coque n'avait pas été percée. Au dehors, le vent soufflait toujours et la pluie n'avait pas cessé. Elle espérait que le jet ne s'était pas écrasé au fond d'une vallée. Lors des tempêtes, des régions entières pouvaient être inondées et former des lacs de méthane transitoires.

Ruth n'était pas persuadée que la coque résisterait à la pression du liquide. Elle essaya de réfréner sa panique. La pire des choses aurait été de céder à la panique. Elle devait tout d'abord essayer de se calmer. Elle appela les pilotes, mais ne reçut aucune réponse du cockpit. Étaient-ils morts ou simplement inconscients ? Lentement, elle essaya de se mettre debout. À priori, elle elle était capable de marcher.

◆◆◆

Le conseiller Goran Vallard apprit la nouvelle alors qu'il se reposait dans son appartement de la Nouvelle Versailles. Il était épuisé par sa tournée dans les cités du royaume. Il n'accueillit pas la nouvelle avec joie. Il n'aimait pas la petite peste et encore moins le gouverneur, mais il espérait les battre loyalement. Il se surprit même à éprouver un certain respect pour la princesse.

Depuis son retour dans le royaume, elle semblait être devenue beaucoup plus responsable. Elle prenait sa mission au sérieux et était allée battre campagne. Stan Solanas, le grand ami de Vallard, lui avait fait part de la visite de la princesse et de son étonnement quant à la conviction de la jeune demoiselle. Il était évidemment en désaccord avec ses idées, mais elle les défendait bien. On y lisait l'influence positive du gouverneur Bartolu.

Enfin, quelqu'un dans la famille régnante qui se réveillait un peu ! Vallard regretta que ce fût un peu tard. Il avait ses propres plans pour sauver le royaume. Rien ne pouvait l'arrêter. C'était son devoir de préserver le royaume et ses traditions millénaires.

◆◆◆

Vlad Micu se reposait paisiblement dans sa suite à Abaya. Sa petite visite du campement au bord de la mer de Ligeia l'avait rassuré. L'exploration allait bon train et il était confiant quant au succès des recherches. Un résultat positif pouvait même tomber avant la fin du mois si aucun empêchement ne survenait dans les semaines qui suivraient. Malheureusement, le temps d'émettre cette idée, l'empêchement en question se matérialisa sous la forme d'un message urgent venant du palais. Lui, son équipe et son matériel venaient d'être réquisitionnés pour une mission de la plus haute priorité.

Il eut à peine le temps de se vêtir correctement que l'on sonna à la porte de sa suite. Le chef de la sécurité du palais et toute une armée de fonctionnaires étaient venus le voir pour discuter de sa nouvelle mission. Il ne s'attendait pas à les voir surgir aussi rapidement. Il n'avait reçu la mauvaise nouvelle que deux heures plus tôt. Ils l'emmenèrent jusqu'au cosmoport où l'attendaient encore d'autres fonctionnaires ainsi que la reine en personne.

C'était la première fois qu'il était en présence de la première dame du royaume. On disait qu'elle avait le regard triste et c'était effectivement le cas. Mais les circonstances pouvaient l'expliquer. L'atmosphère était extrêmement tendue. On lui expliqua rapidement la situation et Vlad dut réfléchir au plus vite à la manière de leur être utile.

Depuis qu'il était enfant, avec son père, et seul plus tard, il chassait des artéfacts métalliques dans les paysages chaotiques et dangereux de la planète. Il avait l'habitude d'affronter les pluies diluviennes qui pouvaient s'abattre sur les plaines de glace et les déserts de substances organiques produites dans l'atmosphère. Ses aérostats étaient capables de couvrir de grands territoires et leurs sondes pouvaient facilement capter des gros objets métalliques. Il leur proposa donc de les faire transporter dans la zone du crash.

Cette zone était immense car on ne savait pas exactement où l'aéronef de la princesse s'était écrasé. Leurs recherches pouvaient prendre des jours mais Vlad s'abstint de mentionner ce détail. Il ne voulait pas anéantir le petit espoir qu'il avait suscité chez la reine. Il contacta ses équipes pour les prévenir que des transporteurs gouvernementaux allaient venir les récupérer et les emmener sur le site du crash.

◆ ◆ ◆

Ruth avait faim et froid. Elle était incapable de dire depuis combien de temps ils s'étaient écrasés. Le gouverneur Bartolu n'était pas sorti de son coma, mais il respirait toujours. Ruth avait essayé de faire un peu le rangement dans l'habitacle. Elle avait essayé d'ouvrir le sas qui donnait accès au cockpit, mais elle n'y était pas parvenue. Le pilote n'avait pas donné de nouvelles. Y avait-il seulement encore un cockpit de l'autre côté du sas ?

À cette idée, elle cessa de taper contre la porte. La coque avait tenu bon jusqu'alors mais les craquements sinistres indiquaient qu'elle n'allait plus résister bien longtemps. Elle osa jeter un coup d'œil à l'extérieur à travers l'un des hublots de l'habitacle. C'est avec horreur qu'elle vit que l'appareil baignait dans un marécage de méthane liquide. Ce qu'elle redoutait le plus était en train de se produire. Le niveau du liquide glacial ne cessait de monter. Elle ferma tous les rideaux des hublots afin de faire abstraction de ce qui se passait à l'extérieur. Mais elle pouvait entendre l'écoulement du méthane liquide au dehors.

Il n'y avait que très peu de réserves de nourriture à bord, mais elle n'eut même pas l'idée de manger. Elle n'avait aucun appétit. Elle s'efforça de boire un peu d'eau de temps en temps.

Elle ne pouvait rien faire qu'attendre. Les secours devaient être en route. Elle s'installa auprès du gouverneur. Elle ne savait pas s'il pouvait l'entendre, mais celui lui faisait du bien de lui parler. La solitude dans le froid et la pénombre lui faisait bien plus peur que l'idée de la mort elle-même. Elle lui parla de sa planète, de la guerre entre les conservateurs et les progressistes, de ses projets d'avenir, de ses sentiments pour Tournon. Peu importait qu'il l'entendît, cela la soulageait de parler.

◆◆◆

Vlad avait pris la direction des opérations. Il avait fait installer le campement sur une colline, comme il en avait l'habitude. Le paysage était très accidenté et les collines et vallées se succédaient à perte de vue. La pluie battante continuait à tomber et ne semblait pas vouloir s'arrêter. L'ensemble de la zone était situé dans une gigantesque cuvette qui risquait bien de se remplir de méthane si la pluie continuait à ce rythme. Ils livraient une véritable course contre la montre et contre les éléments.

Heureusement, les vents s'étaient un peu calmés et les aérostats avaient pu être lâchés. Ils évoluaient lentement à faible altitude et sondaient la surface. La reine avait insisté pour venir jusqu'au campement. Vlad trouvait inutile d'encombrer le camp avec des personnes qui n'apportaient pas une aide précieuse, mais il pouvait difficilement interdire à la souveraine l'accession au site. Elle était en permanence en contact avec le palais. Le conseiller auprès du roi, Goran Vallard, avait annulé tous ses rendez-vous. Les conservateurs et les progressistes faisaient une trêve dans leur affrontement fratricide, le temps des recherches.

Vlad analysait en direct les données envoyées par les échos radar reçus par les aérostats. Petit à petit, les zones survolées rougissaient sur la carte écran qui leur servait aussi de table. Les rapports météorologiques arrivaient dans une pièce attenante. Rien n'indiquait que la pluie allait cesser dans les heures à venir. Les instruments crachaient les données et les hommes attendaient silencieusement.

Une journée titanienne durait environ seize jours standard ; ils avaient encore six jours standard avant la tombée de la nuit sur la zone de recherches. Ils espéraient trouver l'appareil bien avant. La nuit n'aurait pas changé grand-chose, le radar n'avait pas besoin de la lumière du jour pour repérer sa cible mais, psychologiquement, il était important d'y parvenir avant. Cela valait aussi bien pour les survivants éventuels que pour ceux qui menaient les recherches.

Le premier signe encourageant arriva vingt heures plus tard avec la détection d'un débris métallique. D'après l'écho radar, le fragment était très petit, mais il ne pouvait s'agir que d'un fragment de l'engin recherché. L'avantage avec une planète dont la surface était totalement dépourvue de métaux, c'était que le moindre débris ressortait facilement sur les scans des radars. Le même aérostat détecta un autre fragment métallique quelques minutes plus tard.

Vlad savait qu'ils s'approchaient de leur cible. Il ordonna de rediriger tous les autres aérostats vers la zone intéressante. La reine avait une fois de plus repris espoir. Depuis le début des recherches elle passait par des moments d'espoir puis sombrait à nouveau dans le désespoir. Vlad était plutôt inquiet. Le fait de trouver des fragments signifiait que l'appareil s'était disloqué, du moins en partie. Le crash avait été très violent et cela réduisait les chances de trouver des survivants.

Cinq heures plus tard, tous les aérostats avaient détecté au moins un fragment. Et les détections se faisaient de plus en plus fréquentes. En combinant les signaux, Vlad était déjà certain de l'emplacement où ils avaient le plus de chances de trouver la carcasse de l'aéronef. Avant que les aérostats n'aient définitivement détecté le fuselage de l'appareil, il proposa d'envoyer un transporteur de récupération. Cela permettrait de gagner de précieuses minutes qui pouvaient faire la différence.

◆◆◆

Ruth était épuisée. Elle avait parlé pendant des heures. La soif la harcelait sans cesse. Ses réserves d'eau s'amenuisaient dangereusement. Elle voulait en conserver pour le gouverneur. Il aurait sûrement soif à son réveil. Seul le bruit de la respiration de Bartolu se faisait entendre dans l'habitacle. Au dehors, l'écoulement du liquide était toujours perceptible. Le niveau de méthane avait atteint la moitié de la hauteur du fuselage. Bientôt, il serait impossible de les repérer. Elle sentit ses espoirs la quitter. Elle tombait de fatigue et se dit que la mort serait sans doute plus douce si elle venait dans son sommeil. Elle s'endormit à cette pensée.

Elle fut tirée brutalement de son sommeil par un grand coup frappé sur la coque. Les dieux n'avaient pas voulu l'écouter, ils l'avaient réveillée afin qu'elle affronte son destin de face. Un second coup tout aussi violent frappa encore la coque et ce qui restait de l'appareil se décrocha du fond. Elle se disait que le torrent était devenu assez puissant et venait de les emporter. Mais, contrairement à son attente, ils ne furent pas secoués. C'était comme s'ils s'étaient soulevés dans les airs. Elle se dit qu'elle devait encore être dans son sommeil – ou peut-être était-elle morte ?

Mais cela semblait si vrai… ! Elle mit beaucoup de temps à reprendre ses esprits et à réaliser qu'elle était revenue dans le monde réel. La coque tanguait. Un peu comme si elle flottait. Elle prit son courage à deux mains et jeta un œil derrière l'un des rideaux qui lui cachait la vue vers l'extérieur. C'est alors qu'elle vit que ce qui restait de leur aéronef flottait effectivement, non à la surface d'un torrent en furie, mais dans les airs, suspendu à quatre longs filins, sous un gros transporteur qui portait les emblèmes du roi, son père.

# Chapitre 31

# Déluge de feu

Les quelques affleurements métalliques que l'armada dirigée par Maya venait de dépasser signalaient qu'ils étaient enfin arrivés à destination. Ces fragments de métal auraient très bien pu passer pour de simples rochers pour un œil non attentif. Ils jonchaient, éparpillés, sur un sol de neige grise et poudreuse, presque lisse. Cette même neige qui recouvrait la totalité de la surface de ce monde morne. Ils étaient les derniers témoins qu'une cité avait existé en cet endroit il y avait bien longtemps. De futurs archéologues viendraient peut-être un jour déterrer les restes d'un passé oublié, comme ils le faisaient sur la *Planète Mère*, à la recherche des origines de la civilisation des hommes.

Ce lieu si morne, si triste, avait une grande histoire à raconter. Et Maya ne pensait pas qu'à l'histoire passée, mais aussi celle qu'elle était sur le point de construire, avec sa flotte, face à Narcisse. Pourtant, rien n'indiquait que des humains vivaient par ici. Le repaire de Narcisse devait se situer sous la surface. S'il y avait une entrée, elle pouvait se trouver n'importe où. Et elle était sûrement bien dissimulée. Deux patrouilleurs survolaient la région dans l'espoir de la trouver, mais Maya se disait que la seule manière de la repérer serait de surprendre un vaisseau en train de décoller ou d'atterrir

Elle se résigna à organiser le siège aussi longtemps que possible. Ils étaient là-dessous quelque part, elle en était maintenant certaine. Et ils étaient faits comme des rats. Ils allaient bien finir par bouger.

Elle avait enfin trouvé le repaire de Narcisse, pourtant elle n'en éprouva aucune satisfaction. Le plus difficile restait à venir. Narcisse était toujours encore en liberté, même si celle-ci avait été grandement diminuée. Maya savait que Narcisse était rusé et qu'il n'avait pas encore dit son dernier mot. Et, tel un animal sauvage pris au piège, il n'en était que plus dangereux.

◆◆◆

Il régnait un calme étrange dans la pièce. Narcisse ne hurlait plus. Il était immobile. Pas la moindre expression n'était perceptible sur son visage, même pas l'un de ses nombreux tics. Mais intérieurement, sa fureur n'avait plus de limites, et ni le cadavre de la jeune Terrienne ni celui de Hurley n'arrivaient à l'apaiser. Dix années de travail acharné avaient été réduites à néant à cause de ce crétin de Hurley. Tous ces efforts pour rien ! Et non seulement ils avaient perdu la capsule, mais en plus Hurley, par sa stupidité, avait révélé leur cachette à leurs ennemis ! Au lieu de les emmener au loin, il les avait directement conduits jusqu'au repaire. Et maintenant ils étaient là, dehors.

Narcisse était toujours encore à l'abri. Il savait qu'il faudrait beaucoup de temps à ses ennemis pour trouver l'entrée. Mais, du temps, ils en avaient. Ils pouvaient rester là des années s'il le fallait. Et Narcisse refusa de s'avouer vaincu. À chaque problème il y avait une solution, Narcisse en était convaincu. Mais, pour la trouver, il devait réfléchir. Et pour bien réfléchir, il fallait que Narcisse reprît le contrôle de son esprit et oubliât sa fureur. Du moins momentanément.

Il avait encore Turgis. Bien plus fiable que Hurley, Turgis n'aurait jamais commis l'erreur de Hurley. Mais il était trop tard pour avoir des regrets, le mal était fait. Narcisse savait que Turgis, un homme d'honneur, un vrai soldat, était prêt à se sacrifier pour lui. Ce moment était maintenant arrivé. Il convoqua le dernier de ses fidèles.

◆ ◆ ◆

En l'espace de quelques secondes, le calme plat se transforma en déluge de feu. Dix vaisseaux surgirent de nulle part et se ruèrent tous feux ouverts vers l'armada des assiégeants. Maya avait à sa disposition vingt quatre vaisseaux, en plus de l'*Odysseus*. La riposte fut fulgurante. L'avantage du nombre des assiégeants fut compensé par la rage de survivre des assiégés. La bataille fit rage. L'*Odysseus* était resté un peu à l'écart. Ce n'était pas un bâtiment de guerre et il n'était que très peu armé. Derrière la baie transparente de la passerelle, Maya, anxieuse, observait le spectacle pyrotechnique. Le ciel noir de la lune sombre s'était embrasé dans un silence de mort. Dans le vide spatial, les sons ne se propageaient pas.

Deux vaisseaux ennemis étaient en feu. L'un d'eux alla s'écraser sur la lune. L'autre au lieu d'abandonner, changea subitement de trajectoire et fila droit vers le vaisseau de la Fédération le plus proche. Ce dernier, surpris par la manœuvre, n'eut pas le temps de se dégager. La collision avec le vaisseau kamikaze engendra un gigantesque cataclysme. Les moteurs à fusion nucléaire anciens modèles du vieux vaisseau ennemi, explosèrent au moment de l'impact et une lumière intense balaya tout l'espace. Deux autres bâtiments de la Fédération, qui avaient eu la malchance de se trouver trop près du centre de l'explosion, furent pulvérisés à leur tour par l'onde de choc. L'ensemble de la flotte de la Fédération avait été touché. Beaucoup de vaisseaux étaient endommagés, et une totale confusion s'en suivit.

Maya continuait à observer, paralysée d'effroi. Elle n'arrivait pas à réfléchir. Elle essayait de se concentrer. Elle devait distribuer les ordres. La confrontation venait juste de commencer et elle avait déjà perdu trois vaisseaux. Cinq autres n'étaient plus en état de combattre. Elle se repassa le fil des événements dans son esprit. Juste avant le choc, les vaisseaux ennemis s'étaient éloignés. L'explosion nucléaire n'était pas accidentelle. Elle faisait partie de la stratégie de Narcisse. Le vieil empereur déchu utilisait ses vieux vaisseaux comme des missiles atomiques.

Les quinze secondes pendant lesquelles elle était restée prostrée lui parurent avoir duré une éternité. Quand enfin elle reprit le contrôle de son corps et de son esprit, elle distribua les consignes. La flotte de la Fédération devait se disperser et chaque vaisseau devait se mettre à une distance de sécurité des bâtiments ennemis. Une deuxième explosion cataclysmique se produisit. Quatre autres vaisseaux de la flotte, qui n'avaient pas eu le temps de prendre assez de distance, furent à leur tour endommagés. Deux d'entre eux perdirent leur système de propulsion et se mirent à dériver dangereusement au milieu des débris.

Maya se sentit soudain impuissante. Elle réalisa qu'elle avait sous-estimé les capacités de l'ennemi. La supériorité numérique de la flotte fédérale n'arrivait pas à contrebalancer la tactique et la ruse de l'ennemi. Elle savait qu'elle réagissait trop lentement. Toute sa flotte réagissait trop lentement. Elle livrait sa première bataille spatiale. C'était même la première véritable bataille spatiale que se livraient les humains depuis bien des décennies et personne dans la Fédération n'avait vraiment l'expérience de la mener. Ce n'était pas une simple opération de police où l'intimidation suffisait à régler le problème.

Même durant ce qu'on appelait la guerre des lunes qui, dix années plus tôt, avait abouti à la constitution de la Fédération, on n'avait jamais vraiment utilisé les armes. La peur avait suffi. C'était par la peur d'être anéanties que les lunes d'Uranus s'étaient rendues à Narcisse. C'était aussi la peur de la flotte d'Atama et Enora qui avait poussé les autres mondes à s'unir. Et c'était encore par la peur de la nouvelle Fédération qu'Atama et Enora abandonnèrent leurs ambitions colonialistes.

Mais, cette fois, Narcisse n'avait pas cédé à la peur. Il avait opté pour l'affrontement. Non seulement il utilisait des armes atomiques mais, en outre, ses soldats étaient bien plus expérimentés que ceux de la Fédération.

La flotte de la Fédération s'était dispersée comme elle l'avait ordonné. Les vaisseaux étaient maintenant à distance de sécurité mais, du coup, les vaisseaux ennemis se trouvèrent hors de portée de tir. La bataille venait de prendre une nouvelle configuration. Les tirs avaient cessé. Les vaisseaux ennemis se dispersaient eux aussi petit à petit. Ils s'éloignaient lentement de la lune. Maya ne pouvait pas les laisser s'échapper. Mais si l'un des vaisseaux de la Fédération tentait une approche, ils n'hésiteraient pas à se faire exploser. Pouvait-elle sacrifier ses équipages juste pour éliminer ses ennemis ? Comment pouvait-elle sortir de ce dilemme ?

◆◆◆

Narcisse observait la bataille de loin. Mais malheureusement il ne pouvait pas admirer le spectacle comme il l'aurait aimé. Il devait se concentrer sur le pilotage. La jeep camouflée filait à vive allure dans le désert de glace. Son plan semblait fonctionner à merveille. Alors que tout le monde le croyait à bord de l'un de ses vaisseaux, il fuyait discrètement sur le sol même du monde qui lui avait servi de refuge durant dix longues années.

Les assiégeants semblaient pris au dépourvu. Turgis se débrouillait mieux qu'il ne l'aurait pensé. Narcisse avait redouté un moment que son général en chef ne se dégonflât. Mais Turgis agissait un vrai soldat et irait jusqu'au bout. Il se demandait comment on pouvait être stupide au point de se sacrifier par fidélité. Mais cela lui était bien utile.

Le petit véhicule de surface fut fortement secoué par les deux explosions atomiques qui avaient illuminé toute la voûte céleste. Narcisse évita de justesse de renverser le véhicule. Il se rendit compte que l'effet des explosions était bien plus dévastateur que prévu. Après tout, il n'avait pas l'habitude d'utiliser ce genre d'armes. Il décida d'attendre d'être bien plus loin du repaire avant de provoquer son explosion. Ce serait le bouquet final. La petite navette de secours se trouvait encore à près de deux cents kilomètres de là. Il espérait que cela suffirait. Il eut un doute. Peut-être la charge était-elle trop importante ?

◆◆◆

Le visage de Turgis était figé. Des gouttes de sueur perlaient sur son front et ses pupilles étaient dilatées. Il était dans un état second. Son heure était arrivée. Sur la passerelle de pilotage de *l'Othello*, le vaisseau de commandement de la flotte de Narcisse, régnait une atmosphère solennelle. Il avait les meilleurs soldats autour de lui. En face, ils étaient plus nombreux, mais ils étaient tous des amateurs. Le commandant ennemi, Maya Andrades, était une diplomate et non une guerrière ; et encore moins une stratège.

La flotte de la Fédération ne leur faisait pas peur. Il ne suffisait pas d'avoir le nombre pour soi. Il fallait aussi savoir faire la guerre. Les débutants qui lui faisaient face n'avaient jamais connu un vrai champ de bataille. Et surtout, ils n'étaient absolument pas prêts à mourir. Tugis et ses hommes, quant à eux, n'avaient pas peur de la mort. Ils avaient déjà participé à des raids. Eux non plus n'avaient pas encore livré une vraie grande bataille, comme on en voyait dans les livres d'histoire. Il n'y en avait plus eu depuis plusieurs siècles. Mais les raids organisés autrefois par Narcisse pour prendre les cités renégates sur les lunes uraniennes s'en approchaient parfois.

Depuis toujours, il rêvait de mener une vraie bataille. Il voulait entrer dans l'histoire comme l'un des plus grands stratèges de son époque. Il le méritait. Narcisse lui avait offert une opportunité unique, et il irait jusqu'au bout. Il ne le faisait pas par fidélité pour Narcisse. Non, il le ferait parce que tel était son destin. Il avait choisi le métier de soldat pour cette seule raison. Il avait supporté le vieux fou pendant toutes ces années, juste dans l'espoir que ce moment arriverait. Et il était arrivé !

Turgis dut reconnaître que le vieil homme était extrêmement intelligent. Fou, mais rusé. Jamais le général n'aurait eu l'idée d'utiliser ses vaisseaux comme des missiles atomiques. C'était juste impensable. Seul un esprit dérangé pouvait avoir eu une idée pareille. Une idée excellente, par ailleurs. Bien qu'il ne l'aimât pas trop, Turgis espéra que l'empereur déchu s'en sortirait de son côté. Il le méritait. Douze vaisseaux ennemis étaient déjà hors d'état de nuire. Lui n'en avait perdu que trois. C'était encore mieux que ce qu'ils avaient planifié.

◆◆◆

Trente minutes s'écoulèrent sans que rien ne se passe. Maya avait un gros mal de tête. Rien ne marchait comme prévu. La Fédération comptait sur elle. Elle ne se voyait pas revenir à Memphis après un tel échec. Il devait bien y avoir une autre solution que de sacrifier ses vaisseaux. Si seulement ils avaient un moyen d'augmenter la portée de leurs armes ! Elle perdait un temps précieux, mais elle n'arrivait pas à se décider. Elle se donna encore quinze minutes de réflexion. Ils ne pouvaient pas attaquer l'ennemi en restant à distance. Ou alors il leur faudrait un bon bouclier.

Quelque chose se passa alors dans son esprit. Certains vaisseaux des mondes de Jupiter avaient été équipés du système de *Champ de Socrate* pour protéger leurs équipages des ceintures de radiations de la planète géante. Ces boucliers n'étaient pas conçus pour résister à une onde de choc d'une explosion nucléaire, mais peut-être qu'avec un tel bouclier, un vaisseau résisterait un peu plus près de l'épicentre de l'explosion. C'était risqué, mais cela valait la peine d'être tenté. Encore fallait-il que dans ce qui restait de l'armada, quelques-uns uns des vaisseaux fussent équipés du système.

Elle se renseigna auprès des commandants des douze vaisseaux restants. Quatre d'entre eux en étaient effectivement pourvus. Ce n'était pas beaucoup, mais cela pouvait faire pencher la balance de leur côté. Il y avait encore sept vaisseaux ennemis. Narcisse était sans doute dans l'un d'eux. Maya élabora une nouvelle stratégie.

◆◆◆

La jeep filait toujours à travers le paysage morne. Narcisse avait parcouru plus de la moitié du chemin et la petite navette salvatrice ne devait plus se trouver très loin maintenant. Il avait remarqué que dans le ciel le calme était revenu. C'était plutôt un bon signe. La flotte ennemie ne semblait pas savoir comment réagir. Il avait aussi compté là-dessus. Ces pleutres de la Fédération n'étaient pas prêts à sacrifier leurs hommes, contrairement à Turgis et ses fidèles soldats.

Narcisse était à nouveau seul. Toute sa vie, il avait été seul. Depuis son enfance, il avait appris à se débrouiller par lui-même. Il ne pouvait compter sur personne. À chaque fois qu'il l'avait fait, ça finissait en catastrophe. Et c'était encore le cas cette fois-ci. Mais à chaque fois, il avait aussi rebondi. D'autres auraient abandonné depuis longtemps, mais lui n'abandonnait jamais. C'était sa grande force. Et il allait une fois de plus rebondir. Il ne doutait pas de la réussite de son nouveau plan. Même s'il avait gaspillé dix années de travail, tout n'était pas perdu. Il avait encore des contacts. Cordova n'avait pas été repéré et personne ne savait que Farney était aussi de son côté.

Il arriva enfin auprès de la petite navette. Après avoir enfilé une combinaison de surface, il quitta la jeep et s'engouffra dans le petit vaisseau. Il était heureux. Il les avait une fois de plus tous dupés. Il allait quitter la lune en toute discrétion alors que les flottes continuaient à s'affronter au loin. Ils ne feraient pas attention à lui. Mais avant de décoller, il lui restait une dernière petite chose à accomplir. Il ne pouvait plus attendre davantage. Il voulait admirer le spectacle avant de prendre son envol. Il avait raté le début de la bataille, il ne raterait pas le bouquet final. Il saisit la petite télécommande qu'il avait mise dans sa poche avant de quitter le repaire et appuya sur l'unique bouton.

◆ ◆ ◆

Maya était sur le point de donner les nouveaux ordres lorsqu'un nouveau flash beaucoup plus lumineux que les précédents apparut. L'épicentre de l'explosion titanesque se trouvait à la surface de la lune même et il n'y avait aucun vaisseau ennemi à cet endroit juste avant l'explosion. L'ensemble du complexe où s'était caché Narcisse toutes ces dernières années s'embrasa. L'onde de choc fut terrible. Les vaisseaux de la Fédération furent fortement secoués, mais comme ils étaient à une distance respectable de la lune, ils ne subirent pas de dommages supplémentaires.

Maya ne se laissa pas surprendre une fois de plus. Elle ignora l'explosion et continua à distribuer les ordres et à mettre en place sa nouvelle stratégie. Les quatre vaisseaux équipés de *Champs de Socrate* activèrent leurs boucliers et chacun d'eux se précipita vers un vaisseau ennemi cible. Comme ils s'y attendaient, les cibles s'autodétruisirent dans quatre nouvelles explosions nucléaires, dès que les attaquants atteignirent la distance de tir. Les attaquants furent secoués et bien que les dégâts fussent importants, ils ne furent pas anéantis. Deux d'entre eux perdirent leur bouclier et se retrouvèrent hors jeu. Mais les équipages étaient saufs. La stratégie des boucliers semblait fonctionner.

Les deux bâtiments rescapés choisirent immédiatement deux nouvelles cibles sur les trois restantes. Et, à nouveau, deux flashes embrasèrent le ciel. L'un des boucliers ne résista pas à une seconde onde de choc et le vaisseau qu'il devait protéger se disloqua. Maya, toujours aussi impuissante, avait l'impression d'entendre les hurlements de l'équipage dans sa tête. Elle n'oublierait jamais sa responsabilité dans leur mort.

Mais ce serait pour plus tard. Il restait encore un bâtiment ennemi. Et elle avait à disposition huit croiseurs intacts, mais sans boucliers. La situation semblait avoir tourné à son avantage.

◆ ◆ ◆

Turgis avait subitement perdu de son assurance. Narcisse ne lui avait pas tout dit. L'explosion de la base l'avait surpris et, dans la confusion, il perdit de précieuses secondes. De plus, il fut étonné de constater que certains croiseurs ennemis résistaient aux explosions nucléaires, pourtant proches. Au moins à une occasion, il avait pu entrapercevoir des reflets bleutés lorsque les ondes de choc frappèrent l'un d'eux. Les fédérés protégeaient leurs vaisseaux avec d'étranges boucliers. Pourquoi n'avait-il jamais entendu parler de cette technologie ? Cette information aurait remis en cause toute leur stratégie !

Il se dit que, malgré tout, les dieux étaient avec lui. Il était encore vivant alors que, l'un après l'autre, les croiseurs de sa flotte avaient été anéantis. Il était maintenant seul face à huit ennemis. Combien d'entre eux avaient-ils un système de protection ? Il n'allait pas leur faciliter la tâche en se faisant exploser.

Il voulait finir en héros, avec dignité, et décida d'affronter directement l'ennemi. Avec la rage du désespoir, il donna l'ordre de faire feu et de se ruer vers les huit croiseurs qui étaient en train de se regrouper. La riposte ennemie ne se fit pas attendre. Turgis leur infligea encore de graves dégâts avant que son vaisseau et lui-même ne fussent finalement réduits en poussières.

◆ ◆ ◆

Narcisse jouissait du spectacle. La gigantesque boule de feu enfla au loin et finit par embraser tout l'horizon. Puis, d'autres boules de feu répondirent, tel des échos dans le ciel. La bataille avait repris. Il se décida enfin à faire chauffer les moteurs de son petit vaisseau. Il était grand temps de quitter les lieux. L'onde de choc allait bientôt arriver sur lui. Il savait que la navette résisterait. Par prudence, il décida de ne décoller qu'après son passage, afin de ne pas être déstabilisé en vol.

Le plan de vol avait été programmé dans l'ordinateur de bord depuis longtemps déjà. Bien que Narcisse eût toujours espéré ne jamais être retrouvé, il en avait tout de même prévu l'éventualité. Il avait même le choix de la destination. Cela prouvait que tout n'était pas terminé pour lui. Chercher refuge chez Cordova lui avait d'abord semblé être une excellente idée. Cordova aurait sans problème pu le faire entrer dans Dido. Mais Dido n'était pas très grande et il aurait risqué de s'y faire repérer très vite. C'était donc vers la *Planète Mère* qu'il avait choisi de se diriger, et plus précisément vers sa Lune.

La clinique de Farney était un refuge idéal. L'ancien gouverneur était impliqué dans l'affaire : sans son intervention, la capsule avec les rats contaminés n'aurait jamais pu quitter la Terre. Farney ne pouvait pas lui refuser ce service. La clinique était un endroit qui n'intéressait personne. L'endroit parfait. Et pendant que ses ennemis fêteraient leur victoire, il rebâtirait son organisation. Il avait appris de ses erreurs. Il ne s'entourerait plus de crétins comme Hurley. Hurley lui était cependant toujours resté fidèle, et Narcisse le respectait pour cela. Mais il était loin d'être intelligent. Narcisse avait fait preuve d'une grande clémence avec lui. Sa mort avait été rapide, il n'avait rien vu venir. Il avait été tout aussi clément avec la jeune et naïve Terrienne.

Les alliés d'Aménor avaient intercepté son *Mjöllnir*, mais rien ne l'empêcherait de forger un nouveau marteau. Thor était toujours encore vivant. Et tel le dieu des Ases, il allait à nouveau voyager entre les mondes. Il était sur le point de quitter son Asgard, sa forteresse et de se diriger vers la Terre. Dans la mythologie viking, Asgard était reliée à la Terre, alors appelée Midgard, par le pont des Ases, un arc-en-ciel appelé aussi le Bifröst. Rien n'allait plus empêcher Narcisse de traverser ce pont et se rendre sur la Lune de la Terre, même pas Heimdall, le mythologique gardien du Bifröst. Le petit vaisseau n'avait rien d'un char tiré par deux boucs comme dans la mythologie, mais cela n'empêcha pas Narcisse de faire le lien avec le char de Thor. De plus en plus, il se persuadait qu'il était la réincarnation même du dieu guerrier, le plus fort et le plus redouté d'entre tous.

L'onde de choc passa. La navette fut secouée, mais résista. Une fois de plus, tout se passa comme il l'avait prévu. C'était presque trop facile. Narcisse était radieux. Mais cette joie ne dura que quelques secondes. Dans ses plans, il avait omis un détail crucial. Le sol de Callisto était très instable. Et les vibrations provoquées par le passage de l'onde de choc le déstabilisèrent encore davantage.

Trente secondes plus tard, il se dérobait sous le petit vaisseau. En l'espace d'une seconde, l'appareil disparut dans les entrailles de la grosse lune sombre, englouti sous des tonnes de glace sale, entraînant avec lui le vieil homme qui se prenait pour un dieu. S'il ne s'était pas égaré dans son rêve divin, peut-être aurait-il eu le temps de réagir et de lancer les moteurs chauds. Une petite seconde aurait suffi pour changer le destin de l'ancien Empereur des Mondes Unis d'Uranus.

L'histoire retiendrait qu'il était mort durant la plus grande bataille qui eût fait rage depuis des siècles. Personne ne saurait jamais qu'il n'avait pas été à bord de l'un de ses vaisseaux, ni de quelle manière il avait trouvé la mort, dévoré par le sol de la terne lune de Callisto. Tout comme Jupiter, ses lunes étaient aussi hargneuses et ne pardonnaient rien.

◆◆◆

Maya était épuisée. Elle avait passé tout le temps de la bataille debout, derrière la baie transparente de la plateforme d'observation. Tous ses muscles étaient tendus et très douloureux. Elle était incapable de dire combien de temps cette bataille avait réellement duré. Probablement des heures. En réalité, si quelqu'un avait songé à mesurer le temps écoulé entre le début des affrontements et leur fin, il se serait aperçu qu'au total, cela avait duré moins de deux heures. Une heure et quarante trois minutes exactement. Dans les livres d'histoire, on retiendrait une durée de plusieurs heures, avec un minimum de cinq heures. Car c'est ainsi que l'avaient ressenti les protagonistes.

Maya avait besoin de s'humidifier la gorge, puis de s'asseoir. Le silence régnait à bord de *l'Odysseus* et aucune joie n'était perceptible sur les visages. Ni même le soulagement. Les apprentis soldats venaient de participer à une boucherie. La bataille avait été bien plus sanglante qu'ils ne l'avaient imaginée, et pourtant ils croyaient s'attendre à tout en allant affronter Narcisse.

La haine était montée à un tel point que la folie humaine avait pris la place de la raison. Et Maya s'était laissée prendre dans cette folie malgré elle. Le responsable, c'était bien Narcisse, mais cela ne suffisait pas à la consoler. L'événement entrerait tristement dans l'histoire. Maya réalisa que son nom y serait associé à jamais. Sa place dans les livres d'histoire était assurée, mais elle n'était pas celle qu'elle aurait aimé avoir.

Ce qu'il restait de l'armada après la bataille était dans un état lamentable. Une centaine de ses soldats avaient trouvé la mort. La bataille d'Asgard était finie. Au loin, sur Callisto, un gigantesque cratère tout blanc s'était formé à l'emplacement des ruines de la mythique cité d'Asgard. Toutes ces années, Narcisse était caché là, dans les souterrains qui avaient autrefois relié la cité à son cosmoport. Celui qui se prenait pour Thor avait bien choisi sa demeure : Asgard ! Il était si près de Memphis et d'Aménor. Et pourtant, personne n'avait jamais pensé à chercher en cet endroit, en permanence sous leurs regards. Et Asgard la Maudite n'avait jamais aussi bien porté son nom.

# Chapitre 32

# L'océan

Le forage progressait bien. Ils avaient atteint dix kilomètres de profondeur et l'océan ne devait plus se trouver très loin. Tout au plus encore cinq kilomètres. Beltran était très excité. Il était sur le point de faire la découverte qui le ferait rentrer dans l'histoire. Les politiques ne pouvaient pas comprendre. Aux yeux de Beltran, cette interdiction d'explorer la *Lune Océan* était une absurdité. Le risque de contaminer l'océan était une mauvaise excuse. *«Quand une loi est stupide, il faut se donner les moyens d'aller à son encontre »* se disait-il. Il pensait que c'était même un devoir pour lui de le faire. Il jugeait irresponsable le fait de ne pas essayer de révéler à l'humanité ce qui se cachait sous cette épaisse croûte de glace.

Europa était bien différente de l'infernale Io. Il n'y avait pas de volcans cracheurs de feu. Mais Europa n'était pas morte. L'attraction de Jupiter provoquait d'importantes marées dans l'océan dissimulé sous la glace. Et la croûte ne cessait de craquer et de trembler. Presque plus que le sol de Io. Ces contraintes soumettaient un matériel qui avait déjà beaucoup souffert à rude épreuve. La foreuse l'inquiétait particulièrement. Heureusement elle avait été conçue pour forer dans le roc de Io. La glace d'Europa, bien moins dure, opposait moins de résistance, mais l'engin tournait à plein régime plusieurs heures par jour. Il aurait été catastrophique qu'il tombât en panne si près du but.

Europa orbitait plus loin de Jupiter que sa voisine volcanique, et les radiations étaient moins intenses. C'était heureux car les *Champs de Socrate* eux aussi commençaient à montrer quelques faiblesses. Pour préserver celui du *Loki*, Beltran décida de le désactiver lorsque l'équipage n'était pas à bord, mais à la surface de la lune. Il espérait que cela en ralentirait la dégradation. Le vaisseau principal flottait inerte en orbite, telle une épave.

Pour assurer une meilleure protection de la station posée sur le sol glacé, ils avaient décidé de la recouvrir d'une couche de neige et de glace de plus d'un mètre d'épaisseur. Cela devait suffire à protéger l'équipage en cas de défaillance du bouclier qui avait déjà tant souffert à la surface de Io. Ils y avaient travaillé pendant près de deux jours. Leur demeure ressemblait maintenant à un igloo géant. En même temps, cela les camouflait si Aménor avait la mauvaise idée de lancer une équipe à leur recherche.

Ils étaient cinq, seuls sur un monde inconnu et inexploré, isolés de tous. Personne ne savait où ils étaient. Ils ne pouvaient compter que sur eux-mêmes. Beltran était téméraire, mais non suicidaire. À quoi bon faire une découverte extraordinaire s'il n'avait aucune chance d'en profiter ? Il avait bien l'intention de revenir en héros à Memphis

◆◆◆

Le capitaine Maximilian Darius et ses deux compères avaient perdu toute leur sérénité. Ils s'étaient laissés aller dans leur confort au bord de l'*Akhenaton*. Le *Loki* n'avait pas bougé de son orbite pendant des jours et, avec le temps, leur attention se détourna petit à petit de leur mission d'observation. Au début, ils avaient vérifié la présence du vaisseau de Beltran à chaque fois qu'il resurgissait de derrière la lune volcanique. La trajectoire du *Loki* était précise comme une montre suisse. Au moment exact où ils s'attendaient à le voir apparaître, les senseurs détectaient sa présence. Les jours passant, ils se disaient qu'il n'était peut-être pas nécessaire de guetter leur proie systématiquement. Ils se contentèrent de vérifier sa présence de temps en temps. Beltran semblait s'en tenir aux instructions.

Ce fut Karl qui, le premier, remarqua la disparition du *Loki*. La première fois qu'il n'apparut pas au moment attendu ne le troubla pas vraiment. Les conditions d'observation n'étaient pas idéales et il arrivait que les interférences provoquées à la fois par les radiations et par les générateurs du bouclier empêchaient d'avoir un signal clair. Il était aussi possible que l'équipage du *Loki* eût changé la trajectoire de leur vaisseau, ou que celui-ci se fût stabilisé au-dessus d'un site intéressant, de l'autre côté de la lune. Mais au bout de trente huit heures, ils n'avaient toujours pas détecté le vaisseau.

Pour Darius et ses compères, cela signifiait la fin de leurs confortables vacances. Le chef de la petite troupe décida de rapprocher l'*Akhenaton* de Io et de l'y mettre en orbite. Ils risquaient de se faire repérer par l'expédition Beltran, mais la mission première était de ne pas perdre le *Loki* des yeux, ce qui venait justement de se produire. Zerdan serait furieux. Darius n'avait jamais déçu son supérieur et ne désirait pas commencer maintenant, surtout avec une mission aussi simple.

Après plusieurs orbites autour de la lune volcanique, Beltran et son équipage restaient introuvables. Darius se dit que le *Loki* s'était peut-être écrasé. Il programma *l'Akhenaton* pour suivre exactement la dernière orbite connue du *Loki*. Ils sondèrent le sol avec tous les instruments à leur disposition pour retrouver l'hypothétique épave. Mais il n'y avait pas la moindre trace d'un quelconque amas métallique. Ils durent se rendre à l'évidence, le *Loki* était parti pendant qu'ils ne faisaient pas attention.

Comme ils n'avaient pas observé son départ, ils furent incapables de dire vers où Beltran et son équipe étaient partis. Étaient-ils sur le chemin de Memphis ? Darius l'espérait. Dans ce cas, ils n'auraient pas failli à leur mission. Ils pouvaient toujours dire que, pour ne pas être repérés, ils avaient décidé de suivre une trajectoire plus longue pour rentrer, après s'être assurés que le *Loki* avait pris le chemin du retour.

Mais il y avait toujours la possibilité que Beltran eût désobéi et que, malgré l'interdiction formelle, ils fussent allés vers la *Lune Océan*. Dans ce cas, le mal était probablement déjà fait, et la mission de Darius finirait sur un lamentable échec. Darius ne pouvait pas négliger cette possibilité.

Ils décidèrent donc de prendre le chemin d'Europa. *L'Akhenaton* était beaucoup plus petit et maniable que le *Loki* et Darius espérait rattraper une partie de leur retard. Malheureusement pour eux, la mécanique céleste n'était pas de leur côté. Les lunes bougeaient sans cesse les unes par rapport aux autres, et la configuration de Io et Europa à ce moment était sans doute la pire qui pût exister. L'autre lune était de l'autre côté de Jupiter.

Plus il y songeait, plus il se disait que c'était le scénario catastrophe qui s'était produit. Zerdan ne lui pardonnerait jamais cet échec. Il réfléchit longtemps à la situation et finalement réalisa qu'il n'y avait qu'une seule solution pour sauver son honneur et celui de ses compères. Si le *Loki* ne revenait jamais à Memphis, seule sa version des faits serait entendue.

◆◆◆

Aménor n'arrivait pas à réaliser que son ennemi de toujours avait enfin été anéanti. Un cauchemar long de près de deux décennies avait pris fin. Il espérait qu'après cette bonne nouvelle, Narcisse allait enfin cesser de hanter ses nuits. Mais il savait qu'il lui faudrait encore beaucoup de temps pour arriver à tourner définitivement la page.

Narcisse n'y était pas allé par quatre chemins et avait résisté jusqu'au bout. Aménor n'était pas bien fier du carnage, mais il n'y avait probablement pas eu d'autre moyen pour se débarrasser une fois pour toutes de l'ancien empereur uranien devenu terroriste. Des vies avaient été sacrifiées, mais combien d'autres avaient-elles été sauvées grâce à cette action ? Il ne le saurait jamais.

La nouvelle de la tentative d'attentat sur Memphis avait fait le tour des planètes, et même sur Terre on était choqué. La plus importante des nombreuses répercussions de ces événements fut la disparition du dernier noyau *Gaïan* qui avait survécu à l'arrestation du Doc. Aménor fut informé par son ami le gouverneur Kovalsky que dans la foulée le Doc avait mis fin à ses jours, dans sa prison de Kiev. Il avait fallu finalement dix années pour pacifier le système de Sol. Rien de tout cela n'aurait été possible si Aménor n'avait pas eu le soutien infaillible du cercle des conspirateurs. Ce cercle s'était d'ailleurs agrandi entre temps et de nouveaux futurs membres avaient déjà été repérés. La nouvelle génération était prometteuse.

Et, cerise sur le gâteau, il avait gagné le respect de Zerdan. Cela lui rappela qu'il avait encore une épine importante dans le pied : Beltran. Le *Loki* n'était toujours pas revenu de sa mission. Ce qui le rassurait, c'était que Beltran n'était pas dangereux pour la Fédération. Mais ses actes pouvaient avoir des conséquences graves.

Ce n'était pas pour rien que, depuis toujours, on avait essayé de préserver l'océan d'Europa de toute contamination. Les humains avaient la fâcheuse habitude de polluer et détruire tout leur environnement, et s'il y avait une petite chance qu'une forme de vie autre que terrestre se fût développée dans l'océan d'Europa, alors il fallait à tout prix empêcher les hommes d'y avoir accès. Aménor, trop préoccupé par Narcisse, avait été trop négligent avec Beltan. Il n'était peut-être pas trop tard pour corriger cette erreur.

◆◆◆

Enfin l'océan ! Beltran était l'homme le plus heureux du monde. Son rêve venait de se réaliser. L'eau liquide des profondeurs jaillissait sous la pression en un magnifique geyser avant de congeler en l'air et de retomber sous forme de millions de billes de glace. La jeep pressurisée s'approcha de la bouche du jet. Il fallait récupérer de l'eau liquide, en plus des nombreux fragments de glace qui tombaient du ciel. Il fallait aussi faire très vite avant que les échantillons ne fussent dégradés par les radiations.

L'eau venant des profondeurs était loin d'être limpide. Une énorme tache couleur rouille commençait à s'étendre à partir du trou de forage et maculait la surface d'un blanc éclatant. C'était un très bon signe pour Beltran et ses quatre compagnons. L'eau n'était pas pure, il y avait bien quelque chose là-dessous. Il était impatient d'analyser les échantillons. Il n'avait aucun doute quant à ce qu'il allait y trouver. Il se demandait simplement quelle serait leur forme.

Beltran était tant absorbé par sa quête qu'il en oublia le *Loki*. Les humains n'étaient pas les seuls à souffrir des radiations. Beltran avait cru judicieux de désactiver *le Champ de Socrate* à bord du *Loki* pour le préserver, mais le bouclier protégeait aussi bien les occupants que le vaisseau lui-même. Les circuits électroniques du transporteur pouvaient aussi être endommagés par ces mêmes radiations.

Le vaisseau était tiraillé sur son orbite entre les champs d'attraction des lunes et de Jupiter et il devait régulièrement procéder à des corrections automatiques de trajectoire pour éviter que son orbite de devienne instable. Or, les systèmes qui contrôlaient la trajectoire avaient fini par défaillir sous l'attaque lente mais permanente des rayonnements. Le *Loki* perdit sa capacité à corriger par lui-même sa trajectoire orbitale autour de la *Lune Océan*. Il pouvait aussi bien s'écraser que s'éloigner définitivement de la lune. Il n'était pas trop tard pour Beltran et ses hommes pour reprendre le contrôle manuel de leur vaisseau. Mais pour ce faire, ils devaient s'en soucier.

Les premières analyses physicochimiques de l'eau venue des entrailles étaient déroutantes. Cette eau était très acide, et même saturée en acide sulfurique. Beltran ne sut qu'en penser. Évidemment, ça ne voulait rien dire. Après tout, il espérait à l'inattendu, et ça ne signifiait pas que lui et ses compagnons avaient bravé les lois des hommes et de la nature pour rien. Beltran n'allait pas se décourager si vite. Les analyses biologiques qui suivirent furent tout aussi décevantes. Probablement, l'échantillonnage n'était pas très bon. Ils avaient été bien trop pressés. Il fallait laisser jaillir un peu l'eau. Plus on attendait, plus l'eau venait des profondeurs, et plus ils avaient une chance de trouver ce qu'ils étaient venus chercher.

Deux jours plus tard, l'eau continuait à jaillir du trou béant. La flaque rougeâtre était de plus en plus large et sa bordure s'approchait doucement de l'igloo géant qui abritait la station. Il n'y avait toujours rien dans les derniers échantillons. Beltran restait figé derrière les écrans des spectromètres. Il n'avait rien mangé depuis au moins trois jours standards et avait encore moins dormi. Ses compagnons commençaient à regretter de l'avoir suivi dans cette aventure. Pour la première fois, ils doutaient. Mais Beltran était tellement sûr de lui. Et s'il avait raison ? Le savant ne s'était jamais trompé jusqu'alors.

Le sol trembla une fois de plus. Un craquement sinistre se fit entendre. Une nouvelle faille venait de s'ouvrir dans la glace. Elle n'était pas passée loin de la station. Beltran avait toujours les yeux fixés sur le geyser par écrans interposés. Il semblait changer de couleur. La couleur rouille était en train de prendre une teinte plus foncée et la consistance même du liquide qui s'échappait du puits de forage se modifiait. C'était maintenant une sorte de boue qui sortait du trou. Immédiatement, il reprogramma la jeep pour aller récupérer de nouveaux échantillons.

Le *Loki* ne reçut aucune instruction de la station. Il continuait à dériver sur son orbite. L'attraction conjuguée de la grande Jupiter et de la lune Io qui passait au loin éloignait petit à petit le vaisseau de la *Lune Océan*. Il glissait doucement dans l'entonnoir sans fin du puits de gravité de la géante gazeuse. S'il ne recevait pas l'ordre d'allumer ses moteurs, il finirait par tomber vers la planète géante et par se disloquer dans son atmosphère.

◆◆◆

Zerdan était lui aussi soulagé. Aménor avait sauvé sa Memphis. Sa capitale lui manquait beaucoup et il commençait à se languir à Harpagia. Après tout ce qui venait de se passer, Zerdan se dit qu'il était temps de mettre fin à ces querelles incessantes. Il prit la décision de revenir à Memphis, sa cité chérie. Quant au dernier contentieux qu'il avait avec Aménor, l'affaire Beltran, il se dit qu'il portait sa part de responsabilité. Il n'avait rien fait pour simplifier la charge énorme de Premier Citoyen, bien au contraire. Et puis, après tout, rien n'indiquait que le savant et son équipe se fussent posés sur la *Lune Interdite*. Ils étaient probablement encore sur Io. À moins que le *Loki* n'eût été englouti par la planète géante. Zerdan n'en aurait pas été attristé. Il était le premier à savoir que Jupiter avait un caractère fougueux et qu'elle ne pardonnait aucune erreur. Et puis, il y avait Darius qui n'aurait jamais laissé Beltran s'approcher d'Europa.

Pour la première fois depuis près de dix ans, il remit les pieds dans son ancien palais. Il s'était posé au cosmoport de Memphis trois heures auparavant. Il avait pris le taxirail jusqu'à l'entrée de la cité. De là, il avait voulu faire le chemin à pied. Il voulait s'imprégner de sa cité qui lui avait tant manqué. Il voulait la sentir. Il avait de la chance, c'était le jour du grand marché de Memphis. Comme l'avait fait Maya des années plus tôt, la première fois qu'elle s'était posée à Memphis, il décida d'y faire un petit détour, de s'imprégner des odeurs, des couleurs, des bruits.

Quand il arriva au palais, le Premier Citoyen lui fit l'honneur de venir l'accueillir. L'échange ne fut pas des plus chaleureux mais c'était déjà un progrès considérable dans leurs relations. Pour célébrer l'événement ainsi que la victoire sur Narcisse et ses alliés, Aménor avait organisé un banquet. Tournon et Maya étaient là aussi. Halana était partie en mission, au loin, autour d'Uranus, ce qui simplifia un peu la démarche de Zerdan qui accepta d'y prendre part à contrecœur. Il était prêt à faire des efforts, mais le chemin du pardon était encore très long.

◆◆◆

Lorsque *l'Akhenaton* retrouva enfin le *Loki*, ce dernier dérivait vers Jupiter. Darius avait immédiatement remarqué les mouvements chaotiques du cargo scientifique qui s'éloignait lentement de la *Lune Océan*. Ils s'approchèrent au plus près de l'énorme masse métallique. Le bouclier du *Loki* était désactivé. Cela signifiait que l'équipage n'était pas à bord. Ou alors il avait péri, grillé par les radiations. Cette idée lui glaça les sangs. En même temps, cette nouvelle situation tournait à leur avantage. Ils n'auraient pas besoin d'utiliser leur armement et n'auraient donc pas à justifier cette utilisation à leur retour.

Il eut cependant une pensée émue pour l'équipage de Beltran. Mais après tout, ils avaient choisi leur destin et Darius n'était pas censé se trouver là. Étaient-ils à la surface d'Europa ? Étaient-ils seulement encore en vie ? Si oui, pour combien de temps encore ? Darius préférait ne pas le savoir.

Darius et ses compères se demandèrent s'il fallait tenter une mission de sauvetage en surface. Mais ils n'avaient aucune idée de l'endroit précis où s'était posée la station et il aurait fallu des jours pour les retrouver. De plus, comment leur maître Zerdan aurait-il pu expliquer à Aménor la présence de *l'Akhenaton* dans les parages d'Europa ? Darius ne voulait pas mettre Zerdan dans l'embarras. D'ailleurs, Beltran et ses hommes étaient probablement déjà morts. Et de cette manière, ils n'auraient pas l'embarras de devoir expliquer eux-mêmes leur échec à Zerdan.

D'un commun accord, les trois compères décidèrent rester quelques temps dans le coin à observer la carcasse métallique dériver passivement vers son destin. Lorsqu'ils seraient sûrs qu'elle n'avait plus aucune chance d'échapper aux griffes de la géante gazeuse, ils reprendraient le chemin de Memphis. Ils auraient tout leur temps pour mettre au point une version officielle. Ni Zerdan ni Aménor ne sauraient jamais comment avait réellement pris fin l'expédition Beltran.

◆◆◆

Beltran refusait d'admettre la réalité. Les mouvements de la croûte glacée avaient fini par refermer le trou. Le geyser s'était définitivement endormi. Les dernières analyses avaient été tout aussi négatives. L'océan d'Europa n'était qu'une soupe acide et stérile. Toutes les prédictions de la présence de vie non terrestre sous la croûte glacée de cette lune s'étaient avérées n'être que des fantasmes. Il n'y avait rien ici. Toute sa vie Beltran avait chassé des fantômes. Un désespoir profond l'envahit. La chance l'avait quitté et il ne rentrerait jamais en héros à Memphis. Il rentrerait dans l'histoire, mais par la petite porte.

Il resta prostré pendant plusieurs heures. Son visage blême et squelettique n'avait plus rien d'humain. Ses quatre compagnons n'étaient pas dans un meilleur état. Ils savaient que l'accueil à Memphis ne serait pas celui escompté. Ils ne rentreraient pas avec les honneurs. Non seulement ils avaient enfreint la loi, mais ils l'avaient fait pour rien. Les quatre anciens amis de Beltran s'étaient rassemblés d'un côté de la station. Beltran lui, se retrouvait seul, de l'autre côté. Ils ne lui adressaient plus la parole. Ils avaient tout sacrifié pour lui et s'ils se retrouvaient dans cette situation, c'était uniquement de sa faute. Ils étaient incapables de voir leur propre responsabilité dans cet échec. Beltran était naturellement devenu leur bouc émissaire.

Les réserves énergétiques de la station commençaient à diminuer dangereusement et il était grand temps de rappeler le *Loki*. Ils n'étaient pas très pressés de reprendre le chemin du retour. Ils avaient même imaginé ne pas retourner vers Memphis, mais partir avec le *Loki* vers une autre planète géante, ou même vers Mars.

Beltran les écoutait comploter. Il n'intervint pas dans leur conversation. Il fut même soulagé lorsqu'ils décidèrent de faire une dernière sortie pour dégager la station. La couche de neige avait durci, ils purent décharger en partie leur colère sur leur ancienne carapace protectrice.

Le *Loki* n'avait pas été conçu pour les longs voyages inter-planétaires. Et même si cela avait été le cas, leurs réserves de vivres étaient presque à sec. Mais pour Beltran tout cela n'avait plus grande importance. Il avait passé toute sa vie à chasser un rêve qui s'avérait être une chimère. Lui, le grand savant reconnu et respecté, venait de perdre sa crédibilité. D'ailleurs, la manière dont le traitaient ses compagnons qui, quelques jours plus tôt, l'adulaient encore, lui en disait long sur ce qui l'attendait dans le monde des hommes. S'il n'y avait pas eu les quatre autres, il ne se serait jamais décidé à appeler le *Loki*.

Le vaisseau reçut un signal lointain et faible. Le signal fut cependant suffisant pour activer ses moteurs qui se mirent une fois de plus à cracher leur feu. Mais le *Loki* avait déjà dérivé bien trop près de Jupiter, et il était bien trop profondément enfoui dans le puits gravitationnel de la géante pour avoir la moindre chance de pouvoir en sortir.

Les systèmes de bord essayèrent de redresser le vaisseau pour le faire revenir vers la station qui appelait, mais la poussée des moteurs n'était pas suffisante pour contrebalancer l'attraction. La mise à feu de ses tuyères ne fit qu'accélérer la dislocation de l'astronef en pleine chute. La coque du *Loki* se brisa en trois morceaux. Les tuyères crachèrent encore leur feu lorsque la partie arrière explosa et fut réduite en cendres.

Les deux autres fragments continuèrent leur course folle vers la planète et se consumèrent au contact des nuages de l'ogresse qui avait décidé de les dévorer. Le *Loki* ne rejoignit jamais la station. Au loin, un petit vaisseau d'observation avait suivi la scène avant de s'éloigner pour rejoindre la capitale.

Trois jours standard plus tard, ils n'avaient toujours pas reçu de signal. Ils n'avaient plus rien à manger depuis deux jours et buvaient de l'eau récupérée au dehors. Quatre hommes continuaient à espérer. Le cinquième avait depuis longtemps abandonné l'envie de vivre. Mais l'espoir s'évapora en même temps que la lumière dispa-raissait. Les batteries de la station lâchèrent. Après l'obscurité, le froid glacial ne tarderait plus à envahir la station. La *Lune Interdite* garderait son grand secret. Et ce secret était qu'elle n'avait rien à cacher. C'était la dernière pensée sensée de Beltran avant de sombrer dans la démence. Ses quatre compagnons mirent fin à sa folie. Ils le rejoi-gnirent après cinq longues et douloureuses heures. La station resta figée à jamais dans le froid glacial de la *Lune Océan* qui allait continuer à faire rêver des générations de poètes, mais aussi de savants.

# Chapitre 33

# Le nouveau précepteur

Pour la première fois de leurs vies, les deux femmes se trouvaient face à face. Sous les apparences amicales que leur statut exigeait, la tension était très forte. Un troisième personnage avait palpé cette tension de très loin. Son attention fut vite attirée et il suivait avec intérêt ce duel.

Halana avait l'habitude d'organiser des petites fêtes lorsqu'elle voyageait. Elle adorait s'entourer. Elle invitait toujours les personnalités importantes du coin et Virginia était l'une d'elles. De son côté, Virginia s'était demandée ce que la reine des réceptions pouvait bien lui vouloir. Virginia détestait les soirées mondaines. Mais elle accepta de s'y rendre par curiosité. Ses sbires avaient retrouvé dix anciens membres de l'équipage de *l'Albatros*. Mais tous les dix étaient restés muets comme des carpes. Ils avaient probablement eu des consignes. Virginia savait que les membres d'un équipage se comportaient comme une seule personne et qu'elle n'en tirerait pas davantage.

C'était dans ce contexte qu'Halana fit son apparition et la convia à sa réception. Virginia ne croyait pas aux coïncidences. Tout cela était lié. Elle se présenta donc à la petite fête mondaine. Il n'y avait dans ce lieu que du beau monde mais, les seules qui comptaient vraiment, c'était les deux femmes qui se regardaient droit dans les yeux, comme deux lionnes prêtes à bondir l'une sur l'autre.

— Je suis contente que vous ayez pu venir à ma petite sauterie, commença aimablement Halana.

L'ancienne compagne de Zerdan avait décidé de commencer doucement. Elle avait tout son temps. Enora lui répondit avec un grand sourire de circonstance.

— C'est exactement ce qu'il me fallait. On s'ennuie plutôt par ici ! répondit Virginia.

— Oui, les abords d'Uranus ne sont pas folichons. Je me demande bien ce que vous êtes venus faire dans les parages !

— Je pourrais vous retourner la question ! répondit Virginia, toujours avec le sourire.

La tension venait de monter d'un cran. Pourtant, dans la foule, personne n'avait conscience de la bataille que les deux femmes étaient en train de se livrer. Le spectateur télépathe, quant à lui, ne ratait rien de la scène. C'était bien plus instructif que tous les cours qu'il avait reçus de son précepteur attitré, Victor. L'ex-présidente poursuivit :

— Nous allons probablement développer les plongées dans Neptune, et je suis venue voir un peu comment tout cela marchait. C'est quand même ici que la technologie a été développée !

— Si vous le dites ! Moi, je dois dire que je n'y comprends pas grand-chose. Tout cela est bien trop technique pour moi.

Virginia n'en crut pas un mot. Mais elle dut admettre que son interlocutrice jouait à merveille son rôle.

— Mais j'ai entendu dire par le gouverneur que vous étiez aussi en train de développer ce système autour de Jupiter ! tenta Virginia.

— Si le gouverneur le dit, ce doit être probablement vrai. Je vous l'ai dit, je ne m'intéresse pas à ce qui se passe là haut. Je préfère de loin garder les pieds sur les lunes ! Et si vous me permettez un petit conseil, vous devriez plutôt faire comme moi. Les techniciens savent ce qu'ils font, faisons-leur confiance.

Le message avait été lancé et Virginia le reçut cinq sur cinq. Voilà donc pourquoi elle était venue à Inverness. Aménor l'avait envoyée pour venir à l'aide du petit gouverneur. D'ailleurs, ce dernier avait quitté la soirée bien vite. Il devait savoir ce qui se tramait ici. Halana, tout en gardant son sourire continua à enfoncer le clou :

— Et puis, vous devriez peut-être vous consacrer plus à votre projet de nouvelle cité. J'ai entendu dire que la commission n'avait toujours pas encore pris de décision à ce sujet. Il serait dommage que vous receviez une réponse négative simplement parce que vous avez donné l'impression que c'est devenu pour vous un projet secondaire.

Virginia fulminait intérieurement, mais elle ne laissa rien paraître. Ce n'était rien moins qu'un odieux chantage. Ainsi donc, si elle ne laissait pas tomber ses investigations, elle n'aurait jamais la possibilité de réaliser son rêve d'une deuxième cité sur Triton. Cipango ne verrait pas le jour.

Mais Halana n'en avait pas encore complètement fini. Virginia sentait qu'une dernière salve allait encore arriver.

— Enfin, j'imagine assez bien que la Fédération pourrait s'inquiéter de la longue absence d'un gouverneur à son poste. Neptune fait partie de la Fédération et, si le gouverneur était absent trop longtemps, elle pourrait songer à le remplacer. Et ce ne sont pas les candidats qui manquent ! Mais je me rends compte que je parle trop, comme à mon habitude. Il va falloir que je prépare mon départ. C'était un plaisir de vous rencontrer.

Halana lui fit encore un large sourire avant de se retourner et de quitter la pièce. Elle avait accompli sa mission. « *Echec et mat* » se dit-elle en s'éloignant.

◆◆◆

Loin, sous les brumes bleutées de la géante froide, dans les profondeurs où la pression était titanesque, dans l'obscurité totale, l'être qui avait suivi en détail cette bataille s'était délecté du spectacle. La scène entre Halana et Virginia qu'il avait suivie quelques heures plus tôt ne cessait de le travailler. Cette Virginia était une personne très intéressante, mais Halana l'était encore davantage.

Malheureusement, après Maya, Halana était aussi repartie au loin. Il avait déjà laissé s'échapper deux représentants exceptionnels de la race humaine. Et voilà que le troisième s'apprêtait lui aussi à partir ; elle aussi une représentante du sexe féminin. Les humaines semblaient réellement bien moins superficielles que leurs équivalents masculins. Leurs pensées étaient plus structurées et leurs convictions plus abouties. Il lui fallait un précepteur féminin. Et à défaut d'Halana, Virginia Enora ferait une bonne candidate. Non, il ne la laisserait pas partir, elle aussi !

◆◆◆

Virginia dut admettre sa défaite. Ce n'était pas dans ses habitudes, mais elle y avait beaucoup réfléchi. Il y avait bien trop de choses en jeu pour qu'elle risquât de continuer son enquête. Elle pouvait perdre Cipango et même sa place de gouverneur de Triton, unique monde colonisé autour de Neptune. La garce l'avait humiliée. Halana était bien moins stupide qu'elle ne le laissait paraître. Elle se cachait derrière une façade de mondaine niaise pour se protéger. Et surtout pour tromper ses ennemis. Halana était loin d'être inoffensive et Virginia venait de goûter à son venin. La messagère d'Aménor avait livré son message. Et il était très clair. Ou elle s'en retournait chez elle, ou elle perdait tout.

Elle allait devoir, elle aussi, céder sous la dictature d'Aménor. Elle s'était toujours demandée comment le Premier Citoyen arrivait toujours à imposer sa volonté. Maintenant, elle savait qu'il n'était pas aussi correct qu'il le prétendait et usait lui aussi de perfidie. Elle repensait à Atama, son ennemi d'autrefois, qui était aussi devenu un

310

allié pour quelques temps. Elle avait appris à apprécier l'homme, d'une sincérité touchante.

Il avait, hélas, totalement disparu du devant de la scène après la fondation de la Nouvelle Fédération d'Aménor. Si le destin avait été autre, elle était persuadée qu'ils auraient pu faire de grandes choses ensemble pour l'humanité. Mais il semblait avoir complètement abandonné ses ambitions et ne se consacrait plus qu'à sa planète. Il avait lui aussi fini par jeter l'éponge. Elle lui en voulait un peu pour ça. Seul Narcisse avait résisté à la dictature du Premier Citoyen. Narcisse, détesté de tous comme elle l'était, elle aussi. Rien que pour cela elle éprouvait du respect pour lui. Tous les autres s'étaient inclinés devant celui qu'ils croyaient être le plus fort, sans même essayer de se battre. Mais, si les dernières nouvelles provenant du Centre étaient vraies, Narcisse n'était plus !

Virginia n'eut d'autre choix que de suivre les judicieux conseils que lui était venue prodiguer la messagère. Elle se dit qu'après tout, elle serait bien plus utile à Slidr plutôt que de perdre son temps sur les tristes mondes d'Uranus. Cette histoire de secret l'avait trop hantée. Elle s'était fait piéger par son entêtement dix années plus tôt, elle ne recommencerait pas la même erreur. Elle ne voulait pas perdre Cipango, Slidr et son organisation. Qu'ils aillent au diable avec leur secret ! Après tout, ce n'était probablement pas quelque chose d'aussi énorme.

L'Océan II était prêt à désorbiter vers Neptune et n'attendait que son ordre. Elle s'était retirée dans ses quartiers pour se reposer un peu avant de donner cet ordre. Elle était à moitié endormie sur sa couchette lorsque, pour la première fois, elle sentit sa présence. Cela avait commencé avec les bourdonnements auxquels elle s'était peu à peu habituée mais, cette fois, ils se firent beaucoup plus intenses. Puis, elle ressentit quelque chose de nouveau. Elle se sentait épiée, comme si quelqu'un respirait juste derrière son dos, bien qu'elle sût pertinemment qu'il n'y avait personne.

Il se passait quelque chose d'inhabituel. Elle hésitait entre un cauchemar, une attaque cérébrale ou encore une crise de folie. Pourtant, elle était sûre d'être en pleine possession de ses moyens. La voix qui parlait dans sa tête était douce. Après les premiers instants de panique, elle se calma. La voix semblait savoir s'y prendre et soudain, elle ressentit un bien-être.

— Rassurez-vous, j'ai petit à petit appris à contacter les humains sans causer de dégâts, disait la voix dans sa tête.

— Qui êtes-vous ? demanda-t-elle à voix haute.

— Ne parlez pas, vous allez attirer l'attention, chuchota la voix. Il vous suffit de penser.

— *Qui êtes-vous ?* répéta-t-elle par la pensée.

Cela faisait des années qu'*Urgaïa* attendait qu'on lui demande de parler. Bill le lui avait demandé, mais Bill était trop associé à Victor. Il lui fallait quelqu'un de neuf, quelqu'un qui venait de loin. Virginia avait régné sur la Terre, la planète des origines des humains. Elle avait rencontré l'empereur de Mars, puis elle était allée s'installer autour de Neptune.

Cette Virginia était une personnalité hors du commun. Victor était plutôt fade en comparaison. Il ne se laissa pas prier et, tel un barrage qui cédait, il lâcha ce qu'il avait retenu depuis si longtemps. Il se sentait libre et, tout en continuant à parler, il prit conscience d'un nouveau concept : le soulagement.

Le commandant du navire commençait à s'inquiéter. Il était prêt pour les manœuvres de départ et Virginia ne réapparaissait pas sur la passerelle. Voilà près de trois heures qu'elle avait disparu dans ses quartiers. Personne n'osait déranger la Prêtresse et ils décidèrent d'attendre encore. Au bout de deux heures supplémentaires, elle apparut soudain sur la passerelle. Elle était complètement décoiffée et avait un air ahuri. Elle s'approcha de la baie de cristal renforcé située à l'avant de la grande salle et regarda au dehors. Tout en contemplant la géante gazeuse, elle parla :

— Nous ne partons plus. Envoyez un message à Slidr pour les prévenir que nous resterons ici pour une période indéterminée. Demandez-leur de nous envoyer des fournitures pour plusieurs mois.

Le commandant éberlué n'osa pas objecter. Virginia retourna dans ses appartements sans ajouter un autre mot.

♦♦♦

Ils discutèrent pendant des heures. Virginia avait beaucoup de questions et ne se gêna pas pour les poser. *Urgaïa* avait plutôt l'habitude de poser des questions, non de répondre. C'était une nouvelle expérience pour lui. Et qui disait nouvelle expérience, disait apprentissage. Heureusement qu'il avait appris énormément sur lui-même grâce à Tulk et Victor. Il n'eut donc aucun mal à répondre aux questions de Virginia.

Plus Virginia en apprenait sur lui, plus sa surprise s'agrandissait. Cela dépassait tout ce qu'elle aurait pu imaginer. Son existence était tellement improbable. Et en plus il était conscient ! Les humains n'étaient plus les seuls êtres conscients de l'univers. Elle réalisa alors que tout ce qui lui était arrivé depuis son accession à la présidence de la Confédération, les événements des dix dernières années, n'avaient pour seul but de l'amener en cet endroit à cet instant. Cipango n'avait plus aucune importance. Ni d'ailleurs Slidr. La raison d'être de son organisation ne se trouvait pas sur Triton, mais au fin fond de la planète Uranus.

*Urgaïa* lui raconta toute l'histoire de ses contacts avec les humains. La relation entre lui et Tulk, qui avait duré près de huit années, n'avait plus aucun secret pour Virginia. Même Victor, qui ne posait pas tant de questions, n'en savait pas autant. Lorsqu'ils en arrivèrent à parler de Victor, Virginia l'interrompit en pensant :

— Victor n'avait pas le droit de vous cacher à l'humanité !

— C'était pour me protéger des humains, répondit la voix dans sa tête.

— C'était surtout par orgueil. Il voulait vous garder pour lui tout seul !

— Je ne pense pas. Parmi les humains, c'est l'une des personnes qui a le moins d'arrière-pensées, la contredit la voix.

— Oui, mais ainsi il limitait votre apprentissage à son unique expérience.

— Que voulez-vous dire par là ? demanda alors *Urgaïa* avec curiosité.

— Je veux dire que vous ne pouvez pas prétendre accumuler le savoir en vous basant uniquement sur l'avis d'une seule personne. Il y a des milliards d'humains partout autour de Sol. Chacun a son propre savoir, ses propres expériences, sa propre vérité. Comment peut-il vous priver de tout cela ? Comment peut-il tout simplement vous cacher ce que vous êtes réellement ?

Elle venait d'attiser la curiosité de son interlocuteur. *Urgaïa* avait-il enfin une chance d'en apprendre davantage sur lui-même ? Avait-il enfin trouvé un humain qui lui expliquerait sa propre nature ?

— Et que suis-je réellement ? demanda-t-il.

— Mais vous êtes une conscience, une gigantesque conscience, bien plus importante que toutes les consciences humaines réunies.

— Cela, Tulk me l'avait déjà expliqué il y a longtemps, répondit *Urgaïa*, un peu déçu.

Virginia s'étonna une fois de plus d'entendre resurgir d'un passé presque oublié le nom de l'Amiral. Cela faisait bien longtemps qu'une poignée d'humains cachait cette fabuleuse découverte à tous les autres. Et ce secret avait été bien gardé. Elle ne se laissa cependant pas impressionner et poursuivit :

— Mais ce qu'il ne vous a sans doute pas dit, c'est l'importance de la conscience pour l'univers. Nous sommes tous les consciences de l'univers. C'est à travers nous qu'il sait qu'il existe. Et vous nous surpassez tous, vous êtes en quelque sorte le Dieu que nous cherchons depuis si longtemps.

— Je ne comprends pas le concept de Dieu, répondit alors naïvement *Urgaïa*.

— Je me doute bien que vos deux précepteurs successifs se sont efforcés de vous cacher ce concept.

— Alors, expliquez-le-moi ! insista la voix.

Virginia savait qu'elle venait de trouver ce qui avait manqué à sa philosophie de la conscience. Ce qui avait d'ailleurs manqué à toutes les religions : une preuve formelle de l'existence d'une conscience supérieure. Elle venait de trouver un allié puissant qui lui permettrait de prendre le dessus sur toutes les autres idéologies. L'existence d'*Urgaïa* prouvait que l'Église de la conscience était dans le vrai et que Munstersen avait raison. Et toute l'humanité allait devoir reconnaître ce fait !

Elle lui relata alors les longues discussions qu'elle avait eues dans le passé avec le physicien, elle lui expliqua dans les moindres détails les concepts et les théories qui étaient à l'origine de son organisation. Lorsqu'elle arriva au bout de son récit, *Urgaïa* lui demanda :

— Voulez-vous être mon nouveau précepteur ?

— Vous voulez dire votre préceptrice, je suppose, ironisa-t-elle.

— C'est vrai, j'oublie toujours que vous, humains, vous existez sous deux genres. Mais vous n'avez pas répondu à ma question.

— Je veux bien, répondit Virginia.

♦♦♦

Mon petit voyage sur les lunes m'avait fait beaucoup de bien et j'avais décidé de recommencer cette expérience. J'avais proposé à Louisa de m'accompagner à Falstaff, sur Obéron, la lune la plus éloignée d'Uranus. Bien que né sur l'un des mondes d'Uranus, je ne connaissais que très peu les autres lunes qui gravitaient autour de la Géante Bleue et j'avais décidé de corriger cette inculture.

J'avais beaucoup travaillé sur *l'uranoptère* rapporté à bord par Bill et j'estimais avoir le droit de prendre un peu de repos. À ma grande surprise, *Urgaïa* ne s'opposa pas à ma décision. Quelque chose avait sensiblement changé dans notre relation. Je ne savais pas encore si c'était vers une amélioration ou un aggravement.

Malgré la distance, je n'arrivais pas à oublier *Urgaïa*. Je ne compris pourquoi que lorsque je réalisai que les bourdonnements dans ma tête n'avaient pas cessé lorsque je m'étais éloigné. Je me rendis alors compte que mon élève avait encore augmenté sa bulle d'influence. Il s'abstint cependant de me contacter, même si, à plusieurs reprises, je sentais qu'il était sur le point de le faire, puis de se raviser. Pendant ses longs moments de solitude, il devait s'entraîner.

Maintenant, il était capable de capter les ondes cérébrales des habitants de tous les mondes qui gravitaient autour d'Uranus. Ils étaient des millions, et tous transpiraient la jalousie, la haine, la terreur. La joie de vivre que j'avais essayé de lui enseigner était majoritairement absente sur ces mondes. Il m'accompagna sur tout le trajet du retour. Mais ce ne fut que lorsque je fus à bord de *l'Albatros* qu'il daigna enfin m'adresser la parole.

— Bonjour Victor, tu as fait un bon voyage ?

— Je constate que tu as attendu mon arrivée ici pour me contacter, lui dis-je d'un ton paternel.

— Je ne fais qu'obéir, répondit ironiquement la voix dans ma tête.

Cette réponse inhabituelle m'alerta immédiatement. *Urgaïa* n'avait jamais fait preuve d'ironie auparavant.

— Que s'est-il passé durant mon absence? demandai-je, inquiet.

— J'ai parlé avec un autre humain, répondit calmement *Urgaïa*.

— Pourtant,...

Je n'eus même pas le temps de formuler ma phrase qu'il m'interrompit :

— Je sais que tu me l'as interdit !

L'intensité de la réponse était si forte que je ressentis une douleur atroce me traverser le crâne. *Urgaïa* se rendit compte de son acte et reprit plus calmement :

— Excuse-moi, je me suis un peu emporté. Je ne voulais pas te faire de mal. Tu sais, je me sens si seul quand tu pars sur les lunes !

Sa plainte me toucha réellement. Je savais à quel point la solitude pouvait être une souffrance.

— J'en suis conscient, répondis-je, mais je t'ai déjà expliqué qu'il en allait aussi de ma santé. Des contacts trop fréquents entre nous pourraient causer des dommages irréversibles à mon cerveau. C'est pour me préserver que je le fais, lui mentis-je.

— C'est une raison de plus pour moi de trouver d'autres interlocuteurs. Cela te fera moins de mal de partager le fardeau.

L'argument était évidemment imparable et je ne sus que répondre.

*Urgaïa* reprit :

— Peux-tu me parler du concept de Dieu ?

Une fois de plus, je fus frappé de stupeur.

— C'est un concept dépassé et qui n'a plus de sens de nos jours, répondis-je, irrité.

— Mon nouvel interlocuteur dit le contraire. Il dit que ma destinée est d'être Dieu. Le Dieu de tous les humains.

Ma stupeur se transforma en effarement.

— Et qui est ton nouvel interlocuteur ? demandai-je.

Je craignais la réponse comme la peste, mais celle que j'obtins fut pire encore que tout ce que j'avais pu imaginer.

— Virginia Enora !

Ces mots résonnèrent dans ma tête. Une forte migraine comme je n'en avais encore jamais eu me frappa alors. Le monde sembla s'écrouler autour de moi.

◆◆◆

Bill surfait sur les nuages aux reflets bleutés. Après avoir accompli sa mission, il était retourné s'isoler dans les anciennes parties du vaisseau. Il avait repris ses anciennes habitudes et repartait en sortie avec les vieilles capsules. À la suite de son expérience avec les nouveaux engins, il eut beaucoup de mal à se réhabituer aux vieilles machines d'antan.

Le Monstre ne s'était plus manifesté depuis un certain temps. Il n'avait jamais été absent aussi longtemps. Il était probablement occupé avec les expériences de Victor qui avait maintenant entre les mains le gros fragment de membrane noire. *Urgaïa* avait-il oublié que c'était grâce à Bill que Victor avait enfin pu récupérer un *uranoptère* ? Le Monstre amical était-il ingrat à ce point ? Était-il parti pour de bon ? Bill avait-il perdu la seule compagnie à laquelle il pouvait faire appel à tous moments ?

Le contact avec le Monstre lui manquait, même si ce dernier ne lui avait jamais adressé la moindre parole. Le matin même, il s'était rendu à la bibliothèque. Il avait choisi un nouveau livre. C'était un livre de poésies. Mais à sa grande stupeur, le Monstre ne se manifesta pas. Il changea de livre, mais rien n'y fit. C'est pourquoi il avait décidé de faire une plongée. Il avait espéré qu'en s'approchant de lui en plongeant, il réveillerait à nouveau son intérêt.

À son image, la planète tout entière semblait de mauvaise humeur. La météorologie était extrêmement capricieuse et la capsule fut secouée dans tous les sens. Dans une capsule moderne, il n'aurait pas ressenti les secousses. Des nuages noirs commençaient à s'amonceler tout autour de lui. Bill se disait que le Monstre avait bel et bien quitté la planète. Uranus tout entière semblait être devenue incontrôlable.

Bill hésita un instant. Il était sur le point de reprendre le chemin vers le haut. Pour la première fois depuis très longtemps, il éprouvait de la peur. Le vrai visage de la Géante Bleue lui faisait face. Elle se montrait enfin telle qu'elle était, dans toute sa fureur. Et il était vraiment seul. Cette solitude n'avait rien à voir avec celle qu'il avait connue jusqu'alors. Il s'était toujours senti très seul au milieu des autres. Maintenant il n'y avait même plus les autres. Ni même le Monstre et ses bourdonnements rassurants. Un frisson lui parcourut la moelle épinière. Soudain, il se revit errer dans les rues de Messina, trente années plus tôt. Seul, abandonné de tous. Des images de son passé, enfouies depuis longtemps ressurgirent dans son esprit. Des images qu'il croyait avoir oubliées depuis bien longtemps. Des larmes commençaient à couler sur ses joues.

Au moment où il fut sur le point de céder au désespoir, une voix douce et rassurante se fit entendre dans son esprit :

— N'aie pas peur, Bill, tu n'es pas seul et tu ne seras plus jamais seul. Je suis avec toi !

# Chapitre 34

# Lumière sur Séléna

Hugh ne reconnaissait pas Eléonor. Qu'avaient-ils bien pu lui faire sur Mars ? Depuis son retour, elle était rayonnante. Elle semblait avoir trouvé une joie de vivre qu'elle n'avait jamais éprouvée auparavant. Surtout, elle était revenue avec des projets. L'ancienne Eléonor était si fragile et si influençable ! La nouvelle Eléonor était beaucoup plus sûre d'elle et ne passait plus son temps à se plaindre. Et elle était devenue bien plus séduisante. Il ne savait pas s'il devait s'en réjouir ou regretter l'ancienne Eléonor. La femme qui était revenue de Mars n'avait peut-être plus autant besoin de lui que celle qui était partie pour Mars.

Elle était entourée d'une troupe d'architectes bâtisseurs. Les meilleurs qu'on eût pu trouver sur la Lune. Ils étaient tous rassemblés autour d'une grande table de forme ovale sur laquelle s'entassaient des dizaines de plans. Hugh était resté un peu en retrait. De là, il observait toute la scène en silence. L'un des hommes présents autour de la table parlait :

— Ce n'est pas infaisable, mais ce sera un chantier gigantesque. Il y en aura pour au moins trois années et ça coûtera une fortune.

— Nous avons le temps et l'argent, se contenta de répondre Hiria.

Durant des années, Hiria n'avait lancé aucun projet. Elle n'avait rien dépensé au point qu'on la traitait d'avare. L'argent des impôts et autres taxes s'était accumulé depuis des décennies. De plus, les commandes de panneaux de cristal renforcé s'étaient envolées avec la construction de nouvelles cités un peu partout sur les *Mondes Extérieurs*. L'économie de Séléna ne se portait pas si mal après tout, pour une cité qu'on avait qualifiée de mourante. Enfin, les accords Fédéraux prévoyaient aussi une aide substantielle au financement de la part de la Terre et du gouvernement de Memphis.

— Nous poserons en premier la coupole, reprit celui qui semblait être le chef des architectes. Après, nous pourrons sans risque commencer à creuser et à dégager le plafond rocheux. Nous commencerons par le centre, là où vous voulez installer votre future place centrale ensoleillée.

— Vous pouvez d'ores et déjà commander la fabrication des pièces pour le dôme. Avec la quantité de poudre de cristal renforcé découverte dans les bas-fonds, nous pouvons même prendre de l'avance dans la fabrication, continua-t-elle, en tournant un regard complice vers Hugh.

Ce dernier se dit que finalement sa petite escapade dans les bas fonds n'avait pas été si vaine.

— En même temps, lorsque Anselm aura fini de faire le ménage dans les niveaux inférieurs, on commencera aussi les travaux de réhabilitation de ces niveaux. Ainsi, on pourra d'autant plus vite évacuer les niveaux supérieurs et entâmer les traveaux de creusement, conclut-elle, satisfaite.

Plus tard, dans la soirée, elle se retrouvait seule avec Hugh et ses mains expertes. Elle avait passé une excellente journée mais elle était fatiguée et tendue. La première bonne journée depuis son retour à Séléna. Elle avait fini par se reprendre et avait décidé que la cité n'arriverait pas à la déprimer à nouveau. Du moins pas si facilement. Elle était bien décidée à gagner cette guerre contre sa propre ville, son propre monde.

Un massage allait lui faire du bien. C'était aussi l'occasion pour elle de régler certains détails avec son amant.

— Tu as été très impressionnante aujourd'hui ! lui fit-il.

Il savait que ce tête-à-tête n'avait rien d'anodin et il était sur ses gardes. Il connaissait bien Eléonor et les regards sévères qu'elle lui avait envoyés toute la journée signifiaient qu'elle avait quelque chose d'important à lui dire. Il sentait qu'un nouveau moment critique de sa vie était arrivé. Un moment où il aurait probablement à prendre une décision cruciale. À moins que son amante ne l'eût déjà prise pour lui ! Il essaya de cacher sa tension et se fit doux dans ses gestes. Mais Hiria n'était pas dupe.

— Il est temps d'en finir avec cette hypocrisie, alors tu n'as plus besoin de faire semblant ! lui lança-t-elle froidement avant de reprendre. Je sais bien que tu as bien d'autres aventures. Je sais aussi que c'est mon pouvoir qui t'attire, bien plus que ma personne. Mais j'ai besoin de toi et de tes mains. Alors, j'aimerais te proposer un contrat.

— Je t'écoute, répondit-il sans même essayer de nier.

— Si tu mets fin à toutes tes aventures et si tu arrêtes tes magouilles avec la secte d'Enora, je fermerai les yeux et nous continuerons comme si de rien n'était. Tu pourrais même venir t'installer ici. Tu y serais bien mieux que dans ton taudis. Si ces conditions ne sont pas acceptables pour toi, nous mettons un terme à notre relation et à tous les avantages qu'elle t'apporte. Tu seras libre de faire ce que tu veux. Je finirai bien par trouver quelqu'un pour te remplacer

Tout en continuant de lui masser le dos, il réfléchit à la proposition. Il avait beaucoup à perdre en rompant avec elle. Dans le fond, il l'aimait bien, et même davantage depuis qu'elle était revenue de Mars. Sans trop de difficulté, il choisit la première option. Les filles faciles de Séléna ne lui manqueraient pas beaucoup. Et puis, Séléna allait enfin devenir une cité agréable, ce n'était pas le moment de partir.

♦♦♦

Pour la première fois depuis bien longtemps, le gouverneur Kovalsky s'était octroyé une journée sans travailler. Il avait quitté le palais du gouvernement et était allé marcher au bord du Dniepr. Le niveau du fleuve était au plus bas. On arrivait à la fin de l'été et la sécheresse avait été particulièrement importante cette année. Il était heureux. Il avait enfin du temps pour se préoccuper de détails comme la météorologie.

Il voulait marcher seul. Les gardes du corps étaient évidemment derrière lui, mais ils savaient se faire discrets, et Kovalsky se sentait vraiment seul. C'était une solitude vivifiante qui n'avait rien à voir avec celle, bien plus pesante, du pouvoir. Il n'y avait presque personne sur les rives du Dniepr. Les nuages annonciateurs de l'automne étaient en avance et une fine bruine lui rafraîchissait agréablement le visage.

La dernière fois qu'il avait été aussi serein remontait au lendemain de la fondation de la Nouvelle Fédération et la chute des empires belliqueux. Dès lors, il avait cru que tous les problèmes avaient été réglés, mais de nouvelles difficultés n'avaient tardé à s'accumuler. À nouveau, avec Aménor et toute l'équipe, ils avaient œuvré à crever ce nouvel abcès. Kovalsky était conscient que tout n'était pas fini, que ce n'était que le début d'un nouveau cycle ; et bientôt, il croulerait à nouveau sous les problèmes. Il n'en apprécia que davantage ce moment de tranquillité et de satisfaction.

Ils avaient résolu deux crises majeures, et ils feraient de même avec les suivantes. Narcisse n'était plus et surtout les *Gaïans* n'étaient plus. Avec eux avait disparu la peur insidieuse qui s'était incrustée dans tous les esprits des Terriens, lesquels s'étaient presque habitués à vivre dans la crainte permanente des attentats. Cela signifiait aussi que Kovalsky pouvait enfin sortir de la prison dorée de son palais de Kiev.

Juste avant de quitter le palais, il avait eu une conversation avec Hiria. C'était dans une très bonne humeur qu'il avait accueilli le plan d'aménagement de Séléna. Elle aussi semblait avoir changé. Son voyage sur Mars lui avait fait beaucoup de bien. Contrairement à l'adage, les voyages ne formaient pas que la jeunesse. En tous cas, tous ceux qu'il connaissait et qui étaient allés sur Mars, ou même plus loin vers *l'Extérieur*, étaient revenus changés.

D'autres n'étaient même plus revenus. Hiria, qui n'avait pas bougé pendant toutes ces années, s'était réveillée. Rien que cela valait le prix exorbitant qu'elle lui demandait en participation au chantier qu'elle s'était proposée de lancer. L'idée même plut à Kovalky. Séléna était devenue un tel cloaque alors qu'elle avait un gigantesque potentiel.

◆◆◆

Farney essaya se reprendre en mains. Cela faisait trop longtemps qu'il se terrait dans ses appartements. À Séléna, on commençait à jaser. Des rumeurs sur une aggravation de son état physique s'étaient mises à circuler un peu partout dans la cité. On disait même que son état mental laissait à désirer. Même le vice-gouverneur Hiria avait fini par le contacter pour prendre de ses nouvelles. Hiria prenait rarement de telles initiatives par elle-même. Kovalsky n'y était probablement pas étranger. Cela signifiait qu'au plus haut niveau de l'État, on avait remarqué que quelque chose n'allait pas. Personne n'avait cependant fait le lien avec les événements d'Asgard.

Narcisse n'était plus. Et avec lui, il avait emporté tous ses secrets. En faisant exploser son repaire, il avait aussi fait disparaître toutes les preuves potentielles de l'implication de Farney. Probable-ment n'avait-il pas voulu entraîner avec lui tous ceux qui pouvaient encore nuire à Aménor. C'était peut-être aussi une façon de les remercier pour leur collaboration. Narcisse était-il devenu sentimental sur la fin ? Farney en doutait.

Il avait entre ses mains le petit dossier bleu. Tout était fini et il n'avait plus aucune raison de le conserver. Il hésita longuement. Ce dossier était tout ce qu'il restait de cette aventure et il l'aurait volontiers conservé plus longtemps. Mais la raison lui dictait que l'heure était venue de le détruire. C'est donc dans une sorte de petite cérémonie personnelle, seul dans son bureau, qu'il brûla les dernières preuves qui le reliaient encore au vieux fou et à l'opération *Mjöllnir*. Le marteau de Thor n'avait pas atteint sa cible et Thor lui-même avait été anéanti.

Farney ne craignait pas non plus ce qui restait des *Gaïans*. Ceux qui savaient quelque chose n'étaient plus. La secte avait été totalement démantelée, et les quelques survivants allaient se faire le plus discret possible, et probablement essayer d'oublier l'erreur d'avoir choisi le mauvais camp. Et c'était aussi ce que Farney allait faire. Il ne pouvait pas écarter le fait qu'une enquête approfondie puisse mener la police à lui, mais c'était peu vraisemblable. Ils avaient eu Narcisse, ils avaient réduit à néant l'organisation des *Gaïans*. Ils étaient contents et l'heure était à la fête.

Il se disait que, s'il avait été à leur place, il serait allé jusqu'au bout. Il y avait encore tant de questions non résolues. L'organisation de l'attentat avait nécessité bien des intermédiaires qui eux vaquaient encore librement à leurs activités. Mais ils ne réfléchissaient pas de façon aussi rigoureuse. Ils considéraient que le dossier était clos et qu'il était temps de célébrer leur victoire. Farney décida qu'il ne risquait plus rien et qu'il pouvait retourner vaquer sans soucis à ses ennuyeuses occupations.

Il ne regrettait rien, car en l'espace de quelques mois, et grâce à Narcisse, il s'était senti revivre. Il était redevenu important. Et même si c'était fini, pendant de longues nuits encore, il rêverait de ce qui aurait pu se produire. Il avait un immense secret qu'il emporterait dans sa tombe. Ils avaient beau le mépriser, l'ignorer, jamais ils ne connaîtraient son implication dans cette histoire, jamais ils ne sauraient ce que contenait le petit dossier bleu.

Et puis, une nouvelle aventure l'attendait. Hiria était revenue de Mars, illuminée. Cela lui rappela Enora : elle aussi était partie pour Mars, puis encore plus loin et avait perdu la tête. La planète du dieu de la guerre semblait avoir une drôle d'influence sur les femmes dirigeantes qui lui rendaient visite. Mais la folie d'Hiria était bien moins dangereuse. La transformation de la cité était une excellente idée, même si elle allait coûter un prix exorbitant.

En tant que responsable de tout un quartier de la cité, il était logiquement impliqué dans ce nouveau projet. Il était d'autant plus ravi que le gouverneur Kovalsky allait devoir mettre lui aussi la main au portefeuille. Il prépara un petit dossier rouge pour y classer tous les documents relatifs à ce nouveau projet. Le dossier rouge prit la place du dossier bleu au fond du tiroir.

◆ ◆ ◆

Le commissaire Anselm était très occupé. Il venait d'être promu chef de la police de Séléna. On l'avait récompensé pour sa participation au sauvetage de la Fédération, rien moins que cela. Il n'avait pas tout compris. Les chiffres que le tatoueur lui avait indiqués étaient les coordonnées spatiales d'une arme redoutable destinée à anéantir la Fédération. On lui avait parlé d'un marteau. Ils étaient tous devenus fous. Mais grâce à cela, il avait pris du galon et était devenu quelqu'un d'important et de respecté à Séléna. Même le gouverneur Hiria le regardait d'une autre manière. Il était fier comme un coq.

Sa promotion n'était pas forcément un cadeau. La police de Séléna était plutôt en mauvais état. Elle manquait à la fois de matériel et d'hommes. Mais Hiria lui avait promis les deux. Et même plus. Le vice-gouverneur avait lancé un gigantesque projet de réaménagement de la cité et tous les quartiers seraient pourvus d'un commissariat flambant neuf. Après tout, s'ils avaient l'argent, Anselm ne pouvait que s'en réjouir.

Sa première exigence en tant que nouveau chef de la police, était de vouloir personnellement superviser les entretiens d'embauche. Il ne voulait travailler qu'avec des collaborateurs qu'il avait lui-même choisis. Une centaine de postes de policiers était à pourvoir, cela signifiait des centaines d'entrevues. En même temps on lui demandait de faire le grand ménage dans la cité, ce qui était de loin la tâche la plus compliquée.

Il ne pouvait se permettre d'attendre que ses nouvelles troupes fussent formées pour entrer en action. Toutes les années de laxisme avaient permis à des centaines de gangs de prospérer. On s'était toujours demandé où ils se cachaient jusqu'à ce que l'on découvre qu'il y avait trois niveaux totalement oubliés au fin fond de la cité. Hiria voulait les repeupler. En particulier les populations des deux niveaux du haut allaient être déplacés vers les niveaux inférieurs afin de permettre les travaux d'installation de la coupole et de percement du plafond. Mais, pour cela, il fallait que les niveaux du bas fussent complètement assainis.

Aménor avait proposé que la PolRec, qui n'avait plus à courir après Narcisse, participât au nettoyage. Les cinq années devant lui allaient être très chargées. Mais le travail qui l'attendait ne l'effrayait pas. Au contraire, il n'avait jamais été autant stimulé.

Hugh avait passé la journée à déménager tout ce qui lui appartenait vers l'appartement luxueux d'Eleonor. Une petite heure aurait largement suffi. Il n'avait pas beaucoup de biens propres. D'ailleurs, il n'aurait pas pu en avoir beaucoup, vu la petite taille de son studio. Comme l'avait décrit Eléonor, il était effectivement miteux.

Il décida de prendre son temps et passa la plus grande partie de la journée dans le bistrot d'en face plutôt que dans le rangement et nettoyage. Il savait que c'était probablement son dernier jour de liberté. Du moins, la liberté telle qu'il la concevait jusqu'alors.

En même temps, il était impatient d'entamer sa nouvelle vie. À quarante ans passés, il se disait qu'il était grand temps qu'il commence à construire quelque chose. Aux côtés de Hiria, il avait une petite chance d'aller quelque part, même si cela lui valait quelques sacrifices et beaucoup de contraintes. C'était bien mieux que d'errer sans but comme il l'avait fait jusqu'alors. De toutes façons, il n'avait pas été tellement plus heureux avant.

# Chapitre 35

# Un nouveau cycle commence

*Urgaïa* n'avait plus besoin de Victor. Plus il y réfléchissait, et plus il se disait que Victor avait tout fait pour l'isoler. Il était parfaitement conscient que c'était Virginia qui lui avait mis cette idée en tête, mais dans la mesure où elle avait raison, cela n'avait aucune importance. Il savait que Virginia aussi voulait le manipuler à ses propres fins. Il décida de jouer son jeu quelque temps, de lui laisser croire à son emprise sur lui, le temps de bien sonder et comprendre sa nouvelle préceptrice.

Son ignorance avait fait de lui autrefois un être naïf. L'Amiral Tulk lui avait fait prendre conscience de son existence. Il avait appris les concepts importants pour comprendre l'univers et sa propre conscience. Avec Victor, il avait appris ce qu'étaient les humains. Virginia lui avait appris ce qu'était la force, la puissance. Elle lui avait révélé sa nature divine. Plus jamais il ne laisserait ces êtres insignifiants le manipuler, même pas l'exceptionnelle Virginia. Cette période était bien révolue.

Les humains lui avaient apporté beaucoup. Mais il n'était pas resté passif de son côté. Il avait aussi beaucoup travaillé sur lui-même et essayé de se comprendre. Ce n'était pas la chose la plus facile à faire. Il était le seul individu de son espèce. D'ailleurs, pouvait-on vraiment parler d'espèce lorsqu'il n'y avait qu'un individu unique ? Les humains étaient incapables de le comprendre, c'est pourquoi ils ne pouvaient pas lui apporter toutes les réponses à ses questions.

Peu à peu, ce travail intérieur lui avait fait prendre conscience de ses dons. Et durant les longues heures de solitudes, il n'avait cessé d'entraîner ses pouvoirs télépathiques. Il s'était très vite rendu compte que la portée de son pouvoir télépathique augmentait au fur et à mesure qu'il s'exerçait. Sa bulle télépathique englobait maintenant tout le système d'Uranus et elle continuait son expansion dans le vide spatial. Qui sait, peut-être atteindrait-il un jour Saturne, et pourquoi pas le centre !

*Urgaïa* se sentait enfin libre. Il avait tellement envié les humains qui avaient tant de connaissances et surtout la capacité de se déplacer. *Urgaïa* de son côté avait été ignorant et prisonnier de sa planète. En réalité, la planète et lui-même ne faisaient qu'un. Il était la conscience de la planète. Grâce aux humains, il apprit à voyager par la pensée, par la télépathie. Il avait brisé les verrous de sa prison. Peu importait que son corps physique restât à jamais associé à la planète, son esprit pouvait voyager. En un sens, il était bien plus libre que les humains.

Il réalisa aussi autre chose. Il n'était pas seulement capable de communiquer avec les êtres fragiles, mais il pouvait aussi les contrôler. Dans leur cerveau, il avait trouvé le chemin vers leur volonté. Il avait fait quelques essais avec quelques individus. Il avait commencé avec les plus faibles. Les plus forts savaient encore résister, mais ils en payaient un prix fort. S'ils résistaient trop, leur cerveau pouvait griller et ils se retrouvaient en état végétatif. Leur conscience fuyait leur corps.

Il avait tenté l'expérience avec Victor. Une fois de plus, l'humain lui avait fait part de son désaccord. Victor refusait obstinément ses contacts avec Virginia. Le ton était monté comme encore jamais. *Urgaïa*, excédé, décida de lui donner une petite leçon. Il voulait lui faire comprendre qu'il n'avait pas le droit de le contrarier ainsi. L'attaque fut si brutale que Victor sombra dans un coma profond. *Urgaïa* réalisa qu'il y était allé un peu fort. Il eut quelques regrets. Heureusement, Victor se remit de l'attaque. Dans le fond, *Urgaïa* aimait toujours Victor et décida de le laisser filer avec sa famille. Il était convaincu qu'ils se retrouveraient un jour.

Les sentiments des humains étaient si instables, si chaotiques. Ils s'évertuaient à se détruire entre eux. Mais sans eux, l'existence d'*Urgaïa* perdait son sens. Il se retrouverait à nouveau seul. Il ne pouvait pas les laisser faire. Leur liberté les mettait en danger permanent. Il prit la décision de les sauver malgré eux, et si pour cela il fallait limiter leur liberté, il le ferait. Il était Dieu après tout, et c'était son devoir. Et Virginia était la personne idéale pour l'aider dans cette tâche.

◆ ◆ ◆

J'avais définitivement perdu mon élève. Je n'arrivais pas à apaiser ma colère depuis qu'il m'avait appris qu'il avait choisi Virginia Enora pour nouvelle préceptrice. J'avais ressenti cette décision comme une trahison. Virginia était l'une des ennemis farouches du Premier Citoyen et donc l'une de mes ennemis.

J'avais sacrifié toute une partie de ma vie pour son éducation. J'avais fait bien plus pour lui que l'Amiral lui-même. Je refusais d'accepter d'être rejeté ainsi pour être remplacé par cette parvenue. *Urgaïa* essaya de me rassurer en m'expliquant qu'il ne voyait pas d'inconvénients à avoir plusieurs précepteurs, mais je ne voulais rien entendre. Plus tard, je réalisai que mes sentiments et probablement ma jalousie avaient pris le pas sur ma raison. Mais il était trop tard.

Je n'oublierai jamais notre dernière conversation. Nous nous étions disputés une fois de plus et j'étais sans doute allé un peu loin. Pour la première fois, *Urgaïa* se mit réellement en colère et me montra de quoi il était capable. C'était aussi la première fois que je réalisai l'étendue de ses pouvoirs. Je le sentis pénétrer en moi comme jamais encore il ne l'avait fait. Non seulement dans mon esprit, dans ma tête, mais dans tout mon corps. Je sentis sa présence jusque dans le bout de mes doigts. Il prit le contrôle de mon corps. Je résistai de toutes mes forces, mais il était bien trop fort. Subitement, une douleur atroce me traversa le crâne. Puis, plus rien, tout devint noir et je perdis conscience.

Je ne repris conscience que trois heures plus tard. J'avais encore très mal à la tête. Il n'était plus là. Pas le moindre petit bourdonnement. Il ne m'avait jamais dit qu'il était capable de contrôler les humains. J'avais toujours cru que son pouvoir se limitait à la simple possibilité de lire dans les esprits et de converser avec eux. Mais *Urgaïa* était bien plus monstrueux que cela. Et il était tombé entre les mains de Virginia Enora.

J'avais totalement échoué dans ma mission. Dès que je fus remis de mon malaise, je m'empressai de rassembler ma famille. Moïse et Louisa étaient à Inverness où je les rejoignis le plus vite possible. Je ne pris pas le temps de leur expliquer mes raisons et leur proposai de partir le plus vite possible à Memphis. Louisa ne comprit pas quelle mouche m'avait piquée et fut terrorisée par mon affolement. Moïse de son côté, était ravi de ce voyage improvisé.

Ma priorité était de mettre ma famille hors de portée du Monstre. Et puis, je devais prévenir Aménor de la nouvelle catastrophe qui menaçait la Fédération, bien plus grave que les agissements passés de Narcisse. J'avais juste oublié que si je m'éloignais de façon prolongée de mon ancien élève, mon cerveau n'ayant plus la stimulation requise, mes douleurs à la tête ne feraient que s'amplifier.

◆ ◆ ◆

Ruth était anxieuse. Elle s'était remise de son aventure, mais le gouverneur était toujours encore inconscient. La compagne du gouverneur Bartolu et maire de Dido était venue dès qu'elle avait appris la nouvelle. Cela faisait deux jours qu'elle était à son chevet. Sa vie ne semblait plus en danger, mais on ne savait pas quand il se réveillerait. C'était à Abaya qu'il y avait le meilleur hôpital de toute la planète et ils avaient été rapatriés en cet endroit depuis le lieu de l'accident, dans l'hémisphère Sud. Ruth s'en voulait. Si elle ne s'était pas comportée comme une petite fille gâtée, rien de cela ne serait arrivé.

Quant aux élections, les jeux étaient faits. Il ne restait plus qu'à attendre les résultats. Le camp des conservateurs avait installé ses quartiers au palais, dans la capitale, autour du conseiller Vallard. L'ambiance y était glaciale. Vallard et ses sbires étaient persuadés de leur victoire. Le vieux roi quant à lui ne semblait pas concerné. Ruth avait voulu rester à Abaya, sur l'île de Mayda. La cité avait été bâtie sur un promontoire qui donnait directement sur la mer de Kraken. La vue y était féerique, du moins lorsqu'il ne pleuvait pas. Par la fenêtre du grand salon de la tour municipale, située au ras de la falaise qui tombait droit dans la mer, l'immense étendue liquide sombre se perdait dans la brume au loin.

Depuis le matin, les nuages menaçants avaient refait leur apparition et Sol, bas sur l'horizon, peinait à percer la brume. Ce n'était pas un bon signe. La reine, sa mère avait fait le déplacement depuis la capitale. Il ne manquait que Tournon. Il avait été retenu à Memphis auprès d'Aménor pour une affaire importante.

Le résultat tomba comme un couperet. Vallard avait effectivement remporté le vote. Cela s'était joué à peu. Les cités importantes avaient majoritairement suivi le conseiller. Le monde s'effondra un peu plus autour de Ruth. Elle avait l'habitude de recevoir tout ce qu'elle désirait. Et depuis qu'elle était revenue sur Titan, rien n'allait plus comme elle l'aurait souhaité. La leçon était difficile à accepter. Elle était définitivement entrée dans le monde des adultes.

◆◆◆

Bartolu n'apprit la nouvelle que deux jours plus tard, lorsqu'il reprit conscience. Madeleine était assise sur son lit, les yeux rougis par les larmes et la fatigue. Elle n'avait pas dû dormir durant tout le temps qu'il était inconscient. C'était Madeleine qui lui apprit la nouvelle. Il comprenait la déception de la jeune princesse. Elle s'était tant investie. Elle avait même risqué sa vie pour son monde. C'était son premier échec, sa première leçon en politique.

Bartolu n'avait jamais vraiment cru en leur victoire. Et pour lui, le résultat du vote n'avait aucune importance. Titan faisait partie de la Fédération, que les Titaniens le veuillent ou non, tout comme Mars en faisait partie. La seule différence, c'était que Mars avait accepté officiellement d'en faire partie. Bartolu gérait déjà les relations politiques et commerciales entre les mondes de Saturne et le reste de la Fédération.

Les Titaniens avaient conservé l'illusion d'être indépendants, mais aucun monde du système de Sol ne l'était vraiment. Même pas la Terre. La vieille génération était encore effrayée par le changement, elle refusait de l'accepter. Mais il était déjà là. Avec la nouvelle génération, cela allait changer.

Bartolu n'était pas venu en vain sur Titan. Il ne s'était pas donné pour mission d'influencer le vote, mais d'aider une fleur à éclore. Sous ses yeux, et avec son petit coup de pouce, une jeune adolescente naïve s'était transformée en une adulte pleine de convictions. Ruth, la jeune princesse pourrie gâtée était sur le point de devenir une redoutable politicienne.

Bartolu avait catalysé le début de la réaction qui allait aboutir à ce changement. La jeune femme avait un énorme potentiel. Il était maintenant convaincu qu'il était en présence d'une future Maya, Enora, ou Halana. Et pourquoi pas une future Madeleine se dit-il encore. Bartolu n'avait plus aucun souci quant à l'avenir du royaume et savait maintenant que Ruth y prendrait une part importante. Il avait accompli ce pour quoi il était venu, et pouvait repartir satisfait.

Apercevoir Madeleine à son réveil l'avait rempli de bonheur. Il réalisa qu'elle comptait plus que tout et qu'il était prêt à abandonner sa charge si elle le lui demandait. En même temps, il savait aussi très bien qu'elle ne le lui demanderait jamais. C'est alors qu'il prit une décision grave. Madeleine le méritait bien. Après tout, c'était elle qui était toujours derrière Bartolu, depuis le début. Elle avait fait de lui ce qu'il était devenu. Il ne prenait jamais aucune décision sans demander son avis. Et pourtant, elle n'avait jamais voulu apparaître en premier plan. Elle passait avant Samarkhand. Dido ferait finalement une très bonne capitale pour les mondes de Saturne. Ils n'allaient plus être séparés.

◆◆◆

Vlad avait toujours préféré rester discret. La discrétion était le meilleur moyen de se consacrer à son travail en paix. Mais il ne pouvait pas échapper à son destin. Grâce à lui, la princesse et le gouverneur avaient été retrouvés vivants. C'est en héros qu'il fut accueilli dans la capitale. On donna même une réception en son honneur au palais. Il y rencontra nombre de gens connus dont il avait entendu parler. Tous lui serrèrent la main et le gratifièrent d'un mot gentil. Il ne se sentit pas à son aise dans ce milieu qui lui parut si hypocrite. Mais il avait fait une bonne affaire. Pour remercier son héros, le palais avait décidé de lui accorder tout ce dont il avait besoin pour poursuivre ses recherches.

Une bonne nouvelle n'arrivant jamais seule, il fut contacté le soir même par le responsable du camp de Ligeia. Les sondes du bateau venaient de repérer un objet métallique dans les profondeurs de la mer. Il n'y avait aucune confirmation qu'il s'agissait de l'objet qu'ils cherchaient, mais de quoi d'autre pouvait-il s'agir ?

Vlad réalisa alors que sa vie avait pris une nouvelle direction. Il rêvait déjà de voir les restes *du radeau de Ligeia* exposés dans un musée. Pourquoi pas à Abaya ? Son nom serait à jamais associé à la découverte. Cela le rendrait bien plus célèbre que le sauvetage de la princesse et du gouverneur. Mais il y avait encore beaucoup de chemin à faire d'ici là. D'abord, il fallait confirmer la découverte en envoyant les submersibles. Ensuite, il fallait trouver un moyen de chercher la relique au fond de la mer de méthane. Cela prendrait encore des mois. Vlad n'était pas pressé, il savait que le succès était d'ores et déjà assuré.

◆ ◆ ◆

Dorian Stielen, détective privé, était confortablement installé dans son siège. Il sirotait lentement sa bière d'Uranus. Sur ces genoux, il y avait la petite tablette qui lui avait été remise à son arrivée à bord. Elle lui permettait de se promener virtuellement dans le dédale de sa prochaine destination. Son dernier client lui avait clairement fait comprendre qu'il se passerait de ses services dans l'avenir. La poule aux œufs d'or avait cessé de pondre. Cela devait bien arriver un jour. Sa dernière mission lui avait amené un joli petit pécule et avec ce qu'il avait mis de côté, il avait de quoi se refaire une nouvelle vie.

Il avait réservé une place sur un vol direct pour Séléna. Il avait choisi la place la plus chère. Le voyage allait durer des jours et il voulait les passer le plus confortablement possible. Séléna, le paradis des trafiquants. La cité, à la frontière entre la Terre et les *Mondes Extérieurs* était si prometteuse. Les trafics en tous genres y fleurissaient. Il y avait tant de produits venant de la Terre que les *Extérieurs* étaient prêts à s'arracher à prix d'or. Et il y avait tous ceux qui pour une raison ou une autre voulaient quitter la *Planète Mère*. Beaucoup se cachaient à Séléna. En particulier le quartier occupé par la clinique de l'ancien gouverneur Farney semblait être devenu le repaire de bien des brigands. Oh oui, il y avait de quoi faire. Combien de riches clients Terriens avaient besoin d'un homme pour retrouver des gens ? Des marchandises ?

Dorian regretta presque de ne pas avoir pris cette décision plus tôt. Mais tant qu'il pouvait vivre aux frais de Cordova, il n'avait aucune raison d'abandonner sa vie confortable à Dido. Et puis, si ses plans ne marchaient pas, il pouvait toujours postuler pour une place de policier dans la nouvelle brigade de Séléna. Il était convaincu qu'il ferait un très bon policier.

◆◆◆

Cordova ne savait pas s'il devait se réjouir ou être triste. Il n'aimait pas le vieux fou, mais il dut admettre que Narcisse avait su faire parler de lui et mettre de l'ambiance. Tant que l'empereur déchu faisait régner la terreur, il était tranquille pour s'occuper de ses propres affaires. Collaborer avec Narcisse était difficile, mais très rentable. Oui, il allait le regretter ! Au moins avait-il fini avec panache.

Contrairement à Narcisse, Cordova avait encore une longue et passionnante vie à mener. Il avait toujours de nouvelles idées, de nouveaux plans. L'erreur des autres, c'était que leur ambition les avait tous amenés à vouloir être célèbres, reconnus. Ils n'avaient pas compris que cela ne pouvait leur créer que des ennemis. Leur destin était de disparaître. Et il n'en sera pas autre pour Aménor. Mais Cordova était bien au-dessus de tout cela. Il avait su rester dans l'ombre. Il faisait ce qu'il voulait, et personne ne s'en souciait. C'était ça le vrai pouvoir. Le pouvoir allié à la liberté !

Mais avant de poursuivre ses plans, il avait bien mérité un peu de repos. Il était débarrassé des exigences de Narcisse, il n'avait donc plus besoin des services de Dorian Stielen. Ce dernier l'avait plutôt bien pris. C'était comme s'il n'avait attendu que cela pour faire sa valise et s'en aller au loin, refaire sa vie. Cordova aussi avait envie de voyager un peu pour se rafraîchir un peu les idées, et peut-être d'en trouver de nouvelles pour diversifier ses petites affaires.

Cela tombait bien, il venait de recevoir une invitation. Il allait passer quelques jours autour d'Uranus, sur la petite lune Miranda. La têtue Maya désirait aller faire un peu d'escalade en sa compagnie. Les falaises de Verona l'attendaient. Cordova redevenait le charmant sous-lieutenant Donald Marcos pour quelques semaines. Il aimait bien Maya. Il ne se doutait pas qu'il ferait la joie de quelqu'un d'autre, qui ne savait pas encore qu'un autre esprit rusé et tortueux, avec des informations inédites sur Narcisse, se dirigeait droit dans son filet.

◆◆◆

Je ne sais pas exactement depuis combien de temps nous étions arrivés à Memphis. J'avais sombré en état de manque dès le troisième jour après mon départ d'Inverness. Au bout du sixième jour, j'avais commencé à prendre des doses de morphine pour supporter la douleur. Au bout du dixième jour de voyage j'étais inconscient la plupart du temps. La période de sevrage dura tout le temps du voyage et je ne commençai à aller mieux que lorsque nous commençâmes à voir le croissant de Jupiter, la reine de planètes.

Je n'étais pas revenu depuis la fondation de la Nouvelle Fédération. C'était un Aménor joyeux qui vint nous accueillir au cosmoport. J'étais encore très sonné mais j'essayai malgré tout de prévenir Aménor de la menace qui nous guettait autour d'Uranus. Même après avoir écouté attentivement mes explications, le Premier Citoyen, encore dans la jubilation de sa victoire sur Narcisse, ne semblait pas vouloir réaliser la gravité de la situation.

Il avait réglé définitivement le problème Narcisse, et les *Gaïans*, du moins les survivants parmi eux, ne risquaient plus de faire parler d'eux avant longtemps. Il était convaincu qu'enfin il pouvait mettre la Fédération sur les rails. Je pensai qu'inconsciemment il refusait d'admettre qu'un problème bien pire venait de surgir.

Ah ! Si seulement j'avais écouté l'Amiral Tulk ! Nous aurions évité ce qui ne pouvait plus l'être. Et tout cela, c'était de ma faute. Je n'avais pas été à la hauteur. Aménor ne connaissait pas *Urgaïa* comme je le connaissais. Je dus lui expliquer les pouvoirs phénoménaux de mon ancien ami d'Uranus. Ces pouvoirs que je croyais pouvoir contrôler et qui étaient tombés entre les mains de l'ennemi.

Elle avait manipulé subtilement. Elle avait mis en tête à une créature à mentalité d'adolescent capricieux mais au pouvoir psychique phénoménal qu'il était Dieu. Elle pensait pouvoir le contrôler, mais je savais qu'il apprenait très vite et qu'elle finirait par perdre, elle aussi, son influence. Et tant qu'*Urgaïa* passait par la phase d'adolescence, il était dangereux. J'espérais simplement que le stade de la raison finirait par venir et que nous arriverions à le raisonner.

Memphis était en contacts réguliers avec mon ami le gouverneur Mirelli à Inverness. Tout semblait aller bien autour d'Uranus. Alex apprit même à Aménor que les contacts avec *l'Albatros* n'avaient jamais cessé et que tout allait bien à bord.

Pourtant, j'avais tenté à plusieurs reprises de contacter *l'Albatros*. Mais je n'eus aucune nouvelle du vieux cargo. Moïse lui aussi avait essayé de contacter Bill sans succès. Sa joie de s'installer à Memphis s'évaporait au fur et à mesure que le temps passait. Bill lui manquait énormément. Dans la précipitation du départ, Moïse n'avait pas eu le temps de saluer Bill. Il espérait le revoir un jour. Je ne voulais pas lui ôter cet espoir, mais j'en doutais fort. Et je me rendis compte que Bill me manquait aussi.

# Épilogue

Acalal flottait tranquillement à la surface. Il se laissait entraîner par le courant. Nevil était partie la veille. Elle était sur le point d'accoucher et elle avait voulu s'isoler. Les rayons du Soleil lui caressaient le dos. Il trouvait cela très agréable. De temps en temps, il s'immergeait complètement pour éviter que sa peau ne se desséchât. C'était une journée agréable. Probablement l'une des dernières avant l'arrivée du froid. Bientôt, il serait temps de reprendre le chemin vers d'autres contrées. Il rejoindrait le groupe et, ensemble, ils referaient le chemin comme ses ancêtres l'avaient fait bien avant lui.

Avec un peu de chance, ils éviteraient les *Bipèdes*. L'époque où ces derniers les pourchassaient avec leurs engins infernaux et les massacraient était révolue et les chemins étaient beaucoup plus sûrs. Mais tous avaient en tête les histoires racontées par les anciens. Ils les tenaient eux-mêmes de leurs pères. Les *Bipèdes* étaient des êtres très cruels. Malgré leur petite taille, ils étaient extrêmement dangereux. Et même s'ils s'étaient calmés quelque peu, les massacres n'avaient pas totalement cessé. Ils avaient appris à rester loin des côtes.

Certains pensaient que les *Bipèdes* avaient une conscience, et peut-être une âme mais, pour Acalal, c'était fort peu probable. Aucun être doué d'une âme ne saurait avoir cette cruauté. Même les requins, ces animaux primitifs, ne tuaient que par nécessité. Les *Bipèdes* semblaient en éprouver du plaisir. Certains représentants des communautés de la mer, parmi les plus courageux, avaient essayé de s'approcher des *Bipèdes* et d'entrer en contact avec eux. Mais les *Bipèdes* ne les avaient pas écoutés, ou du moins pas compris. Les *Bipèdes* émettaient beaucoup de sons, mais il n'y avait aucune logique dans la modulation de ces sons. Ce ne pouvait être un langage.

Seules, les espèces qui constituaient les communautés des mers avaient une âme. Les communautés avaient développé une civilisation qui remontait à l'aube des temps. Contrairement aux *Bipèdes*, elles n'avaient pas besoin de la technologie. Leur civilisation se basait sur la culture, l'entraide et le plaisir. La peur n'apparut que bien plus tard, en même temps que les *Bipèdes*. La mémoire commune se transmettait de génération en génération, par le biais des chants que les anciens apprenaient aux plus jeunes.

Une légende ancestrale disait que le jour viendrait où le Grand Sage apparaîtrait pour donner une âme aux *Bipèdes*. Les routes des migrations seraient alors à nouveau sûres. Son intuition lui disait que ce jour n'était plus très loin. Cette pensée le mit de bonne humeur. Il décida qu'il était temps de rejoindre les autres. Il inspira autant d'air que ses poumons pouvaient en contenir, puis s'enfonça lentement dans les profondeurs.

# Table des matières

www.ingramcontent.com/pod-product-compliance
Lightning Source LLC
Chambersburg PA
CBHW050146030726
47505CB00005B/1249